路地のなかの青春

中野信吉

風来舎

扉写真は、自宅書斎で「文芸日女道」を手にとる著者。

路地のなかの青春　目次

第一部　路地のなかの青春

第二部 市川のほとりで

第一部

路地のなかの青春

中扉写真は、お城本町中通り一丁目の「郵政産業労働組合姫路支部」事務所前で（一九九三年、著者四四歳）。日刊「郵産労姫路」にコラム「天守閣」を書いていた頃。社会党一党支持の締め付けの厳しかった時代、労働組合は要求で団結するものという大義のもと、組合民主主義の根幹である政党支持の自由を掲げて「全逓」から独立して、「郵産労」姫路支部を立ち上げた。東京地区に次いで、大阪、神戸を差しおいて西日本（近畿）で一番目の支部結成だった（一九八三年一一月九日、支部結成大会、参加者七八名）。

第一章

路地へ踏みいった頃

スピードタイプ社

市川さんとは、もちろん、詩人でもあり「姫路文学人会議」（「姫文」）の主《ぬし》でもあった市川宏三さんのことである。

「姫文」には教職の関係者もいたが、発足して間もない頃、誰が言いだしたか、極力「先生」という言葉遣いをやめようということになった。いらい、師弟関係での世界ではままある先生という呼称は、「姫文」ではほとんど聞かない。もっぱら、さん付けの呼称が定着している。ささいなことだろうが、対等な立場という意味から、理にかなっていると思う。

ところで、我が師と仰ぐ市川宏三さんだが、フルネームで呼ぶよりも、ペンネームの苗字にさんを付けて「市川さん」と呼ぶほうが、なぜかぴったりくる。市川さんと出会っていらい、私は親しみと尊敬と時には幾分の恐れを込めて、市川さんと呼び続けてきた。

市川さんは長年「姫文」の運営を中心になって支えてきたにとどまらず、さらに幅広い社会活動にも参加していたから、「姫文」会員だけでなく、会外の多くの人との有形無形の交流があっただろうし、影響を与えてもきたことだろう。つまり、関わった人が多ければ多いほど多彩な市川さん像が語られることになるだろう。

「文芸日女道《ひめじ》」五七六号（二〇一六年五月）での「市川宏三追悼特集」には、会内外の四九名の人から原稿が寄せられた。なかには筆まめなことや、文学に対する姿勢など、幾分重なる市川さん像もないではないが、おおむね各人各様の市川さん像が浮かび上がってくる。そして、それらの原稿を「特集」することで、多様な顔の市川さん像ができたのではないか。それが追悼特集の意義といえるようである。

そんなことを思いつつ、「じゃあ、己《おのれ》と市川さんとの関わりはどうだったのか」と自問自答をしてみたりもする。亡くなって一年余り、ただ懐かしさが先立つばかりの回顧になるが、しばし、私と市川さんとの関わりを振り返ってみたい。


職場の先輩の井戸本耕三さんに誘われて「姫文」へ私が入会したのが一九歳の時だから、市川さんとの出会いもその時である。市川さんの自宅兼作業場を発行所にして、「姫路文学人会議」が発足創刊して間もない頃である。

姫路駅から北へ真っすぐ伸びた御幸《みゆき》通り商店街の北のはずれ、国道二号線の信号を渡ると、戦前は陸軍の施設だった城南練兵場跡の、周囲に背の高い楠の植栽があるばかりのだだっ広いだけの大手前公園との間に、お城本町の街域があった。大手前公園の樹木の枝越しの間近に白鷺城の大天守が望めもした。商店街の北のはずれにあるその街並みは、街並みというよりも、狭い場所にぎっしりと壁を接して隣家と接する、昔の長屋そのものといった趣きだった。なかには商店も多々あった。

東西に三本の路地が通り、北、中、南通りで区分され、南北には四本の路地が走り、一、二、三、四丁目と分かれていた。いずれの路地も自転車で行きかうのが難しいほどの狭さであった。

そんな路地の一角、北通り一丁目に市川さんの生業《なりわい》の軽印刷業のスピードタイプ社があった。

念のため「姫文」のバックナンバーを繰ってみると、発足当時の「姫文」住所は中通り二丁目・市川宏三方となっていたが、私の記憶には、北一丁目のそれが残っているばかりである。市川さんの奥さんに確認すると、中通り二丁目から北通り一丁目に市川家が移転したのは、一九七〇年頃、長男研さんが中学生、長女の真帆さんが小学五年の時だったとのこと。

ちなみに手元の「姫文」のバックナンバーを紐解くと、北通り一丁目の表示は八一号（一九七四年一〇月）からとなっていて、奥さんの証言とはややずれるが、奥付の版下を変えるのが邪魔くさくてそのままにしていたのか、その真相は解らない。

なお、「姫文」の事務所のことだが、当時事業を営んでいた鳳真治さんの好意、援助で、文学団体には珍しく発足早々から自前の事務所を持っていたのである。もっとも、事務所といっても、常駐のスタッフがいるわけではなく、資料の保存とか月々の合評会の場とか編集作業の会場に充てていた。したがって、雑誌の奥付の「姫文」住所は、事務所とは別に、常駐で電話もある北通り一丁目の市川方になっている。

余談になるが、お城本町は通称であって、正式には本町六八番地で、日本で一番広い配達区画といわれていた。お城本町の北東には総社の広い境内があり、北には我が職場の郵便局があり、さらに警察署、商工会議所、労働会館、法務局、赤煉瓦の市役所と官庁街がお城の東側に続き、野里街道への道路を挟んで賢明女子学院、淳心学院とカトリック系の私学があり、その北には古ぼけた国立病院があった。カトリック系の私学は戦後進駐していたアメリカ軍の名残だといわれていた。

駅から大手前公園まで伸びた御幸通りの北のはずれに、木彫りの彫刻が店先を飾り、黒ずんだ重厚な木製ドアのポプラという名の喫茶店があった。内装がレンガ作りという一風変わった拵《こしら》えで、狭くやや迷路がかった店内は、若いカップルが恋を囁くにはうってつけの雰囲気だったが、繁華街から外れに位置していたせいか、いつも閑散としていた。たまたま彼女と一緒だった時、内海繁さんを伴ってコーヒーを飲みに来た市川さんと顔を合わせたこともあった。

朝鮮出身の年配のどちらも大柄な夫婦が店をきりまわしていたが、北朝鮮への帰国運動の流れのなかで、数年後に店を畳んで母国へ帰っていった。なんとなく忘れがたい店だった。

そのポプラの手前の路地を右へ入ると、四、五軒目がスピードタイプ社であった。

スピードタイプ社と小さな看板を掲げたその家は、隣家と薄い壁で接した二階建ての住居だったが、引き戸を開けると一坪余りの土間があり、机が二つ並んでいて、奥の机にはタイプライターが据えられ、手前の机で市川さんが書き物をしたりしていた。

土間の片側にはトイレがあり、その横には場ちがいと思える大きな顔をした輪転機が据えられていた。土間の奥は風呂や炊事場、食卓があって、家族の住まいの二階への階段があった。

北側にも出入口があって、公園との間の広い道路に面していた。炊事場の窓からは、楠の枝越しに天守閣が望めもした。

田舎人間の私には、得体の知れない路地に思えたが、若さの持つ無知と好奇心がまさった。何度か路地に踏みいる間に、当初抱いた一抹の警戒心もたちまち氷解した。

「姫文」入会

私は大学受験に失敗してやむなく郵便局に入局した。その職場に井戸本という人物がいた。確か私より五、六歳年上で、藤川功というペンネームで詩を書いたりしていた。文学青年だった私にとって、職場で唯一文学の話で会話できる人間だっただけに、気が合ってすぐに親しくなった。

交代制勤務だったが、同じ日勤になった時など、帰りに駅前の路地裏にあった、確か駄々《だだ》という名前の喫茶店で、長時間話し込んだものだ。

その内容は文学のことだけではなく、職場の労働運動のことや、アメリカのベトナム侵攻に関しての社会的、政治的な話題にも及んだ。

一九六五年二月の北爆開始以来、米軍はベトナムでの泥沼の戦闘を続けていたし、国内では七〇年の日米新安保条約の改定を前に、六九年の東大安田講堂への機動隊導入を頂点とする学生運動の盛り上がりのあった時期。さらに六七年の美濃部東京知事の誕生など革新自治体の広がり、あるいは反公害運動での原告勝訴など、いわゆる政治の季節でもあった。もちろん労働運動も高揚していた。

そんな時代のなかでの私の青春であり、井戸本との出会いであった。一〇代の終わりでまだ社会の仕組みや、そこで織りなす人間模様のあれこれを理解するにはまだまだの世間知らずながら、ただ強い自意識と一種の空想癖を持っただけの文学青年だった私にとって、井戸本は文学だけでなく社会への窓を開いてくれた人物であった。

生真面目ながら青春の渇きを満たすがごとき議論を吹っかけても、誠実だがのらりくらりの受け答えで、いなしていく。そんな井戸本の性格に物足りなさを覚えながらも、自分にはない豊富な知識に惹かれつつ、飽くなき議論を繰り返すのでもあった。

そんな彼との出会いは、後から振り返ると、乾いた砂に水が染むように、私の青春のかけがえのない栄養になったのではないかと思ったりもする。

確か井戸本はその頃、船地慧が主宰のネオバーバリズム（新不良主義）を標榜した雑誌「さるたん」に藤川功の名前で参加していたと思うのだが、創刊間もない「姫文」にも関わっていて、私には「さるたん」ではなく、「姫文」に入ることを勧めてくれた。

井戸本に連れられて、初めてスピードタイプ社の市川さんを訪ねていったのだろうが、半世紀前のことだけにまるで記憶にない。

発足間なしの「姫文」が文学教室を労働会館で開いていることを井戸本に聞き、恐る恐る出かけていった。その時、講師だった内海繁さんの博識に強い感銘を受けたことだけが、はるかな記憶のかなたに残っている。講義の内容は覚えていないが、ゆったりとした語り口で順々とかみ砕くような話しぶりが、印象強かったことを覚えている。田舎生まれの素朴な文学青年の私にとって、初めて見る知識人だっただけに、インパクトが強かったのだろう。

内海繁さんの還暦の頃の出会いである。その時に「姫文」への勧誘があって、自然な流れで私は「姫文」に入会した。

私の作品が「姫文」に掲載されたのは、一二号。ちょうど創刊一周年の一九六八年八月号であった。岩野碑佐志のペンネームで「断層」という作品。確か夫婦の心のズレをテーマに描いた、（せいぜい原稿用紙一〇枚くらいの）短い作品だった。私にとって初めて活字になった作品だったが、合評会での反応はよくなかった。「ずいぶんませた作品だな」と鳳真治氏が言った、その一言だけを覚えている。

その頃よく読んでいた漱石の作品を真似たような作品だけに、ことに若い会員たちはどう批評していいか戸惑ったのだろう。

なお、「姫路文学人会議」は当初ニュースとしての創刊だが、そのまま雑誌名として定着している。詩作品が多かった関係か、二〇字×二五行の三段組が一ページの体裁で創刊以来六一号まで。六二号から散文は三〇字×二五行の二段組へと変更し、さらに詩誌「塩」を創刊した七六号から全ページ三〇字×二五行の二段組に移行している。

厚さも当初は一〇ページ余りの出発だったが、徐々に厚みを増し五〇号を超えるあたりから、数十ページへと雑誌らしくなってきた。

なお、内海敏夫さんのデッサンの始まった七〇号から表紙は厚紙の採用となった。

ちなみに、詩作品を別建てにした「塩」の創刊が一九七四年四月（「姫文」七六号）で、五七号（「姫文」一三七号、一九七九年七月）まで、「姫文」と二冊の雑誌を発行しているのである。

今振り返れば、月刊で同時に二冊の雑誌の発行は、書き手だけでなく編集スタッフを含めてそれなりの陣容がなければとても賄いきれないのだが、それだけのエネルギーがあったということだろう。

なおこの頃の編集スタッフは、「姫文」はひらいかなぞう、須藤リツ子、志方進、中野信吉で、創刊の「塩」は北条文子、藤川巧、須藤リツ子らが名前を連ねている。

さらに付け加えると、「塩」創刊と同時に、短歌結社「遠天」姫路支部が結成され、短歌雑誌「野火」が発刊されだした。支部長の平岡悠、内海繁さんは「姫文」創刊に名を連ねているが、元来は歌人だったのだ。そんなこともあって、「野火」とは姉妹誌ともいえる間柄でもあった。

つまり、短詩系の短歌、詩誌、さらに散文の「姫文」といった文芸の総合的なジャンルを網羅する形になったのである。

戦後しばらくして出発した「姫路文学」は休刊状態だったし、船地慧主宰の「さるたん」が不定期刊であるくらいで、他は龍野の「西播文学」が健在だった。そんな播磨地方の文学活動状況のなかでの「姫文」は一人気を吐いていた、そんな印象だった。

もっとも、エネルギーはあっても文学的レベルは、会長の内海繁さんがいつも嘆いていたごとく、まだまだだったが。

また若いメンバーが多かっただけに、その出入りも激しかった。二、三回、作品を発表すると、消えていく人間も多かった。まさに青春のアクセサリーのごとくであった。私自身もそんな口だった。

初めての作品に対しての無反応に気を悪くしたわけではないのだろうが、「姫文」を休会する。それは職場の環境も影響しただろうし、若い私には自己表現の場が文学だけではなかったせいもある。スポーツに労働組合運動に、それとつながっての社会運動、さらに恋愛も。

そんな目移りの激しい青春時代の初めでもあった。

「姫路文学人会議」五〇号の頃

私の書棚には「姫路文学人会議」「文芸日女道」のバックナンバーが、我がもの顔に幅を利かせている。かなり初期（第一四回総会〈一九八〇年一〇月〉にて選出）から「姫文」の事務局長を務めてきたこともあり、資料的な意味からも保存を意識してきた結果である。もっとも、そんなことを意識しだしたのは誌名を「文芸日女道」に変更した二〇〇号（一九八四年一二月）あたりからだが。

それ以前の号は、さすがに自分の作品の掲載号はあるが、欠落している号もあったり、私の「姫文」との距離感を証明しているかのごとく、まだら模様といった状態である。過ぎ去ったことへの関心よりも未来に対する思いが強い、若者特有の性癖のなせる結果かも知れない。

この文章を書くにあたって、バックナンバーを無造作に押し込んだままの書棚を、探索がてら整理をした。

一番若い号は一六号（一九六九年一月）。表紙も目次もない一二ページのごく薄いもの。明けましての新年の挨拶が代表理事・内海繁の名前であり、市川宏三の「鶏の目」が巻頭を飾っている。

次に目を引いたのが五〇号（一九七二年二月）。区切りの号だけに四四ページの厚みで、作品に加え、会外からの祝いのメッセージが掲載されてもいる。もっとも、まだ目次はない（目次が加わるのは六八号〈一九七三年八月〉）。

そのなかで気になる文章が目についた。内海繁の「姫路文学人会議の資料的概括」というもの。几帳面な内海さんらしく数字を上げて創立四年八カ月時点での「姫文」を振り返っての文章である。

そこに「五五ヶ月間に五〇号、毎月刊に五ヶ月足らぬということになる」と内海さんは書いている。その内訳は「六七年には五回、六八年は一〇回、六九年一二回、七〇年一〇回、七一年九回、七二年四回、計五〇回である」と詳述している。

「創刊以来欠号なく月刊を重ねてきた」と思い込んでいたが、初期の頃に五号の欠号があったことを、この一文を読んで、初めて知らされたのである。

ただ冷静に考えれば、一九六七年創刊以来まる五〇年を迎えるのであれば、一二を掛ければ六〇〇号が自然な数字として届くはずだが、七月号が五九〇号では一〇号足りない。であれば、五〇号以降でも何回か欠けた月があったことになる。

もっとも現在の五六年、六六六号余の積み重ねの前では、一〇号そこらの不足は、その歴史の重みを差し引くほどもないとは思う。

ただ内海さんの一文で、自身の思い込みに気づかされたが、事実はこうですよというほどの話である。

なお、内海さんの「概括」によると、四九号までの掲載作品のジャンル分類を見ると、詩・四三三、短歌・七三、俳句・一七、小説、評論、随想・一九一と詩が圧倒的に多く、詩中心の雑誌のありようがうかがえる。

さらに、三期の文学教室（各一三回、一〇回、一〇回）を開き、書き手の育成募集とともに、公害告発街頭行動や『播州平野』の舞台ともなった紅本陣での宮本百合子をしのぶ集会、ベトナム侵略に反対する文学街頭展を開くなど、行動的な面もみられる。

また、会の出版事業も特筆すべきであろう。この地方の物故の詩人歌人の作品抄と、活動中の会内外の文学者の作品との二本建てで鳳真治さんが責任者となって出版した「しらさぎそさえてぃ」二七編と「姫路文化双書」四編である。

「姫文」同様、薄い冊子だったと記憶にあるが、その出版事業が評価されて姫路文連（姫路地方文化団体連合協議会）の文化賞を受賞している（一九七〇年）。

その二本建てを含め、この間に作品集を出した会員名と書名を内海さんが紹介している。列挙してみる。

市川宏三『天に梯子をかけて』『鶏の目』／内海繁『高村光太郎の場合』『中国文化大革命随想』『富井於菟小伝』『昭和二〇年前後』『内海信之 人と作品』／鳳真治『カンガールの門』『公害詩集』／陸もと子『煙の出ない秋刀魚』／姜万寿『トンガラシの歌』『明太魚の歌』／高須剛『蟻族無頼抄』『夢の中の日常』『神戸詩人事件』／玉岡松一郎『無為者』『わが仇官僚』『安保無情』／長崎一生『生への証しを』／ひびきとおる『おふくろの海』／ひらいかなぞう『ふんどし』／藤岡千代子『歴程』／三木智『おんきらきら』／山下笙子『詩作品抄』／吉田豊『播磨野』／米田穣『ボクの細道』

確か藤岡千代子の『歴程』は歌集だったたし、内海繁の作品集以外は、ほとんど詩集だったのではなかったか。ただ年齢的に内海、玉岡を除けば中堅から若手が大半の年齢構成である。彼らが当時の「姫文」の中心的な書き手だったといえよう。

この号の前年の四三号（一九七一年九月）に市川さんが書いている。

私たちは創立の精神にたちかえり、私たちが文学人であるかぎり、作品を中心にすえてこれからの私たちの創作とその批評活動をもりあげてゆく年にしたいとかんがえる。

ともすれば、時代の要請で社会運動的な行動を重視しがちで、自身の創作活動がおろそかになったことに対しての自戒の意味を込めての文章ではなかったか。

その前段で「姫路文学人会議」の規約第一条が記されている。再掲する。

この会は「姫路文学人会議」とよび、姫路を中心に播州地方に在住して文学活動に参加している人びとの結集をはかります。この会は戦前からの地方文学運動のよき側面を継承し、民主的な文学の創造と普及につとめ、たえず現代の課題にむかって全国の同好人とも連携をつよめながら地方における文学水準の向上発展に貢献しようとするものです。

ちなみに、その年二三歳だった私は、「記録１９７１・11・23」という表題で、沖縄の施政権返還に向けての「沖縄の復帰」協定運動での国会請願の参加記録を、一二枚ばかりのルポルタージュとして発表している。

二三歳当時の私の立ち位置と文学的な創作テーマの傾向がうかがえる作品でもある。初めて活字になった漱石を意識した世界から、社会運動に材をとった作品を書くようになったのである。

井戸本との喫茶店での議論から、自身での行動へと足を踏み出した、私の二〇代初頭の三年間での変化を示してもいる。その契機となったのは職場での人との出会いだった。その触れ合いのなかで労働運動に関心を持ち、自身を取り巻く社会、政治の仕組みを意識し、その矛盾、理不尽さに行動を通し立ち向かっていく。実践を通して学ぶことを知ったのである。労働運動の高揚の時代のなかの私の青春であった。

「姫文」事務所

「姫文」がこれほど長続きしたのは、内外のさまざまな要素があったからだろう。内部的には経営戦略というほどのことではないが、作品を書く、合評会に参加する、会費を納めるの三原則の励行厳守があった。単純素朴ながら、多くの会員がそれの励行に努めたからこそ、「姫文」の今があると思える。ことに発足初期、文学教室などを通じて入会した若い書き手の定着に、大いに威力を発揮したのではなかったか。

その三原則の提唱は確か鳳真治さんだったと思う。アーケード建設の事業を展開していた企業人としての発想を、ともすれば金銭にルーズな文学団体へ持ち込んだのである。

市川さんとは「手をつなぐ会」の機関誌で詩誌「群《むれ》」を通しての知り合いだったようだが、「姫文」創立のメンバーでもあり、発足早々に「しらさぎそさえてぃ」や「姫路文化双書」など新旧の詩人らの作品集の発刊などの企画を立てたのも鳳さんだと聞いている。

大柄な体躯で大きな目に高い鼻のやや日本人離れした風貌の持ち主だったが、そんな風貌に似合わぬハスキーな声が印象的な人物だった。

聞き書きで鳳さんの来歴のことなどをうかがったことがある。それによると、おやじは橋本関雪の弟子で図案業の会社を東京で起こしたが若死にをし、残された家族とともに高砂へ帰郷。自身は日大の図工科入学、その後日本砂鉄へ入社。その頃、高砂市農人町の古本屋へ通い、「懸賞界」という雑誌に出会い、当時はやりだった市歌や社歌の懸賞募集に応募しだす。山陽電車の大西溢雄《いつお》主宰の同人誌「生活風景」に参加。その時、大塚徹と知り合い、言論統制のなか「日本詩壇」の同人に加わる。一九四四（昭和一九）年五月に海軍へ入隊し、久里浜の陸戦隊で終戦を迎える。戦後、帰還してきた連中に呼びかけ、大塚徹を中心に一九四五年の一一月に「新濤」を創刊。だが、「イオム同盟」の誕生で二年後に「新濤」は解体する。その後、全国的なサークル運動の高まりのなかで、姫路地方での初のサークル「手をつなぐ会」を結成し、機関誌「群」を発刊。鳳夫妻の住まいだった堺町の土蔵がたまり場となり、そこで市川さんとも再会する。詩誌「群」は一九五二年一〇月の創刊。

鳳さんから聞いた文学遍歴もさることながら、復員してのち一〇年ほどの職業遍歴が振るっている。和歌山での進駐軍人夫を皮切りに、釧路の春採《はるとり》炭鉱、長崎の崎戸炭鉱。姫路駅の構内夫の時の教習所では高須剛と同じ机で学ぶ。堺町の土蔵暮らしをした頃は神崎組の左官見習いの時で、但馬の明延鉱山でレッドバージに追い込まれる。一番長くつづいたのは香具師《やし》で、全国の祭りを回ってスナップ写真を写し、注文主に送る仕事だった。カメラが珍しい時代だけに高収入だったとか。そして、三五歳でアーケード建設会社を起こし独立する。

ただ、そんな目まぐるしい職業変遷のなかでも文学活動だけは続けていたという。生みの楽しみがあっても、生みの苦しみがないと豪語していたが、そのうらには書くことが罪悪と見なされていた戦時中の体験がある。書くことに対する飢えがあって、今書いておかないとという強迫観念のようなものがいつもあったという。

聞き書きをした時点で、詩集六五冊、句集二九冊、歌集五冊、散文集二冊の、生涯目標だった一〇〇冊を超え、一〇一冊の出版に届いたと話していた。

まさにバイタリティーに富んだ鳳真治さんの人物像が浮かんでくる。

文学団体には珍しい事務所が持てたのも、事業経営の鳳さんの援助からだった。

「姫文」がお城本町の中通り二丁目に事務所を開設したのが、創立から五年目の一九七一年の初夏。急階段の狭い二階だった。ウナギの寝床のような細長い部屋で合評会を持ったりした。が、その場所はお城本町の公民館の新築ということで三年余りで立ち退きになった。

次は市川さん宅と同じ北通り一丁目だが、路地の角の二階だった。もっともこの部屋での合評会の記憶はないので、その頃は大手前ビルの地下の白樺という喫茶店の集会室がたまり場だったのではなかったか。ここも二年ばかりで明け渡した。

そして次が、北通り四丁目の「天邪鬼《あまんじゃこ》」と呼び名を付けた事務所となる。一九七六年五月の「姫文」一〇〇号記念レセプションを持った夏のことであった。お好み焼き屋が営まれていたと聞いたが、一階は土間で、二階も二間もあるかなり広い部屋だった。買い取りではなく、借家だった。家主の元市役所職員が、市川さん宅へ毎月集金にやってきていたのを覚えている。

その旧の「天邪鬼」は丸二〇年、再開発事業による北条の新「天邪鬼」への移転まで続いた。一〇〇号から三三〇号までである。

そして北条北住宅の新「天邪鬼」が二〇一五年の春まで。約一九年の歴史を刻んだことになる。

旧「天邪鬼」へ移転した一九七六年の私は二七歳。まだまだ移り気な文学青年だったが、いつの間にか「姫文」の事務局長になり、編集にも関わっていた。振り返れば、この前後が私の青春の頂点だったような気もする。

絵描きの岩田健三郎君に出会ったのもこの頃だった。彼は「天邪鬼」の一筋南、中通り四丁目に住んでいた。絵（切り絵）と文で庶民の暮らしの風景を活写した「どっこい生きとる」シリーズを「姫文」に掲載（一六回）していた。身の回りの出来事や人との出会いなどを記した、日記風の手書きの「へらへら通信」を発行していたりもした。またヘラヘラ十八番館と名付けたグループを作って、映画会などを行ってもいた。そんな彼らが「天邪鬼」へ出入りしていた。

同じ四丁目だが南通りにあったのが、釜飯いまづである。岡山の美作江見だかの旅館の仲居だった中年のおばさんが営んでいた。市役所職員と結婚した一人娘がいて、男の子を連れて店に顔をだすこともあった。カウンター越しに小さいガス釜が数台備えてあって、奥に小座敷があった。度のきつい眼鏡が彼女の意地の強さを感じさせたが、私には優しかった。職場の先輩に連れられて行ったのがはじめだったが、いつの間にか一人で出入りするようになった。肴はハマチの刺身が定番で、ビールはよく飲んだが、釜飯はめったに食べなかった。

その店でのビールは喉の渇きだけでなく、若い私の心の渇きをも癒してくれた。失恋しては酒を飲み、喧嘩しては酒を飲み、私の青春の酒の場として忘れがたい店であった。

詩集『鶏の目』

市川宏三の詩集『鶏の目』は、二段組で一〇〇ページに満たない自家製詩集である。レンガ色の表紙カバーに、濃淡だけで描いた目玉が強調された鶏の墨絵が印象的である。直線で描かれた鶏の表紙絵とともに作画は中村博明。

内容は城・六編、真帆抄・一三編、家島・八編、一丁の銃・一七編、鶏の目・一〇編。それに付録として処女詩集の『麦』（一九五七年）と第二詩集の『農兵の歌』（一九六四年）からの抄出作品が併載されている。

解説は鳳真治と内海繁で、一九七〇年一二月の刊。市川宏三の四一歳の時の発刊だ。

なお、「姫文」年表を紐解くと、七〇年は、

三月　宮本百合子をしのぶ会（岡町・紅本陣）
　　　ニュース三〇号より表紙レイアウト変更
五月　高須剛詩集『夢の中の日常』出版記念会
七月　市川宏三詩集『鶏の目』出版記念会（実業会館）
九月　姫路・公害地を歩く。ニュース三四号「公害」特集
九月　藤岡千代子集『歴程』出版記念会
一〇月　姜万寿詩集『トンガラシの歌』『朝鮮少年詩抄』『明太魚の歌』出版記念会（鳳宅）一八名
　　　第三回文学教室（八回）

といったふうに、発足して四年目のメンバーの旺盛な出版と会としての活発な活動がうかがえる。

高須剛は第一次、第二次の「群」のつなぎに発刊した詩誌「ＺＥＲＯ」（一九五七年）の時から親しく接して、石山淳らとともに若き市川さんが実験的な詩作に取り組んだりした時期に出会った人物である。

高須の造船所勤務のなかで成した第二詩集『蟻族無頼』は、常に底辺に生きる者の視点で、人々の心の痛みをうたい上げている。それはその後の彼の一貫した姿勢であった。彼は市川さんとの交流を続けながら、相生市を拠点に詩活動を展開した。彼は初期の頃の「姫文」会員でもあり、誌上に作品も発表している。『夢の中の日常』は彼の三冊目の詩集である。

藤岡千代子は当時珍しかった女性の町会議員の経歴を持つ人物で、『歴程』は歌集。

姜万寿は在日朝鮮人で、三冊の詩集は在日者の苦悩、嘆きを掬《すく》い上げ、在日の人々に対する社会的差別を告発した詩群を集めたもの。

そんな仲間の輪の中で出版された『鶏の目』だが、詩集は手元にあるが、実業会館での出版記念会の記憶は私にはない。

巻末に鳳真治、内海繁の解説がある。一部抜粋をしておく。

「詩集『麦』は失敗であっても最高にすばらしい」と評した鳳真治解説である。


一人の痩せた青年が、重い重い共産主義を背負ってゆっくりと、市川の迅い流れをながし目に眺めながら、赤旗を翻した地区委員会の建物と、うどん屋のならんだその町並にやってきたのは、丁度、詩集『麦』発刊をさかのぼること八年前であった。彼は昼間、およそ自分には一生縁がないであろう、大きな金庫のならべられた金庫屋の店先で、仕事をしながら、夜は街角にはるビラを刷った。ビラの刷り損ないの白い紙がたまると、彼は郷愁のように詩を綴った。播州平野の香寺町の小川の流れや、河原に寝ころぶ牛の群、鳴かない囚われのきりぎりすなど。

そこには少年の純情を失わない、押せばにゅっと稲穂から米になる前の、ほのかに甘い乳液のような新鮮さがあった。……

その頃、彼がまだうぶな青年であったように、詩集『麦』もうぶな青年であった。その青年に対しては、僕も矢張り感傷的になりがちで、この一冊の小集成をもって、市川宏三論をあげつらったり、厳しく分析したりする気持が毛頭におこらないといって、誰も僕を責めたりはしないであろう。後年、彼は僕をもとび越えて、ボリューム厚く、巨きな詩集をのこしてゆくのであるが、……

詩集『麦』が市川宏三の原点になる詩集である……

詩集『麦』に収められた、ごく初期の市川宏三の作品を紹介する。

きりぎりす

草の露がないと
なかないものらしく
真昼間獲ったきりぎりすは
そこら一帯　虫しぐれというのに
腹を網の目にへばりつけたまま
だまって　もがく。
その足の奥に囚われた瞳がとがる。

〈一九五〇・八・一六〉

麦

麦の海
穂先の泡立ち
裸麦

小麦
ぐらっと津浪が起って頰に砕ける
雲雀が巣立つ
もう間近い
太陽がこの海をやきつくして
麦刈がはじまる
鎌のように百姓の目が光る。

〈一九五七・五・一二〉

市川さんの二〇代の作品である。まさに詩人市川宏三の原点といえる作品である。内海繁の「模索の過程から生まれた『鶏の目』」と題した解説は、「彼の二十年間の詩業の中間総括であり、詩人市川宏三の全力量と全側面を浮き彫りにした詩集」と評し、続けて、

市川宏三は多作の詩人ではない。むしろ寡作である。
もとよりそれには理由もある。彼の生活がその生業以外に要請されるさまざまな社会的文化的活動への献身的な参加によって多忙をきわめているということもあるが、それ以上にこういう質のこういうスタイルの詩は、そんなにやすやすと小鳥が囀るかのようには次々と生まれてくる性質のものでないからである。
もとより彼の今日までの仕事、その詩の内容と形式も固定してはいない。たえず発展と変革を企て模索をつづけてきていることはこの詩集が鮮明に語っている。すでに『農兵の歌』あとがきで自ら「しゃべりまくったもの、怒った調子のもの、泣きべその詩、自らを激励しているもの、

肩いからした歌、しかしそのどれもが自画像」と記している。しかし最近の作品群は漸く彼が独自の市川宏三の詩を確立しつつある印象を与える。そして私はそれらの作品群と、さらにその発展線上に一つのおかしがたい詩人像を予想して大きな期待をかけている。

と、詩人市川宏三の姿勢と業績を簡潔に描き、さらなる発展を予感してもいる。

のちに市川さんは、当時を振り返って、「その時期が一番自分として、詩に対して情熱的やったな。……自分の原点からずーっと成長過程を、雑多なものを選び直して、一つに収録したということ自身は、一つの集大成という意味があるわな」と述懐している。

多くの友情で出版された詩集『真帆』

市川宏三詩集『真帆』は、不慮の事故から下半身麻痺を余儀なくされた娘、真帆さんの罹患前後や小学生時代と、高校時代の修学旅行を描いた、二部構成の詩集である。

一部の「真帆」の一〇編は、六年前の自家製詩集に収められた「真帆抄」一三編から選んでいる。その頃の事情をあとがきの「詩集『真帆』ができるまで」で、市川さんは書いている。

真帆が入院する時はちょうど、ぼくの二十歳代からずっと続けてきた「群」という詩雑誌を五十数号で打切り、沖塩徹也さんや向井孝さんたちと七人で「七の会」という詩の研究会をつくっていた時だった。その研究会に「ちいさな靴」を出した。だれ一人批評の声をあげないのである。いいとも悪いとも言ってくれない。たまりかねて何かいってくれよと頼んだ。「こういう作品は批評前の問題が横たわってるのでねぇー」沖塩さんがはじめて口を開かれた。ほかの人たちは何となく遠慮ぎみであった。

「群」の終刊が一九六四年七月、「姫文」創立が一九六七年六月なので、その間のことになる。ちなみに小学一年の真帆さんが手動のコンクリートミキサーの歯車に手指を挟まれた事故は、一九六五年の暮れである。市川さんの三七歳頃である。

その詩とあと一編を紹介しておく。

ちいさな靴

絵のついたちいさなビニール靴があるよ。
履きすてられたまま、百十日をすぎて
もしかすると
もう永遠に土をふむことのない
すこし、ほこりをかむった白い靴だ。

とうさんは、この靴音で
一年生のカバンを背負った娘のおまえがわかったのだ、
おこりんぼうで
きかん気の甘ったれの足音が。

（略）
家族そろって歩くとき
しんどいしんどい
と道端にしゃがむのはいつもの手だ
すったもんだのあげく
歩いたら買ってやる
とたんに打って変わって
わたし元気なんやもん
はればれ走っていた現金なおまえ
その足音が遠くへ行ったまま
まだ、帰ってこない日々を
かぞえてまっている、きちんとそろった靴、
とうさんはいま、そっと指でほこりをふいている。

車椅子《いす》の運動会

うれしかったー
何をもらったよりうれしかった
風呂に波たてて、おまえはしゃべる。

きょうは運動会。
車椅子のうえで
出場まえから
三年ぶりの体操服がはちきれんばかりに
雀《こ》躍りしていたんだったね

みんながかけ足で退場した
あとの運動場は
とうさんには妙に広いものに思われた。
ひとり必死に車椅子を漕いでゆく何十秒かが
どんなに長かったことだろう。

付き添いの先生に
肥っちょの首をふって、大丈夫といっている
おまえの後姿を
がっちりと、秋ばれの下で
とうさんの眼は抱いていたよ

詩集『真帆』の解説文「結晶度の高い抒情」のなかで「イオム同盟」の同人で市川宏三から見れば誌兄の安藤礼二郎は、「市川宏三の詩の基調はリアリズムである。即物的で客観的な叙述叙景が主体と

なっている。文体は平明であり的確であり、しかも具体性がある。彼が描く対象はいずれも明瞭で積極性がある」。そんな市川宏三の詩風から、娘の予期しなかった不幸と、家族のたたかいを主要なテーマとして生まれ出てきたのが、「きわめて結晶度の高い抒情詩であった。熟練とか技巧などをとおり越した別の次元のもの、燃焼する精神の呼吸が一つ一つ肌にじかに感じられる、そんな緊迫感をもっていた」と書き、さらに「詩人市川宏三の絶唱ともいえるだろう」とも評価している。

そして、二部の「真帆の修学旅行」については、「全編を通じて明るいし、感情をおさえた正確な叙景はところどころユーモアさえまじえながら、さわやかに乾燥した抒情をつくり出している」と評価し、一〇年の歳月が、詩人の考えや心を変えていくのだろうかと結ぶ。

温かい友情に包まれた解説であり、詩集を今読み返してみても、まさに詩人市川宏三の絶唱と、胸を打たれる作品群である。

フランスの小説家、アンドレ・ジイドをもじったペンネームの安藤礼二郎さんはいかにも落ち着き払った紳士然とした人物だったが、解説を書くにあたって「真帆」を読み返した時に、「途中で不覚にも思わず涙を落してしまった。もう五十を過ぎて、人さまの詩を読んで涙を落すなど思いもよらぬことであったが、どうにも仕方のないことであった」と述懐している。このくだりを読んだ時、氏の意外な一面を見た思いがしたが、情のあつい大正生まれ人間の一つの面だったのだと、のちに納得したものだ。

詩集『真帆』に挟み込んで、一八ページばかりの薄っぺらな冊子「市川宏三詩集『真帆』にそえて」がある。表紙絵は岩田健三郎の切り絵で車椅子の真帆と腕組みしている市川宏三の姿。内容は「ハタ迷惑かえりみず」(市川宏三)と座談会「詩集『真帆』が生まれるまで」など。巻末には「詩集刊行にご協力くださった方々」の三六七名の名が記され、呼びかけ人として内海繁・鳳真治・沖塩徹也・黒川録朗・小林武雄・細井一郎の名前、さらに刊行世話人会として鳳真治事務局長以下一〇人の名前が掲載されている。発行は「詩集『真帆』刊行委員会」。詩集『真帆』が多くの友情に支えられての出版だったことを語る冊子だった。

その言いだしっぺが鳳真治さんだった。

遠い記憶をたどれば、何かの会合のあとで、鳳真治、長崎一生、岩田健三郎と私の四人で魚町のとある飲み屋で飲んだ時が発端だ。長年の付き合いからの友情の思いを込めて、鳳さんが若い私たちを焚きつけたのだ。「市川宏三の詩集を皆で出してやろうじゃないか」と。息子の世代の三人は、酒の酔いも手伝って、鳳さんの熱弁に意気投合したのであった。酒の上での話でない確認の電話が、翌日鳳さんからかかってきた記憶がある。焚きつけたものの、不安だったのかも知れない。ただ鳳さんには師匠の大塚徹詩集『古城幻想』出版の経験があった。実働部隊の若い衆を煽り、後は自身の描いたシナリオどおり。おかげで、豪雨の夜、岩田健三郎と私は事務報告のため鳳宅を訪ね、泊まっていけという鳳さんの声を無視して、安藤礼二郎宅へ寄ったおかげで、床上浸水の被災現場を免れた、そんな思い出がある。

かくて、詩集『真帆』は多くの友情に支えられて世に出た。

劣等生の日記

先に記したが、「姫文」一二号に岩野碑佐志の名で「断層」を発表したあと、二九号（一九七〇年一一月）で初めて中野信吉のペンネームで「一九六九年初冬」を、さらに五〇号（一九七二年三月）で「記録1971・11・23」と、二作品だけの発表であった。その間、一九歳から二三歳までの四年間、私の精神にどんな変化があったのだろうか。

半世紀も前のことなど、記憶もあやふやだ。手元の「姫文」のバックナンバーを繰っても作品の発表がないのだから、その手がかりもない。想像で物語は作れるが、それなりの事実関係は把握しておきたい。弱ったなあと思いつつ、筆を中断して一、二か月が過ぎた。

そして思いついたのが、古い日記。確か、一〇代半ばから付け始めた古い日記が残っていた気がする。さて、どこへ仕舞ったのか。

十数年前、整理下手を妻になじられて、夫婦喧嘩の果て、妻の買ってきた何個かの収納ケースに、我ながら意外なほどの辛抱強さで、物置に押し込めていた資料類を何日もかかって整理したっけ。そんな記憶を紐解いて、恐る恐る押し入れの奥を覗いてみた。何個かの重ねられた収納ケースの一番下に隠れるがごとく、それはあった。

プラスチックケースの側面に張られたシールには、「労働組合日記・原稿類・村祭り・朝日新聞（95、1、18〜24）」と記されている。いずれも私の手書きで、外からでも見分けやすいように分類表示したものだ。

「労働組合」とあるのは、全逓労組から独立して郵政産業労組を結成し、支部執行委員に何期か名を連ねた、その時の資料類。

また「村祭り」は、厄年の時に秋祭りの屋台世話人会長に当たり、町政四〇周年を記念して町民グラウンドに屋台大集合があった。その時の資料を整理して次代の世話人に引き継いだが、その原資料といえるもの。何日間もワープロを叩いた記憶がある。

「朝日新聞（95、1、18〜24）」は、同年一月一七日未明に起きた阪神淡路大震災を報じる新聞綴りである。のちに縮刷版など入手したが、被災者と取材する側との緊迫感溢れた紙面の掲載された被災後一週間の生の新聞だけに、廃棄するのも忍びなかったようだ。

で、肝心の日記だが、収納ケースの中だけに、埃にまみれることもなく、さりげなく存在感を告げていた。

大学ノート一〇冊あまり、おもに一九六四（昭和三九）年五月から一九八〇（昭和五五）年の一五年間。私の一五歳から三一歳、結婚するまでの心の軌跡が詰まっているだろう代物だった。

「まるで玉手箱みたい」と独りごちて、ケースから取り出したのである。

紐解いてみると、一人の少年の赤裸々な成長の軌跡が刻まれているのだった。幼いながら精一杯の心の葛藤があり、喜び、悲しみが切々と記してある。

気恥ずかしさを覚えつつ、いっぽうでは懐かしい少年に出会ったかの感触を覚えつつ、読み進んだのであった。

五〇年の人生の体験を経て、消去し積み重ね変遷した一個の人生観。そんな観点からの自己のあやふやな五〇年前の記憶が、いかに都合よく作りあげられていることを知るのである。もっとも、五〇年前の日記の記述が真実で、五〇年の人生を体験した目からみたことも、また一つの真実であろう。それが人間の成長変化であり、自然な営みであろう。

日記という私的な文章を紐解いたことで、小理屈な文章になった。ただいえることは、この一連の文章は老齢に差しかかった人間の人生回帰の文だが、ただの懐かしみだけからの動機が始まりでもない。個人的な回顧は仕方がないだろうが、一つの社会運動（文学）の継承記録といった普遍性をもいくぶんかは意識している。

その点、日記は一つの事実を知る手掛かりにはなるが、それ以上のものではない。

さて、劣等生のことである。

私は団塊の世代と呼ばれる戦後数年生まれの年代である。戦争が終わり、兵隊にとられていた男たちが日常の生活に帰り、生まれた世代である。子どもの頃から押し合い圧《へ》し合いの日常があり、そんななかで、農家の次男坊として、揉まれて育ったのである。

この性分はどこからきたのかいまだ謎だが、引っ込み思案な性分は自分でも自覚していた。

姑《しゅうとめ》が早くに亡くなり、田舎の大家族のなかで嫁と母親の二役をこなしつつ、小姑《こじゅうとめ》たちを嫁に出すのに必死で働いたと回顧する私の母。子育てどころではなかったのかも知れない。自然、嫁に行く前の叔母や祖父に、私は育てられることになる。二つ違いの兄は、足手まといになる弟はほったらかし。

そんな寂しさを紛らわすために本好きになったのだろうか。当時の農家は、日常に本のある環境ではない。今でいう登校拒否を経て小学校へ通うようになって、優しい女先生に作文を褒められて、一気に読書好きになり、借りた学校図書を読みながら二キロの道のりを毎日帰った、そんな朧《おぼろ》な思い出がある。

もっともそんな子どもも小学校高学年になると、三角ベースの野球や夏の虫取り、川遊びなど、皆と変わることなく活発な少年と化したが、本好きだけは変わらなかった。

劣等生ということに触れておく。

高校受験は中学時代の成績をもとに担任教師の勧めるままの受験。受験勉強などうるさく言わない時代でもあった。たまたまその年は受験者増もあって、入学定員が一クラス分増えた。合格発表があった日、受かったことを報告に訪れた中学校の職員室で出会ったHが、「F君、君の順位は定員増の中だって。N先生が言ってたよ」と、さも秘密めかして囁いたのである。

こちらは何も意識してないのに、変なライバル意識を持っていたHの悪意あるデマと後年気づいたが（冷静に考えれば、教師が生徒個々の情報を漏らすはずがない。ことに入学試験という大事を）。

その一言から〈おこぼれで入学できたのだ〉といった思いを植え付けられた。初心《うぶ》な気持ちの歩み始めの時だっただけに、その傷心は大きかったのだろう。高校生活だけでなく、その後の人生すら、ある一定左右した出来事だったかも知れない。

大げさにいえば、私の人生の初めての蹉跌《さてつ》だったかも知れない。もっとも、そんな悪意ある一言を見抜いて、敵愾心《てきがいしん》に燃え、己の人生を切り開くという強い意志が私には欠けていた。そしてそんな劣等心の裏返しのごとく、読書の世界にのめり込んでいった。

そんなことを今になって思ったりもするのだが。その点、私の人生の初めは劣等生だったと思うばかりである。

田舎のぼんぼん

思いつきで始めたこの文章だが、自己顕示の思いはない。ただ五〇年も続いた「姫文」という文学団体に関わった人間として、あれこれの歴史を残しておくのも意味があるのではという思いが、動機の一つともいえようか。

私は市川さんとは性格的には正反対のアクのない人間だが、変な共通点がある。お祖父《じい》さん子という共通点だ。

「姫文」の創立三〇年の時に市川さんの聞き書きをした。それまでは断片的な話として市川さんの来歴は耳にはしていたが、系統的に聞いてやっと胸に落ちた記憶がある。それによると――。

父親は姫路師範学校の出で高砂の町役場に勤めていたが、上京して卸問屋へ勤め、そこで気に入られてその家の娘と結婚。市川さんは長男として生まれる。が、一町五反の村一番の自作農の長男だった父親に家の跡継ぎ問題が生じ、家族を連れて帰郷する。だが東京育ちの母親は田舎暮らしが耐えられず離婚。長男の市川さんは跡継ぎということで残されて、母親は妹を連れて東京へ帰ってしまう。デザイナーだった母親は東京で再婚。父親も再婚するが、市川さんは田舎の跡取り息子としてお祖母さん、お祖父さんに大事に育てられた。

村一番の頑固者だったお祖父さんは仕事をしながら一日中浄瑠璃を唸っていたような人だったが、完璧な仏教主義者だった。お釈迦さんが世界で一番えらい、天皇なんてちょっともえらくない。戦中だったが国旗も掲げないで、仏のおかげ、親鸞のおかげでわしは生きてきたと、絶えず幼い市川さんに話して聞かせた。

さらに学校の図書室でたまたま目にとまった菊池寛の少年向けの『新建国物語』を読んだ。大正デモクラシー時代の本で、天照大神は朝鮮の出身で、神話は歴史でないと書かれていた本だった。

そして市川さんが中学入学の準備をしていたある日、村じゅうの煙草の葉の売上金など公金を持って、父親が出奔。家を支える重圧が市川さんにのしかかり、進学を諦め会社勤めにでる。そんななかでの終戦。敗戦による価値観の転換で精神的な支柱を読書に求める。文学だけでなく政治思想向きの本も手あたり次第読む。「この頃の読書が僕の思想形成のうえで大きかったなあ」と市川さんは述懐する。

そんな市川さんに直接的な人生の感化を与えたのがひとつ上の渡辺君。文芸でも思想でも一歩先を行っていた友人。吃りで大人しいがねばり強い人物。二人でサークルを作って「やよい文芸」という文芸誌を出したりする（のち神崎郡内に拡大して「市川文学」へと発展する）が、いっぽうで渡辺君の共産党への入党にショックを受ける。

生き方の師匠だったと市川さんがいう内海繁さんを知ったのも、渡辺君を通じてだった。渡辺君は内海信之（繁の父・反戦詩人）が講演した姫路での第一回の啄木祭にも参加していて、西播で随一の思慮深くて、学識があって、文化と文学を語れるのは、「内海繁しかおらへんで」と掻き立てた。勇ましい闘士を想像していたが内海繁さんに実際会ってみると大人しく控えめな人物で、期待も大きかっただけにつかみどころのない人物と思ったが、付き合ってみると人間としての値打ちがだんだんと解ってきた。

以降、文化運動をはじめ、広範な社会、政治運動などをコンビで築いていく。

ふたりの性格はまるで逆で、「自分にないものがあるからな。だからずいぶん安全弁になってもろたな。出すぎんようにせえとブレーキをずっとあの人がかけたんとちがうかな。ぼくは止《と》めんとおったらどこに行ってしまうか判らへんもんな。こっちはあんたもっと前へ出んかいなばっかし言ってたが……」とは、二人の間を自己分析した市川さんの弁でもある。

ここで、その内海親子のことに触れておきたい。

まずは内海信之のことだが、『内海信之 人と作品』（内海繁編、田畑書店、一九七〇年）の「あとがき」によると、その青年期（一〇代後半から二〇代後半）、兵庫県の草深い山村（龍野市揖西町）に居ながら、当時盛んだった新体詩運動に全情熱を傾けて、与謝野鉄幹・晶子らの「新詩社」に加盟、「明星」「文庫」「白百合」などの詩誌に作品を精力的に送り、詩人として評価を受ける。

ただ「明星」のロマンチシズムに浸りきれず、いっぽうで児玉花外らの「新声」に社会派的な詩を送り、鉄幹から「詩歌が政治社会時事問題に直接関連した素材をとったり、関心をあらわすのはよくない。土井晩翠や花外などの道は外道である。決して学んではならぬ」と非難されても、社会派的な作品を書き続ける。

ことに日露戦争が始まると、トルストイの人道主義、博愛思想、平和非戦の思想への傾倒で、絶対非戦論の立場から二十数編の激しい反戦詩を創作発表する。

もっとも与謝野晶子の弟の籌三郎の従軍を嘆いた「君死にたまふことなかれ」は、人口に膾炙《かいしゃ》しているが、作品としてより先鋭な反戦詩にかかわらず、信之の作品は当時の文壇世界では、看過、黙殺されて、晩年の一九六一年の反戦詩集『硝煙』（詩集硝煙刊行会、「のじぎく文庫」）の出版で、「明治の反戦詩人」としてようやく正しく評価された。

なかでもトルストイを称え反戦を唱える長詩「北光」、ロシア提督マカロフとも親交があり、戦争の悲惨さを描いて声評のあった従軍画家を描いた「ふゑれすちやーぎん」は、時代を経てもいまだその真価は変わらない。

詩友の岡山玉島の大西伯寒の戦病死への痛惜から書かれた「かりがね」について、「晶子の弟をおもう女心のひとすじをひたすら高揚した点にくらべていささか及ばぬともいえようが、その詩情のひろがりとゆたかさに戦争に対するきびしさ深さにおいては数歩まさって」いると、詩人向井孝は高く評価している。

そんな父親信之のことを息子の内海繁は、「信之は、絶対主義と軍国主義を日本のガンとして排撃していました。私は小学生時代から、絶対主義が日本の不幸の根源であり、戦争が人類最大の罪悪であることを教えこまれたものです」と述懐している。

繁が京大時代、社会科学研究会に参加し、学生社会運動、反戦運動に没頭し京都で検挙されたが、大学当局の一年間の強制休学処分により起訴猶予となったという経歴や、終生一貫して文化運動のみならず社会運動、反戦運動に携わった人生を貫いたのも、父親信之の生き方が大きく影響しているといえよう。

祖父と父親の違いはあるが、ふたりの人間形成を考える時、家庭での日々の教育のあり方の影響を強く思いもする。と同時に百姓家庭のぼんぼんの私の目から見ると、どちらも田舎のぼんぼんの育ちと思う。

ペンネーム由来

すでに記したが、私が中野信吉のペンネームを初めて使ったのは、一九七〇年一一月の「姫文」二九号。私の二一歳の時。以来五十数年の付き合いとなった。なんとなく野暮ったい印象を持つ名前だが、本名の倍以上も使っていると、すっかりと馴染んで、なんだか座り心地がいいといった塩梅《あんばい》でもある。そんなペンネームの由来を、思い起こすままに記しておきたい。

中野信吉のペンネームを初めて使ったのが「姫文」二九号の「一九六九年初冬」。ひとりの青年労働者の早朝の門前ビラ撒きへの途上の、バスの中でのひとときの描写だが、粗雑な人物描写や幼く独りよがりな思想性が目に付く、原稿用紙一二枚余りの小説らしからぬ掌編である。その主人公を中野に設定しているのだが、その名前をどこから借りてきたのか、今となっては定かでない。

では、信吉という名前の由来はどうか。これは確かな記憶として残っている。当時、「民主文学」という月刊雑誌に連載中の中里喜昭《なかざときしょう》の「ふたたび歌え」の主人公、太田信吉から拝借したもの。成人式を迎えたばかりの造船所所属の技術学校出で現図場と呼ばれていた製図室勤務の信吉は肺結核で休職入院中だが、術後職場復帰し共産党員として闘いのなかへ、その成長の記録でもある。三年間連載されたのち筑摩書房から出版された一七〇〇枚の長編小説を評論家の松原新一は次のように評している。

〈体の内側がひもじくて、そのひもじさをなにかに突き刺したい〉――胸を病むこの青年の願望は、肉体と精神の奥底からにじみでてくる深い熱度を含んでいる。それは中里喜昭その人のものである。この熱い願いにうながされて、中里喜昭は、原爆、安保闘争、三池闘争、労働運動など、現代のアクチュアルな状況との真摯な対決にすすみでていった。時代の現実を包括的にとらえ、根底的な生き方を探ろうとした作者の情熱は、ここにすぐれた文学的達成を示している。

小説の主人公信吉同様、青春のひもじさにさいなまれていた私は、そんな作品の連載されていた「民主文学」を誰に勧められたというわけでもなく、自然に手にとったようだ。

当時姫路の街の中心をなしていた国鉄姫路駅は北口が玄関口で、播但線、姫新線のホームが東口にあった。東口の改札前は小さなロータリーになっていて、それに沿って簡易な飲食店が並んでいた。ハーモニカ横丁と呼ばれていた。おでんやうどんで酒を飲ます掘っ立て小屋のような店が一〇軒ばかり。屋根はあるがドアがなく垂らしたビニールで代用していた。真冬などはその隙間から雪が吹き込んだりしたものだ。そんな店を横目で眺めながらロータリーを抜けると御幸通り商店街が、先の空襲で焼け残った国宝白鷺城へ向けて伸びていた。そのかかりの一等地に新興書房という大きな本屋があった。立地条件がそろっていたせいもあって、列車の待ち時間などの客などで、大いに繁盛していた店だった。その店の二階への階段の踊り場に設けてあった文学雑誌コーナーで、「新潮」や「文学界」などと並んで置かれていた「民主文学」を、私は手にとったのである。

「民主文学」という雑誌は、戦前のプロレタリア文学の流れを汲んで、人民の立場にたつ民主主義文学の創造と普及をスローガンに掲げる民主主義文学同盟の発行する雑誌で、同盟員を中心に各地域で支部を結成しそれぞれの文学活動を展開していた。詩人主体の「姫文」だけに、同時期発足した全国組織の「詩人会議」へは多く入会していたが「民主文学」への加入は内海繁さんだけだったのではないか。

そんな「民主文学」の中心的な書き手だったのが中里喜昭だった。そのプロフィールを紹介しておく。

一九三六（昭和一一）年、長崎市生まれ。三菱長崎造船学校卒業、三菱重工業長崎造船所に勤務する。結核にかかり闘病生活をするなかで文学を志し、宮修二につながる結社で短歌を詠む。その後小説に転じ、日本共産党機関紙「アカハタ」の小説募集に応募、「地金どろぼう」が入選。一九六二年、日本共産党創立四〇周年の文芸作品募集に「分岐」が入選。作家としての生活を始める。一九六五年の日本民主主義文学同盟創立に参加し、当初から運営の中心を担い、事務局長も経験する。一九六九年から「赤旗」に連載した、三無事件の登場する「仮のねむり」で第二回多喜二・百合子賞を受賞。一九七〇年から「民主文学」に連載を始めた「ふたたび歌え」もあわせて、長崎の風土に根づいた労働者のたたかいを描いて、労働者の文学として注目を浴びる。以降旺盛な作家活動をするが、一九八四年、文学同盟を退会する。

彼の小説の主人公からペンネームを拝借しただけに、中里の作品は熱い思いで読んだものだ。中里とは直接会ったことはないが、同じ「民主文学」の土井大助との懐かしい思い出がある。

冬と夏に企画された合宿形式の文学学校が、その夏は猪苗代湖畔で行われた。青春の感傷と一人旅の哀愁の思いを抱いて、私は寝台急行銀河に乗り込んだのだった。青春の心のひもじさをいかにして埋めるか、日々そのことを求めていた時期。三日間の合宿に参加した後は、北海道を放浪するつもりだった。その合宿の講師に来ていたのが土井氏で、小説作法よりも青春の悩みを聞いてくれたのである。朴訥に話す私に、「放浪大いに結構。なにかあったら俺を訪ねてこい」と、いがぐり頭で濃い眉の顔と流暢な東京弁で頼もしく受け答えてくれた。そんな嬉しい言葉を胸に、東北本線に乗ったのである。青森駅での青函連絡船乗り場までの長い通路と、内地とは違った茫漠と広がる北海道の車窓の風景が新鮮な印象だった。

放浪の旅といっても高が知れている。札幌の映画館で「ウッドストック 愛と平和と音楽の三日間」

というロックの野外コンサートのドキュメンタリー映画を観たり、大通公園をぶらついたりしたが、つかみどころのない大都会。居たたまれず列車に乗り込んだ。根室本線で帯広まで行き、広尾線で襟裳岬の広尾まで行き着いたが、持ち金が心細くなり、駅舎も締め出され、駅前の電話局の宿直室に泊めてもらった。翌日、閑散とした田舎町をあてもなく歩くうちに、里心が掻き立てられ、襟裳岬の突端で茫漠とした太平洋の海原を眺めているうちに、帰心が矢のごとく湧き上がり、様似駅から日高本線に乗車し、どうにか苫小牧までたどり着いたが、後の切符代も無くなり、背に腹は代えられず、意を決してヒッチハイクを試みたのである。青函連絡船こそ自前で切符を買ったが、弘前経由で日本海側沿いに一昼夜余りかけて、翌々日の明け方に自宅へ帰り着いたのである。そして瘧《おこり》が落ちた顔で、翌日からの勤務に就いた。

ペンネームにまつわる甘酸っぱい青春の一コマである。

第二章

我が師、内海繁

歌集『北を指す針』

二〇一七年末のA新聞地方版の「はりま歴史探訪」のコーナーに〈軍国主義怒り抗った〉という見出しで、内海繁歌碑をとりあげてあった。

「戦時下、時流に抗った歌人の碑がある」で始まる記事は、日露戦争時に多くの反戦詩を残した父信之の詩碑とともに、たつの市白鷺山公園の一画に建つ「わがむねの　おくがに銀河　さえざえと／ながれてあれよ　いのち果つとも」の歌碑を紹介し、戦前の反戦反ファシズムの抵抗運動に情熱をたぎらした内海繁さんの足跡をコンパクトにまとめてあった。

記事のなかで内海さんを評しての姫路文学館のKさんの「時代への意識は強かったが、筆を折らざるを得なかった。燃焼し切れなかった歌人ですね」のコメントは歌人、内海繁の本質を言い当てているといえる。もっとも、続けて「戦後は姫路で文化・市民運動に力を尽くした」と記者は書いている。短い記事ながらいい顕彰の文章として読んだ。

いっぽうで愕然とした。表題の「歴史探訪」が示すごとく、内海繁さんのことがすでに歴史として扱われているという事実に、少なからずショックを覚えたのである。

歌碑の建立除幕式が行われたのが一九八八年で、それから三〇年。歴史として扱われるには十分な年月を経てはいるのだが。

さらにさかのぼれば、私が内海繁さんと出会ったのが、一九六八年。内海さん五九歳、私が一九歳。親子というより祖父・孫の年齢差だった。以来、亡くなるまでの一八年間、遠く近く内海さんに接して、薫陶叱咤を受けてきた。さらに亡くなったあとも、偲ぶ会、しげる忌、さらに歌碑建立など、内海さんの顕彰活動の事務局として関わり、せめてもの恩返しとした。

そんな関わりのあった人間として、今となっては歴史の彼方の出来事を記しておくのも、一つの義務かと思いもする。思い立って内海さんのあれこれを綴ってみたいと思う。

内海繁さんを評すれば、歌人、評論家、社会運動家と多面的な要素があるといえるのではないか。まずは歌人としての内海繁像を追ってみたい。

〈作歌は「私」の生の記録であり、思いの訴えであり、自画像であり、歌集は自叙伝である〉というのが内海さんの短歌観である。そんな内海さんの歌集『北を指す針』（内海繁歌集刊行委員会、一九七九年）は、盟友ともいえる黒川録朗さんを代表とした刊行委員会によって、内海さんの古希を祝う形で、内海さんを敬愛してやまない多くの人々によって刊行された。

その「自序」で内海さんは、「昭和の五〇年間一五年戦争の暗黒の時代と、戦後の激動する三〇年の歳月を、傷つき苦しみ悩みながらも一すじに生きてきた一人のインテリゲンチャが、日本の伝統的短詩型を愛用して書き綴ってきた〈小さな魂の記録〉」だと書いている。

では歌集を通して語った内海さんの自画像とは。

岡山の旧制六高時代、友人たちと文芸雑誌を出して詩や短歌に熱中したが、一九二九（昭和四）年、京都帝国大学に入学。そこは疾風怒濤時代が展開されていた。

「険悪な社会情勢と軍国主義・ファシズムの血《ち》腥《なまぐさ》い擡頭が、満州事変へ、日中戦争へ突入してゆく前夜の不気味さで迫ってくるのに対して、自由と平和を守ろうとして反戦反ファシズムの激しい抵抗運動とその組織が、治安維持法を以てする残虐な弾圧に抗して燃えひろがっていた」

そんな時代のなかで、感受性の鋭い文学青年であった内海さんは、強い衝撃を受けるとともに大きく開眼され、青春の情熱をたぎらせてその運動に入っていく。

獄死せし友の家を訪えば妹も嫁ぎゆきしんじつひとりの母が坐っている
あるものは獄に血を吐き茅《ち》ヶ崎に自ら命絶ちにけるはや
雷鳴のとどろく夜空を仰ぎおり生き甲斐ある日の来るを疑わず

治安維持法の弾圧によって倒れていった同志、仲間たちを詠んだ歌である。

内海さん自身は二回目の検挙のあと強制休学という京大独特の含みある処分を受けるが、一九三三（昭和八）年にかろうじて大学卒業。だが、深刻な不況時代、要注意人物として特高警察監視下で、郷里の山村小犬丸で、蟄居《ちっきょ》閉門的生活をまる五年間過ごさざるを得なかった。

山村に孤立して耐えがたい閉塞感のなか、明日あるを信じてそれに備えるべく猛烈に勉学に文学に勤しみ、南龍夫のペンネームで「短歌評論」「啄木研究」「詩精神」などの雑誌に短歌、評論を執筆する。

この時代のことを振り返って、「何日も地面を踏まないでいたこともあったなあ」と内海さんの述懐の言葉を耳にしたことがある。

そののち京大時代の学友小林謙一を介して知り合った黒川録朗との三人で、レストラン「三松」を姫路で開業。そんななかで一九四〇(昭和一五)年、小学校入学を前にした長女が急逝。暗澹たる思いにうちのめされる。

その翌年、一二月に、ついに太平洋戦争に突入する。「勝った勝った」と大本営発表に歓声をあげている人びとのなかで、内海さんの心は暗かった。そして、次々に打ち出される「戦時立法」や「産業報国会」「日本文学報国会」などの結成に、絶望的な思いにとらわれずにおれなかった。

さらに、とどめを刺すように、一九四二(昭和一七)年九月初め、特高警察によって内海さんは検挙される。留置された神戸の湊川署の取り調べの特高が、数年前の雑誌「短歌評論」を突き付け、「この歌一つでお前は二年の刑は確実だぞ」と恫喝する。納得できず「この歌のどこが」と内海さんが反問すると、「とぼけるな、北を指すというのはソ連の賛美じゃないか」と怒鳴ったという。

その歌とは、

友よ　寂しいときは　この磁石の針を見よ、
ゆられるままにゆられながら　いつかまた北を指している。

という歌である。

この時、内海さんは起訴猶予という処分で、半年余留置され釈放された。

そんな閉塞の時代を経て、終戦によって解放された時、戦中の余儀なくされた沈黙への贖罪のごとく、抑圧されていた反動のごとく、内海さんの情熱は解き放たれたのであった。その後約二〇年間、還暦で文学へ回帰するまで、寝食を忘れて社会運動に関わり続けたのである。そして二〇年後、老齢に差しかかってようやく文学への回帰（短歌）を目指すが、すでに文学的鋭角ともいえる感受性、感覚は失われていた。

「おりおん」

「おりおん」という雑誌がある。A5判で五〇ページあまりの小ぶりな雑誌である。編集人・天野仁、発行人・高橋敏男での出発（二号以降は高橋が編集発行人に変更）で、幹事総代が内海繁。創刊一九八五年一一月。二三号（一九九三年三月）で休刊。

その創刊号に内海繁さんは、「おりおん」の発刊の経過と意味を綴っている。話は四〇年前、終戦直後から始まる。引用してみると、

焼野原となっていた姫路の町で、空腹をおさえながら、しかし眼をぎらぎらと輝かせて私たちが歌ったのは何だったのか。……昭和二十一年一月一〇日。焼け残った土山の私の陋屋《ろうおく》の襖をとり外した二間で、「姫路社会科学研究会」を始めたのだった。私と、当時姫高の教授だった江口朴郎さんが中心だった。

ところがたちまち青年労働者・復員兵・姫高生・若い娘さんたちが続々と参加してきて、週一回では待ち切れず、三月末からは週二回の集まりになったものである。

毎回二〇名から三〇名が参加して喧々諤々《けんけんがくがく》、時の過ぎるを知らなかった。

一九四五（昭和二〇）年八月一五日を境に、軍国主義から解放され、焦土のなかで日々の生活の糧を求めつつも、新たな価値観を求めて、全国に先駆けての「社研」の開講だったのである。そしてその時発行されたのが会誌「おりおん」だった。

印刷屋も焼かれ、紙も入手困難な時代。手書きの生原稿を持ち寄って、順番制で編集者が表紙・挿絵・カットを作り、心こめた一冊に仕上げて回覧したという。

内容は「論文あり、時評あり、随想あり、詩歌俳句あり、小説まであり、青春の日の誰彼の面目が躍如とし、当時の解放感が渦巻いている」ものであった。

若き青年たちが「いかに生き、いかに死すべきか」と生きる指針を求め激論を交わした「社研」は二年ほどで解散する。

解放の時代は長く続かず二・一ストを境に天下騒然たる時代に入り闘いの季節へ移り、社研に参加の青年たちも、それぞれの持ち場で闘いのなかへ入っていったのである。

それから四〇年を経て、青春の原点となった濃密な二年間が忘れられず、同窓会誌「おりおん」が創刊された。

ちなみに「おりおん」復刊第一号には、内海繁の「おりおん復刊に思う」を巻頭に、〈内海信之生誕百年記念特集〉として安藤礼二郎の「冨井於菟と内海信之」、内海昭の「父信之の生誕百年に思う」、天野仁の「生誕百年を迎えた内海信之と石川啄木」、さらに大塚正基の「東京の播州人たち」、座談会「西播における戦後の文化運動」の掲載など、単なる同窓会誌とはいえぬ充実した濃い内容の評論文が並んだ編集ぶりで、スタッフらの意気込みが感じられるものである。

「おりおん」誌の性格と役割を記したなかで、自分たちの深く関わった昭和二〇年代の歴史的諸事象を発掘し、資料や記録を蒐集し整理して文書化しておくことが最大の課題であり、貴重な責務だと謳ってもいる。そんな雑誌なのであった。

だが、「おりおん」復刊の翌年五月、主宰者の内海繁さんが交通事故の災禍に遭い、急死する。同年九月発行の「おりおん」四号に五二名の原稿による「内海繁追悼特集号」を企画編集。合わせて〈資料・私たちの戦後史④〉として「内海繁 平山実が刻んだ戦後史の自己年表」（一九四五～一九四八年）が掲載されている。

「終戦直後の混乱期にもっとも勇気と情熱と先見性をもって、戦後の民主化運動を指導した」と編集委員の安藤礼二郎が書くように、内海さんは姫路を中心とした西播地域全般で、いっぽうの平山実は居住地の龍野を拠点に活動。平山実はのち龍野市会議員（日本共産党）を何期も務める。

では、終戦直後、内海繁さんはどんな活動の日々を刻んだのか。「自己年表」からその一端を垣間見たい。

年表（一九四五年）の最初の記事は、一〇月六日、姫路文化連盟準備会。とあり、その二週間後の一〇月二〇日、阿部知二氏を訪ね会長依頼。さらに翌々日の二二日、阿部氏とラモート中佐、原市長に挨拶。とある。

内海さんは「姫路時代の阿部知二氏」という一文で、「戦後の焼野原に、いち早く生まれたのはヤミ市と文化団体だった。……長い戦争とファシズムの中で、人々の肉体の飢えと精神の飢えがどんなに強烈だったか」と書く。

「文化連盟準備会」に集まったのは、池田昌夫、大塚徹、尾田龍、初井しづ枝、真下恭らの顔ぶれで、当時姫路に疎開していた作家の阿部知二氏に、その会長を依頼したのである。初めて阿部家を訪ねた時の描写は、そして十月二十日、初めて坊主町のお宅へ、私たちは訪ねて行った。城の北側の堀に面して、静かなたたずまいの家、その二階を書斎にして阿部さんは住んでおられた。

窓から眺めると、城山の原生林が鬱蒼と堀の上まで覆うていて、堀の水は淀んだままそれを映していた。

最初は固辞されたが押し問答の末、阿部氏は、「よろしいです。やりましょう。僕でも役に立つならやってみましょう。もう遠慮しているべき時代じゃありませんからね。僕もやりますよ」と破顔一笑で快諾された。その時を振り返っての感慨を内海さんは、

この初対面の日の、額にシワをよせ口を結んだとっつきにくい渋面と、酒など入って笑顔になられ談論風発といった時の人なつこい表情との、極端な対照が、生涯私をまごつかせたものだが、ともかくこうして私は、それから二十八年の長い歳月にわたる知遇を得ることになったのである。

と書く。そして、阿部会長の初仕事が、占領軍の司令官と市長への表敬訪問だったのである。さらに一一月三日、真下宅にて文化連盟メンバーを講師に、女性文化講座を開講。一二〇名申し込みで二組に分ける。とあり、翌年一月一〇日、万葉文化講座を始む（内海宅、週一回）。つづいて、一月二一日、姫路地方党建設準備会（M氏宅、一〇名）が持たれる。

そして一月二五日、社会科学講座開設（内海宅にて）週一回。江口朴郎と姫路社会科学協会を設立す。

に至ったのである。

以降二〇余年、戦前、戦中の抑圧から解き放たれたなかで、時代の要請にこたえて、さまざまな社会運動に内海さんは邁進したのである。そこには良心的インテリゲンチャの誠実な人生の姿があった。

ロベレ将軍

内海繁さんと出会ったのは、「姫文」主催の文学教室が初めてだった。「内海繁氏の文学史であったが、時間的に概観だけに終わってしまった。内海氏の文学に対する洞察力に感銘した」と、一九六九年五月二九日付の日記に記している。

内海年譜には、「浜中製鎖を定年退職。『内海信之の生涯』完成」とある。

私の二〇歳、内海さんの六〇歳。青春の第一歩、片や老年への第一歩、そんな時期での出会いであった。「姫文」での会合などで出会いを重ねるが、四〇歳も年の差があるだけに、「尊敬する先生」で近づきがたい存在であった。内海さんにしても、いつ文学をほっぽり出してどこへ行ってしまうかわからない、危なっかしい青年と映っていたのかも知れない。

そんな内海さんと親しく酒を酌み交わすようになったのは、私の三〇歳前だったろうか。内海さんの古希を祝って刊行された歌集『北を指す針』の出版に関わったことがきっかけだった。古希と歌集出版を祝う会で、内海さんの歩みをスライド上映することになり、若いメンバーで龍野の小犬丸の生家まで出かけたり、内海さんの生い立ちを取材したりで、内海さんの人生を身近に感じるようにもなった。それ以降、「中野君よ」「内海さん」と呼び交わすようになり、個人的に酒を酌み交わすようになった。

内海さんとの酒は、駅前の焼き鳥屋であったり、居酒屋兼食堂の「正直屋」であったり、たまにはスナックなどにも行ったが、カラオケの騒音はあまり好きではないようだった。酒もさることながら、年齢のわりに健啖家でもあった。

「毛唐は酒を飲まなくても、十思っていたら七、八しゃべる。日本人は酒を飲んでようやく、十のうち七、八しゃべる」という持論の持ち主だった内海さんは、酒の効用をうまく使っていたようだ。

老人がよくやる、昔はこうだった式の押し付けはまったくなく、四〇歳も若い私たちと対等の意識の持ち主だった。それだけ内海さんの精神が若かったのだろうし、その精神の若さがたまらぬ魅力だった。時には文学論で夜が明けることもあったし、愚痴を吐き出すいい機会でもあったし、これからの地方文化についての勇んだ話もあった。また恋の悩みをぶちまけもした。

こちらが口角泡をとばしまくしたてている時、内海さんは「うん、うん」「ほう」と、さも初めて聞くかのごとく、うまく聞いてくれる。振り返ってみれば、私たち若い連中の持っている情報ぐらいは、内海さんはすべて知っていて、私たちと付き合っていた節があった。

そしてこちらがしゃべり疲れた頃に、おもむろに「それはこういうこととちがうか。だからこういうようにしたほうがええやろな」と諄々と説き聞かすのであった。

今思うと、私の時々の気分も、その気分のうしろの心の流れも、すべておさえたうえでの、励ましやら慰めやらの、酒の場であったような気もする。こちらの気持ちをうまく読んで、その気にさせていく。こちらも内海さんが喜んでくれるのならといった気持ちの通じ合いもあった。

釈迦の手のなかで走り回っている孫悟空であったのかも知れないし、あるいは、出来の悪い孫ほどかわいかったのかも知れない。

内海さんの晩年一〇年足らずの短い間だったが、内海さんとの酒で多くのことを学んだと思う。ときには本音の話もあった。ことに人間の弱さなどを話しもした。

歌集『北を指す針』に次のような歌を内海さんは収めている。

「ロベレ将軍」といえる映画のヒーローを身に
ひきあてて思うときあり

出版記念会の謝辞で、内海さんはその歌に触れている。

イタリア映画で、ロベレ将軍という国民的抵抗運動の英雄とまちがえて、詐欺師の老人を将軍だと思い込んで、それに傾倒していた青年たちの話。さらに、その映画を翻案してNHKで放送された椎名麟三の作品は、旅役者のなれの果ての老人を、日本における社会運動の長老とまちがえて、青年たちが純粋な憧れと思いを込めて激励する。

そしてロベレ将軍の詐欺師も椎名作品の旅役者も、まちがえられた虚像を裏切ることができなくて、ますますなりすましていく。青年たちの純粋な思いを裏切るまいとして、自分の虚像を守り通して二人とも拷問にかかり弾圧されて死んでいく、という話。

そんな話に引き当てて、「長い人生においてしばしばこのロベレ将軍になった」と述懐し、「人間はそれほど弱い。しかし、よき友よき仲間を持てば、くだらない人間でも虚像であっても、前へ前へ進まざるを得ない。みんながそうして少しでも向上させてくれるんだ。人生を生きていく上で、よき友、よき仲間を得ることは、もっとも大事な宝だということ、そのことを思いつづけてきて、今日この場でその思いが一杯であります。私の今の姿は虚像であろうと思いますが、もはやなかば以上は実像になってるであろうとあえて自負する次第です。人間というものは、弱いけれどもまた強い。つたないけれども美しいものがあるんだと、それを援助し発展さすものは、なによりもよき環境、よきグループ、よき友、このなかに身をおくこと以外にないんだ。それが私の七〇年の人生の教訓であろう」と。

そんな謝辞を語った七年後一九八六年五月一日、内海さんは卒然と亡くなった。私にとって近しい人の死は祖父以来のことであった。呆然自失の私は葬儀委員会から与えられた、葬儀のスナップ写真を撮《と》ることで、その虚脱感をようやく支え得た。

それにつけても悔やまれるのが、生前の内海さんとの果たしきれなかった約束である。

その年の一月九日の日記に、「新年のあいさつを兼ねて労音の簗谷君と内海宅訪問。夕方から三時間ほど懇談。立派な人格との話は、心が豊かになる。自分に力をつけなければと強く思う。作品を書くしかないと思う」と書き、翌月の一二日に、「内海さんと簗谷君とで正直屋にて一献。内海さん問わず語り約束」と記している。

そして、四月七日に、ようやく何年来の約束の内海さんの問わず語りの一回目の収録、「テープ裏表二時間、六高時代までを聞く」となる。さらに、内海さんの姫路市芸術文化大賞受賞後の二二日に、「問わず語り二回目。公開不可の話も収録。テープ起こしの段階でチェック。戦前の三松、川西航空時代で終える」

内海さんの人生の問わず語りの収録は、二人で飲んだ時に約束し、延び延びになっていたもの。ようやく重い腰を上げたばかりだった。突然の死で果たしきれなかったのである。悔やむばかりであった。

内海繁追悼文総集「窓」

内海繁さんが七七歳で亡くなったのは、私の三七歳の時。十数年余の付き合いだったが、没後、生前とは違った内海さんの広さ深さを思い知らされることになった。内海さんの業績を顕彰する会合などで、語られ書かれるさまざまな内海繁像に出会うことで、生前知り得た以上の内海繁のより幅広い人物像を知ることができた。ことに尊敬を込めた固い絆で内海さんと結ばれた内海門下生ともいえる「おりおん」の個性あふれたメンバーとの出会いは、代えがたい財産になった。

長年「姫文」の事務局長を務め、姫路の文化団体の連合組織の姫路文連（姫路地方文化団体連合協議会）の事務局長にも就いていたが、私はまだまだ世間知らずの井の中の蛙人間だった。そんな人間が内海さんに対する一途な思い入れだけで、没後内海さんの業績を顕彰する行事に関わっていくなかで、内海さんを敬愛してやまない多くの人と出会い、人間的に豊かでより幅の広い内海繁像に出会っていった。

また感情的な思い入れだけで発言行動する甘さを指摘され、よく叱責もされた。ことに、こちまさこ、山本学、高橋敏男、天野仁、等々の人々からは多くのことを教えられた。

まずは書かれたことから。

当然ながら現会長でもあり、月刊ということもあって「文芸日女道《ひめじ》」の反応は素早かった。二一七号（一九八六年五月）には、副会長の玉岡松一郎の詩「弔辞」と玉岡、市川両名による「会葬お礼」と船地慧の「五月雨、降り止まず」の追悼文の掲載。翌月号の二一八号では、森井節の長歌「雲に入る鶴の如くに」を巻頭に、短歌、詩、散文と四六人、六〇ページの追悼特集を組んでいる。編集は市川宏三。告別式直後、会員たちに原稿依頼の電話を入れたのを思い出す。

他の雑誌では、季刊「鷗」一二号（相生市、編集人・高須剛、八月一日刊）で短歌「内海繁晩年抄」と合わせ一一人の追悼特集。「新日本歌人」誌（九月号）では「『北を指す針』抄」と七人の追悼特集。「おりおん」四号（編集人・安藤礼二郎、九月二五日刊）は、内海繁追悼特集号と銘打って、五三人の執筆で丸々一冊の追悼号となっている。

以上四誌、重複もあるが、延べ一二〇人の執筆である。ひとりの人物の追悼文としては、いかにも多数である。これだけでも内海繁さんの幅広い人物像がうかがえるであろう。

なお、これらを一冊に合本にし、「窓—内海繁追悼文総集—」として、三年後の第三回しげる忌に刊行した。巻末には新たに寄せられた九人の追悼文と前年に建立なった内海繁文学碑の建設資料も付け加えた。

B5判で一八〇ページの持ち重りのするこの合本のことだが、忘れがたい思い出がある。

前年に取り組んだ内海さんの文学碑の建設募金の余剰金五〇万余円の使い道として、各関係雑誌がそれぞれ組んだ追悼特集をひとまとめにしたらという提案が世話人会からあった。編集の実務は私が任された。雑誌をバラバラにして、回想内容の古いつきあい順に編集企画し、早速作業にかかった。先ずは通読し原稿を選りだし、編集と、精力的に取り組んで、ほぼ雑誌の体裁の骨組みが仕上がりつつあった。そんな時に、印刷担当の市川さんからストップがかかった。

「五月半ばのしげる忌には間に合わない。せっかくだが、各雑誌をコピーして再生するしか手がないなあ」

ひと月余りの苦労が水の泡になったのである。平謝りをする市川さんに恨みの眼を向けるばかりだった。

内海さん死去の半年後の一九八六年一一月九日に「内海繁さんをしのぶ会」が姫路市自治福祉会館の七階大ホールで持たれた。

県歌人クラブ代表の米口實、戦前から交流のあった岡山の詩人永瀬清子、龍野中学同窓で英文学者で詩人の池田昌夫、「姫路文学」の沖塩徹也、元共産党県委員長の多田留治などを含め、「姫文」をはじめコスモス短歌会、「おりおん」、姫路医生協や文連メンバーなど、幅広い分野からの一六〇人の参列で、溢れんばかりの盛況だった。

市川宏三、「おりおん」の山本学、こちまさこ、労音の河西公之などが世話人になり、事務局を私を含め、労音の築谷治や市民劇場の小坂学など若いメンバーで引き受けた。

第一部の司会は井ノ口久美子、世話人代表あいさつに山本学。続いて、在りし日の内海繁さんの声（録音テープより）、メインスピーチは、沖塩徹也、こちまさこ、沼田洋一、米口實。さらに、スライド「播州平野にて」（作・中野信吉、構成編集・内田季廣、音楽・築谷治）。なお、スピーチとアトラクションの第一部の司会は河西公之と石橋照美。遺族の謝辞のあとの閉会あいさつは市川宏三。

会が滞りなく終わったあと、新生文連の若いメンバーでやり遂げた五年前の黒川録朗さんをしのぶ会を、内海さんに大いに褒めてもらったことを思い出すとともに、私自身内海さんからの借財をいくらかは返せたかなと思いもした。

なお、この年の主な「姫文」行事をあげておく。
・一月五日　新年合評会（お城本町公民館、一八名）
・二月一日　雑誌発行形態対策会議（お城本町公民館、一六名。次号二一五号より、タイプ印刷からタイプオフ印刷へ移行）
・三月一日　市川宏三 半どん文化功労賞受賞
・四月一八日　内海繁第八回姫路市民文化大賞受賞
・五月一日　内海繁死去（告別式）
・五月二六日　玉川侑香詩集『ちいさな事件簿』出版記念会（神戸・楼外楼、九〇名）
・七月一三日　姫路文学人会議第二〇回総会（加古川総合文化センター、三一名。会長を玉岡松一郎に決定）
二部で船地慧『鳥羽僧正私記』、高橋夏男『おかんのいる風景』出版記念会。年間作

品賞 寺本躬久、大川ひろ子
・九月二六日〜一〇月四日　加古川詩まつり（凡画廊）
・一〇月「播磨灘詩話会」結成（加古川）
・一一月九日　内海繁しのぶ会（自治福祉会館、一六〇名）
・一二月二一日　志方進「くちなし心中」研究会（市民会館）
など、「姫文」の活発な活動の年でもあった。

さらに、この年の春から夏にかけて、姫路文連では姫路文連86企画「明日にクリエイト」と銘打って、戦後の姫路地方の美術、文学、演劇の各ジャンルの活動の歴史を振り返り検証する展示、座談会などを画廊レンガ舎で行った。二つの会の事務局長だった私にとって、内海繁さんを失くした喪失感を抱きながら、多忙かつ充実した年でもあった。

しげる忌とこちまさこさん

偲ぶ会の翌年、内海繁さんの一周忌の世話人会を開き、名称、会のあり方、テーマなど、今後の内海さんをしのぶ会の継続的なあり方を論議した。結論としては、内海さんの業績を客観化し、未来につながる顕彰を毎年続けていくべきだとの意見に集約され、名称を内海さんの名前に因んで「しげる忌」（仮称）と決定。大きな課題として、三回忌を目途に内海さんの文学碑の建立も決めた。

私にとっては亡き人を偲んでの会など、未経験なだけに雲をつかむような思いだった。一、二回参加した、東条町の実家で行われていた詩人坂本遼を偲んでの「たんぽぽ忌」が、おぼろな手がかりといえた。ただ、内海さんは文学者の観点からだけでは把握しきれない、いわゆる社会運動家としての側面が強い。未来につながる顕彰なんて、確たるイメージが湧いてくるはずもない。が世話人のメンバーがしのぶ会と同じ顔ぶれでもあり、自然な流れで世話人会の事務局を引き受けることになった。

打ち合わせの会場は、「うちを使って」の声に甘えて、姫路駅からもほど近い、駅の西方に位置する福沢町のこちまさこ宅によく世話になった。

こちさんは、戦後まもなく内海繁さんの始めた「社研」に参加していたが、その後、明石師範の研究科時代に「社研」の講師だった古知貞《こちさだ》と出会う。貞は頭が切れる人という印象だったが、ユニークな経歴の持ち主でもあった。静岡高校時代に天皇の行幸時のストライキの首謀者の一人だったので高校を追放になり、その後山形高校から京大の理論物理へ入り、岡山大学の医学部へ入学という変わり種。二人が結婚した二年後、貞は医学部の講師を経て、当時無医村だった神崎郡の鶴居村（市川町）の診療所に赴任し、さらにその五年後の一九五五年に姫路市福沢町で開業した。

豪放磊落《らいらく》な性格の貞は、「赤ひげ」的な存在で患者には信頼が篤かったようだ。が福沢町で開業後、二〇年足らずの一九七二年、くも膜下出血で急死する。

その後、一人残されたこちさんは、画廊のイロハも、絵のこともまったく知らないなかで、白鷺町でレンガ舎という画廊を始めた。

「あったのは、ただもう、向こう意気だけ」と往時を振り返ってのこちさんの弁。ただ、画廊経営の八年間、死ぬほどのストレスもあったが、尾田龍や丸投三代吉など当地の既成の作家たちに育てられたこと、安価に画廊を提供するなどで交流した若い画家たちから、エネルギーを一杯もらったことなどを、楽しそうに話しもした。

そんなこちさんと出会ったのは、文連の活動を通して私が三〇歳を過ぎた頃、休会同然の文連の立て直しを声高に言って、それなら君たちでやってみろと、坂東会長とのコンビで事務局長を引き受けたのが一九八二年秋のこと。そのひと月後、文連事務局長の初仕事が急逝した文連初代会長の黒川録朗さんの葬儀の受付だった。なんとなく波乱を予感させる出発でもあった。

新生文連の役員会は、毎回坂東宅で持った。日本舞踊家だけに自宅に稽古用の舞台があった。会合はいつも舞台を背にした座敷で持たれた。美術部門の代表として参加していたこちさんだが、男ばかりのなかで気後《きおく》れすることなく、歯切れのいいもの言いが新鮮な印象だった。思えば私の母親と齢の変わらないこちさんだったが、そんな年齢差を感じさせない、それまでの私の人生で出会ったことのないタイプの姉御肌《あねごはだ》的な人物だった。

それから数年後、ちょうど内海さんが亡くなった年の一九八六年に、文連発足二〇周年事業の文連86企画「明日にクリエイト」をこちさん提供のレンガ舎で半年間ほど行った。戦後の姫路地方の文化運動を振り返っての、文学、美術、演劇のジャンルごとの回顧展やシンポジウムなどの企画事業だった。その仕事を通じてこちさんとも親しく接するようになった。

若手の面倒見はいいのだが、なんでも引き受けない。「君が主宰者なんだから、君が直接交渉しなさい」と冷たく突き放し、若者自身で仕事をさせ、そのことを通して育てるやり方なのである。特に当地の画家の尾田龍、森崎伯霊、丸投三代吉などと接触の機会を得た思い出は忘れられない。なにせ文学外の未知の美術の世界。それも一家を成した大先輩たちである。無理やり背中を押されて前に立ったはいいが、おっかなびっくり。方言丸出しの口下手だけに、冷汗をかきかき開き直るしかなかった。もっとも、相手にすればかわいい青年と映ったのだろうか。ひたむきさだけはわかってもらえたのか、快く作品の展示やシンポジウムへの出席が叶ったりもした。

余談だが、86企画の仕掛人は演劇人の細江田寛という人物。若くして戦後の姫路の演劇界を背負っていた人物。群れてやることは不慣れだったのか、劇団運営はあまり上手ではなかったようだが、抜群の企画力の持ち主だった。文連発足の契機となったミュージカル「姫山物語」の上演では、演出の椎名麟三の下で宇佐見吉哉と共に演出助手を務めもした。そんなジャンルの違う人たちとの出会いも文連ならではだった。

さて、福沢町のこちさん宅だが、広い居間は、医院の待合室を改造したもので、カルテ入れの棚が周りに据えてあって、医局の小窓が名残としてあった。自宅玄関とは別に出入口があり、居間へと通じてもいた。発足間もない「社研」の同窓会誌「おりおん」の編集会議も、その居間で持たれているようだった。

こちさんの著作として千田草介編集の二冊がある。満蒙七虎力開拓団の惨劇を追った『一九四五年夏満州―七虎力の惨劇』（北星社、二〇〇八年）と、播磨造船所の華人労務者殺人事件、いわゆる相生事件を追った『一九四五年夏はりま―相生事件を追う』（北星社、二〇〇八年）。

いずれも足で稼いだルポルタージュである。こちさんが常々口にしていた「現地に立って風の匂いや人の営みを眺める」現地主義の取材で貫かれている。その原点は、地域に根ざした生活のなかで活躍している女性を取り上げた「兵庫女風土記」の新聞記事の連載だった。診察の休みの日曜日に県内をほぼ歩いたとこちさんは言う。その時に出会ったのが三田市の満蒙開拓団の引揚者だった。

こちさんが内海加代子さんとのコンビで成したユニークな仕事が、「歴史を読む会」と「姫路戦後地図をつくる会」である。「読む会」は一冊の本を何年もかけて読む活動。日本文化史をはじめ世界史などを三〇余年倦むことなく読み継いでいった。その記録が『主婦のおしゃべり決算』という三冊の本になっている。

いっぽう、「地図をつくる会」は、「播磨学研究会」の一つのセクションとして、戦争、空襲、敗戦をこの地の人々はどう生きたかを検証していく会として立ち上げられ、体験談を編集した『聞き書き・姫

路の戦後史 焼け野原にともった灯』(姫路文庫、神戸新聞総合出版センター、一九九五年)、『聞き書き・姫路の戦後史Ⅱ 敗戦前後、私たちはこう生きた』(SSP出版、二〇〇一年)の二冊に結実したのである。
こちさんは、若者を愛してやまない女傑であった。

第一回しげる忌と尾田龍さん

第一回のしげる忌は、しのぶ会の半年後、祥月の一九八七年五月二四日、内海繁さんの故郷でもある、たつの市龍野公園内の聚遠亭別館で持った。参加者八〇名。講演は洋画家の尾田龍氏で、内海さんの人柄を語った。

姫路市船津町生まれの尾田は、姫中卒業後、川端画学校、東京美術学校に学び、東京の小学校で美術教師となる。その頃小説、劇作に夢中になり、絵を怠った時期でもあった。その後、佐竹きみよと結婚、神田高等女学校に転出、東洋美術に関心をもち、朝鮮、満州を一か月旅する。国画会にそれらの作品を出品。一九四五(昭和二〇)年の空襲で罹災し帰郷、姫路高女、三年後に姫路西高に転任となる。学制改革の時で、姫中卒業の岡林守行(のちの坂東大蔵)は誘われて姫路西高等学校の三年に編入となった。その担任が尾田であった。そして、尾田は映画演劇部をたちあげたが、男性部員は守行ひとりだけだった。部長を指名された守行は尾田から男性部員の勧誘を命じられ、同じクラスの三木一正、矢内寿、高嶋久昭を部員に誘った。

そして映劇部の初舞台に、朝日新聞に連載され評判になった石坂洋次郎の小説「青い山脈」を選んだ。質実剛健の旧制中学の校風のまだ残るなか、旧制高校生の恋愛劇の上演許可がもらえるか危ぶまれたが、職員会議での尾田の尽力もあって許可が下りた。築地の劇団に入りたいと思った尾田だけに、公演の実現に熱心だった。演出は三木。昼の部は生徒を、夜の部は一般の客だったが、有料にかかわらず大盛況だった。広告を取ったりもしたので、財政的にも大いに儲かったという。

のち、守行が誘った男性メンバーが姫路の演劇活動を担っていくことになる。青春時代に劇作に夢中になった尾田の播いた種が育ったのである。

開明的な東京帰りの美術教師の尾田龍と、戦後まもなく阿部知二を担ぎ出して文化運動に邁進していた内海繁さんとは、自然に交流が始まったようだ。

ちなみに尾田は一九〇六（明治三九）年、内海繁は三歳下の一九〇九（明治四二）年生まれである。いっぽうは学生時代に文学を放擲《ほうてき》して社会運動に邁進し、いっぽうは青春の迷いから美術に距離をおき文学、演劇にのめり込んだ、若き時代の相似た歩みが、親近感を覚えさせたのだろうか。いわゆる肝胆相照らすといった、お互いの生き方を認めた交流が続いたようである。

一九八三年に出版された内海繁文学評論集『播州平野にて』（刊行委員会刊）の装丁は尾田龍である。表紙カバー上段の白い枠のなか、小さな起伏のある赤い一本の横線が引かれてある。まさに内海さんのひたむきで一途な人生を表徴した、無作為とも思える一筆であるが、簡潔かつ印象深い。

初回しげる忌の講師に尾田を推薦したのは、画廊経営を通して交流のあったこちさんだったかも知れない。尾田との交渉を任された私に「内海繁さんのことなら」と快く引き受けてもらった記憶がある。

そんなこともあって、翌年建立の内海繁文学碑のデザインは尾田に依頼した。尾田は労を惜しまず、現地の龍野公園や石碑の施工の石材店にも足を運んだ。

あれはいつ、何の用で訪れたのだろう。坂東大蔵さんと連れだって、徒歩で尾田邸を訪ねたことがあった。坂東宅の新在家本町からすぐの隣町が八代宮前町で、コンクリートの側溝の端に植わった桜並木を辿ると尾田邸があった。

地図を開くと、ちょうど県立姫路短大（当時。現県立大学）の裏手の水路に沿った閑静な散歩道を行くと、尾田邸になる。自宅に隣接したプレハブ仕様の二階建ての建物がアトリエだった。

真夏の暑い日だったが、コンクリートの打ちっぱなしのがらんとした部屋に、半そでのシャツに半ズボンの軽装の尾田さんはいた。部屋の壁に立てかけられた一〇〇号はあるだろうキャンバスの絵の具が濡れたままだった。創作中だったのだろう。部屋の隅に置かれた椅子を勧めながら、「下水道の工事中でね」とアトリエの前の道路のことを言った。尾田さんと坂東さんは、西高時代の話。ことに映劇部の発足と「青い山脈」の上演にまつわる話で盛り上がった。しばらくすると奥さんがスイカをお盆に乗せて、自宅との間のドアから現れた。

ふくよかな顔に眼鏡をかけた奥さんは「どうぞ、召し上がってください」と言いながら、自分もスイカの一切れを手に取って、話の輪に加わった。

「この人はキンキンに冷やしたスイカが好きでねえ」と尾田さんが言うと、「スイカの一番美味しい食べ方よね」と奥さんが笑顔で返した。

遠慮なくスイカに手を出したが、キンキンに冷やしたスイカの甘みが口のなかに広がった。

なお、第一回のしげる忌に「内海繁さんの講演記録」（上）という手書き原稿での冊子を、絵描きの岩田健三郎、市民劇場の小坂学、労音の築谷治と私とで制作した。二度にわたる労音での内海さんの講演集（一五〇ページ）である。表題は「播磨に生きた文化人」「西播地方に埋もれている群像」の二題で、龍野が生んだ自由民権運動家の富《とみ》井《い》於《お》菟《と》をはじめ、獄死した哲学者三木清、原水爆禁止運動の生みの父で姫路名誉市民の都築正男医学博士。さらに相生市生まれの世界的な平和運動家の大山郁夫、日露戦争時に多くの反戦詩を残した内海信之など、ともすれば埋もれがちな先人たちを紹介、顕彰したもの。

手書きで原稿の升目を埋めたその冊子を眺めていると、内海さんを敬愛してやまなかった、当時の若い熱意がうかがえもする。

しげる忌の最後に、世話人を代表して市川宏三さんが、来年の三回忌を目途に文学碑の建立の提案をして、参加者の賛同を得た。

プログラムがすむと、薫風香る陽射しのなか、配った弁当をつつきながら、三々五々内海さんを肴に旧交を温めたのである。

そして、翌六月一五日、しげる忌の打ち上げの会をこち宅で開いた。参加者は市川宏三、「おりおん」のこち、山本学、労音の河西公之、築谷治に私の六人だった。しげる忌の報告もさることながら、メインの議題は三回忌に向けての文学碑の建立だった。

賛同者を募って基金を集めるやり方である。文学碑の建立ははじめてだが、幸いに、基金を募っての本の出版の経験はあった。だが何百万円の事業である。より広く世話人を募り、幅広く発起人を呼びかけていくことが確認された。

内海繁文学碑建立のいきさつ

一九八七年七月一日に第一回内海繁文学碑建設委員会世話人会を、しげる忌の打ち上げメンバーの倍の一二人で開いた。正式な世話人会の発足である。

しのぶ会が亡くなった年の秋にあり、翌春に第一回しげる忌を持ち、そこでの文学碑建立の提案をし、夏の建設委員会の立ち上げである。まさに迅速な動きといえる。

歌集『北を指す針』と評論集『播州平野にて 内海繁文学評論集』(未来社、一九八三年)の出版は、刊行委員会の後押しに甘んじた内海さんだったが、自身の文学碑の建立について、どんな思いだったのか。

生前に内海繁さん自身から、文学碑、歌碑の氾濫を嘆く言葉を聞いたような記憶もあるが。

第一回しげる忌の世話人会で三回忌を目途に文学碑の建立を提案したのは、市川宏三さんだった。内海さんを師とも仰ぎ、長年コンビでさまざまな活動をともにしてきた市川さんだけに、内海さんの気性を熟知していた。発起人の連名で出した文学碑建設募金の趣意書の短い文に、市川さんは書いている(趣意書を起草したのは市川さんと記憶している)。紹介しておきたい。

……ことしの春、竜野公園聚遠亭で開かれた〝しげる忌〟で提案しました内海繁文学碑建設もいよいよ具体化のはこびとなりました。文学をとおして、人類悲願の恒久平和、貧困の一掃に情熱をかたむけヒューマンな生涯をとじた内海さんのことは、いまさら語るまでもありません。

もし生前に文学碑の話が出たならば、即座に内海さんはことわっていたことでしょう。しかし三木清の哲学碑・歌碑と二つの碑が建てられるときは骨身を惜しみませんでした。先人の業績を大切にするという点では、だれにもヒケをとらなかった人です。さりながら事が自分の業績にかかわることとなると不必要なほど身を縮めて辞退する人柄でした。

そうした事情のもとで、当然建てられていなければならない碑が没後になったことが残念です。けれどもある意味では、故人の業績や人柄のにじみ出た文学碑になることは疑いを入れません。内海さんにつながる巾広い方々の交遊のあかしとして、また刻まれる一つの小さな歌が万人の胸を打つものと信じます。

「事が自分の業績に関わることになると不必要なほど身を縮めて辞退する」と内海繁さんの極度の自己抑制を記した市川さんだが、対照的に強い自己主張の持ち主だっただけに、内海さんのその個性を美徳よりも歯痒く思うほうがかっていたと思われる文章でもある。

かくしてそんな呼びかけで内海繁文学碑の建設運動が始まったのである。

一九八七年九月付の趣意書に連署した発起人は一九四名。代表世話人の山本学、こちまさこ、河西公之をはじめ世話人が一七名。文学碑建設委員会・委員長濱中重太郎（浜中製鎖取締役会長）・副委員長小泉徹男（千代田商事KK会長）・米口實（兵庫県歌人クラブ代表）の陣容であった。

半年ばかりで六五〇万円余の建設募金（五七五名、三五二五・五口）が寄せられた。

その間、十数度の世話人会、財政、碑文選考、石碑デザイン、除幕式・記念の集い企画の各小委員会などが持たれ、何号かのニュースの発行なども行った。決算報告の支出を参照してみると、直接的な建設費（碑本体、造園・周辺整備）が三〇〇万円。除幕式（記念の集い含む）が一三〇万円。通信費五〇万円、印刷費三五万円などと他に諸経費。剰余金が四五万円。

姫路労音の事務所へ寄ると、会計担当の築谷治君が、日々寄せられる振込用紙を示しながら、嬉しい悲鳴を上げていた顔が今でも思い出される。内海さんの交遊の幅広さを思い知らされた日々でもあった。建設委員会と募金振り込み口座の住所を坂田町の労音事務所に置いていて、私の職場からも近かったのだ。

龍野公園の建設場所選定、市当局との折衝などで何度も龍野へ通ったり、石碑業者などとの折衝なども初体験のことであった。

なお、碑文の選定は、市川さんをはじめ数人の小委員会で検討、全員一致で、

わがむねの
おくがに銀河

さえざえと
ながれてあれよ
いのち果つとも

の短歌を選定し、後日の第二回世話人会で早々に決定された。この短歌に関して、「文学碑建設のしおり」に市川さんは書いている。やや長い文章だが、紹介しておきたい。

一九四四年の作。翌年には終戦を迎えるのだが、内海さんは四二年九月、「磁石の針」の短歌で特高警察によって検挙。四三年四月に釈放されるのだが、それ以後は特高の保護観察下におかれ、行動のすべてチェックされる。短歌一首で受難という狂気の時代の歌。何事も、とりわけ真実は、わが胸の奥処《おくが》に秘めておくしかなかった。

暗黒の日本。だがくらやみの中でこそ星座は鮮やかに輝く。平和と自由はあの銀河のように永遠に消えることはない。たとえ、虫けらのようにふみにじられ殺されることがあろうと、わが青春をかけた人類解放のねがいが消えることがあろうか。

ひとりの人間がもつ有限の短い命にくらべれば銀河は永遠性の象徴だ。真理もまた人類の発展とともにあろう。私は真理を述べたために投獄され、からくも生きている。命あるかぎり、私の目が曇らぬよう銀河よ、光り輝いておくれ。

世話人会の人々の内海繁その人に対する思いと、歌一首にこめた思いを遺憾なく掬《すく》い取った文章といえよう。因みに歌集『北を指す針』に収められた歌は、

わが胸の奥がに銀河冴え冴えと流れてあれよ
いのち果つとも

と二行書きになっていて、漢字表記が多いが、歌碑となった歌は、内海さんが晩年好んで認《したた》めた色紙から選んだもの。ひらがな書きが多くなり、やや柔らかい印象を受ける。

そして翌春の祥月に、除幕式を迎えたのだった。

父子の文学碑

内海繁文学碑の建立場所は龍野公園の白鷺山のどこかにということで、建設委員の数人のメンバーが何度か下見をし、市当局との折衝を重ねた。紆余曲折はあったが最終的に、白鷺山の西端、童謡の小径の散策路の合流地点に決まった。雑木のしげるやや平坦な場所で、整備も簡単そうだということもあったが、その一角には、父親の内海信之の詩碑「高嶺の花」があった。親子の文学碑が並ぶというユニークさが、場所選定の決め手となった。

信之の詩碑は高さが三・三メートル、幅一・二メートル、厚さ五〇センチの見上げるばかりの自然石に、三一行にわたる詩「高嶺の花」（一九一四〈大正三〉年七月、「音楽」に発表）全文が刻まれている。

その詩を紹介しておく。

いづこより吹かれ来し一粒の種子か

高嶺のいたゞき
駒草の花のもゆる鮮紅よ。

直《す》とのびし細茎、
風はその花をかすめて
遠く遠く吹き過ぐるに
高うしてたへがたき寂しさあり。

日の光冴へてみなぎれども
見あぐる虚空《あおぞら》限りなき濃青《こあお》の深みに知る
大いなる畏怖《おそれ》と
弱きこゝろの孤独よ。

身はいやしくして
思ひのみ高きに過ぎたる悲哀《かなしみ》か、
たとしへもなきいのちの寂しさあり。

高嶺のいたゞき風は寒し、
巨岩《おおいわ》の破罅《われめ》に根を這はせ
澄みわたる大気を吸ひて生くる花よ、

無垢なる唯一のほこりもあれ。

人跡絶へたる境に
『美』よ『優秀』の讃賞《たたえ》もなう、
珍《うづ》の色香の艶なるにも
小鳥も啄《ついば》まず蝶も戯《ざ》れず
空しく咲きては枯るゝ花よ。

あゝあゝ駒草、
もゆる鮮紅の色にもなほ
まとふは冷陰の影とにほひ。

こゝにして此の花をかすめ
寂黙みなぎるおほ天地《あめつち》の
いづこよりいづこへか
長きに吹きわたる風の前に
孤独の生の寂しさを訴《うた》へなやむ。

一九一四（大正三）年といえば一八八四（明治一七）年生まれの信之三〇歳の時の作品である。
一〇年前の日露戦争時の一九〇四（明治三七）年から一九〇八（明治四一）年にかけて、二一歳を迎えたばかりの信之は、絶対非戦論の立場から二十数編の激しい反戦詩を作って継続的に発表したが、詩壇からまったく黙殺されただけでなく、師の与謝野鉄幹からは「詩歌が政治社会時事問題に直接関連した素材をとったり関心をあらわしたりするのは不可である。土井晩翠や児玉花外などの詩は外道である。決して学んではならぬ」と戒められたのだった。

山間の寒村に孤立している信之にとって、師の言葉は自己の詩についての方向感覚を失わせるものであった。そんな失意のなかで喀血し倒れ、以降療養生活に専心する。二年間の療養生活は信之の生涯の転機となる。甘美な浪漫主義から自然主義の台頭へと文壇も変化しつつあり、いっぽうで明治の精神の終焉の象徴のごとく大逆事件の勃発、そして一九一二（大正元）年から全国に巻き起こった憲政擁護運動。その中心人物だった立憲国民党を率いる犬養毅（木堂）に心服、文学から政治運動へと方向転換する。そんな詩壇を離れつつあったなかで生まれたのが「高嶺の花」であった。

孤高高潔な人生をうたった浪漫主義の高い調べの詩だが、信之自身、この詩碑について、『わが心の自叙伝2』（神戸新聞学芸部編、神戸新聞社、一九六八年）に「『孤高の生』の誇りと寂しさを訴えている三十一行にわたる詩である。私はこれこそが私のためのもっともよき墓石だと感謝している」と記している。

つまり、一つの時代を孤高高潔に生き抜いた自身のあり方を象徴した詩だと言っているのである。

この詩碑は、犬養木堂の護憲運動の拠点として一九二〇（大正九）年に結成し終生会長を務めた西播木堂会が中心になって、一九五三（昭和二八）年、信之の古希を祝って、「詩碑建設委員会」を設置し、広く基金を募って建立されたもの。二〇〇人から建設基金三〇万円が寄せられた。一一月一日の除幕式には各界からの参列、祝辞があった。

詩碑の建立を記念して編纂されたパンフレットに、詩人向井孝が祝詞を寄せている。紹介しておきたい。

明治

明治は遠くてなつかしい歌だ
明治はひかる雨粒《あまつぶ》のように思はれる
明治はいつも自由の歌をうたう小学校のオルガンだ
明治は大きく開こうとする花の蕾だった

そしてその蕾はどんないろどりを持つていたろうか
そしてその花はどんな花になろうとしたのか。

僕等は明治をはつきり知らない
そしてその明治の花は途中でゆがみくずれた
だが内海信之先生は本当の明治だ
たゞひとつ嵐に抗して
高嶺《たかね》にはげしく咲いた勁い茎の花だ

信之に対して率直な敬意のこもった祝詞である。
なお、詩人向井孝は、戦後の混迷期のなかで、姫路の地で新しい戦後詩の確立を目指して山口英、柳井秀とで一九四七年、詩人グループ「ＩＯＭ」同盟を結成し、散文的記録的叙述を行うなど独自の詩の方法の追求を標榜し活動。一〇年後の一九五七年に『定本ＩＯＭ同盟詩集』を刊行して同盟を解散した人物。

その向井孝は「新日本文学」などに「内海泡沫の反戦詩」を発表するとともに、内海繁編の『内海信之 人と作品』（田畑書店、一九七〇年）に「解説 内海信之の反戦詩について」の論考を寄せて、発表当時詩壇から無視抹殺された信之の反戦詩の文学的意義を検証し、評価顕彰している。

なお、信之は戦中の一九四二（昭和一七）年に推されて揖西村長に就任。若い生命が無残に戦場で命を落としていった、相次ぐ公葬の場で、村長として弔辞を読みながらしばし涕泣《ていきゅう》したという。そして戦後進駐してきた連合軍によって公職追放される。その時信之は書く。「すべてからようやく解放されて、私は残生を花と書を相手に過ごし得るのをせめてもの喜びとした」と。

詩人としての業績が評価されて、一九五九年七月、龍野市名誉市民の称号を受ける。

なお、当初、小犬丸の生家横に建立された詩碑だが、道路の拡幅事業に伴い、一九六七年、龍野公園の白鷺山の現在地に移転された。そして二〇余年のち、同じ場所での珍しい親子の文学碑の建立となったのである。

振り返ってみるに、多くの有志に募金を募っての文学碑の建設のあり方もふくめ、生涯僻村の揖西村を動かなかった信之と、上京の誘いがありながら姫路の地で文化運動などに勤しんだ息子繁のあり方、さらに年代が違えども、時代、社会に対する批判的な姿勢と抵抗の思想と生き方、さらに詩と短歌という文学の方法は違えども、時代に対峙し芸術性ある文学作品を残したことなどをなぞってみると、なんとよく似た二人の人生かとも思う。

除幕式と記念の集い

内海繁文学碑除幕式と記念の集いが、三回忌の一九八八年五月一五日に、龍野公園白鷺山と国民宿舎赤とんぼ荘で開かれた。

その日は、春雨のけぶる生憎の一日だった。その前後の風景を市川宏三さんが記している。

内海繁文学碑除幕式。また雨である。前夜、中野信吉さん電話連絡。〈雨も困るけど、ちと人数が減って会場がゆっくりするかも知れん。そやけど減らんやろなあ〉と妙な心配をする。第二会場の赤とんぼ荘が定員オーバーで混乱するだろうという予測なのだ。うれしいナヤミである。一昨年春の姫路市市民芸術文化大賞のときも大雨。四月三十日のお通夜のときも雨だった。いつも折りたたみのカサを持ってカバンといっしょに抱えていた姿が目に浮かぶ。ともあれ、雨の中を中野さんの予想どおり来て下さったのにはただただ感動した。大川ひろ子さんが信之碑に、井ノ口久美子、川口汐子両氏が繁碑にそれぞれ献花した。丸尾智恵子さんは繁碑に花束を供えた。それが朝日・毎日・神戸各新聞の写真になっている。雨と女性とはな、しげる忌。

（「文芸日女道」二四一号、一九八八年五月）

新聞記事では二〇〇名の参加と書かれている。記念の集いの会場の赤とんぼ荘の料理予約が一五〇人だったが、事前の出欠ハガキの出席返事はそれを越した数だった。予想外の参加申し込みで気を揉んだのである。

開会は一〇時三〇分だったと思うが、準備の都合もあって、世話人たちの現地集合は九時過ぎだった。確か「おりおん」のメンバーは赤とんぼ荘に前泊し、前夜祭で大いに盛り上がった様子だった。

除幕式の場所は、白鷺山の哲学の小径と童謡の小径の合流点、赤とんぼ荘からは二〇〇メートルばかりの距離。除幕式会場での電源は、赤とんぼ荘の好意で、建物からの電源拝借となったが、あまりに距離が長すぎて電圧不足の憂き目に。そんなアクシデントもあった。

濃く萌え出た新緑を濡らす小ぬか雨のなか、傘を片手の除幕式となった。写真担当だった私は、簡易の合羽と傘で、レンズが濡れるのを防ぎながら撮影をした。

当日の総指揮は労音の河西公之。長年のイベントの運営で経験豊かである。除幕式の司会は神戸の中島淳。京阪神を中心に出版されていた文化雑誌「兵庫のペン」の編集委員を務めていた。また、刊行委員会で発刊された内海さんの評論集『播州平野にて』の仕掛人でもあり、さまざまなジャンルでの活動で舞台慣れした人物でもあった。

建設委員会を代表しての挨拶は委員長の濱中重太郎氏の欠席のため千代田商事会長の小泉徹男氏が行った。

「優しさと激しさ、知性と感性、動と静、そんな二面の性格を合わせ持った、最も人間らしい男が内海繁ではなかったか。父と子の文学碑が並ぶのは全国でも珍しく、龍野の誇りでもある。文学碑が長く二人を顕彰するよすがとなればと思うばかりです」

短いなかに情のこもったあいさつであった。

なお、小泉徹男は内海繁と内海章三の三人で信州の藤村の跡を訪ねている。その旅の印象を内海繁は「馬籠・妻籠の旅」として歌集『北を指す針』に収めている。確か、小泉徹男とは京大時代からの交遊だったと聞いたことがある。

中学生と小学生の繁氏の孫の手によって、碑が除幕された。

つづいて、地元龍野市の文化協会や市当局などの来賓祝辞や来賓紹介、施工者への感謝状贈呈が行われたあと、碑に刻まれた短歌の作曲公募で入選した飯塚邦彦さんの表彰があり、姫路労音のメンバーが歌い上げた。遺族謝辞は長男の内海龍夫さんが行った。

長さ一・五メートル、幅三〇センチ、高さ九〇センチと横長の御影石の碑は、縦長の父の碑とは対照的な姿であった。その裏面には、建設委員会の名で内海繁さんの来歴が刻まれてある。

内海繁 歌碑刻文

一九〇九年、内海信之の長男として龍野市揖西町小犬丸に生まれる。県立龍野中学校、第六高等学校を経て、一九三三年、京都帝国大学法学部を卒業。専ら故郷に在って南龍夫のペンネームで詩歌・評論を発表する。一九四五年、戦後の平和と民主主義高揚の時期にいちはやく姫路文化連盟を結成し指導者として活動すると共に、民主的市民運動に力を尽くした。

一九六七年、姫路文学人会議を結成する傍ら、厳父信之に関わる資料の整理と顕彰に努める。一九七四年頃から本格的に短歌の世界に回帰して、既成歌壇に拠らぬ独特の歌風を樹立し、すぐれた作品と文学評論を発表した。一九八六年、死去。享年七十七歳。

その生涯を播磨の地に過ごしながら、高潔な志を貫いた人柄と業績を讃え、歌集「北を指す針」より一首を選んで碑銘とする。一九八八年五月十五日

内海繁文学碑建設委員会

新緑を濡らしていた雨も式次第が終わる頃には上がった。続いて会場を赤とんぼ荘へ移しての記念の集いである。

危惧したとおり、一八〇名収容の和室大宴会場は溢れんばかりの盛況である。司会は引き続き中島淳と短歌雑誌「野火」編集長の柳井悦子さんが新たに加わった。まず初めに、文学碑の建設経過報告を世話人代表の「おりおん」の山本学氏が。祝電、メッセージ披露の後に記念講演を県歌人クラブ代表で建設副委員長の米口實氏が内海さんの短歌に即して、「高い志を持った内海繁先生の作品は、今日ともすれば私たち歌人が見失いがちになる、何のために歌うかというテーマを常に掲げている点でまったく貴重な存在であったし、今後もそうあり続けるだろう」と、一語一句ていねいに明快な論旨で語られた。

続いて乾杯の音頭は県芸術文化団体「半どん」代表の小林武雄さん。小林は戦前、モダニズムを標榜した詩誌「神戸詩人」を発行。一九四〇（昭和一五）年三月、同誌などに拠る詩人二〇人が「半ファッショ人民戦線を展開、天皇制の打倒を目標に活動した」との治安維持法違反で検挙逮捕。一〇余人が実刑、執行猶予付きの有罪を受けた神戸詩人事件の象徴的な存在でもあった。

すし詰めの感の会場だったが、スピーチが続いた。内海さんの交遊の広さを教えてくれる人名である。煩雑だがあえて記しておく。池田昌夫（詩人で英文学者）、多田留治（日本共産党名誉兵庫県委員長）、永瀬清子（詩誌「木薔薇」主宰・岡山詩人協会会長）、川口汐子（歌人・児童文学）、家森長次郎（武庫川女子短大講師）、真下恭（姫路学院女子短大教授）、西垣勤（神戸大学教授）、金田弘（詩人）、こちまさこ（「おりおん」）。さらに、六高、京大の同窓だった宇井俊一氏が東京から駆け付けたことを付記しておく。

一〇年つづいたしげる忌

その後、内海繁さんを偲んでのしげる忌は計一〇回（一九九五年六月）を重ねた。記録を辿ってみると、第三回（前年の除幕式記念の集いを第二回と数えたため。一九八九年五月）は龍野聚遠亭別館。安藤礼二郎が内海繁の業績を、文学・芸術創造者として、地方文化運動の指導者として、平和・民主主義の普及啓蒙者として、同時に革命的政治への関わりの四つに分類して、一つの時代背景を絡めて検証、論及した。参加六〇名。

第四回は姫路市民会館（一九九〇年五月）で、講師は世話人のこちと親交のあった吉備路文学館館長の山本遺太郎氏。題して「岡山の文化運動」。一分野一県一誌の紙の割り当てという言論統制の戦時下、玉野市から出ていた同人誌の「アケボノ」を買い取り、のちの直木賞作家の藤原審爾らと同人雑誌「文学祭」を発刊したことなど、自分史を絡めて岡山の文学・文化運動のあれこれを披歴。山本氏は文学館長の前はオリエント美術館館長を務めるなど、文化全般に幅広い見識の持ち主だっただけでなく、行政や企業を動かすなどの行動力にもすぐれていたようだ。

第五回は、内海さんが生前その建設提唱を口すっぱく訴えていて、その春オープンしたばかりの姫路文学館望景亭（一九九一年六月）で。参加七〇名。生前の内海さんと交遊のあった人のスピーチ。西宮の建築家の上村一さんは西宮文化懇話会と内海さん。児童文学者で歌人の川口汐子さんは、兄の雪山慶正や夫の俊六氏との関わりや内海さんからのハガキのこと。文学館建設に関わった市職員の塚本敏郎さんは、文学館建設準備段階での内海さんの助言、支援のことなど。詩人の藤木明子さんは内海さんの人となりを。最後の沖塩徹也さんは、文学館開設とこれからの播磨の文化活動についての提言などと、多彩なスピーチとなった。

なお同日持たれた、文学館開館を記念してヤマトヤシキで開かれた「播磨の文人展」の記念講演（「播磨の風土と文人たち」紅野敏郎、文学館講堂）へ、しげる忌参会者からも多くの参加があった。

第六回（一九九二年五月）は前年と同じ文学館望景亭で、内海さんと短歌のテーマで「短章」萩原節男さん、「コスモス姫路」の尾上田鶴子さん、「水甕」の小畑庸子さんが、隠れた内海像と作品を、それぞれの思い出話を交えて話した。

なお午後の二部では、同年四月七日に亡くなった「おりおん」編集長の安藤礼二郎氏の偲ぶ会を急遽企画。市川宏三の司会で、戦時下の文学少年だった頃の思い出を中心に鳳真治。ついで戦後の文化運動との関わりから悦子夫人との仲人をつとめた話を真下恭。新聞記者時代と「おりおん」について大塚正基。ＩＯＭ同盟と西播民衆運動史を寺本躬久。「文芸日女道」の安藤を高橋夏男。作品論を神戸大学の風呂本武敏がそれぞれ話し、故人を偲んだ。閉会あいさつは「姫路文学」の沖塩徹也。参加者は六〇名。

第七回（一九九三年五月）は文学館講堂で、音楽・舞台関係者から見た人間内海繁のテーマで、真下恭（姫路学院短期大学名誉教授）はミュージカル「姫山物語」の前後のいきさつをなまなましく話した。津田律司（姫路市民劇場会長）は、市民劇場創立期の助言や龍野市での文学集会の思い出、縁者と内海さんの関わりなど。河西公之（姫路労音事務局長）は文化賞の折のエピソードや労音総会での講演の話など。坂東大蔵（姫路文連会長）は、戦後の演劇運動はなやかな頃の出会い、山陽座を二日間借りて昼夜四回公演した西播小劇場の「破戒」の舞台裏の話など。さらに飛び入りの熱演は内海敏夫。「田舎出身といっても繁の家は、最新のレコードなどがあって朝から歌を鳴らしていたハイカラな家風があった。だから、繁が歌が得意でなかったのは環境のせいでなくて、他に興味があったとしか思えない」との前置きから、親の代からの内海家のさまざまな内輪を活写した話があった。参加五〇名。

第八回（一九九四年六月）は文学館望景亭で、社会運動から見た内海さんがテーマ。高橋敏男（「おりおん」発行人）は、戦後の龍野時代の内海さん。山本学（姫路原水協代表）は平和運動・憲法問題と内海さん。真崎勝利（姫路医療生協）は医療生協と内海さんと、それぞれ話した。参加四五名。

第九回（一九九五年六月）は文学館講堂で。テーマは戦後五〇年、姫路地方の文化運動を振り返って。最初に市川宏三が問題提起し、「一〇〇周年を迎えた姫路市民劇場から」を市民劇場会長の津田律司が。「四〇周年を迎えた姫路労音から」を労音の築谷治事務局次長が。赤字を抱えての苦労話と、運動のなかでの赤字克服の歴史など。参加五〇名。

第一〇回は少しとんで一三回忌に当たる一九九八年五月、龍野・聚遠亭で。講演は「内海さんの思い出」と題して市川宏三が。なお、声楽家（ソプラノ）の林裕美子さんが岸田直美さんの伴奏で、除幕式の時の公募入選作（作曲・飯塚邦彦）を独唱。豊かな声量で静かな旋律のなかにも確固とした意志を感じさせる「わが胸の奥がに銀河冴え冴えと流れてあれよいのち果つとも」の歌声が、参会者の胸にしみ込んだ。昼食懇談後、参会者たちは散策がてら父子の文学碑の並ぶ白鷺山西端へ。参加五五名。

事前の世話人会で確認していたのだが、一三回忌に当たる今回の一〇回をもって、しげる忌開催の区切りとすることを参会者にも知らせた。

当初からしげる忌の世話人会では、会のあり方のマンネリが危惧され、そのあり方の模索があった。一つは内海さんの業績の顕彰と交遊のあった人たちの交流の場としてのあり方。一つは内海さんの多面的な業績をどう継承していくか。

実際、参加者は生前の内海さんと親交のあった人が大半であった。その業績の顕彰と、生前の内海さんと行き来のあった人々の交遊の場という課題はクリアできたと思う。ただ内海さんの業績の継承というテーマは難しい課題だった。特に若い世代にどうつなげていくかは大きな宿題だったし、難しい課題で果たしきれなかった。

そんななかで一〇年、一〇回、しげる忌が続いた。今振り返れば、これも立派な文化運動だったのではないかと思う。その時々の講演を依頼した顔ぶれを見ると、いかにも多方面で幅広いメンバーだと思う。内海繁という星の周りにさんざめく銀河のごとく、この播磨の地を耕し、照らしてきた多くの人々。

そんな人々が、戦中、戦後の歴史のなかで一つの時代を築いてきたのだと思う。

そんな歴史の一コマにいささかでも関われたことは、一つの誇りでもある。

最初で最後のカミナリ

仲間の善意で出版された市川宏三の詩集『真帆』だが、その二年半後（一九七九年）、ノンフィクション『虹の中の真帆』が本名の白石昭の名で書き下ろされ、水曜社から出版された。詩集同様、就学前の事故により下半身麻痺となった娘真帆の成長物語である。

当時はまだまだ障がい者に対して社会的偏見のある時代だっただけに、障害をものともせず持ち前の明るいキャラクターで車椅子での学校生活を過ごす主人公真帆の姿は、読者の胸を打った。また、家族や周りの登場人物も実名での登場もあって、身近で親しみやすい読み物でもあった。

その本を真帆さんが通う姫路東高の教師、演劇部顧問で劇団混沌所属の井上正利が脚本を書き、演出しての地元劇団プロデュースFの旗揚げ公演で上演されたのも、自然な流れだったかも知れない。

その時多くの文化人が結集して「観る会」を作って盛り上げたことは第五章「時代の子」（初出「文芸日女道」六四一号〈二〇二一年一〇月〉）でふれた。

その「観る会」の会合のスナップ写真と〈活躍する人々〉と題した演出の井上正利へのインタビュー

記事（インタビュアー・森井潤）が「姫路文学人会議」一五八号（一九八一年五月）に載せられている。

地域の詩人の作品を地域の劇団が上演し、さらに地域の文化人たちが「観る会」を結成しての公演の成功、さらにそんなことどもを誌面に取り上げた「姫文」のありようは、当時の姫路の文化運動の一つの象徴として記憶しておきたい。

同じ「姫文」一五八号グラビアの一面に、「〈共立病院〉建設を共賛して開かれる美術文学展」（六月一五日〜二〇日、白鷺町・レンガ舎）と銘打たれ、左下隅に「1981、5・レンガ舎ハシモト画廊、内海」と署名のある、画廊「レンガ舎」の外観スケッチが載せてある。署名の内海は「姫路文学人会議」の表紙絵に街並みを描いていた内海敏夫。

レンガ舎は医師であった夫を亡くしたこちまさこが城の前の白鷺町で営む画廊。内海繁門下生でもあったこちの好意的な提供を受けての展覧会であった。

当時内海繁などが中心になって始めていた、勤労市民のための病院を作ろうという運動に共鳴して、画家、書家、文芸家などに呼びかけてのアンデパンダン即売会。出品者は労力奉仕で、売り値から材料費だけを受け取り、収益を病院の建設費の一助に充てようという企画。

内海繁を師と仰ぐウノミの仲間を中心とした若い面々が、慣れない展覧会開催の手足となって動いた。作品依頼の発送、出品作品の搬入、展示、展覧会期間中の画廊の店番、会計などなど、嬉々として走りまわったのであった。前年秋に結婚したばかりで身軽だった私は、期間の半分は画廊に入りびたりだった。それを機にこちまさこととも親しく接するようになったかと思う。

出品作品に一幅の版画があった。太い老松の幹にがっしと爪を立て凝然と虚空を見上げる鋭い眼の鷲の雄姿。何日かの店番でその版画を眺めるうち、その版画が私の心を虜にした。そして手元に飾りたい欲求に強く駆られた。結婚したばかりの妻に決然と頼みこんで入手したのであった。当時の私にしてはかなり高額な買い物だったが、思案の末の決断で手に入れた軸は、今もなお、わが家の和室の床に飾ってある。作者は明石市在住の版画家、村上暁人。神戸の動物園に通ってスケッチしたと、創作の苦労を来場した本人から聞いた記憶がある。後日届いた買い上げの礼状が、木箱に収まっている。

その展覧会に何人の人から賛同出品があったか、売り上げ収益がいくらで病院建設にどれほどの役に立ったか記憶にないが、後日世話になった謝礼として、ウノミのメンバーに内海繁より五万円をもらった。その時どんな議論が交わされたか不明だが、飲み食いに使うのではなく、啄木祭に運用した記録が残っている。翌年四月一三日の市民会館での「啄木は今」と銘打った啄木祭は四四名の参加で盛況だった。さらにその翌年にも啄木祭は開かれている。

それなりの成果のあった展覧会だったが、その時、師と仰ぐ温厚な内海繁から初めてこっぴどく叱られた、忘れ得ぬ思い出がある。

月々開いていたウノミの会の勉強会。そこでのテーマが川になったのがきっかけで、兵庫県一の清流といわれた千種川の、源流から河口までを徒歩で辿る企画が持ち上がった。車で到着場所まで行き、バスで出発点まで上り、徒歩で川沿いを下る。月に一回ペースで、源流の三室山から河口の赤穂まで何回要したか。川沿いの名所旧跡を辿りながらの気楽なハイキングだったが、季節ごとの風趣や思わぬ地元の人との交流などもあった。

何回目の川下りだったか。確か日が暮れるのが遅かった記憶があるから、夏の終わりだったか。その日も思わぬ出会いがあったりで気分が高揚したままでの、約束の柳井（安藤礼二郎）家への訪問だった。通された居間に難しい顔をした内海繁とやや冷めた顔の安藤礼二郎が、黙然と座っていた。道路事情で約束時間にやや遅れてもいた。挨拶もそこそこに川歩きで出会った老人の話をこもごも口にする面々。そんな能天気な若者たちに、「馬鹿もん。何の話で今日君たちを待っているのかわかっているのか」と内海繁師匠の怒りの声が喉の奥から飛んだ。

ビクッとした面々、気まずい顔をしながら、もじもじとその場に座り師匠の顔をうかがう。やや落ち着いた声で、「今日あるか明日あるか待っていたが、いまだにない。展覧会が六月、今日でちょうど五か月経過している。一生懸命になって盛り上げたはいいが後のことは知らん。そんな気分屋では社会通念上通用しない。まったく半人前だ」。神妙に下を向いて意見を聞いていたが、一人小坂学が、「半人前なら半人前の人間に対処する方法もある。気が付いていれば、どうなっているのか催促すればいいではないか」と反論したのである。唖然とした師匠は、ギロリと目を光らせて、前にも増して罵倒しだす。

師匠が問題にしているのは、美術展の会計報告、出品参加者へのお礼状の発出など、事後の報告がないことを詰《なじ》っているのであった。ことに会計担当だった小坂には堪えた叱責だったのだ。

憤然と遣るかたない師匠、青ざめた小坂の顔、顔を上げ得ないほかの面々。火に油を注ぐような小坂の反論は、師匠の怒りを倍加する。何も言わずに白けた顔で立ち会う安藤。実際は一時間余りだっただろうか、二時間にも三時間にも感じた夕刻のひとときだった。

やや怒りの収まった師匠を安藤がうまくとりなして、今後の事務作業の詰めを決め、ビールでの乾杯となって、その場の気分はほぐれたのだった。

あれから四〇余年。以降、物事のけじめだけは忘れないでおこうという約束事は、あのときの内海師匠の顔とともに忘れないでいる。

第三章

路地で出会った詩人たち

詩人・安藤礼二郎

一九九二年四月八日、肺がんからの転移性脳腫瘍で前日死去した安藤礼二郎氏の葬儀が、姫路福音教会で多くの友人知己に見守られ、しめやかに執り行われた。検査入院して一か月後の急逝であった。オリオン社を代表して高橋敏男氏が、「姫路文学人会議」を代表しての弔辞を中野が代読した。「姫路文学人会議」の弔辞を一部引用する。

船場川ぞいに桜並木が花吹雪を散りばめている今日、あなたが亡くなった哀しい報せに空を仰ぎながら、ふりかかる花びらに春への惜別をかみしめています。……

城の北・北平野に生まれ、軍都姫路の町に育った人でした。学徒動員により、中国大陸に送られたあなたが体験された戦争の実態と学友の死は、二度と戦ってはならぬと決意するに充分なことでした。帰還して、あなたが焼け跡にそそり立つ天守閣を仰いだとき、平和への責任を若い肩に受けとめられたに違いありません。

……思えば、あなたの青春は日本の最もきびしい時代でした。戦時下、同人誌「生活風景」を出発点にして、戦後いちはやく「新濤」に参加されたのも、人間性回復、反戦の志を作品のうえに反映させるためでした。

神戸の「火の鳥」はじめ、イオム同盟、「姫路文学人会議」「オリオン」と、半世紀にわたって当地方の代表的な文学・文化組織に次々と参加され、そこで旺盛な創作活動を展開されたのです。

……。

代読しながら、胸に染み入る文章だと思った。会長の玉岡松一郎の名前だったが、文章を書いたのは、確か市川宏三だった。会長の玉岡は高齢のため出席を見合わせ、市川も欠かせぬ所用と重なっての欠席で、中野の代読となったのだ。

簡潔かつ敬意を込めた弔辞である。安藤への追悼文をいくつも書いた市川だが、「わたしが初めて知ったのは、一九五〇年代の〈イオム同盟〉の柳井秀としてである」と書き、「それ以前の〈柳井秀三〉時代になると、さっぱり判らない」と記すように、その出会いはやや遅い。市川との出会いの前の時代の安藤の姿を語る一文を紹介したい。

私の机の中に、四十五年前の色褪せた名刺がいまも残されている。そこには「中国新報社記者柳井秀一」とある。昭和二十一年四月一日―私がこの名刺をもらった日、つまり私が中国新報社に入社した日である。

城南練兵場の東南角に急造された平家建木造社屋には山本兼太郎社長以下十名ばかりの社員がいたが、編集部の構成は四人、編集長と主筆を除くと記者は私と柳井記者の二人だけだった。私が二十歳、柳井さんは二十五歳。当時、私と二人きりで写した写真の柳井さんは、ご覧のように憂愁をたたえた、インテリ青年である。およそ半年前まで中国大陸をかけめぐっていた陸軍少尉殿とは、とても想像できない表情である。

彼の机の上には、のちにペンネームの語源？となるアンドレ・ジードをはじめボードレール、サルトル、ボーボワールといったフランス文学者の著書が、いつも二、三冊積み上げられており、取材先から帰って、記事を書き終えるやいなや、マス目の原稿用紙に立ち向かう、といった生活が彼の日課になっていた。

隣席の駆けだし記者の私や、すぐ目の前の主筆とも殆ど口もきかず、黙々とペンを走らせていた。そんな情景が、いまも瞼に焼きついている。

新聞社には、入れ代わりたちかわり内海繁や向井孝、米田穣、大塚徹などがやってきたし、時に阿部知二、初井しず枝、黒川録朗なども顔を覗かせた。

そんな時には、私なども雑談の輪の中に誘いこまれ、もうもうと立ち込める紫煙のなかで、いつ果てるとも知れない文学談義を、ただひたすらに傾聴していた。

長い引用になったが、終戦直後のお城マートと呼ばれていた地に急造の平屋を社屋にした、中国新報社の情景を活写した一文である。筆者は「おりおん」編集委員の大塚正基。

終戦になって、言論統制が解除され、粗悪ながら新聞用紙も出回るようになると、地方においても中小の新聞社が芽を吹きだした時代である。召集を受け、中国大陸に陸軍少尉として派遣されていた安藤だが、敗戦とともに帰還。前述の新聞社へ入社するのだが、のち自ら週刊新聞「姫路タイムス」を発行する。従来の地方紙にない、革新的なバックボーンに支えられた論説を展開して、常に市政をリードする役割を果たした。

いっぽう、大塚徹を中心に戦後まもなく創刊された「新濤」に柳井秀の名で参加した安藤だが、「新濤」から枝分かれする形で向井孝、山口英、それに平柳の名前で、一九四七年三月、イオム同盟を結成、機関誌「イオム」を創刊した。

イオム同盟は、現実に密着し、現実から学びとり、現実から真実を取り出すことを目標に、出発に当たって、共通の詩の方法について申し合わせた。そのイオムの盟約とは、①口語でかく。文語的口語を避け会話的口語をつかう。②身の回りの出来事、身近な関心事のなかに、詩の素材・対象を見つける。③詩的な言いまわしをさける、平明な表現・散文的叙述で手短かく、要領のよい事務記録的な明瞭性、適格さを追求する。他に、詩以前の立場・視点・思想・世界観を共同で追求するという独特の盟約項目もあった。そして存続期間を一〇年とするとも決めていた。

イオム同盟は、一〇年間で五六冊の機関紙を発行（一九集から高島洋、三二集から生田均が加盟）し、詩集『戦争』（一九五〇年）、『平和』（一九五一年）を出版。作品活動の集大成として『定本ＩＯＭ同盟詩集』を一〇年目の一九五七年に刊行して同盟を解散する。

一方、広告収入がほとんどなく多くの支援する読者に支えられての発行だっただけに、「姫路タイムス」は五年ほどのち、多額の負債をかかえたまま、廃刊となる。そして記者時代の知己のＫから誘われてＨ紙管社へ就職。

それから一〇余年の空白ののちの一九六八年六月、「姫路文学人会議」一〇号にベトナム反戦詩「ひざまづいて生きるより」の連作を安藤礼二郎のペンネームで発表。文学への回帰を果たす。「イオム」で多くの反戦詩を書いてきた安藤はベトナム反戦詩や八鹿《ようか》事件告発の作品を断続的に発表。その一〇年後、「姫文」発行の詩誌「塩」三二号から「抒情小曲集」の題名で連載、詩集『どびんご』（姫路文学人会議、一九七七年）として結実。さらに六年後の『西播民衆運動史』（姫路文学人会議、一九八三年）は、若き日の新聞記者の経験を生かした、足で稼いだ埋もれた歴史の発掘でもあった。

安藤礼二郎の残した作品

安藤礼二郎が「姫路文学人会議」に登場したのは、創刊間もない一〇号からのベトナム反戦詩「ひざまづいて生きるより」の連作からだ。当時の「姫文」は二〇代のメンバーが多かっただけに、落ちつきはらった初老の紳士といった印象で、やや取っつきにくかった。

だが、会う回を重ねるなかで、酔えば「ムッシュムッシュ」と言い、「パリの屋根の下で」を口ずさんだりしながら、「中野よ、いい作品を書けよ。君はいいもんを持ってるんだから」とよく言われたものだ。

穏やかな人柄ながら、冷徹な批評眼と旺盛な創作欲、そんななかで継続的に発表された完成度の高い作品群は、私だけでなく、多くの若いメンバーに強い影響を与えた。

近年では高橋夏男さんが、「労農文学紀行」の連載のなかで二回に分けて（「柳井秀と安藤礼二郎」「文芸日女道」五六三号〈二〇一五年四月〉、五八三号〈二〇一六年一二月〉）、安藤礼二郎の作品を紹介、評価、解説している。ここでは重複をさけながら、安藤の作品を紹介しておきたい。

高橋さんも指摘しているように、安藤の詩業は「ＩＯＭ」同盟時代、次いで「姫文」時代が主な創作時期でもあった。そのなかの作品「母」は、「父」とともに、「イオム」時代の安藤の代表的な作品である。長い散文詩だが、あえて一挙掲載をする。

母

すゝけた筵機やほこりのたまった籾摺道具や赤錆びた唐鍬などが吊してあるうすぐらい納屋の天井から首を吊った中風病みのおじいの、やせて折れそうだった手や足や伸び切った首やむらさきにゆがんだしわだらけの顔をおぼえている。野良着のまゝ帰って来て、子供たちにも知らせず筵の上にふとんをしき、黙って唇をかんで綱を切っていた父や、それを見てかすかに安堵したような母のつかれた顔をおぼえている。

毎朝雨戸のふし穴や天窓がしらみかけると起きて煙につつまれてめしをたき、子供達の弁当をつめ、残りをたべて朝もやの中を野良へ行き、ひるはしめ切ったうすぐらい家の中で夫婦だまってお茶漬をくい、夜は風呂からあがってこおろぎが鳴く冷たい土間で十燭の電灯を背に草履を作り、両足をのばして背をまるめ、せっせと手を動かしている母の油気のない頭の髪の毛やほそい首をおぼえている。

田植が終った炎天の毎日、ぬるまゆのようにわいた稲田の中を終日はいまわり、稲先で顔やくびすじをついてあかくし、腰から下を泥だらけにし、汗くさい野良着をしっとりとぬらしてもう歩くことさえ忘れたように、ぼさりぼさりと夕ぐれの乾いた野道をかえって行く母の力なくたれ下った両手やそのぬれた草履がおとしていった小さな足型の数をおぼえている。

秋が終って松葉がおち、山の雑木がすっかり裸になり、高い松の梢に白い雲が流れる細い山道を、からだがかくれるような大きな目籠に落葉をつめ、倒れそうに前にかゞんで降りてゆく、母の手拭にかくれがちなあかくなった頬や、まえにたれたほそい首や、じっと体中で耐えていたその呼吸のしずけさをおぼえている。

明治、大正、昭和の三代に生きて活動写真をみたことがなく、コーヒーやココアの味も知らず、村にきた旅回りの田舎芝居をみて顔をゆがめてしくしく泣き、かえって手縄をないながら子供たちに話してきかせ、乞食がくると身の上ばなしをきいて気の毒がって米やダンゴをやり、無学文盲、手紙や葉書も書いたことがなく、長男と次男を大学にいれ、ひねくれた三男を遠い親戚にあずけ、残った四人の子供たちを相手にある時には夫婦げんかをして納屋の藁すべの中で一夜をあかし、あるときには村の衆にほめられて田圃の畦で二時間も三時間も仕事を忘れて子供たちのじまん話に夢中になり、またあるときは胃を病み、夜どおしうなってあくる朝車力のうえに布団を敷き荷物のように峠をこえて町医の家までひかれていった。

わずかばかりの田畑をまもり、歯がかけても歯を入れず、こつこつ身を刻み爪に火をともして働き、たまった金をきれいにたたんで仏壇の引だしにしまい、帰って来た息子たちの胴にしっかりと風呂敷につつんで巻きつけ、だまっていつまでも見送っていた村外れの橋のたもとの、その豆絵のような黒い影をおぼえている。

長男が東京で嫁をとったという知らせがあった日、刈り倒したひろい稲田の稲束に腰をおろしぼんやり秋雲の流れるのをみながら泣いていた母の、そのまるい小さな肩をおぼえている。

夜おそくまで学資のことで父といさかい、終って仕舞い風呂に着物をぬぎ、なんの気なしに前をかくして風呂にはいった母の、そのしなびた乳房や少女のような背中やほそい両足をおぼえている。

どすぐろい塊を吐いて動けなくなって四日、かけつけた子供たちに次々と囲まれながら、すすけた低い天井の下でせんべい布団にはいったまま、すでに死んでいた母のとがった頬骨やまだ呼吸をしているような鼻の穴や口もとのうすいうぶ毛をおぼえている。

そして出棺の前夜、とりかえられた明るい電灯の下で頭をそり、子供たちが眼をはらしながら白い着物に着替えさせると、帯の間や肌着の中から籾殻や藁屑がばらばらと畳の上へこぼれおちたのをおぼえている。


「母」の初出は一九四九年の「ＩＯＭ」一五集。その年の暮れに新日本文学会編で発行された『新日本詩集』に発表され、一九五七年一〇月刊の『定本ＩＯＭ同盟詩集』に収録された。

長い安藤の詩業のなかで、一つの金字塔といえる作品ではないか、そんなふうに思う。

姫路市の北の外れの農家の生まれだった安藤にとって、農村での暮らしを生き抜いた母親の姿を形象化した作品の創作は、「父」ともども、必然の誕生ともいえる作品であったろう。

もっとも略歴的には、京都の大谷大学へ進学、学徒出陣で中国大陸へ出征するのだが。

「母」と対の作品ともいえる「農夫伝」（のち改題して「父」）は、「母」の二年後の作品で同じく『定本ＩＯＭ同盟詩集』に収録された。

「母」よりもさらに長い九一行の長詩だが、貧の暮らしのなかで逞しく生き抜いた「歩けばからだじゅうの骨々が鳴りだしそうな」老百姓の姿を活写した作品である。

安藤の詩業を考えてみると、のちの「どびんご」の抒情詩の結実と合わせ、ここで見た「母」に代表される作品世界を含め、自身の生まれ育った農村での体験が一つの原点といえよう。

安藤礼二郎の作品群のもう一つの原点は、学徒出陣での戦場体験からの反戦詩の数々である。中国大陸の戦場での実体験にもとづいたものであろう、特に「イオム」詩集に発表されたそれら作品群は反戦詩にありがちな過激性を抑制した描写で統一されている。さらに、地に足をつけた社会、時代批判のバックボーンに裏打ちされた思想性と、題材を作品化する冷徹な描写力に大きな特徴がある。それらの作品の延長線上にある天皇を扱った「白い馬」は、神宮外苑での学徒出陣式の風景を題材に描いた力作である。長い作品だが、紹介したい。

白い馬

黒塗りの車から降りたその人は
思わずふらっとよろめいた
が、すぐに帽子をとってあいさつした
銃を肩にひっかけた米軍のMPが二人
アゴで、この上へあがれ、と合図した
その人は、だまって階段をあがっていった
舞台の中央までゆき、直立不動の姿勢になったとき、また、ふらっとよろめいた
そのとき、ロープの垣のむこうで、熱狂した数万の市民がいっせいに万才を叫んだ
その人は手に持った帽子を中程まであげかけたが、あわてて降した
波のように湧きあがってくる声とうまく合わなかったのだ

今度は背のびするように帽子をあげたが
そのとき、声はもうひいていた
その人は、帽子をあげようか、どうしようかと迷っていた
その人は、帽子をあげなかった
波がおさまって、その人は、帽子をふった
市民の歓声は、いつまでもつづいた
その間じゅう、その人は、背広を着た案山子のように舞台の中央に立っていた
金縁のメガネの下の口ひげは、きれいにそろえてあった
頰の中程に大きなホクロが一つ蠅のようにくっついていた
やがて、その人は、まるい猫背を秋日にさらして舞台から降りていった

そのとき
ぼくは、舞台の隅の柱にへばりついていた
新聞記者の腕章をつけ
首からカメラをぶらさげていた
カメラの中にフィルムは入れてなかった
その人には、付添人とMPと市長と、それから若干の報道人しか近寄れなかった
しかし、ぼくは近寄った
その人の写真をとる恰好をして
その人を近くで見るつもりであった

その人を近くで見て、どうしても見とどけなければならないものがあった
大ぜいの学友が、その人のために死んだ
その人の名を叫んで死んでいった
下宿の部屋に、本箱や布団袋を残したまま、死んでいった
おふくろや恋人に出す手紙を、そっと本の間にはさんだまま、何もいわずに死んでいった
好きな娘の手にそっとふれ
それ以上のことを求めることもないまま死んでいった
だれも、美しく生きぬくことを教えてはくれなかった
だれも、美しくしく死ぬことばかり教えてくれた
ぼくも、その人のために死のうと思った
その人のために死ぬことは美くしいことだと思えた
その人を神だと教えられてきた
その人を祖国だと教えられてきた
ぼくらはみんな、祖国を愛していたから
その人のために死ねると思った
祖国のために、死ねると思った

しかし、ぼくは
その人を、この眼で見た
カメラを構えながら

カメラの下から、この眼で見た
だが、ぼくの心は
その人を、見ていなかった
ぼくはもう一人のその人を見ていた
その人は、白い馬に乗っていた
雨でけぶる神宮の森を背にし
その人は、ゆったりと白い馬に乗っていた
軍服の襟章は見えなかったが、胸にひかる大元帥の徽章は鮮やかにひかっていた
ぼくは、その前を力いっぱい歩いた
泥にまみれ、雨の大地をたたきつけるように歩いた
歩いて、歩いて、
そして、そのまま船で戦地へ運ばれてゆく予定であった
その人も雨でぬれていた
白い手袋が弧をえがいて答礼する
ぼくは歩きながら、それを見た
これから、その人のために死のうとする、その人を見た
雨は服の上から肌までぬらし
汁は全身ににじんで服をぬらした
ぼくの頬を、一すじ涙が流れた
隣りの男も、じっと唇を噛んでいた

横の男も泣いていた
泣きながら、みんな前へ前へ必死に歩いた
ああ、ぼくのチベット語よ、印度哲学よ
そして、きみのマラルメよ
ドビュシィーよ、牧神の午後の旋律よ
さようなら
ぼくは、もはや再び見ることもないだろう祖国と、その人と
すべての人に、そっと別れを告げた

しかし、いま
カメラでかくしたぼくの頬を
また、別の涙がしずかにながれおちた
背広を着て案山子みたいに立っているその人を見たからではない
MPのアゴの動きばかり気にして、おどおどしているその人を見たからではない
そして、また
じぶんの意志でもない人間に生まれかえさせられようとし、
もう、これ以上利用されるのはいやです、と、ふとみせる哀しげな表情をその人のなかに見たから
　ではない
それは、多分
じぶんの意志で歩くことを知らなかった

おのれ自身のおろかさと
死んでいった友と
生き残ったぼくと
ぼくのなかの大きな廃墟と
何よりも、ぼろぼろに燃えつきた青春への、限りない悔恨の涙だったのかも知れなかった

その夜、ぼくは遅くまで眠れなかった
拒否しても、拒否しても、白い馬に乗ったその人が現れてきた
朝がた、浅い夢を見た
焼跡の暗い道を、白い馬に乗ったその人がとぼとぼと
何処かへ消えていった
ぼくのなかから、消えていった

「姫路文学人会議」一〇〇号（一九七六年五月）掲載「暗黒の日々（抄）」のうちの「白い馬」の初出作品である。

安藤礼二郎の主体性の確立のためには、多感な青年時代に心の奥ふかくすみついている、天皇観との闘いを抜きにしては語れない。骨の髄にすみついた「その人」との闘いが節目ごとの改作発表となった。「その人」の象徴の「白い馬」という詩作品の改作を辿ってみると、「その人」との闘いの痕跡が消しようもなくうかがえるのである。

志方進との交友

志方進が「姫路文学人会議」に登場したのは七五号（一九七四年三月）の「枯野」からであった。七五号といえば、創刊七年目、詩を書く若い書き手も増えたことから、その号から詩作品単独での月刊誌「塩」の創刊のあった号でもある。本来の「姫路文学人会議」の散文陣の強化という意図からの「塩」の発刊でもあったが、今から思えば、二冊の月刊誌の発行をやってのけたことは、大きなエネルギーがあったということであった。その詩誌「塩」は四年余り、五〇号まで続いた。

バックナンバーの奥付によると、「塩」の編集を北条文子、藤川巧とし、「姫路文学人会議」の編集は中野信吉と須藤リツ子が当たるようになっている。発行人は内海繁だが、発行所の住所はお城本町の市川宏三宅になっていた。その市川は側面的な援助で支えてはいたが、編集実務は若手に任せきりだった。そもそも、「姫路文学人会議」のスタートは何人かの詩人と歌人、それにサークル運動に集まる若手といった構成であっただけに、小説を書くのは米田穣がいたくらいである。だがその米田も事故で創刊早々に亡くなった。創刊当初の「姫路文学人会議」の散文陣は、せいぜいエッセー、短文の評論が現状であった。

特異な存在として富士久夫の「船場川」が四九号（一九七二年二月）から連載が始まった（一三五号まで八二回連載）。自身の職業であった大工の職人世界に材をとった独特の世界を描いたユニークな作品ではあったが、技術的にはやや見劣りするものでもあった。他に二、三の女性の書き手もいたが、インパクトのある作品は見いだせなかった。

そんななかでの志方進の登場であった。

「枯野」は、妻の実家の遺産相続を題材にとった小説だったが、その後の志方の出発点となる内容を含んだ作品であった。

のちに「聞き書き」のなかで志方は語っている。小説を書き始めた動機は、妻の自死であった。見合結婚だったが、三人の子を成し、何事もなく平穏に暮らしていた。そんななかでの遺産相続にまつわる遺族のごたごたに巻き込まれての、妻の自死。平穏な暮らしのなかで、落とし入れられた運命に対する怒り、自殺した妻を救えなかったことへの自責の思いなどから、自分を責めることで、心の安住を求めようと、言葉を紡いでいったのである。一つ書き上げたら、一つ気分が整理できる。そんな不純な動機が志方を小説に駆り立てた。

志方が入会したのは、四〇歳の時。志方の原稿を編集した私は二五歳。人生の苦渋で小説を書かざるを得なかったという、志方の心の内を理解すべくもない軽薄な青二才だった。したがって、「枯野」は辛気くさい内容だという印象を強く抱いただけだった。志方とはそんな出会いだった。

が、それからやや早すぎた志方の六七歳の死までの二十数年。私の青年期から中年期にかけての二十数年の志方との付き合いとなった。つまり、志方の言う人生の悲しみということが、いくらかわかる年頃を迎えた時期の志方との付き合いであった。もっとも、付き合いといっても、いつの間にか習慣になった、合評会が引けたあとでの居酒屋での二人酒が主たるものだったが……。

そんな場で何を語り合ったかほとんど記憶にないが、たぶん文学を語ったというよりも、酒の肴のしめ鯖や蕗の煮つけの講釈を気ままに語り合ったくらいだったろう。そんな付き合いが長年続いたのはやはりどこか馬が合ったのだろう。

そんな志方との付き合いのなかで、志方の人となりを通して、志方の小説を貫く人生の哀しみ、諦念といったものに、私は触れ得、志方文学の何たるかを教えられもしたのである。

入会以前の志方に三冊の詩集がある。その三冊目の詩集の表題にもなった「哀しみ達」という詩を紹介しておく。

哀しみ達

色々な哀しみがいる
宿題をよく忘れる哀しみ
女のくせに
噛みついたり、ひっかいたり
けんかのたえない哀しみ
本ばかり読んでいる哀しみ
炊事洗濯つくろいもので
再び忙しい年老いた哀しみ

しかし近頃
哀しみ達は化粧を覚えて
今夜も
それぞれの素顔をかくし
おならの話で笑いさざめきながら
パチンコがやめられない哀しみの中心に

母のいない食卓を囲んでいる

志方進小説集（1）『宵の星』の解説で市川宏三はこの詩について、

　哀しみ、は家族一人ひとりの心の奥底に棲んでいると志方さんは言いたいのだろう。自殺した奥さんの代わりにやってきた実母と三人の子供たちのそれぞれの生態を食卓を前にして観察している。哀しみを押しかくし、せめて食卓の前なりと明るい世界を作りだそうとしている情景がほうふつとしてきて胸を打つ。志方さんが一編一編心血を注いでかいた家族物語の小説は、この詩の中に言いつくされている。

と書いている。まさに同感である。

　志方の詩の出発は、代用教員時代の児童詩教育での児童たちの詩との出会いが、その出発だったという。その多くはロマンチックな精神主義者ともいえる少年の心を失わない作品たちだった。

　そんな延長の上に、自責と悔恨に苛《さいな》まれつつ、愛と哀しみをテーマに、妻の自死をさまざまな角度から作品化して「姫路文学人会議」に発表し続けたのだった。それ以前の詩の方法ではとても書き切れないテーマでもあった。そして「姫文」に作品を発表する、志方のその姿はまさに人生への懺悔《ざんげ》に正面からひたむきに対峙した、どこか清々とした姿すらうかがえるものだった。

　そして二年余、身を削るような作業のなかで、小説「鉋」の世界に行き着いたのである。まさに精進の末の、私小説から虚構の世界への脱皮であった。

志方進の「姫文」での作品活動の歩みを、「姫路文学人会議」「文芸日女道」のバックナンバーを紐解きながら振り返ってみたい。

四〇歳で「姫路文学人会議」七五号の「枯野」で登場した志方進は、三か月に一作のペースで断続的に作品を発表した。四〇〇字詰原稿に換算すると一三枚から五〇枚の短編小説といえようか。

だが、バックナンバーを精査してみると、五冊の小説集を残したわりには、志方の創作期間は短いのである。出発が遅かっただけでなく六七歳という早い死だったこともあり、さらにその二十数年のなかで休筆期間があった。

号を追って検証してみよう。

志方進の二十数年を概観してみると、「姫路文学人会議」七五号（一九七四年三月）の「枯野」から二〇〇号（一九八四年一二月）の「疾風都大路」までの一〇年間。その後の休筆期間の一〇年。そして「文芸日女道」三三一号（一九九五年一二月）の「原戸籍一」から四〇〇号（二〇〇一年九月）の最終稿「志方進いろは歌留多・ら雷雲」の晩年の五年半。と大きく三区分に分けられる。

いうまでもなく、第一区分の一〇年間は精力的な作品発表の期間だったし、技量的にも「姫文」に志方進ありと会外からも高く評価の定着した時期。妻の自死に対する自責の思いを活字化することによって、自問、理解、解放、癒しへと昇華させた時期でもあった。

妻の自死を問い続けるという私小説的なあり方は、モデルの実家庭の変化によって、そのテーマも時々に変化していく。つまり、子どもたちの世話のためにやって来た年老いた母親と子どもたちの触れ合い、続いて老いた母親との別れと、再婚でやって来た子どもたちの新しい母親との触れ合い、さらに子どもたちの成長、葛藤へと変化していくのが自然なながれでもあった。

そんななかで、作家志方進は新しいテーマへと脱皮をしていった。「姫路文学人会議」九二号

（一九七五年九月）の石積み職人の心意気を描いた「八丈岩山」であり、一〇〇号（一九七六年五月）の大工道具造り職人の世界を描いた「鉋」、一〇二号（一九七六年七月）の擬人化したヤマノイモの成長を描いたやや異質な「山芋」へと続く、より広い世界へのチャレンジであった。やや古くさい文章運びと相まって、昔気質の頑固な職人をうまく描き出し、新境地へと至ったのである。さらに、小説集に収められた刃物職人を描いた「鋏」、サツキの盆栽の世界を活写した「晃山」へと結実していった。

一〇年の「姫文」での創作活動のなかで、自他ともに認められる作家へと至ったのである。一九八〇年には『宵の星』と『鉋』の小説集を出版し、まさに脂ののった時期に至ったといえた。

だが、前作の「分かれ道」（一七七号、一九八三年一月）から一年の空白後、毎月の掲載を課しての連作の一二作目の「疾風都大路」（二〇〇号、一九八四年一二月）を書き上げて以降、ぷっつりと筆を絶ったのである。正確には、二〇六号（一九八五年六月）の「文学は一つの芸なのか」以降、三二九号（一九九五年一一月）の「やっぱりいいな」に至る一〇年間の年二作の巻頭時評（一七五号、一九八二年一一月開始）の掲載はあったが。

志方の休筆の理由は何だったのか。創作活動の行き詰まりだったのか。本人は何も語らなかったが、憶測として私には思い当たることがある。もちろん客観的、冷静に今振り返って考えると、作家的な悩み、つまり新たなテーマの行き詰まり、志方の小説の出発の原点であったモデルの実家庭の不幸を乗り越えて順風満帆ともいえる現実生活での変化によるものと、新たな作品世界として描きだしたユニークな職人世界など作品世界の引き出しの限界を感じての断筆が大きな原因だっただろうが、そのきっかけとして、二〇〇号を機に持ち上がった誌名変更の事柄があったと考えられもする。

志方は誌名変更反対の急先鋒だった。一八八号の「重ねて広場の考え方と誌名変更について」と題した巻頭時評で「姫路文学人会議」の誌名に強い愛着があることを書いている。その文章を抜き出してみる。

　姫路文学人会議という集団は特異な存在である。といって私は他の文学集団のことはあまりよく知らない。しかし他の同人誌の集まりとは性格を異にしているであろうことは想像できるのである。それは仲間の誰もが意識しており、時として話題にのぼるのでもわかる。一口に言って家庭的な集団なのである。そして一様に誰もが優しいのである。私のような仲間付合いの不得手な人間が、入会して九年、いまだにはじき出されず、自らも出て行くことをしなかったのはこうした居心地の良さからくるものであったかもしれない。……私は姫路文学人会議を同人誌というよりはサークル誌だという見方をしている。つまり職場とか自治団体の中での同好の会という性格を、そうした枠を外れて維持している集団に過ぎないのだ。いきおい年令職業経験、更には文学に対する意識の強弱など、雑多な集団になることは、否めない。こうした集団が家庭的に、そしてお互いに優しくいたわり合いながらやっていくとするならば、当然それが長所となり短所となることはまちがいない。

「私のような仲間付合いの不得手な人間が、入会して九年、いまだにはじき出されず、自らも出て行くことをしなかったのはこうした居心地の良さからくるものであったかもしれない」という文節のなんと素直な気持ちの吐露か。

　妻の自死が原点で小説を書き始めたなんて、考えてみれば依怙地で偏屈な性分を備えておればこそだろう。そんなこだわりがあったればこそ、一〇年間妻の自死を問い続け得たのである。そんな物書きの必然ともいえる性分を備えた志方のこの一節のなんと素直で正直な思いを伝える文章だろうか。

そのうらには、妻の自死の解明という不遜な動機からの創作に対して温かく受け入れ、見つめてくれた「姫路文学人会議」のメンバーに対しての、深い感謝の思いが潜んでいないだろうか。そんな志方の思いが伝わってくる一節を読み返してみると、三十数年経ても、決して古くはない新鮮な人間味のある印象を受けるのだった。

そんな家庭的な集団が誌名を変更するのは志方にとっては、耐えがたい行為と映ったのではないか。自分を癒し育て続けてくれた居場所が無くなる――誌名の変更がそんなふうに思えたという見方は、うがちすぎだろうか。

三十数年経て、当時の志方の心情を振り返って、あながち見当外れではないのではないかと思ったりもする。

最も志方の偉かったのは、休筆期間を含め、以降病気で入院まで、自身を育ててくれた恩返しのごとく、自身の作品の掲載がなくても、真摯な態度で合評の場に臨み続けたことだ。

活性化と将来を見据えての「姫路文学人会議」の誌名変更を提唱する市川宏三にたいして、志方同様強く反対の意をとなえたのは志方より七年遅れで入会し（一一二号、一九七七年六月）、詩作品とともに、地域の埋もれた詩人の発掘に筆を執っていた高橋夏男だった。

高橋は志方とはまた違った意味、例えば同人雑誌に拠る鼻持ちならぬ作家気取りが「姫文」メンバーにはない、そんなことからくる「姫文」の居心地のよさを、「文学の広場」という表現で提唱した。振り返れば中途加入の二人が、頑固なまでに誌名変更に反対したことは、二人がすっかり「姫文」になじんでいたということになるのだろうが、ある意味皮肉なことでもあった。

そんな「文学の広場」について、誌名変更反対意見とともに志方は、一八八号の巻頭時評で語っている。つづけて抜き出してみる。

最近、「広場」という言葉が使われはじめた。つまり姫路文学人会議という団体と月刊誌を文学の広場と見なした表現なのである。いつ誰でも入会でき、作品をいつでも発表できる。入会資格とか、掲載する作品の水準とか基準とかは一切なし、つまり誰でも自由に立入ることができる場なのである。少なくとも私が入会した頃はすでにこうだった。生まれて初めて小説らしきものを書き、それをそのまま掲載してもらった。……ただこの「広場」を管理しているのは現在の会員なのである。お互いに心して整備をしなければならない。広場といっても多目的広場ではない。もちろん物置き広場では決してない。あくまで文学する人のための、文学する人に必要な広場でなければならないのだ。……下手はヘタなりにひろばを使ってトレーニングし上達すればいいのだ。整備とは文学的でないものの排除であろう。さらには文学に対する意志のあるなしの色別判断であろうと思う。……文学を目的とする集団である限り、最終的には作品の居心地よい場でなければならない。優れた作品が寄り集まってくる「広場」にしたいものである。

誌名変更反対の意見表示の時と同様、なんと率直で真摯な思いの吐露であろうことか。今振り返ってもその提言は決して古くさいものではなく、敢然と、文学サークルとして独自の個性を備えた「姫文」のあり方と、広場の役割を言い得ている文章である。

志方の一文を表して、一九〇号（一九八四年二月）の巻頭時評で市川宏三が、「私も彼の発表したものとほぼ内容的に同じことを書いていた。つまり先を越された」と書いている。市川は運動論から、志方は感覚的な嗅覚によって、「姫文」の将来展望を共有していたといえる。個性の違いの互いを認め合っていた市川の文章である。

自身の作品の掲載がなくても、合評会には欠かさず顔を出したことはすでに触れたが、合評会に関しての志方の思いの詰まった言葉を紹介してみる。

「合評会いうのは、読者の勉強でもあるわな。『枯野』を書いた頃には、自分で書くだけで完璧と思ったけれども、読者があるのを意識して、どう思うかということを考えなあかんことを教えてくれた。だから二年間の間にもしうまくなっとったら、合評会やないんかな」

まさに合評会が自身を育ててくれたとの本音の言葉といえよう。

また、市川と運動論は違えども、志方なりの手助けからの思い入れからだったのかも知れない。

その合評会だが、ことに詩作品にたいしての志方の批評のあり方には、説得力があった。一言でいえば、「詩の値打ちは、その作品に詩の心があるかないかで決まる」という評価基準だった。いわゆるその詩の裏に詩の核ともいえる詩の心、いわゆる詩情があるかないか、それを備えているかどうかでその作品の優劣が決まるのではないかといったものだった。技術的なことは二の次といった、志方独特の批評眼であった。

志方の詩作品の「哀しみ達」はすでに紹介したが、その詩作品の背骨ともなる詩情といったものがその作品には溢れている。つまりは志方の詩に対する批評眼というのは、自作を通して身に着けた志方の詩精神から勝ち得たものだったといえるだろう。

今振り返って、そんなことどもをふっと思ったりもするが、志方の残した三冊の詩集は残念ながら手元にない。

志方との交友の締めくくりに、志方なりの励ましのあり方を書き留めておきたい。

夏の加古川駅前の居酒屋での一コマ。「どちらが早く小説を書くか、握りをしよう」と志方が提案した。握りとはゴルフなどの競技で、金品を賭けることで、小説を早く書いたほうが、飲み屋で酒を奢ってもらうという約束だった。酒好きな二人に異存はなかった。

当時志方は休筆中だったし、私は半年に一回まわってくる巻頭時評でお茶を濁している程度だった。私は誌名変更後の「文芸日女道」に志方の小説が載っていないのが寂しく思えたし、志方の新しい小説が読みたいと思っていた。だから、志方の握りの提案は、私が小説を書く後押しというよりも、志方への叱咤のためという意味合いに受け止めた。たぶん志方もそんな気持ちだったのではないか。自分が小説を書く励みよりも、相手に小説を書いてほしいという願いのこもった約束だったのではなかったか。

そして、志方は三〇〇号記念号（一九九三年六月）に「黄昏の花」を書いた。だが、志方は私との握りの約束のことは、何も言わなかった。志方が言いださないので、私は志方を飲み屋で奢ることはしなかった。

その後、三三〇号（一九九五年一二月）から、志方は「原戸籍」の連載を始め、私は市川の勧めもあって、播磨地方の文人を取材紹介した「聞き書き・はりまの文人」を発表しだした。毎月の文人たちの取材は、私にとって新鮮だったし、一つの仕事を見つけた気持ちにもなっていた。そんな私に、「これは君の作品（小説）じゃないわな」と志方は言った。

それから何年か経った。そして、「聞き書き」の取材の経験を経て私は、自分には小説を書くために必要な想像力が欠けていることを痛感し、それよりも取材を通して対象に迫る方法が似合っているのではないかと気づいた
そんななか、漱石の娘婿、松岡譲と出会い、その足跡を現地取材し、その取材紀行を「文芸日女道」三九六号（二〇〇一年五月）から連載し始めた。

「この連載は、ぼくの作品や」と思いつつ、私は志方に読んでほしいと強く思った。が、その年の初夏に始まったばかりの私の連載を読むこともなく志方は亡くなった。

心残りなことであった。

三年後、私は連載ののち『作家・松岡譲への旅』（林道舎、二〇〇四年）を刊行した。ようやく、私なりの志方との握りの約束を果たした思いであった。

そんなふうに、私の道を後押ししてくれた志方との交友だった。

詩人・姜万寿のいた時代

一九六七年七月、「姫路文学人会議」が創刊された。その頃のバックナンバーを紐解いてみると、姜《カン》万寿《マンス》という、やや異質な名前の詩人が登場する。一号から三五号（一九七〇年一〇月）まで、ほぼ断続的に作品を発表し、五七号（一九七二年一〇月）の企画「出番」を最後に、「姫文」からその名が消えた詩人である。

私が「姫文」に顔を出したのが一二号（一九六八年八月）だったので、姜万寿と重なる部分がある。それもいささか強烈な思い出として。

合評会の一コマ。一九歳の私は恐る恐る合評会会場へ顔を出した。その場には市川宏三をはじめ、内海繁、鳳真治などの当時の長老の顔もあった。そんな人々に臆することもなく、食ってかかる人物がいた。それも耳慣れた播州弁ではなく、訛りのある標準語とでもいえばいいのか、独特なアクセントのある話し方で、強く自己主張する若い男の姿があった。それが、若き姜万寿。在日朝鮮人二世であった。

自分の主張が真っ当なことを露ほどに疑わない、純粋無垢な姿は、会に集う若者たちにも強烈な印象を残した。当時の仲間だったひびきとおるが書いている（「姫路文学人会議」五七号、一九七二年一〇月）。

彼が、会に現われると合評会が活発化し、心にしみる作品群は、私たちに書く意欲と感動を与えた。そんな彼が一時退会した時があった。一女性会員は「私にとって文学人会議の魅力の半分は姜君にあった。彼のいない文学人会議なんて魅力ない」と断言したし、一読者は「姜さんの作品いいわね。印象に残っているのは彼の詩だけ」と言っていた。

当時の会の仲間の多くから愛されていた姜万寿でもあった。

その略歴は、「昭和二一年（一九四六年）五月一〇日、姫路に生まれる。白鷺高校卒業後、職業を転々、現在新日鉄下請工。新婚ホヤホヤの妻と母の三人暮し。詩歴は八年」。

詩歴八年といえば、二〇代半ばの出発。多くの作品は三〇代のものである。その作品群は、在日朝鮮人という自分の出自にこだわって、自身のアイデンティティーを掘り下げようとしたものであった。

彼の初期の頃の作品を紹介してみる。

祖国へ　―日本の学校で学ぶトンムに―

文トンム
あなたはまだおぼえているでしょうか。
「夏期学校」で、私が初めてあなたに会った日
あなたは日本のセーラー服に身を包み
黒板に母国語で大きく書かれた
あなたの名前を

何度も何度もノートに書き写し
ムン　ロジア　と大きく　ゆっくりと発音する
先生の口元を見つめたまま
あなたははずかしげに小さく口を動かしていましたね。

文トンム。
先生が私をあなたに紹介した時
私はあなたがまだ朝鮮語がわからないと
思って、日本語で
「こんにちは」と言ったら
あなたはにこにこしながら
立派な朝鮮語で
「アンニョンハシミカ」と答えました。
あの時程、私ははずかしい思いをした事は
ありません

文トンム
私も日本の教育を受け、
日本のなかで生活してきました。教科書にこびりついた
「朝鮮征伐」「朝鮮併合」の文字の下で、

さげすみとおそろしさの毎日が続きました。

文トンム。
私達が初めて祖国を知り
母国語で話し合う時、
朝鮮人であることを今まで
かくしつづけてきたことが
なんとバカなことであり
悲しいことであったでしょう。

文トンム。
年賀状ありがとう
あなたはいつか
「私は私にとって一番大切なことを
忘れていたことに気がつきました。
それは、私が朝鮮女性であるということです。」
と悲しげに訴えていましたね。
でも。
「一日も早く祖国でお正月を迎えたいですね」
と、書かれた

あなたの年賀状を見た時、
私はそっと
チョゴリを着たあなたが
トラクターに乗って
祖国の土をたがやしている姿を
思いうかべてみました。

（「姫路文学人会議」一七号、一九六九年二月）

自分の出自を隠しながら、日本語のなかで育ち、「朝鮮征伐」や「朝鮮併合」を日本語の教科書で学んだ、幼い在日朝鮮人二世たちの心の叫びを、抒情的に刻んだ作品である。

そんな自分の足元を真摯に描く姜万寿に対して、先輩詩人の安藤礼二郎は、「感情と情緒の流れるままに素直にうたった抒情であり、もう一つは、まだ多分に抒情の滴をたらしながらも、その抒情の世界から脱出しようとする姿勢である。ながい屈辱の歴史を生きてきた民族の苦痛や怒りを、現在の姜君の抒情感でとらえることは困難であろう。そのまえに先ず彼自身の抒情の質を変革する必要があろう。次に言葉を磨いて鋭く武装する訓練が必要となろう」（「抒情の質について」「姫路文学人会議」一八号、一九六九年三月）と、友情を込めたエールを送るのだった。

この一文は、姜万寿の詩作の初期の頃の作品を集めたパンフレット詩集『トンガラシの歌』（一九六八年）を評したものだった。安藤は当時四六歳。詩人集団の「イオム同盟」の一〇年を経たのち、創刊間なしの「姫路文学人会議」へ入会したばかりであった。幼い抒情に対しての限界と課題を提起した、実績ある詩人からの詩人の卵への応援歌である。一見欠陥だらけに見える、それらの作品の奥に隠された、時代と社会にひた向きに対峙する鋭い感性を、安藤は高く評価し好んでもいた。未完成であっても感性を備えた後輩たちに対して、惜しむことなく強い愛情を注ぐ、そんな良質な大人の風格を備えていた安藤は、姜万寿だけでなく当時の若い後輩たちに、惜しむことなくエールを送ったのである。実力のある経験者も初心者も、分け隔てのない議論を闘わせる、そんな活力が創刊初期の「姫路文学人会議」には存在していたし、後々まで持続された会の「広場」たる所以《ゆえん》でもあった。姜万寿の作品評というより安藤礼二郎の詩論でもある、一文の続きを少し紹介しておく。

民族の苦痛や怒りをとらえるには、そのカメラの目は常に自分に向ってむけられなければならない。自分の内部に向けられたカメラは実に正確に、情容赦なく自身を写すだろう。そのとき、そこに写しだされたあまりに醜い己れを見つめる。己を見つめることは他人を見る、人間を見ることに連なってゆく。それがそもそも文学の発祥であろう。

そんな安藤のエールにこたえて姜は、次のような作品を書く。

鑑札

友よ
鑑札を忘れるな
朝　便所でしゃがむ時
腹まきに手を入れろ
汽車に乗るにも

バスに乗るにも
パチンコ屋　ラーメン屋はては
隣三軒両隣
どこへ行くにも
鑑札を忘れるな

「いらない犬引取ります」
鑑札のない野良犬は
金網の霊柩車に乗ってあの世行き
鑑札を忘れた朝鮮人は
「鑑札不携帯罪」でブタ箱行き

俺達の首にぶらさがった
鑑札は
この国の空の色にもにて
三年ごとに色をかえよ
去年までは　青
今年は　こげ茶

うっかり

三年ごしの更新を忘れた去年の十月
年老いた母の手を引っぱって
市役所の係員にペコリ
写真三枚をペタン
台帳に左手人差指でポン

その後
警察から呼出し状
また
年老いた母の手を引っぱって
官憲の前でペコリ
何年何月　どこで生まれ
何年何月　どこの学校を出て
何年何月　どこへ就職して
何年何月　給料をいくらもらって
何年何月　またやめて
何年何月　また　就職して
何年何月　財産はいくらぐらいで
何年何月　嫁さんはまだか
書上げた調書が十枚

それから　今度は
検察庁
また年老いた母の手を引っぱって
入口に入るやペコリ
「この調書に間違いがないか」
「ありません」
「帰ってよろしい」
この間　一分
これで　母と私の今日の日当代が吹っ飛んだ

これでやれやれと思ったら大間違い
暮も押迫った晩
書留速達が　母と私に一通づつ
誰が金を送ってくれたのやらと
ニヤニヤ封を切れば
「右の者　外国人登録証明書更新を二十日間
怠った罰として　三千円の罰金に処す」
友よ　決して鑑札を忘れるな

日本の植民地支配により、日本へ移住を余儀なくされたり労働力として強制連行された朝鮮半島の人々。日本に在留せざるを得なくなった彼らやその子孫に対して政府は、日本国籍保有者とみなしたいっぽうで、外国人登録令を適用し、出入国管理令、外国人登録法の適用対象とした。それは戦後も長い間、適用実施された。在日二世の姜もその対象から逃れられなかった。一つの時代の風景でもあった。

詩人・佐藤光代の肖像

二〇二〇年の立春まえ、一通の寒中見舞いが届いた。

年頭にはご丁寧なお年始状をお送り頂き有難うございました。令和に入り間もなく癌がみつかり、僅かばかりの闘病生活でしたが、七月十日、母光代は享年八十九歳にて永眠いたしました。旧年中にお知らせ申し上げるべきところ、年をこしてしまいました非礼をどうかお許しください。厳寒の折皆様のご健康とご多幸をお祈り申し上げます。

さり気ない文章だが、亡き母親に対する深い愛情を感じさせた。差出人は、佐藤Kさん。佐藤光代さんのご子息だろう。面識はないが、数年前、佐藤光代さんがまだ元気な頃、「同居を始めた息子の指南でパソコンを始めた、八十歳の手習いです」といったメールが届き、彼女とは何度かのメールのやり取りをしたが、その息子さんのようだ。

老いた母親の世話で同居し、手慰みにパソコンの操作を教授する、心優しき息子さんという勝手なイメージで、息子さんの年齢を三〇代半ばと思い込んでいた。だが、冷静に考えれば、遠い昔初めて佐藤光代さんに会った時は、私の母親とさして変わらぬ年代だったのである。八九歳の享年を考慮すれば、佐藤さんの息子のKさんの年齢は、私とあまり違わなく、定年退職後に母親の介護に光代さんと同居されたと考えるほうが自然である。

そんな佐藤光代さんと最後に出会ったのは、三年半前の二〇一六年一一月五日にホテル姫路プラザで開いた、「市川宏三さんを偲ぶ会」でだった。矍鑠《かくしゃく》とした顔を見た途端、どちらからともなく歩み寄って抱き合った。それほど懐かしい人でもあった。

佐藤光代さんが「姫文」に顔を出すのは、確認できる手元の資料では、「姫路文学人会議」一六号（一九六八年一月）からである。

創刊間なしの「姫文」は、サークル運動を通じて入会した二〇代の若いメンバーが主体で、市川宏三の二歳下だった中年の主婦の佐藤さんは、異質な存在に思えた。まだ一〇代だった私から見れば、やや若いが母親のように思えた。満州事変の年に生まれたようだから、当時三七歳。三児の子育ての最中でもあった。

相手の心を見抜くような眼光と、歯に衣着せぬ物言いには圧倒されたが、それはあくまでも合評の場での姿であった。ふだんは「中野君、中野君」と優しげに声を掛けてくれたし、どこか慈母のようなぬくもりを感じさせもした。一言で言えば「甘えられる母親」といった印象でもあった。

市川さんと佐藤さんの出会いはもっと早く、夫君の佐藤昭松《あきまつ》の主宰する市之郷の明泉寺での短歌会という環境に居たことになる。つまり文学的な素養のなかで会ったようだ。もっともその作品を見てみると、短い言葉では言い表せない心の叫びのようなものを胸奥に抱いていたからか、それとも定型に縛られるのが嫌だったのか、と思ったりもするが。

その略歴が「姫路文学人会議」五五号（一九七二年八月）の企画「出番」に記してある。紹介すると、「昭和六年八月十二日、千葉県市川市八幡町に生まれる。兵庫県立姫路高女を卒業して幼稚園助教諭として四年間つとめる。その間に昭松氏と結婚。男ばかり三児の母親。詩歴は三年半ぐらい。尊名にＰＴＡ会長」とある。

道理で、まわりの二〇代の若い書き手のなかでは、異質なほどどっしりとした存在感があったわけだ。「姫文」初登場の作品を紹介してみる。

西風の言葉

西風が吹けば思い出す
〝女が本読んで何になる〟
〝貧乏人が本読んでも
腹はふくれんで〟
悲しげに怒った私の母さん

それでも強情に本にまげた
背中は聞いていた
言葉にはならない
母さんのもう一つの声を

〝金持ちかて　貧乏人かて
男かて　女かて
みんなおんなじ人間や
何でうちらばっかり
こないにつらい目にあうんや〟

妻になっても熟れ切れない
母になってもふくらみ切れない
私の心の洞には
体から体についだ
母さんの　その又母さんの
語られなかった言葉の渦がある

女性上位　昭和元禄
きらびやかな言葉の乱舞に
重たく沈んだ洞の
渦は静かに加熱する

風が吹いている
狂ったように

しのび泣くように
苦しむ者の語れない想いに
空と野をふるわせ
西の風が吹く

私は西風の言葉を
語る者になりたい

おそらく初めて書いた詩ではないかと思えるが、やや理屈っぽさはあるが、初めての作品とは思えぬ、力強く訴えてくるものがある。詩人佐藤光代の原点を示す作品といえよう。

佐藤光代さんの詩歴は思っていたほど長くはない。「姫路文学人会議」「塩」と「文芸日女道」のバックナンバーを繰ってみると、「姫文」入会いらいの六年と一四年間の空白期間を挟んでの五年間（「文芸日女道」二三八号〈一九八八年二月〉から三〇二号〈一九九三年八月〉）の一一年間である。夫の単身赴任のなかでの子育てと家計をささえての仕事（確か証券会社のセールスウーマンだったと記憶するが）をしながらの詩作だったのだろうが、思ったより短い創作期間にかかわらず、詩人としての強いインパクトをのこしているのは、力強い作品内容のせいだろうか。前半期の印象的な作品を二作、紹介する。

鬼ババア

いちぢくの木のある家に
貧しい母親が住んで居た
大きい子も　小さい子も居て
本当はまだ
ババアではないのだが

顔の色が青くなる迄
働いて帰る夫に
貰ってくる金が少ない
かい性がないと言って責め
食べたい盛りの子らが
物をねだると言っては叱る

えのぐがなくなった
新しいノートが要る
その度に怒る母親に
鬼ババア　と叫んだ子は
窓辺に立ち

外を向いて泣いた

昔　ゆたかに光った髪
赤くそげだたせ
若者をひきつけた黒い目
三角にとがらせ
何時も心配に体をこわばらせ
せかせかと働いた

鬼ババアになったのは
何故なのか
くたびれた心には判らない
いちぢくの木の下で
腰を二つに折り曲げ
ねぎを植えつつ
ポタポタと涙こぼして泣く
鬼ババア

地獄の夜

すうっと眠りにおちようとする
丁度その頃なのだ
いつもお前が咳はじめるのは
石の様に重たい体から
ぐいとつき出した手で
お前の背中をさする
だがお前の咳は止まらない
つき上げるようによじる体
〝困ったねえ〟ゆがむ私の顔
哀願するようなお前の眼
思わず起き直り
首のつけ根を　背中を　胸を　腹を
力をこめて　圧え　さする
〝苦しい？〟〝本当にどうしてだろう〟
だが答えるのは
ヒュウ　ヒュウ　笛の様なぜい音
激しく上下する肩
大波の胸　よじれる全身

私は己のすべてを手にこめ
汗ばんで　さすり圧えつづける
長い地獄の夜がはじまる
お前が悪いわけではない
それは良く知っている
だが乾布まさつも
医者の薬も効き目のない
夜毎のお前の苦しみが
いやお前が憎い
一そう死んでくれたら
いや、代れるものなら死んでやりたい
青ざめわななくお前の口びる
アア　アア　クルシイ　クルシイ
コンナ　クルシイナラ
シンダホウガ　イイ
あゝそんなお前を
どうする事も出来ない
私は地獄の鬼なのだ
おさえつけるような夜の中で
私は瞳をすえる

「地獄の夜」は圧倒的な迫力をもって、読むものに迫ってくる。先輩詩人の安藤礼二郎の作品評は、「表現は幼ない。主観的な生の肉声や客観的な立場に立った描写や表現が入りまじって、それがまたかえって作品の効果をプラスしている点もある。……多少センチメンタルな感傷的な点を除いては大変佳作だと思われる。……この詩が読者の胸をうったり、何等かの感動を脳裏に刻みつけたとすれば、その主要な要素となったものは矢張り〈私は地獄の鬼なのだ〉の表現の中にも汲み取れるように、人間の愛と憎しみが同居した醜い自分自身をさらけだした生身の声を感じ取ったからに他ならないだろう。……人間というものを見つめる眼が次第に出来てきた証拠であろう」

佐藤光代と市川宏三の出会いについて、先に「夫君の佐藤昭松の主宰する市之郷の明泉寺での短歌会であったようだ」と書いたが、事実はそうではなかった。

戦後間もないころ、焼け跡に仮本堂と三畳ばかりの庫裏が再建なった明泉寺には、敗戦で心の拠り所を失った青年たちがよく出入りしていた。住職の名和達雄、敏恵夫妻がそんな青年たちを温かく迎え入れてくれた。そんな時代に、佐藤光代は昭松と出会い、名和夫婦の媒酌で結婚した。それから二〇年余後、明泉寺の本堂が再建された祝いの席で、佐藤と市川が初めて顔を合わせたのだった。その様子を佐藤は市川宏三を追悼する文に書いている。

「初めてお目にかかります」とパンフレットのような冊子を渡し「市川です。仲間でこんな本を作っています。一緒に詩を書きませんか」柔らかな物言い、それに市川って私の生誕の地が、千葉県市川市。戦争で引揚げて来て住んだのが播州の市川べりの家。少女期から結婚まで住んだ家。何かすうっと風が吹いた気がした明泉寺さんの不思議な御縁の風が。

夫は結婚前から短歌の会に入っていたが、私自身の心は詩の方になじみがあった。迷わず姫路文学人会議に入会し、初めての合評会が〈モロゾフ〉というロシア料理の店の二階だった。狭い階段を上がって行くとテーブルの周りに沢山の男性が並び、女性は二、三人で何となくもの怖じした。

それでも詩を書くのは楽しかった。自分の中に、主婦の目　少女の記憶　女の想い　人間としてのテレパシー等　様々な想いが層をなして眠っていて、それを詩の言葉にして姿を与えることの喜びに目覚めた。教えてくれる仲間がいてこそ育っていく喜びがある。

佐藤光代さんの詩の原点と当時の風景を活写した名文である。
そんな佐藤光代さんの詩作時期後半の作品。事実を見据える確かな観察眼と、そのうしろに人間味の温かい心を隠し持った想像力を存分に発揮した、佐藤さんの詩業での集大成ともいえる詩を紹介する。

鬼ババアⅡ

命の値段

ひとりでぽつんと
うづくまっていた母が
土産のパンを
むさぼるように喰べはじめると
庭の痩犬の目が光り

悲鳴をあげてはね廻る
だが母はふり向こうともしない

何でも喰べてしまうから
台所には鍵がかけられた　すると
隣の畑の青いトマトをちぎって喰べる
裏の畑の大根もぬいて喰べた
子の顔まで喰うてしまう気かと
兄にゲンコツ喰わされて
〝ウチはオニババアか〟
さぐる目付きで問いかける

遠足の日
朝の目覚めの枕もとに
ふんわり編み上っていたセーター
母さんは魔法使いだった
〝おフロわきましたよう〟
夕暮れに裏のおじいさんにかけた
やわらかな風のような声

暮しの細い綱渡り
失業中の父さんの背広
私のセーラー服に作りかえた
母さんの手の技　心の技
飢えの日の雑炊に
摘んだ野の草
石ころの川原かじいて植えたイモ

頭並べて目を光らせた
飢えたわが子をみつめる辛さ
ハウ・マッチ
老いの果まで追ってきた
仕立の仕事と
孫の守り
春が来ても
花さえ知らず
いつも嫁と張りあい
誰からもほめられなかった
生涯の値段　ハウ・マッチ

母さんが
鬼ババアなら
私も鬼ババア
地を這う
木の根なら
私はその若い枝

老いた母の目
みどり色の泪が光る
すきとおる目でみつめている
庭の痩犬よ
だまって立っている
大きなバベの木よ

(「文芸日女道」二五四号、一九八九年六月)

舞台に立った詩人・須藤リツ子

須藤リツ子が「姫路文学人会議」に登場するのが、五六号(一九七二年九月)から。つまり「姫文」のごく初期だったが、サークル出身者が多かった当時の若手女性陣の作品と違って、やや異質な、洗練された作風の詩や短い小説を書いた。そんな彼女に対して、先輩詩人の白城鷹四(のちの三木智)は、

「須藤さんは才人だ。才気が先走っているように思う。その才気の一部を詩の方に定着できる人だと思う。才気におぼれることなく、才気を才能にまで定着させて欲しい」と期待と注文を寄せている。では、白城のいう才気は、須藤のどこから生まれたのだろう。七二号（一九七四年一月）の特集「私の創作体験・創作方法」に寄せた一文に、須藤リツ子は書いている。

中学の卒業式を数日後にひかえ、風邪をこじらせて入院、以来二年余を療養所で過ごした。その時そこの俳句の会に投稿したのが文字を読む受身の形から、創るという能動的な方向へ変わるきっかけだったと思う。しかし十七字ではとても表現しかねて詩となり小説らしいものを書くようになった。退院前に初めて看護婦、患者数人で四〇頁ほどの同人誌を作った時、原稿集めからガリ切り、刷って製本と、暇で元気だった私が一人で走りまわってできた〈つくしんぼ〉は、書くことと同じくらいに編集する面白さを教えてくれた。

いわゆる思春期という時期を大人ばかりのそれも病む人たちの中で過ごした私にとって、書くということは、他の人の話すことと同じ意味をもっていたと思う。退院後、勤め先の門鉄で発刊されていた機関誌に投稿した〈ジムの噂〉で初めて賞をもらった時のうれしさは忘れられない。

多感な少女期の二年余の療養所生活で彼女は文学に対する才気を培ったのだろう。私の青春期に行き会い、すれ違った女性のひとりであったが、そんな思春期の体験の暗さや僻《ひが》みを感じさせない、心の芯に一本の強さを備えた人間だったように思ったりもする。

一九四七年生まれだから、入会当時、二五歳だったことになる。作品発表だけでなく、編集や当時設けていた小説部会を切り回しもした。

また地域の劇団〈荷車〉（代表・上原建二郎）の播磨寛延一揆（寛延二〈一七四九〉年）を扱った「寒梅」（いちはらひろし作・演出）で客演し、一揆の首謀者の滑甚兵衛の妻おみね役として公演の舞台に立った。だが彼女の「姫文」での活躍は、あっけないほど短かった。やはり彼女の文学に対するシフトも、青春の一過性のものだったというほかなかったのかも知れない。五年後、結婚を機に川崎市へと転居、「姫文」との関わりも、自然と途絶えた。

そんな須藤リツ子の残した詩作品を紹介する。白城鷹四のいう才気を感じさせる。恋を描いた作品である。

曼殊沙華

この花をありったけ摘んだら
きっと駆けていきます。
白いドレスも、
レースのチュールも
それらしきもの何ひとつ持たない私が
あなたの胸に抱かれるとき
あゝ
両手いっぱいの曼殊沙華
咲いていることにふるえている花びらと私と、
それらを抱こうとする

あなたの不幸
人が人を許すことができるなら
朱い花は
こうまで張りつめて咲いてはいまい
しゃっきりのびた茎が
こ気味よく手折られる秋を

「直接に戦争は知らないけれど、どこかにその影をひきづってはいないだろうか。私の場合、食糧難に加えての貧困から小児ぜんそくで死にそこない、以来ぜんそくと背中合わせに〝たわむれ合って生きてきた〟ように思う」とも須藤リツ子は語っている。そんな思いで自分の足元を見つめつつ、詩や散文を紡いできたなかの一作。

キーをたたく　—戦争を考えるによせて

五合ほどの玄米を入れた
一升びんを棒でつく。
ザクリと突っこんだ感触を
手のひらは忘れていない。
裸電球の下で
腕がだるくなるまで米をつくのは、

ヌカがとれて
一粒一粒が光りだすのが
お釜のフタから吹きこぼれる
ご飯のにおいにつながっているから
うれしい仕事だった。

あれから二十余年。
イモやメリケン粉で育った私は
中小企業のキーパンチャー
しっかり竹棒を握った指が
キーをたたく
一つたたけば家のため
二つたたけば社会のため
しかし
たたいても　たたいても
いっこうにふくらまない腹
いっこうにゆとりのでてこない生活《くらし》
だから私はキーをたたく
　ひとつき　ひとつきで
確実に白くなっていった米粒。

何で生活《くらし》がゆたかにならぬはずがあろう
何で社会が明るくならぬはずがあろう
私はたたく
五本の指に深い想いをこめて
一人一人の心が
ゆたかに結ばれる日を願って

コンビナート原景の詩人・ひらいかなぞう

「姫路文学人会議」の創立時から、中期（「文芸日女道」二八九号、一九九二年七月）まで、会の運営で中心的な役割を果たすとともに、率先して詩を書き続けたのが、ひらいかなぞうである。

人を食ったようなこのペンネームは、当時盛んだった職場、地域での文学サークル運動のなか、悩み怒りを吐き出してみよう、その胸の内を言葉で表すのに、むつかしく考えることはない。ひらがなで綴ろうといった趣旨のもと、それに呼応しての命名だったようだ。

当時播磨地方には多くのサークルが職場、地域にあって、その中のひとつ、「てんぼう」の代表として、「姫路文学人会議」の創立にひらいかなぞうが参加したのであった。

一九歳の私が出会った時、七歳年上だったひらいの第一印象は、どっしりとして、落ち着いた物腰で、二〇代半ばと思えぬ老成した姿に映った。そのことを言うと、「彼の育ちは薩摩《さつま》隼人《はやと》。年上の人間を敬うという保守的な土地柄。雑駁な播州の人間から見れば、いかにも落ち着いて年寄りくさく見えるわな」と私の言葉に頷きながら、市川宏三は言った。

そんなひらいかなぞうは一九四二（昭和一七）年大阪生まれで、鹿児島県串木野高校卒業の製鉄労働者であった。

戦後一五年を経て、日本の高度経済成長という時代の流れのなか、農村地帯から工業地帯への労働力の移動政策のもと、集団就職に象徴される新卒者の労働現場へという時代の流れのなかで、ひらいかなぞうは、鹿児島から播磨重工業地帯の地に職を得たのである。

白砂青松の播州の海岸線の海を埋め立てて工場群が乱立する播磨重工業地帯。なかでも、一九五〇年に発足した富士製鉄広畑製鉄所は、姫路市の企業城下町の筆頭企業という存在であった。

が、ジャパンドリームを夢見てはるばるやってきたひらい青年を待っていたものは、バラ色の夢世界ではなく、過酷で劣悪な労働現場であり、厳しい労務管理の世界であった。

そんな日々のなかで出会ったのが、サークル活動であった。仕事の悩みや青春の悩みを解放するとともに、職場や社会の矛盾、さらには画然と立ちふさがる階級社会の存在に目覚めたのである。

そう、ひらいかなぞうも時代の子であったといえよう。

サークル運動のなかで文学と出会ったひらいかなぞうであったが、文学的感性や詩精神の深化は、「姫路文学人会議」での先輩詩人たちとの触れ合いのなかで培われたといえよう。

彼は大企業での労働現場に足場を据えて、人間を見据え、さらにより社会的、普遍的な文学精神を構築していった。

彼の作品を貫いているのは、労働現場の労働者の骨太なスケッチであり、一方で家族や肉親に対しての深い愛である。

ひらいかなぞうは二冊の詩集を残している。『洗いたての作業着』（姫路文学人会議、一九七六年）と『火守りの詩』（鳥影社、一九八三年）の二冊。彼の三四歳と四一歳の時のものである。

は書いている。

「てんぼう」時代から約一〇年の作品を収めた第一詩集『洗いたての作業着』の「あとがき」にひらい

およそ詩などというもの、生涯縁がないだろうと思っていた一人の粗雑な男が、ふとしたことから詩にめぐりあい、とりつかれてから十二年がすぎました。製鉄所の三交替勤務の明け暮れの中で芽ばえた、より人間らしく生きたいというねがいは、人生をよりていねいに生きねばという自覚をひきだし、粗雑さをけむたがるようになりました。この人生をていねいに生きようとするうえで、有名無名の先人や仲間たちの詩は本当に栄養になったし、また自分で詩にとりくむということが、それをたしかなものにしてくれるようです。

そんな詩人ひらいの原点ともいえる作品を抜き出す。

ヘルメット考

そんなにヘルメットや鉄パイプや覆面が好きなら、
俺たちの現場に来い。
炉修理現場はいつも人員不足だ。
たとえどんなに仕事着がよごれていても
機械手入れ用のボロ布や
尻のはみだしそうな板きれをしいて

俺たちは一服するのだ。
なんにもしくものがないときは
おもたい会社のマークがついた
ヘルメットに尻をのせて休むのだ。

ずいぶんとかぶりなれて傷だらけの
おたがいのヘルメットには
大きさのちがいがまるでない。
さいづち頭も
逆三角形も
でっかちも
みんな頭をヘルメットにあわされて
数えやすくしてあるという話であった。

もとはといえば
からだは軍服軍帽にあわせるものという
軍需会社の系譜をなぞるこの会社の
鮮やかなちがいは
一万個ほどの社員用白ヘルメットと
白であることを許されない

とりどりの下請工のヘルメット。
そいつは会社と家庭の安全帽。
でも白ヘル工長のかさなる横柄さを
クビ覚悟の黄ヘルメットがハンマーでなぐったら
簡単に穴の開いた安全帽

そんなわけで一服どきともなると
俺たちは頭かせをはずしたおもいで
おっさんの頭もうすくなったとか
若いくせに白髪の多い野郎だとか
汗もほこりもていねいにぬぐった
おたがいをたしかめあっているのだ。

骨太なタッチで現場労働者を描き、時代と社会に迫った、やや粗削りな作品である。ひらいかなぞうの第二詩集『火守りの詩』は、前詩集から七年後、彼の四一歳の出版である。その詩集の巻頭を飾った作品は、前の詩集でも巻頭に配した「いちょう」であった。その意味をひらいは、「私を知ってもらうのによいだろうと考えてのことである」と記している。つまり自分の詩の原点であり、代表的な作品と位置づけているのである。紹介する。

いちょう

風もないのに
銀杏の葉が舞いおちてくる。
始祖鳥のたどたどしい旅立ちにゆれた
ジュラ紀のかなたから
歴史のうつりゆきをのせた
ひとひら
ひとひらが
僕の胸に降ってくる。
息子よ、みるがよい。
落雷にかきむしられて
なおすさまじく天にたちむかう
巨木のおごそかさを。

疲れはてて這いのぼる
クレーンのタラップが
夜勤の空にどこまでもつづいて見え
どんな世の中がきてもけっして
労働者なんかになるんじゃないと

わめきたくなったとき
銀杏はそのたかい梢を鳴らし
希望への
そんなぶざまなわかれを叱りながら
僕の胸に枝をさしのべてきた。

息子よ　ひろいあつめよう
きょうの母さんの誕生祝いは
この色づきはじめた銀杏の葉だ。
氷河期に耐え
僕らのなりたちをじっとみつめてきた
つよい樹のはなしをしながら
葉っぱのくびかざりをつくってあげよう。

市川宏三の評「メカニズムに立ち向かう詩人」を抜き出してみる。

まことに美しい抒情詩である。この時代はマイホーム主義ということばが流行していた時代でもある。このひらい作品にもその影は濃厚に投影され、目前のいちょうの遠大な歴史と製鉄所という巨大な舞台を背景にしながら、三連で首かざりをつくってあげようで結ばれるという納まりかたになっている。骨太の材料をそろえ、ことばえらびの技量も申し分なかろう。しかし時代というすさまじい刻印は、創造者の意図や願望をこえて、限界の枠を打ちつけるのである。良き父であり、良き夫である、ひらいかなぞう像を読者はこの詩集のはじめに持つことになったのだ。好評の秘密はここにあった。やや女性的と思えるほどの細やかな神経と目くばり。鹿児島出身で製鉄所勤務、そしてたくましい骨格。だれがみてもちょっと想像のつきにくい存在だ。

（「姫路文学人会議」一八六号、一九八三年一〇月）

と、評価しつつ辛口な評となっている。

かたや、高橋夏男の評「『火守りの詩』の周辺」は、

不逞無頼の反逆的批評精神ではなく、情理をあわせ、乱れのない世界観のようなものがちゃんとあって、激発する精神をコントロールする方向性が働いて逸脱がない。アナーキーにも、絶望的にもならない。それがまた端正なことばの配列と叙述をたどって、表現の格調となっている。

感覚や叙情やことば遊びを排した彼の詩は、意志的であり、人生的であり、たしかに訴えや語りかけや説得が彼の作風の基調の一つになっている。誠実できまじめな言葉の働きかけが、読者の心を動かすものとなっている。風刺や皮肉はあっても、冷たく人を傷つける性質のものではない。

（「姫路文学人会議」一八五号、一九八三年九月）

と、言葉の奥に不満を含んだ、やや反語的な評でもある。が、大本は、詩集『洗いたての作業着』の作品群に通底する家族愛、肉親愛を描いたなかの代表作としての高い評価である。

時代に若干の差はあるが、ひらい同様、大企業の労働現場を描いた詩人に相生の高須剛がいた。同じ

クレーン工でも製鉄所と造船所の違いはあったが。ダイナミックに労働現場を通して人間と時代を描く、高須剛の作品に、私はいつも心打たれていたものだ。そんなことから、個性の違いは弁《わきま》えていたが、どうしても高須とひらいの作品を比べてみて、ひらいの作品に対して物足りなさを覚えたのだった。そんな思いをうまく解き明かしたのは市川宏三の一文だった。

クレーンからものをみる習慣のついている労働者の目は、たえず鳥瞰図で物体が展開するだろう。相生の高須剛さんなどは、その目を生かした傑作を過去にいくつか作っている。ところが、ひらいさんは、高所からものをみることに、こだわりを持っている。高須さんの目からみた労働現場の人間は蟻のようにうごめく。それは造船所の巨大な機構の中では発揮しようもない無個性の生物として映っている。ひらいさんの目はそういう種類のものではない。（略）ひらいさんの目は水平だといった。その理由はごく大ざっぱにみて二つある。ひらいかなぞうという詩人は、上から人を見おろすというふうな非人間的な観察はできないという思想に裏打ちされた詩人であること。よしんば、生理的にそう映ったとしても、そういう類いの描写は排撃すべきだという信念をもっているだろうこと。もう一つの理由は、かれの生産現場というか作業現場での〈わたし〉が非常に希薄であること。もどかしいぐらいに作者は後に身を引いていて、相手が舞台に登場するという仕掛けになっていることだ。〈わたし〉を語るのは、相手がわにおどらせることによってのみ、自然にわからせるという手法なのである。しかも、語りおどる舞台はコンビナートという、とほうもない広大で漠然とした地点であって、その中の一地点〈わが職場〉でないことだ。

（「メカニズムに立ち向かう詩人」「姫路文学人会議」一八六号、一九八三年一〇月）

つまり、上から人を見下ろすことを拒否するという詩人としての良質な思想だけでは、コンビナートというとほうもない広大で漠然とした世界を描くことは難しいとの批評を述べているのである。

家族の風景を叙情豊かに描く手法の成功と、一方大企業の労働現場を描くことの限界を、市川宏三は指摘しているのでもある。

先に少し触れたが、就職時の風景とサークル運動について記した、ひらい自身の文章を紹介しておきたい。二〇年後の回想である。


さて、その播磨の地姫路に私がやってきたのは安保闘争の熱気もさめやらぬ一九六〇年（昭和三十五年）八月八日。就職先である製鉄会社の寮の完成が遅れているとのことで自宅待機させられていた私は、会社からの電報で恩師や友人たちへの挨拶もそこそこに郷里を発った。布団袋と柳行李は英賀保駅止めで送り、トランクひとつをさげた私の下着には親戚や近所からの餞別が母の手によってしっかりと縫いつけられていた。八月九日の入社であるから、急行列車で十七時間かかるといっても七日に発てば充分間にあったのだが、七日の旅立ちは縁起が悪いとかで一日早めたのである。そしてその時は姫路を素通りして神戸まで行き、叔父の家に一晩泊めてもらった。製鉄所のある広畑までは翌日の山陽電車に乗っていったから、国鉄姫路駅に降りたのは翌年の正月がはじめてということになる。

入社して初めての正月は、まだ三交替勤務についていなかったために世間並みに休むことができた。かといって、帰省するほどの金もなかった。旅費ぐらいは工面できても、はじめての帰省である。餞別をもらったところに配る土産やら、着て帰る洋服のことなどを考えるととても帰れたものではない。それよりも高校時代にうけていた育英資金の返済のほうが先であった。それやこれやでこの年の正月を私は下関の姉のところですごした。
下関までの往き帰りはほとんど立ち詰めであった。そのせいでもあるまいが、はじめて国鉄姫路駅に降りて解体修理中の姫路城を見たとき、「ああ、帰ってきたな」と安心する自分になんとなく苦笑したものである。少しは姫路の人間になったんだな、そして、姫路駅に降りたつたびにその想いが濃密になっていくのだなと思うと、なんとなしに故郷から遠ざかるようで寂しかった。（略）寮の中で鹿児島弁や宮崎弁や大分弁が堂々とまかり通る時代であった。そして、それらの若者のほとんどが、「あそこから列車にのれば、田舎に帰れる」と職場や寮などでつらいことに出合うたびに想いうかべるのが駅前町御殿前なるところに所在する姫路駅であった。

（「私の地誌ノート・駅前町御殿前」「姫路文学人会議」一四四号、一九八〇年二月）

「布団袋と柳行李」や「親戚や近所からもらった餞別が母の手によって下着に縫い込まれた」といった言葉に、時代と人情を感じさせ、実感を通して、あの時代と社会をうまく切り取った、青春回想の味わい深い文章である。
次いで、サークル雑誌「てんぼう」に触れた文章。

一九六四年十一月一日にうすっぺらなガリ切りの詩誌を広畑製鉄所の現場から送りだした仲間たち、さらには足掛け五年間にわたる文芸サークルとしての活動に参加した西播各地の四〇名をこえた仲間たち。中野重治や槇村浩や大関松三郎や峠三吉などにも増して、初心者の手をひいてくれた無名の仲間たちのことを、あえて私は〈おもいでの詩人〉としてここにとりあげてみたいと思う。

〈みなさん、私たち〝てんぼう〟に集まった者らは、とにかく私の職場を書こう、仲間を書こうと集まりました。職場ではあまりにもヒドイのです。仲間は人間性を否定され、ケガをすれば、タルンでいた、病気になれば遺伝だとか病気のケがあったのだ、オウチャク病と言われ、「ちがいます」といえばアカだといい、もんくをいわず働けというのです。私らは考えました。誰もそういわれているのです。だから職場の仲間に聞いてもらい、たしかめあいたい。

正しいことはなにか

美しいこととはなにか

平和にくらすとはなにか

私らは私達の職場や身のまわりで起きていることを、美しように、平和であるように書きます。みなさんも参加して下さい。未熟な私達を指導して下さい〉

（「〝てんぼう〟の仲間たち　一、創刊のころ」「てんぼう」一四一号、一九七九年一一月）

詩人ひらいかなぞうの原点でもあった。

さて、詩集発行の前一年にわたって「コンビナート原景」の連作を発表したひらいだが、その後は労働現場を描いた作品はほとんど見なくなった。そして「文芸日女道」二八九号（一九九二年七月）の「安藤礼二郎追悼特集」の一文を最後に二五年の足跡を残して、ひらいかなぞうは「姫文」から忽然と姿を消した。その一文は〈ここに一匹、詩が書けなくなった蛙がいる。蛙は詩が書きたいのだ。だが……〉で、始まる安藤礼二郎からの賀状の一節を引用したもの。

コンビナートに関する詩は書ききったと思ったのだろうか。それとも入社して二五年、大企業の巧妙な労務管理のなかで、分断された個々の労働者の姿が変遷し過ぎて、詩の材料としてあまりにかけ離れたことが、あるいは従来の手法では、変遷し多様化する労働現場をとらえきれなく感じたのだろうか。詩集『火守りの詩』の最後に収められた作品を紹介しておく。まさにコンビナートへの挽歌ともいえる詩である。

二十　夕焼け

命綱を腰にまき
私は錆の浮いたタラップをのぼる
終わりのないタラップの
ひと足ごとに
川はくねり
街はへしゃげ
平野のむこうには城がけむる
ふりむけば
西は夕焼け
Kよ。
おまえがいるゆえに
あの金色の
雲海の涯には
ほんとうに西方浄土とやらが

あるのかも知れぬと
タラップをのぼる手をやすめて
私はおまえをさがす。
将棋の強かったKよ。
コンビナートの虚構を許さなかったKよ。
許さぬたたかいに倒れたKよ。
その太短い足で雲海にあぐらをかき
おまえはきょうも将棋盤をにらんでいるか。

鮮やかな光跡を残して去った石田龍雄

青春の日々のなか、お城本町と呼ばれた路地で、いっとき行き合った人々のなかに若き石田龍雄がいた。

路地のなか、市川宏三の営むスピードタイプ社のタイプの置かれた横の机で、生真面目な顔で同人雑誌「姫路文学人会議」の校正をしていた、石田龍雄の姿を今でもふっと思い出す。

路地の一画にあった釜飯屋《かまめし》「いまづ」のカウンターで、何度も議論を交わした時の彼の姿を忘れない。職場の労働運動のなかで得た、階級や社会主義、資本主義といった生かじりで生硬な理屈を振り回し、人民の貧困問題を滔々とまくし立てたとき、「中野さんは、本当の貧乏ということを知っていない。生活に恵まれた田舎のぼんぼんだと思う」と、静かに言った彼の言葉は、私の心を貫いた。そして、「いまづ」で飲んで終電車に遅れた彼を我が家に泊めた時、その翌朝の朝食で、新婚間もない妻がこしらえた味噌汁を飲みながら、「こんなうまい味噌汁は初めてだ」としみじみ言い、笑顔を見せた彼の顔を今でも思い出す。今から四〇年も前のことだが、彼との交友の記憶は、いまだに鮮明である。鮮烈な記憶が残るほど、心の琴線に触れる彼との交友だった。

石田龍雄が「姫文」に顔を出すのは、「姫路文学人会議」と並行して発行していた詩誌「塩」の五五号（一九七九年四月）の「私が死んだ朝・埋葬」から（「塩」は五七号で終刊し、「姫路文学人会議」と合併）。以降、彼は「姫路文学人会議」一三八号（一九七九年八月）から一五三号（一九八〇年一二月）まで、ほぼ毎号詩作品を発表。そして一五五号（一九八二年二月）で「地誌ノート・アルジェリア」を発表して以降、関口裕也のペンネームで「リミット」「ウサギが走る」「赤い街景」の小説三作と「地誌ノート・恐山」「地誌ノート・竜飛岬」の作品を残している。石田龍雄が「姫路文学人会議」に名を連ねたのは、実質四年余りの短い期間だった。

詳しいいきさつは知らないが、石田龍雄の入会は確か、「現代詩神戸」の和田英子さんの紹介だったように思う。彼の二三歳の時だった。大分県の高校を卒業、神戸製鋼製鉄所のプログラマーとして就職。当初は会社の寮に入っていたが、職場近くのアパート「福寿荘」へ移った。私の三〇歳のときの出会いであった。

その頃の「姫文」の詩人たちとは異質な、シュールな作品を書いた石田龍雄だが、その詩作品の拠って立つところは、アルチュール・ランボーであった。

ランボーについての彼が書いた文章がある。引用してみる。

僕がランボオに出会ったのは高校の時です。最初に読んだときはそんなに感銘を受けなかった。その後、小林秀雄の「ランボオ」を知って、その文章の魅力にまいり、改めて「ランボオ詩集」

を読み返したときから、ランボウのとりこになったと言えます。

一度眼が開かれるとランボオの詩は、僕の心に実に深くしみ透り〈リイルの駒が砕けて散る〉ような感覚を味わいながら、彼の詩を貪るようにして読みました。その詩集は金子光晴訳の「ランボオ詩集」で、韻文詩だけが収められていました。

ランボオは彼の手紙で言うところの〈あらゆる感覚の、長い、限りない、合理的な乱用〉によって、独自の異様な詩宇宙を獲得しました。彼は黄金の未知を生み出したのですが、その重要な詩集「地獄の一季節」の散文詩については、僕の手に余るためここではふれません。僕はランボオの詩に何を見たか。青春の痛みを切り裂いた魂の奏でる哀切な響きです。〈感覚の、長い、限りない、合理的な乱用〉によって未知を創造した者の内にはらまれた歌は、ある時こぼれ落ち折られた光のごとくきらめく。十六才から詩を書き始め、十九才で詩を放棄するまで「流竄《りゅうざん》の天使」のようにパリの街を駈け抜けていった天才の悲しみです。ランボオは余りにもはやく頂上を極めた人なのです。もはや前にも後ろにも断崖しかないのを知っていた。彼は歌います。仰ぎ見るもののない高い塔の上から一人。（略）

そんな石田龍雄の詩の原点といえるランボーとは、どんな人物だったのか。ウィキペディアを覗いてみると、

「一九世紀のフランスを代表する詩人。早熟な天才、神童と称された彼は、一五歳のときから詩を書き始め、二〇歳で詩を放棄するまでのわずか数年の間に、〈酔いどれ船〉などの高踏派・象徴派の韻文詩から散文詩集『地獄の季節』、散文詩・自由詩による『イリュミナシオン』まで詩の伝統を大きく変えた。ブルジョワ道徳をはじめとするすべての因習、既成概念、既存の秩序を捨て去り、精神・道徳、身

体の限界を超え、未知を体系的に探究しようとした反逆・革命の詩人であり、ダダイズム、シュルレアリスムへの道を切り開いた詩人」とある。そんなランボーの作品に惚れ込んだ石田の作品。

蒼白な頭蓋骨

頭が蒼白に染められる
そのときだ
虚しさが背後から俺を突きあげるのは
記憶のなかで林が燃えあがる
神経は逃げ場を失い直立する
おまえは何をしているのだ
おまえは何を……
おまえは……
こだまに引きずられ墜ちようとして
逆光の中に浮かびあがる夢が
潮のように引いていくのを見る
闇に光る千の粒子
俺をとらえ離してくれぬ

砂浜に歩み入る

波は歌のように響いてくる
約束の場所
いくら待っても彼女は来ない
夕焼け空を駆けていく恋人の姿
その足音は嘲笑いの声か
俺は　ライオン
白髪をふり乱し
波に向かって咆哮する
孤独な王者

（「姫路文学人会議」一四〇号、一九七九年一〇月）

シュールでやや難解な言葉遊びが過ぎるような詩だが、「青春の痛みを切り裂いた魂の奏でる哀切な響き」をもつランボーの詩と同じく、孤独な青春のひもじさがひしひしと感じられる作品ではないだろうか。

石田の作品を市川宏三は次のように評した。

およそ客観的なものの存在と、その認識の破壊が詩人の生命観であり、使命感であるように書きなぐっている。所々に見せる鋭敏な感覚世界には、作者の追い求める新しい日常の美的再構築が光る。（略）真実の美を求め巨大な歴史の生き証人〈星やヒトデやウニたち〉まで動員して、倦怠した日常の中のするどくてすばやい感覚こそ人間の武器だというのだ。生きている活動しているものは、その歴史からみればまこと卑小で眠りこけているのかもしれない。この芸術かぶれに酔える石田龍雄は、世の中の森羅万象すべてが、みせかけであり、虚飾であり、眠りをかたるといいうのだろうか。ねばっこく言葉の魅力や魔性に取りつかれているこの作者の格闘をいましばらく見つづけておこう。

（「わが一五〇メートルの峰に立って」「姫路文学人会議」一五二号、一九八〇年一一月）

果たして、石田がほぼ最後に発表した詩作品には明らかな変化が見られる。それまでなかった平易で具象的な言葉で作品世界を構築しているのだ。紹介してみる。

ハラカラ（同胞）

ふるさと　まとめて　はないーちもんめ
かあさん　かあさーん
ミノくんがいたんだよ
かあさんのお腹の下に
牛のアカチャンみたいにお乳を吸おうとしていたから
教えてあげたんだよ
お兄ちゃんの真似をしなさいって
それから眠っているときじゃなくて
起きているときに這ってこいって
でも何も言わないでかあさんの胸にひっついているんだ

おかあさん夢を見てるようで
汗をかきながらしっかり抱いているから
起こしてあげようとしたら

目が覚めたら真昼のカンナで
ミノくんとショウくんが手をつないで歩いて来るのが見えたけど
私が笑って手をさし伸ばすと
ミノくんの顔が見えなくなりそうだった
どうしたの　今日はのアイサツは
そう言おうとしてよく見ると
ショウくんにはあまり似ていない
砂の音がしてあちらは寒いんだ
お腹の中にいるときはあったかだったのにね
かあさんに会わす顔はないんだ
私の胸をすり抜けると後ろ姿のままイヤをした
あら、顔が流れてしまうわよと言ったら
ほんとうにミノくんはいなかった
私が泣くとあの子も泣いている気がして
振り向くと涙は浅い湖にダマッテイル

ふるさと　まとめて　はーないちもーんめ
あの子が唄っている
真夏の午後は赤い花
溶けて　流れて　花いちもんめ

（「姫路文学人会議」一五二号、一九八〇年一一月）

この作品に関して、批評グループのSの評がある。

これまでの言語の組合わせと構成力によるイメージの造型に重点を置いた作風とちがって、表現は平明な言葉づかいに変ってきている。しかし、この作者の個性的な言語イメージは部分的消滅しないで残っており、そこの部分が前後のわかりやすい表現のなかでかえって凝縮し、造型された言葉のイメージとして一きわ鮮明に浮び上ってくるという効果も計算されているようである。意味はわかりにくいものであるが、強いていえばメルヘン風な淡い夢の自動的記述であるのだろうか。

（「姫路文学人会議」一五四号、一九八一年一月）

メルヘン風な淡い夢の自動的記述の奥に、妖気を孕んだややおどろおどろしい世界を、作者は描こうとしたのではないかと、私には思えたのだが。ともあれ、一年半ばかりで石田龍雄の詩の世界は変貌をとげつつあるように思った。

だが前述したように、彼は詩と決別し散文の世界へ足を踏み入れるのだった。関口裕也のペンネームに変えての小説三部作について触れておく。発表順に「リミット」（一五八号、一九八一年五月）、「ウサギが走る」（一七四号、一九八二年一〇月）、「赤い街景」（一八二号、一九八三年六月）と二年間で三作と、間に「地誌ノート・竜飛岬」「恐山・賽の河原」の比較的長いエッセーを発表している。小説三作は四〇〇字詰原稿用紙に換算して六〇枚から九〇枚の作品である。

「赤い街景」は都会での孤独な女と男との出会いと別れを描いたやや通俗的な作品だが、前二作は自己体験をベースにしたと思える、九州の田舎の中学三年生と高校二年生を主人公にした物語。「リミット」では少年期の不安定な精神と感情のぎりぎりの限界状態を描くことを試みたもので、主人公の由宇一の自己をふくめ、すべてのものを否定のメガネを通してみようとする、自我の確立へ向けての姿を描いている。一方「ウサギが走る」は高校駅伝の県予選に出場した弘の走る姿を背景に、やや虚無的で冷めた高校生の内面を抉《えぐ》っている。どちらも散文的な叙述叙景のなかに意識して無数の詩的表現を織りまぜて、独特な言葉の組み合わせによるイメージを活用して、より正確で鋭い心象の表現を試みたもの。筆力もあり構成力もあり、緻密すぎるほどの文章で構成された作品は、高く評価されたものだ。

石田龍雄が忽然と「姫文」から姿を消して十数年後、私は万感の思いをもって彼のことを記している。

第九回姫文総会（一九七五年七月）に、僕は姫文事務局長に選ばれた。以来、二十数年、事務局長を続けてきた。そんな二十数年の中で、僕にとって一番のショックな別れは、関口裕也（石田龍雄）君との別れである。彼は九州大分出身の神戸製鋼のコンピューターのプログラマーだった。鋭い感性の表出を鋭敏な感覚で一つの美的世界に構築しようとした詩人であり、後に数編の小説を「姫文」に発表したが、一つの文学的世界を持った青年だった。そのひたむきさと文学に対する厳しい姿勢には、大いに刺激も受けた。彼は「姫文」一五九号で登場し、二〇〇号発刊とともに去った。五年間文学をやって自分の先が見えたといった割り切り方で、退会の弁を僕に告げた。彼とは文学上でも判り合える、また「姫文」の仕事も責任をもってやってくれる心強い相方だっただけに、大きなショックだった。

（「文芸日女道創刊三〇周年を前に―万年事務局長の個人的な感慨―」「文芸日女道」三四九号、一九九七年七月）

詩人・玉川侑香の軌跡

玉川侑香さんが「姫文」に入会したのが、「文芸日女道」への改名前の「姫路文学人会議」一八八号（一九八三年一二月）。田中角栄のロッキード事件の判決を題材にした社会性の強いそのものずばりの「判決」という作品での登場であった。彼女を姉御と慕っていた重度の障害を持ちながら感性豊かな詩作品を残した車椅子の詩人・阪口穣治の「姫文」入会より一年遅れであった。

この時期の「姫文」は世話焼きの白鳥飛鳥が編集部で活躍していた時期で、マスコミに働きかけたりして若手の会員が大量に入会した活気のある一時期でもあった。彼が阪口の入会の橋渡しをしたと記憶している。そして、一年遅れで入会した玉川さんは、白鳥の呼びかけで姫路の天邪鬼《あまんじゃこ》での合評会にやってきた。その顚末を一八九号（一九八四年一月）に「姫文合評会参加顚末の記」として書き残している。

バックナンバーを紐解いて、玉川さんの「姫文」登場時の作品を読み返してみると、「判決」は社会問題の告発にありがちな紋切り型で自己主張の強い消化不良な作品で、いわゆる青くさいとでもいえようか。その点、「合評会参加」の散文は会話をうまく使って多くの登場人物の個性を描き分け、テンポよく情景が伝わってくる文章である。つまり散文のほうが一歩勝っているという印象でもある。

もっとも同じ一八九号掲載の詩「おまえが産ぶ声をあげた時（その1 克馬へ）」では自身の体験であろう出産を題材に、命を産み落とすというリアルな情景描写にチャレンジした筆太な作品となっている。

一部引用する。

新しい個体の　産ぶ声を
私は　全身で　聞いた

干き潮のように
白い人々は去って行き
午前三時の産室は
今は　誰もいなかった

誰もいなかったけれど
おまえが　いた
それが
わたしを
母にした

一九七〇年十二月六日
だったよ

玉川さんの三六歳の作品である。

以来、神戸で詩人会議「プラタナス」を主宰しながら、毎号欠かすことなく、玉川さんは「文芸日女道」に作品を発表し続ける。そして二年半後、コンパクトで薄い初めての詩集『ちいさな事件簿』（神文書院、一九八六年）を編む。その「あとがき」に、

五月晴れの明るい朝だったように思います。脳動脈瘤破裂という突然のでき事で、何の納得をする暇もなく、夫は私たち家族を遺して逝ってしまいました。十五年の結婚生活でした。

三人の子供を産み育て、……家族のごくありふれた生活の中で……私一人では創り出せなかったひとつの家族の形をここに記すことによって、夫と共にあった日々の証しとしたいと思います。


と書き、さらに「日常の小さなでき事は、社会の、人生の縮図でもあり」……「しかし、捕まえた瞬間を書き記すことで、私たちが生きた時代とのかかわりになれば」と、突然の夫の死を詩作によって乗り越えたことを書き、さらにその悪戦苦闘の家族のありようを描いた作品世界の普遍性を目指してもいる。

さらに、画家の後藤栖子、詩人の鳴海英吉、市川宏三の名前をあげ、「もし、後藤氏に出会わなければ、私は文学を自己表現の柱にしようとは思いもよらなかったでしょうし、鳴海氏に出会わなければ、詩作を表現へのきびしい道のりとして受けとめることはなかったでしょう。また市川氏に出会わなければ、ふだん着の詩を休むことなく書き続けることはできなかったに違いありません」と記している。

詩人・玉川侑香の出発であり、原点の言葉でもある。

そして、その八年後、虫と花にまつわるエッセー集『虫たちとの四季』（風来舎、一九九四年）を出版。会話を多用したやや軽妙で明るいエッセーの書き手としても、確固たる作品世界を築くことになる。

そして、その翌年、阪神大震災があった。直後、娘さんの欲しいものは何?の問いに、自身も被災し

た玉川さんは、「原稿用紙と鉛筆」と言ったという。食料や生活用品でなく、原稿用紙と言ったところに、玉川さんのもの書きとしての真骨頂が表れている。

「文芸日女道」では早速、「阪神大震災特集」（三二一号～三二三号、一九九五年三月～一九九五年五月）を組む。バックナンバーを開いてみると、震災九日前のお城本町公民館であった新年合評会のスナップ写真の隣のページに、彼末れい子さんの生々しいルポルタージュ「激震の日」が掲載され、ついで玉川さんは「ドキュメント・震度7」わが町・それから・その後と三回にわたってのドキュメントを連載し、詩作品は三二四号（一九九五年六月）の「雨もり」が初出となるが、以降震災に関する詩、エッセーを精力的に書き継ぐ。

さらに、震災二年半後、優れた震災詩を含んだ詩集『四丁目の「まさ」』（風来舎、一九九七年）を上梓。その跋文「たくましき庶民派の世界」で市川宏三さんは書く。

玉川ゆかさんも荒っぽく言わせてもらえれば、ふたつの顔を持っている。すばしこくって明朗で健気《けなげ》。侠気にみちた行動的な顔。もうひとつの顔は懐疑的で、人間なんてうかうか信用できはしないといったペシミスティックで屈折した顔である。

だが、震災後の創作活動と合わせ、震災からの復興に向けて寄せられてくる雑多な悩みごと、相談をさばいていく八面六臂の日々のあり方のなかで、後者の顔は「一過性の青春記録」となってしまったと。さらに、詩にふれる。

地獄をのぞいた作者は、こうして他者へのいたわりを抱くゆとりをもつようになったのだ。けわしい暮らしの試練を乗り越えていく過程で、一作ごとに、経済の落ちこぼれになった人たちと苦楽を分かちあう心境にすすんでいく。……何かひとつ見つけだして生きていこう。生きているかぎり立ち上がろう、と作者はよびかける。

玉川さんはその「あとがき」で、「書きつづけるということは、この国の歴史を語りつづけることでもある」と書いている。震災を見つめ、震災を通し、そこでの庶民の暮らしのあれこれ、喜怒哀楽を描くなかで、玉川さん自身の成長があり、詩作の深化があったのである。

それから七年後の詩集『かなしみ祭り』（風来舎、二〇〇四年）で、玉川さんはより深い詩の世界に到達する。その「あとがき」に書く。

……そうやって生きかわってきた命の反復、生きる知恵を落葉樹からおそわった。そして、振り落とした枯葉はやがて腐葉土になり次の命を育てていく。そんな命の連鎖を朽ちていく土の中で聞いた。秋は春よりも春のよう。

さらに、その八年後のエッセー集『れんが小路』の足音』（風来舎、二〇一二年）で、庶民の暮らしを描くことで、「自分が生きた時代の証人」たらんとした。

そんな詩人としての長い歩みがあってこその、最新詩集『戦争を食らう　軍属・深見三郎戦中記』（風来舎、二〇一六年）の結実だと思う。父親である軍属・深見三郎の手記をもとに謳いあげた、詩人・玉川侑香の一つの集大成となったのではないか。

第四章

路地の外の作家たち

図書室と文庫本

子どもが読む本などない農家で育った小学生の頃、読書への楽しみを教えてくれたのが、学校の図書室だった。小学二、三年生になって、漢字も覚え始めて以降、同級生と連れ立つこともなく、図書室で借りた本を読みながら、ひとり一キロ半ばかりの通学路を帰るようになった。そんな日々のなか、優しい女先生に作文を褒めてもらったのが、文学好きへの発端でもあった。

中学校にも図書室があったかと思うのだが、親しいクラスメートとふざけ合うのが楽しくなったのか、部活のバレーボールに勤しんだりして、興味の対象が変化したのか。中学時代はなぜか図書室へ足を運ぶことがなかった。

そんな私が久しぶりに、学校の図書室に足を踏み入れたのは、高校生になってからだった。

正式な呼び名は司書教諭だそうだが、学校図書の扱いの手助けを主な仕事とする教諭。司書という何となく気品を感じさせる言葉の響きに引かれたのだろうか。二階建て木造校舎の端にあった図書室へ足を運んだのは、確か入学してしばらく経った頃。

整然と書架の並ぶ部屋の入口近くの机に、彼女はただ一人座っていた。他の生徒の顔は見えなかった。初老の女性だと勝手に思い込んでいた私の期待を裏切って、大学を出たばかりにみえる若い女性だった。

「こんにちは。司書教諭のOです。今日の一番さんね。あら、新入生？　よろしくね」

いとも気軽に爽やかな声をかける彼女に対して、それまで身近に若い女性から話しかけられたことの未体験だった私は、ただどぎまぎして返事すら返せなかった。

人見知りの話下手。友人作りの下手だった私の隠れ家が、ひょっとしたら図書室にあるかも知れないと、精一杯の勇気を鼓舞して足を踏み入れたのに、そんな体たらくだった。

純情な新入生にとって、どんな本を借りるかを知られることは、自身の心の内を曝けだす行為に思えたのだろうか。たいして年の違わない女性に、内面の恥部を晒すように思え、耐えきれなかったのかも知れない。

本探しもそこそこに、一冊の本を借りることもなく、不可解そうな彼女をしり目に、私は早々に図書室を出たのだった。そして卒業までに、二度と図書室へ足を向けることはなかった。

図書室行きを自ら封じた文学少年の私がみつけたのは、書店通いだった。五つ離れた支線の駅からの汽車通学の私が、汽車の時間待ちなどを利用してよく通ったのは新興書房という、当時姫路で一番大きな老舗の書店だった。

駅前の御幸《みゆき》通りの入口の角にあった三階建てのその店は、立地がよかったのか、学生だけでなくサラリーマンたちもよく立ち寄り、繁盛していた。新興書房へは、高校を出て社会人になってもよく通った。

なけなしの小遣いから私が贖《あがな》ったのは、もっぱら文庫本だった。当時、七〇円、一二〇円、一四〇円と文庫本は廉価で、限られた小遣いの高校生でも買うことができた。

その頃買ったのは、どんな作家の文庫本だったろうか。

時を経ても自宅の部屋の片隅に鎮座する、文庫本専用でスライド式の古い本箱に、当時贖った本たちが、めったに顧みられることもなく眠っている。埃よけの手製のカーテンをそっと引いてみると、懐かしい文庫本たちが顔を覗かせる。

さして深い文学的な知識を持たない文学少年が、興味の赴くままに購入した本たちだけに、雑駁とした作家たちの名前が並ぶ。

島崎藤村、志賀直哉、夏目漱石、石川啄木などなど。また文庫本ではないが、小ぶりの『日本短篇文学全集』（責任編集臼井吉見、筑摩書房・全二五巻、一九六七年）の何冊か。三人ずつの作家を取り上げていて、その一七巻には谷崎潤一郎、川端康成、三島由紀夫の短編が、数作品ずつ収めてあった。

活字に飢えていた年齢だったのだろうか。先入観を持たずに、目につくまま購入した本は積読《つんどく》ではなく、入手したはなから読んだ。

『門』『行人』『明暗』『文鳥』『夢十夜』など漱石もよく読んだ。もっとも高等遊民という実感のない世界の人々が描かれた内容には、漠然とした憧れもあったが、あまり馴染めなかった。一〇代後半の私には、漱石の描く世界は、理解しがたかったのかも知れない。

逆に、叙情性を湛え、感受性豊かな石川啄木の短歌は、その短い人生と相まって、私の心に強く響いた。『一握の砂』『悲しき玩具』に収められた短歌を夢中で読み、あげくにそんな歌をまねて稚拙な短歌を作ったりもした。

さらに、明治末の大逆事件に鋭く感応した啄木の評論「時代閉塞の現状」に出会うなかで、私の正義感が大いに刺激されもした。

そして私は、自然とプロレタリア文学に目を向け始めた。

『小林多喜二全集』全一五巻（新日本出版社、一九六九年）を買い求めたのもその頃だった。石狩河畔の開拓農民の生活と反抗を描いた『防雪林』、第一回普選のあと治安維持法改正を前にした共産党員の大検挙があり、その小樽の三・一五事件を扱った『一九二八年三月十五日』。さらに最初の普選の選挙闘争を描いた『東倶知安行』、大地主の農場小作人と小樽の労働者の共同闘争を活写した『不在地主』。大正末から三・一五事件までの小樽での解放闘争を概括した『転形期の人々』、さらに、当時の先鋭的な労働者の階級闘争を描いた『党生活者』や『地区の人々』。また多喜二の代表作といわれた北洋漁業の蟹工船操業での事件を材にとった『蟹工船』などなど。

いずれも過酷な現実と、その社会矛盾を切り開こうと闘争に立ち上がった農民、労働者の群像が骨太いタッチで描かれている。

また地下活動中に逮捕され、築地署で警視庁特高による凄惨な拷問により虐殺された、そんな多喜二のありようは、その作品世界とともに、私に強い刺激を与えずにはおられなかった。

未来に対して不安な気持ちを抱えたまま、社会へおずおずと足を踏みだしたばかりの人間にとって、手荒い歓迎だった。

多喜二の世界に鷲づかみされた私が足を踏み入れた当時の郵便局は、管理者を取り囲んでの集団交渉が日常的に行われている労働組合運動の盛んな職場であった。

多喜二によって階級闘争を学びつつあった私が、躊躇することなくその隊列の端に加わったのは自然な流れというしかない。

そんな青春のとば口に私は立っていたのであった。

『橋のない川』

高校二年の冬、幼い頃かわいがってくれた祖父が死んだ。私にとって初めての肉親の死だった。自分の世界を持ち始めた私にとって、やや疎遠な間柄になりつつあったが、言いようのない喪失感と悲しみに襲われた。

人の死を従容と受け入れ、冗談口を叩きながら坦々と弔いの段取りをする叔父たちの態度に腹を立て、「おっちゃんらはおじいちゃんの死が悲しくないんけ」と強く詰《なじ》った。

「Mはおじいちゃん子やったもんなあ。その分よう悲しんだりや」と、叔父の一人がしみじみと言った。そんなやり取りを通して、人の死の意味することなどを考えさせられもした。

立春過ぎの寒い日に、祖父は村はずれの墓地に葬られた。

祖父が寝付いた頃から、頭が重いような感じが続き、特に前頭部の頭痛を感じるようになり、憂鬱感に苛《さいな》まれるようになった。学業も集中できなかった。祖父の死も相まって塞ぎ込んでいた私の姿を見て、祖父の逮夜《たいや》参りにきた物知りの一人の叔父が、「それは蓄膿やな。Y医院で診てもらい」と、事もなげに言った。

そして春休みに、私は隣町のY耳鼻医院に入院し、蓄膿の手術を受けた。

その時見舞いにきてくれたのが同じクラスのN君だった。彼が見舞いに持参したのが、住井すゑの『橋のない川』四部作（新潮社）だった。

物語は、明治時代末、奈良県のある被差別部落（小森部落）が舞台。父を日露戦争で失った誠太郎と孝二の幼い兄弟と、しっかり者の祖母ぬいと心やさしい母ふでの一家。小学校に通い始めた兄弟は理不尽ないじめにことごとに出会う。いじめの根底には謂《い》われのない部落差別が横たわっていたのだ。二人の兄弟の日々の生活を通して、その差別の理不尽さと陰湿さを告発した小説で、京都市・岡崎で行われた全国水平社創立大会（一九二二年三月三日）で水平社宣言（人間の平等と尊厳）を高らかに謳い上げて終わる。

作者の住井すゑは農民作家犬田卯《いぬたしげる》と結婚、共通の思想的基盤をもって実作と運動をつづけた。昭和初年の農村の貧困と激動のなかで、アナキズムや重農主義的な立場の文学が組織的な背景をもって書かれるようになり、住井すゑも一九三〇（昭和五）年、無産婦人連盟に参加し、積極的に反権力、女性解放の旗手の一人となる。一九五四年出版の『夜あけ朝あけ』（新潮社）で毎日出版文化賞を受賞。つづいて『向い風』（理論社）で農村の実態にメスを加え、戦前から抱きつづけていた被圧迫階級としての農民像を新たな視線で浮き彫りにした。

『橋のない川』は、住井すゑの少女時代の体験から照らし出された作品で、被差別部落の存在に対する怒りと彼らへの深い愛を柱に一六年の歳月をかけて書き上げられた。被差別部落の人々と天皇とは同じ人間であるという観点を貫き、主人公孝二らの人間解放を求める生き方を追っている。

なお『橋のない川』は、社会主義リアリズムの巨匠であった今井正監督作品として「第一部」「第二部」構成で映画化され、のちに東陽《ひがし》一監督でも映画化された。

病床で読み終えた私は、部落差別の存在を初めて知らされ、大きなショックを覚えた。そしてショックのままの感情をこめて、付き添ってくれていた母方の祖母に、読後の感想をぶつけた。

「おばあちゃん、部落差別って知っとうか。生まれた地域だけで、謂われのない差別をされるんやで」

「部落いうてエッタのことやろ。この町内のYやU村も部落や。乱暴もんの多いとこや。近寄らんほうがえぇで。怖いとこや」

「怖いとこ?」

いつもは孫に優しい明治生まれの祖母も、声を潜めて、やや顔をこわ張らせて言うのであった。

「そんな差別とは闘わなあかん。理不尽な差別が間違おとる」

純朴な正義感のままに言い募る孫に、祖母は困惑顔で口を閉ざしてしまった。いつもは優し気な顔の祖母だったが、その時の顔は醜く歪んで見えた。

文学作品を通じて、部落差別の不条理を私に教えてくれたN君のことに少し触れておきたい。

純朴で奥手の田舎少年の私に対して、町内《まちうち》の商店の子で気が走っていて勉学が優れているだけでなく、世間知にも富んでいる少年だった。教室などで語る大人びた彼の意見は、砂にしみる水のごとく私の柔らかい脳髄に染みていくのであった。確か生徒会長なども務めた。同級生でありながら、何歩も人生の前を歩んでいるように思えた。そんな彼だが、出来の悪い私を馬鹿にすることなく、幼稚な質問にも嫌な顔をすることなく、親身にいろいろな知識を与《あた》えてくれるのであった。

高校卒業後、東京の私学に入学した彼は、当時盛んだった学生運動にのめり込み、先鋭的な暴力集団「革マル」と対峙し、文字のごとく角棒で頭を割られもした。そんな東京での生々しい学生運動の情報を手紙で知らせたり、帰郷時に話してくれたりもした。そんな闘争の現場にいる人間の姿は田舎町の郵便局員にとって、遥かな憧れの対象となった。彼の伝える一種の華やかさを備えた世界に比べて、自分の暮らす日々の現実が、実に野暮ったいことかと思いもした。みすぼらしく映る自分の置かれた環境は、青春の入口の人間には、それだけで自己嫌悪を抱くのに十分なことであった。裏返せば、それだけ繊細で傷つきやすいということだろう。

N君からの古い手紙が二通、手元に残されている。その内容は、日々多忙な活動が続く。土曜日（11日）頭部負傷し、現在休養している。手紙受け取る。高田馬場駅下車、早大正門前のバスに乗って、戸塚一丁目で下車。夜は喫茶Wにいるかも知れない。常に会議をやっているから。来るのを楽しみにしている。

高田馬場駅と下宿先の此の花荘の見取り図を添えてのもの。作家を目指して上京の意志を示した私の手紙への返事である。結局は親の反対にあって、私は上京をあっけなく断念したが。

二通目の手紙は、前便から二年半後のもので、「近頃の私は、自閉症気味である。また学生運動をやる自信を失くしている。一種の無気力感が私をとりまいている。学習の方もさっぱり進まず、漠々たる毎日を送っています。父が狭心症になり、母も病気で、経済面においても悩んでいる。この夏は帰ります」と、N君の挫折の心情を綴った内容のもの。青春の一時期、その心のいかに揺れ動くことか。郵便局に本採用になった私は、泥臭く地味な労働運動の端にかかわりだし、学生運動から足を洗ったN君は役所に採用され帰郷した。

即日帰郷の山田風太郎

一五年戦争の申し子といえば、安藤礼二郎より半年前に但馬の関宮町の医科の息子として生まれた、山田誠也がいる。のちの作家、山田風太郎である。

戦中に医科大学を選択した風太郎だが、医者になることをせず作家の道を選んだ。ミステリー小説での出発だったが、忍法もので一時代を風靡《ふうび》し、のち当時珍しかった明治、室町時代に材をとったシリーズ作品でも傑作を残し、さらに『戦中派虫けら日記―滅失の青春 昭和17年~昭和19年』(未知谷、一九九四年)に代表される日記文学や『人間臨終図鑑』(徳間書店、一九八六年)などの独自の作品世界を残した作家でもある。

友人の教示で出会った大衆文学の巨匠山田風太郎だったが、彼の作品でまず紐解いたのが、時代小説では数少ないといわれている明治時代に材をとった作品群であった。骨太なタッチで時代に翻弄されながらも逞しく生き抜く人間像を描いた作品世界の虜になっていらい、入手できる限りの風太郎本を手にしたものだ。

さらに、作品世界だけでなく、人間風太郎の探索に取り付かれ、風太郎の足跡を追って、生地の但馬各地をはじめ、医大時代の疎開先信州飯田、住まいの多摩市桜ヶ丘などに足を運んだりもした。忘れ難い作家でもある。

なお、風太郎の同級生の呼びかけで風太郎の会が結成され、生地の関宮町(養父市)に山田風太郎記念館が建設、開館されたのが没後二年後の二〇〇三年の春。以降、命日の夏には追悼しての風々忌や秋の風太郎祭など、活発な顕彰活動が続けられている。それらの催しにも幾度ともなく足を運んだ。

そんな山田風太郎だが、案外知られていないのが、風太郎の運命と姫路の地のことである。『戦中派虫けら日記』のなかで風太郎は記している。その日記を閲覧しつつ、二〇歳の風太郎の何日かの姿を追ってみたい。

豊岡中学での教練の成績が不可であったため、上級学校への進学が著しく不利な立場となっていた。やむを得ず一九四二(昭和一七)年夏、二〇歳で上京、進学がかなうまでの自立の手段として沖電気に就職。日記はその年の晩秋から始まる。

一九四四(昭和一九)年三月一〇日、「ショウシュウキタキョウムカイユクタカシ」の電報を受け取る。タカシは叔父山田孝で、風太郎の両親の死後、関宮の山田医院を継いだ人物。「召集は十二日朝九時、姫路に集まるのだそうだ。白紙で、教育召集である」

一一日、「九時半の下関行急行がきょう一番に姫路へゆける汽車なので、東京駅にゆき、召集令状を見せてやっと切符を買う。

夜十時過姫路につく。街路に灯は一つもなく、月はあるのに小雨がふっている。宿屋に一軒寄ったが、やはり召集兵満員で、やむなく警察へいって召集令状を見せ、三木屋というのに電話してもらう。ガランとした薄暗い夜の警察に夜勤している二人の巡査の黒服は妙に陰惨だった」

三木屋は城南校区坂元町の白鷺橋近くの三木旅館のことだ。三木屋も満員だったが、一組の布団で叔父と二人寝る。その寝際のやり取りである。

叔父は薬瓶をとり出して、ひとりでのんだ。「のまんか」というので二杯ほど水筒のふたでのむ。酒であった。それから長い説教がはじまった。とにかくおまえのものの考え方は根本的にまちがっているという。「今の状態では、おまえは首でも吊るほかないぞ」最後に、薄暗い大広間で、叔父はトドメを刺すようにいった。

叔父甥の間柄とはいえ、やむなく兄の跡を継いで田舎の医家に入った叔父。いっぽう時代の波に翻弄されながら自身の今後の生きる道を決めかねている自意識の強い二〇歳過ぎの甥。久しぶりの対面だけにたやすく距離感は埋まらず、どことなくよそよそしく、叔父の言う常識とそれを拒絶する甥との会話が記されている。

当時風太郎は、沖電気に勤務中であったが、二月初旬に近所の医院で「左湿性肋膜炎」と診断される。

「肋膜とは意外であった。罹ってみれば、東京の塵埃と日光の全然入らないアパートの三帖、下等な食事と馬のごとき労働、それに元来の虚弱な体質と、当然なことであるが、それにしても専ら流感だと思っていた自分には意外であった。『水が溜っていますよ』といわれてはじめてそれが事実であることを知ったが、恐怖の念はなかった。ただ学校の試験に重大支障が生じたことを思う」。のち、東大病院でも「肺浸潤」と診断される。そんななかでの召集であった。

いっぽう医学校の受験だが、久留米医専の願書はとったがその試験日がこの一二日であった。残されているのは一五日〆切の東京医専だが、到底自信がない。医者の叔父が風太郎の体を診て、九分九厘まで軍隊にとられることはあるまいと言い、もし軍隊がだめだったらともかく一応受けるだけは受けてみろと言った。

そして翌一二日、「宿屋で召集兵一同といっしょに朝食を食べ」叔父と別れ、「中部第五十二部隊の所在地にゆく」

長い道路は、ゆきちがう青い国民服の、二つの潮に波打っている。反対側へゆくのは第四十六部隊へゆく人々だそうだ。練兵場のかなた、樹々の間に白鷺城は美しく朝の太陽にかがやいていた。それは今にも羽ばたこうとする白鷺のふうだった。草の葉はひかりざわめき、地は白く、山脈のひだひだの残雪は爽やかだった。

自分は一人で広い大道を歩いていった。道を大股に歩きながら、自分はすがすがしい気持がした。軍隊に入った方がいいと思った。町の出口の橋のたもとに一群の兵が立ち付き添いの人々を追い返していた。五十部隊の立札があった。五十一部隊の立て札のところには、もう雲霞のような召集の青年の群が、腰を下ろしたり、煙草を吸ったり、笑ったりしていた。

軍都の姫路には、一八九七（明治三〇）年に第一〇師団司令部が本町に置かれた。歩兵第八旅団とこれに属する歩兵第三九連隊を管轄、ほかに特科隊として騎兵、野砲兵、輜重兵《しちょうへい》の連隊などが配属される。以降、軍編制に変遷はあるが、お城を中心とした地域に練兵場などが散開し、市域の各所に軍施設が展開していた。

風太郎が日記に書く広い道路は、城の東を北へと伸びる野里街道に並行して敷設された広峰山麓へ向かう軍用道路であり、町の出口の橋というのは野里地区の船場川にかかる軍人橋のことであろう。「九時になって練兵場に集合する。軍医が台上に立って、最近結核とか肋膜にかかった者は前に出ろという」が、「自分はためらった」。嘘をついて卑怯に見られることを恐れ、自分に恥じたのである。嘘をついては部隊の迷惑になるとの軍医の声に、風太郎は「手をあげて、前に出た。そして白いコヨリをもらった」

軍都姫路の北に望む広峰山、その山麓に展開する軍部隊。騎兵と砲兵の城北練兵場の兵舎があり、その一角に山田風太郎が召集された中部第五二部隊の兵舎があった。白いコヨリを持ったまま、風太郎は青江中隊一七五人の一員になる。終戦近い一九四四（昭和一九）年三月一二日の入営風景である。日記はつづく。点呼、分隊編制ののち、

引率されて営門をくぐり、広場を横断し、真正面の営舎に達する。天井の高い大きな厩《うまや》みたいな建物で、土間にはムシロがしきつめられ、つぎはぎだらけの毛布が折りたたまれて並んでいる。戸は全正面にわたって観音開きになり、その中央に「青江隊兵舎」と書いた標札が打ちつけてあった。……

各毛布の前にめいめいの持物を置き、また引率されて出る。小さな坂をのぼり、右へ曲がって、連隊事務室や軍医室などのある建物の横に集合、裸になって、走ってその入口の一つに入る。日陰で、風は吹きめぐり、その中を雪どけの水溜まりを蹴たてつつ、猿股一つのはだしで走る。

廊下をウロウロして、兵隊にどなりつけられつつ、やっと或る部屋に入り、すぐに身長体重胸囲をはかる。徴兵検査のときより、体重は四キロへって四十四キロ、胸囲も三センチへり、身長までが六十三センチから六十一センチになっていたのには驚いた。

内診で白いコヨリを見せる。この一月下旬風邪をひき、二月中旬肋膜となり、三月上旬東大で肺浸潤といわれたと報告したら、すぐに書類に「右肺浸潤」と書き、上に㊌と書いた。

自分は「左湿性肋膜炎」であった！　何かいおうとしたら「黙れ、次っ」とどなりつけられた。

――しかしどちらにせよ、それは大したちがいではない。自分は兵隊にはなれぬ肉体の所有者であり、要するに即日帰郷者になったのだ。

自己申告で白いコヨリをもらい、自己申告で病名が決められ、即日帰郷者の判断が下されたのである。いかにもずさんな対応というしかないが、そのいい加減さが、その後の山田風太郎の人生の転機になったのである。

もっとも一五年戦争の申し子として戦時体制のなかで育った風太郎にとっては、小学校の同級生男子三四人中一四人が戦死したという情況のなか、兵隊不適格の烙印が押されたことは、少なくないショックでもあったようだ。

リアリストの風太郎の日記はつづく。

もとの兵舎に帰って、昼食をとる。アルミニュームの食器に盛りあげられた二合の凄い飯。同じくアルミニュームの食器に入れられた煮豆。それだけだ。どちらもアルミの匂いが異様に鼻をつき、どんなものでも食うに馴れた自分もこの二合の飯には参った。しまいには、飯がのどもとまでコミあげて来そうだった。しかし曹長がギロギロ睨みまわしているし、誰も平げているし、とうとうお湯をながして食い終った。豆は少し残した。

さてそれから四時半までが実につらい時間だった。

即帰者（即日帰郷者）はちょうど二〇人、兵舎の前にボンヤリ立たされたまま、帰郷の旅費を渡す手つづきが済む四時半まで待たされる。その間の光景を風太郎は書く。

背後の兵舎の方ではさっき自分に「この中に帰郷者もいるんですが、可哀そうだなあ」と話しかけた「半日の戦友」をも含めた合格者?たちが、今や入営当時の注意を一将校からきかされていた。

練兵場では、一台の砲を五、六人の兵が操作していた。うしろに将校が二人立ち、その前に下士が一人立って、下士が何か叫ぶと、兵隊たちは電気にかけられたようにはね上り、飛びつき、躯け廻り、砲撃の動作を練習しているのである。それはいつまでもいつまでも、同じことが繰返された。

すると上の方から、肥ったえらそうな将校が騎馬でゆるやかに下りてきた。「けえれーえっ」と絶叫して、通りかかった二人の兵がその方に向って敬礼をした。
砲のところでは一人の将校が走り寄って、抜剣敬礼し、何かいうと、その馬上の人はゆるやかに肯いて、その一団の将兵が火の玉みたいになって今の練習をくり返すのを見ていた。
「あれが連隊長○○大佐どのだ。きをつけーえっ、けえれーえっ」と、演説していた将校が突然絶叫した。みんな将棋の駒みたいに立って、そのときにはもうはるかかなたに馬を歩ませてゆく連隊長の後姿に敬礼した。自分たちもした。敬礼しないのは、地面に坐って薄笑いしている白痴の男だけであった。

さらに日記の描写はつづく。

ようやく四時半、連隊事務所にいって、帰郷の金をもらう。自分は九円六十銭もらった。乞食より恥ずかしいことに思った。だれか一人「これは国防献金にして下さい。お願いします」と叫んだが、係りの兵は微笑しただけだった。

即帰者の風太郎がもらった九円六〇銭の帰郷の金は、帰りの交通費が名目の金なのだろうか。一九四〇（昭和一五）年当時、新橋—大阪間の鉄道旅客運賃の五円九五銭と比定すれば、それなりに納得できる手当といえようか。もっとも入隊不適格者に対して手当を支給するのは意外でもあるが。
さらに日記はつづく。

夕日の色になった練兵場をななめに通って門の外に出る。送って出て来た兵が「おまえたちは残念ながら身体が悪いので即日帰郷となった。しかしまたすぐ召集がゆくだろう。それまでにしっかりと身体をなおしてご奉公できるようにしておけ、ではこれで」といった。じぶんたちは敬礼して別れた。路には夕日がしずかにのびていた。じぶんたちはトボトボと歩いた。からだも心も疲れていた。

姫路城の下に来た。美しかった。きびしい美しさであった。樹々の反面も赤くひかっていた。


腹がすいて駅にちかい支那料理店で何かえたいのしれないものを食い、駅に行ったが、もう今夜の汽車は満員だというので、明朝の急行券を買い、町に戻って昨夜断られた岩城旅館に泊めてもらう。三帖の部屋のうす暗い灯の下でさまざまな思いに眠られず、煙草をふかしふかし、夜を過ごす。

そして帰郷。翌一四日、東京医専に願書提出。早速体格検査を受け、受験する。受験番号二七〇一番の風太郎は、見事合格する。

まさに風太郎の運命の分岐の日々。落伍者の㊌指定から一転、一筋の光明の射した医専合格でもあった。

風太郎が記した終戦前年の冬の姫路の地での、人生模様である。

缶ピースと三島由紀夫

「君は惚れやすい性分だなあ」とあきれ顔で言ったのは、四〇年来の付き合いがあった市川宏三。「惚れるのはいいが、君の場合はあばたもえくぼ。物書きは、絶えず批判的な目を持って、疑ってかからなければ……」と、ものを書く人間に必要な、冷静な洞察力と批判的視点の重要性の観点から、私の甘さを戒めもした。

そんな惚れやすい私の性分の良性な面を、引き出してくれたのも市川宏三だった。市川と出会って二十数年後、年二回ばかりの巻頭時評でお茶を濁していた私に、「どうや、聞き書きをやってくれないか」と呼びかけたのであった。「文芸日女道《ひめじ》」二八七号（一九九二年五月）から始まった、播磨地方で文学に携わる人たちを対象とした企画特集「聞き書き・はりまの文人」シリーズだったが、取材執筆に当たってきた姫路文学館の竹廣裕子さんの後任を打診されたのだ。

厄年を過ぎ、ふと自分の人生を振り返り、これからのことを思いもする頃であったろうか。姫路文連の事務局長の活動を通して、引っ込み思案の性癖はかなり解消されていたとはいえ、人見知りは相変わらず。初見の人物への取材には、少なくない決意が必要だっただろうに、「やってみます」と私は答えたのだった。

以後三年、三〇余人を取材し紹介文の執筆を毎月こなした。対象者探しから事前の作品の読み込み、取材、さらに聞き書きの文章化。有無を言わせぬ期限のあった毎月のその作業は、充実したものだったし、あらゆる面で私を鍛えてくれた。そしてその先に、作家松岡譲との出会いがあり、取材行の顛末を綴った『作家・松岡譲への旅』の一巻本に結実したのだった。

純情といえば純情、単純といえば単純。裏表なしの善良な私の惚れやすい性分が、いかに形作られたのか、定かではない。持って生まれた性分としか言いようがないと思う。そんな惚れやすい性分は、多くの作家との出会いをもたらしてくれもした。

以前に触れたが、造船職場の闘いを骨太い筆致で描いた、労働者作家中里喜昭の長編小説「ふたたび歌え」のなかの主人公・信吉をペンネームに拝借したことをみても、私の思いが解るだろう。

そんな頃に出会った作家の一人が、三島由紀夫だった。プロレタリア作家たちの生硬な文体や荒っぽい人物描写に、幾分辟易していた間隙に出会ったのだ。

現役作家だった三島の名前は知っていたが、あまり馴染みはなかった。そんな三島が身近な作家になったのは、一冊の月刊文学雑誌だった。行きつけの新興書房のレジカウンター横の二階への階段の踊り場、そこに設えられた書棚に月刊の文学雑誌が並んでいた。そのなかの一冊が私の目を引いた。何気なく手に取って開いた雑誌のグラビアの書斎拝見コーナーだったかに三島由紀夫が写っていたのだ。

意志的で精悍な三島の四二歳頃の、煙草を口に咥《くわ》えた姿があった。そして、三島の座った机の端にさり気なく置かれた缶ピースの缶。濃紺の地に旧約聖書の『創世記』のノアの方舟由来の、平和の象徴でもあるオリーブの葉をくわえた鳩が金色で描かれ、その下にｐｅａｃｅの白文字が浮かんだ意匠の、両切り煙草五〇本入りの小ぶりな缶だった。

高校三年を迎えて、生徒指導担当の教師の目を盗んで、初めて買った煙草の銘柄が両切りのショートピースだった。以来学生服の内ポケットにマッチ箱とともに忍ばせていた煙草でもあった。

その同じ煙草を嗜好している作家の絵に、憧れを含んだ言い知れぬ親しみを感じたのである。そんな一枚の写真が三島由紀夫との出会いであった。三島が自衛隊への体験入隊を前にした頃だったか。

のち三島は楯の会を結成し、一九七〇年初冬の一一月二五日、自衛隊市ヶ谷駐屯地内東部方面総監部の総監室を訪れ、面談中に突如益田兼利総監を人質に籠城し、バルコニーから檄文を撒き、自衛隊の決起を促す演説をした直後、割腹自殺する。そんな三年後の三島の姿を想像すらできなかった、いっときの出会いでもあった。

「仮面の告白」「潮騒」「金閣寺」など三島の作品をとおして、その華麗な文体に強く惹かれ、三島由紀夫の世界に魅せられた。ことに、三島の最も成功作で代表作かつ近代日本文学を代表する傑作のひとつと見なされ、海外でも評価の高かった「金閣寺」。金閣寺の美に憑《と》りつかれた学僧が、それを放火するまでの経緯を一人称の告白体の形で綴った物語。戦中戦後の時代を背景に重度の吃音症の宿命、人生との間に立ちはだかる金閣寺の美への呪詛と執着へのアンビバレントな心理や観念が、硬質で精緻な文体でつづられた長編小説に、これぞ文学の神髄だと強い感動を覚えた。

だが、作家三島との蜜月は短かった。「憂国」「英霊の聲」と読み進むなかで、三島に対する違和感というよりも拒否感を覚えだしたのだ。三島の復古的な価値観、思想に対して。

駅前のOS劇場だったかと思う。一九六六年四月一般公開とあるから、私の高校時代になる。三島が原作・脚色・制作・監督・主演を務めた二六分の短編映画「憂国」。陸軍皇道派青年将校が起こした一九三六（昭和一一）年のクーデター二・二六事件が背景。

仲間から蹶起《けっき》に誘われなかった新婚の中尉が、反乱軍とされた仲間を逆に討伐せねばならなかった立場に、懊悩し天皇への至誠を証明するために、妻とともに自決する。全編セリフなし。ワーグナーの音楽にのせて、艶めかしい愛の交歓シーン、そして切腹という愛と死が緻密に描かれ、三島の美学が溢れた映画。

グロテスクとしか言いようのない印象の映画「憂国」をひとり観終わった時、私は三島文学とその思想性に決別したのだった。

三島の割腹自殺のニュースをテレビで見た二一歳の私は、深い感慨に捉えられたが、ショックは覚えなかった。「僕の将来に対する唯ぼんやりした不安」から自死したという芥川龍之介のあり方に重ねつつ、その繊細な精神を思い「さもあらん」と冷めた気分で受け止めた、そんな記憶がある。

終戦直後、三島は学習院の恩師清水文雄に、「玉音の放送に感涙を催ほし、わが文学史の伝統護持の使命こそ我らに与へられた使命なることを確信しました」と書いたが、GHQ占領下で戦時中に所属していた日本浪漫派は、戦争協力の戦犯文学者として糾弾され、天才気取りであった三島は、二〇歳で早くも時代遅れになってしまった自分を発見し、途方にくれ焦燥感を覚える。そんな頃に三島と川端康成の出会いがあった。「私はこれからもう、日本の哀しみ、日本の美しさしか歌ふまい」という川端の言葉に、「これは一管の笛のなげきのやうに聴かれて、私の胸を搏つた」と語ったという。「民主文学」や労働組合運動を通して、新しい時代を実感していた私にとって、三島由紀夫との決別は自然な流れだったろう。

大江健三郎「セヴンティーン」『ヒロシマ・ノート』のことなど

三島由紀夫との決別と入れ替わって、私の前に現れたのが大江健三郎だった。一九二五（大正一四）年生まれの三島より、一〇歳若い新進気鋭の作家だった。東大在学中に「奇妙な仕事」を東京大学新聞に投稿し、五月祭賞を受賞。評論家の平野謙に「現代的にして芸術作品」として評価され、翌年、短編集『死者の奢り』（文藝春秋新社）を上梓。「飼育」により二三歳で芥川賞を受賞し、石原慎太郎、開高健、江藤淳らの間にあって、いちはやく文学の新しい世代を表徴する場に立つ。

手元に函入りの『大江健三郎全作品２』（「不意の唖」「戦いの今日」「われらの時代」など九作品収録。全六巻のうち。新潮社、一九六八年二月二刷）がある。

「戦後世代の欲望をさらけ出し、性を媒介に現代青年のゆきづまりを解剖した最初の書下ろし長編『われらの時代』を中心に……」と短い作品解説が表面に記された帯の裏面に、三島由紀夫の推薦の一文が書かれている。

太宰治氏以来、久しく、一つの〈時代病〉を創始した作家が現れなかったが、大江健三郎氏にいたって、はじめて日本の現代は、その〈時代病〉を発見した。そして氏は、多数の時代病患者を作り、一方、いつわりのない鋭敏な感性によって、自らもこれに感染した。一九六〇年代の日本文学は、よかれあしかれ、氏によって代表されるであろう。

三島の言う〈時代病〉とは、戦前の天皇制国家体制に対して、その反省批判から新しく芽生えてきた民主主義、革新的な時代の風潮、流れを反映した文学作品とでもいうものだろうか。

この一文が書かれたほぼ三年後、時代を憂いて自ら命を絶った三島を思えば、ある一種の哀れさを覚え深い感慨に捉えられもする。

ちなみに、同じ帯に推薦文を寄せた石原慎太郎の一文は、

大江氏の文学は、在来の日本文学には無かった、みずみずしい感性の結晶である。そこには孤独の洞窟の中から、果てしない、傷つき易い下界へ、好奇と戦慄の瞳を向ける獣のような少年の視線がある。その視線こそが大江氏の文学の最も根源的なものだと私は思う。

と、のちに文学を放擲《ほうてき》して政治家に転身した石原にはそぐわない、真摯な誠実さのうかがえる一文でもある。

安保闘争の前年、大江ら新しい世代の作家らの集《つど》ったシンポジウム「発言」は「若い日本の会」へと発展移行する。が、安保改定反対運動の急速な展開と挫折のなかで、大江は石原や江藤淳らと厳しく対立する。いっぽう、「日本文学代表団」の一員として、野間宏、亀井勝一郎、開高健らと訪中、中国の文学者と交流し、毛沢東とも接見する。

そんななかで、大江は新憲法を原点とする時代的自覚を意識するようになる。つまり、三島とは対極思想のもと、時代に対峙し積極的に発言、行動する作家として歩み始めるのだった。

私が初めて目にした大江の作品は、「セヴンティーン」だった。二部作の「政治青年死す」とともに「文学界」一九六一年一、二月号掲載とある。だが、六一年といえば昭和三六年。私は一二歳の小学生。本屋に通い出したのは高校生になってからで、文学雑誌などと縁のない時期。確か文学雑誌で読んだと思うが、記憶違いかも知れない。

前年一〇月一二日、日比谷公会堂での立会演説会で、社会党委員長の浅沼稲次郎が右翼少年山口二矢《おとや》に刺殺された。その事件に触発されて書かれた中編小説。

被抑圧の卑小感に悩む少年が、天皇制への帰属感によって自己解放を遂げようとする姿を、性的な高揚感と重ねて描き出した作品。同世代としてその精神の切実感に心を打たれた記憶がある。

一九六〇年といえば、日米安全保障条約の改定反対運動が日本全国で広がった年。小学生だった私にも、連日の新聞報道での「アンポ反対」の声は届いていた。

六月一五日、全学連主流派が国会突入をはかり警官隊と衝突、東大生樺美智子死亡。学生約四〇〇〇人、国会構内で抗議集会。警官隊、暴行のすえ未明までに学生など一八二人を逮捕（負傷者一〇〇〇人を超す）と、手元の年表にある。さらに、

六月二三日、新安保条約批准書交換、発効。

七月一五日、岸内閣総辞職。

七月一九日、第一次池田勇人内閣成立。

一二月二七日、閣議、国民所得倍増計画を決定。

音を立ててこの国の歴史が動いた年でもあったのだ。

赤尾敏率いる大日本愛国党員で大東文化大学聴講生だった一七歳の山口二矢は浅沼委員長殺害時、ポケットに斬奸状《ざんかんじょう》を忍ばせていた。


汝、浅沼稲次郎は日本赤化をはかっている。自分は、汝個人に恨みはないが、社会党の指導的立場にいる者としての責任と、訪中に際しての暴言と、国会乱入の直接のせん動者としての責任からして、汝を許しておくことはできない。ここに於て我、汝に対して天誅を下す。皇紀二千六百二十年十月十二日　山口二矢

さらに、同年一一月二日、「後悔はしていないが償いはする」と口にして、裁判を待たず、東京少年鑑別所内で「天皇陛下万才、七生報国」との遺書を残して山口二矢は縊死《いし》した。辞世の句は「国のため神州男児晴れやかにほほえみ行かん死出の旅路に」「大君に仕えまつれる若人は今も昔も心かわらじ」山口少年の自死に関して、三島由紀夫は、学生との対話のなかで、「非常にりっぱだ。あとでちゃんと自決しているからね。あれは日本の伝統にちゃんと従っている」と評したという。

私は、大江の「セヴンティーン」を読んだあとで、小説の世界とはまた違った山口二矢少年のそれらの事実を知って、その心のありようにひどく共感したことがあった。私自身、高校生の時、ある大人への復讐を試みたことがあったからだ。

台風が当地を襲い、堤防が決壊。わが家の稲田が土砂に埋まった。復旧作業の心労から父親が体を壊したそのいっぽうで、復旧工事を請け負った村の有力者で町会議員Wが、工事経費で私腹を肥やした。子ども心にその卑劣さが許せなかった。冬のある深夜、私は握りしめた石を投げて、Wの家の窓ガラス

を壊した。復讐心に駆られるまま、犯罪を犯すことに体と心を震わせつつ。

それは、小説で描かれた世界とは、また山口少年の行為とは違ってはいたが、幼く単純でひたむきな一七歳の心根だった。

「セヴンティーン」を思い出すたび、一七歳の私のその時の姿が蘇る。

主人公とほぼ同年代での「セヴンティーン」との衝撃的な出会いだっただけに、それ以降、出版されるたびに大江健三郎の単行本を求めた。私の青春のひとときに行き会った大江の単行本が、書棚に色褪せつつ残っている。はるかな思い出の本たちを開いてみる。

まずは、『万延元年のフットボール』（講談社）。大江の三〇代最初（一九六七年）の長編小説で、最年少で谷崎潤一郎賞を受賞した。

安保闘争から遡った一〇〇年前、万延元年からの一〇〇年を歴史的、思想史的に展望して、四国の森の谷間の村に起こる「想像力の暴動」とさまざまに傷を抱えた家族の回復の物語である。

高知県境に近い愛媛県の南部の村で、曾祖父の代の万延元（一八六〇）年に村の一揆があった。酒造家で大庄屋の根所家は攻撃される立場だったが、曾祖父の弟が一揆を指導し城下に向かわせた。一揆は文久三（一八六三）年にも明治四（一八七一）年にも繰り返される。……曾祖父の弟は高知へのがれ、やがて東京で明治政府のもと出世したといわれている。

そんな一〇〇年前の地方的蜂起の思い出の残る山間の村、県境の深い森の描写、若水取り、御霊祭などの民俗的習慣、現代的な大食病で大女の家婢のジンなど、土俗的でやや病的な農村風景などの設定で、物語は展開していく。

そして時は流れ、一九四五（昭和二〇）年の敗戦とともに事件が起こる。村には戦争中強制労働のため移動させられた朝鮮人部落があり、戦後そのまま居ついて別社会を形づくっていた。復員青年団が朝鮮人部落を襲撃し、その報復で予科練から復員していた根所家の次男S次が殺される。……そして、主人公は根所家の三男密三郎から安保闘争以来の扇動者鷹四へと移り、破局へと向かう。

新しき英雄鷹四は現代の一揆に加わった村の娘を強姦しようとして果たせず、殺してしまう。さらに鷹四は白痴であった妹と近親相姦の関係を持ち、最後に自虐的な方法によって自殺する。……

先輩作家の大岡昇平は「当時の青年にとって切実な安保体験を、土俗的雰囲気と歴史的展望の下におくことによって、新しい伝奇小説、現代神話を創造することに成功した。大江氏の作家生活の一つのピークを形づくる作品」と、高く評価している。

が、リアリズム無視で事実や記録によりかかることなく、独自の手法に貫かれて、一つの創造世界を形作った作品。かつ登場人物たちの語る言葉によって喚起される、さまざまな象徴的観念や影像の描写が、苦渋に満ちた文体でつづられる。読む側にも強い想像力を要求される作品でもあった。

率直に言って、文学作品の読解力も備わっていなかった当時の文学青年の私には、理解不能ともいえる作品だった。いくら想像力を振り絞っても、つかみきれない小説だった。そんな記憶がある。

これが純文学なんだ。大江こそ本物の作家なのだ。でも自分にはそんな想像力、構成力、着想力が決定的に不足している。自分は小説家にはなれないだろうな、と思い知らされた作品だった。職場や人生の実体験をもとに、小説らしきものを発表していた当時の私だったが、大江健三郎にめぐり会ったことで、小説を断念した。

ただ、難解な小説だったが、文学的香気が詰まった世界があった。そんな香気に吸い寄せられるように、私は大江の単行本を求めた。

一九六〇年代後半から一九七〇年代初めにかけて書かれた『洪水はわが魂に及び』（上下巻、新潮社、一九七三年）。その自序で大江は、「現実に深くからみとられている僕が、あらためてこの時代を想像力的に生きなおす。それがすなわち小説を書くことなのであった。いまや〈大洪水〉が目前にせまっているという声は、一般的となっている。その時、想像力的に同時代を生きなおす、ということには現実的な意味があるであろう」と書いている。

対して、函の裏の四人の作家の言葉。野間宏は「まことに恐るべき小説」と書き、大岡信は「一九七〇年代日本の、ひび割れと腐蝕の中でのたうっている精神状況を、黙示録的な電光のもとに浮かびあがらせることを志した野心作」と評し、武田泰淳は「この長編において、大江氏ははじめて自己の思想を残らずさらけだし、勇敢に読者に挑んだ」と書く。さらに柴田翔は、「六八年、六九年、近づきつつある変動期の最初の兆しとしての大学紛争の波が全国に拡がった時、大江健三郎の沈黙は特徴的であった。……人間よ、死すべき運命を自覚せよという、死者たちからの低い声が、幼児の無垢の声に、ひそかに交錯する」と、時代の過渡期のなかで、果敢に新しい時代へ問題提起をする作家大江健三郎に対して、高い評価の言葉を記している。

その前年、三島由紀夫のクーデター未遂と自決をうけて、天皇制を問い直すことを主題とした『みずから我が涙をぬぐいたまう日』（講談社）を、大江は上梓してもいる。

大江は問題作となった小説を多く書いているが、並行して評論も数多く残している。その一つに、「新しい〈戦前〉の予兆のなかで、われわれの時代としての〈戦後〉をより確実に認識し明日に向けてとらえなおすために、戦後文学者の存在に光をあてての意欲的長編評論」の『同時代としての戦後』（講談社、一九七三年）がある。戦後派作家と呼ばれた野間宏、大岡昇平、埴谷雄高、武田泰淳、堀田善衛、木下順二、椎名麟三、長谷川四郎、島尾敏雄、森有正の一〇人の作品に沿った、その仕事の評価解説を記した評論集。

その巻末の「死者たち・最後のヴィジョンとわれら生き延びつづける者」のなかで、広島の原爆被災の体験をとらえて、最も秀れた文学作品の『夏の花』三部作を残した原民喜と、天皇制を頂点とする伝統文化を防衛するものとして、なお言霊の佐け幸ふ国に割腹自殺した三島由紀夫の、そのありようを解明し、生き延びつづける者の果たすべき仕事を問い続けてもいる。

大江にはほかにも大部のエッセー三部作『厳粛な綱渡り』『持続する志』『鯨の死滅する日』（文藝春秋新社）で時代と社会に対峙し、闘い続けたのでもあった。

手元に大江の著した岩波新書がある。一九六三年夏の第九回原水爆禁止世界大会の取材から始まる『ヒロシマ・ノート』と、一九六九年一月九日未明の日本青年館での火災により急死した沖縄返還運動に生涯をかけた古堅宗憲《ふるげんそうけん》氏のことをプロローグに置いた『沖縄ノート』の二冊。ことに、手元の『ヒロシマ・ノート』は、五年余で一五刷（一九七一年）とよく読まれた本である。

この小さな新書をリュックの底に忍ばせて、私は何度か夏のヒロシマやナガサキでの原水爆禁止の大会に参加をした。その都度、時間をみては、市電に乗ってひとり町を歩いた。その時出合った、原爆に被災し生き延びた楡の大木の青葉を今でも思い出す。

芥川賞作家・宮本輝

近年、多くの文学賞が設けられたので、昔日ほどのステータスは失われたかにみえる芥川賞と直木賞。私の青春の頃は、芥川賞は純文学作品を、直木賞は大衆文学作品を対象に、まさに文壇への登竜門として確固とした地位にあった歴史ある文学賞でもあった。ことに、時々の受賞作が掲載された「文藝春秋」誌を、その都度、買い求めたものだ。

そんな賞だけに、受賞作家は、若い文学愛好家にとっては、ある意味あこがれの人でもあった。私の若かりし日に、その憧れの人の話を身近に聞ける機会が訪れたのだった。

「姫文」年表を繰ってみると、一九七八（昭和五三）年の項に、

・四月一・二日　兵庫文学研究集会（主催民文兵庫協議会、後援姫文）神戸・清月荘、四〇名。
　姫文から七名参加。

の記載がある。「姫路文学人会議」創刊一〇年余、私の二九歳の春のことである。

主催の民文というのは、当時の民主文学同盟で、各地に支部単位で組織されていた文学団体の全国組織。当時、兵庫県では県下の各支部で協議会を結成し、オブザーバーとして「姫文」が参加していた。年一回の交流集会を行ったりしていたが、協議会はのち関西規模に拡がっていった。

その研究集会に、第七八回（一九七七年下半期）の芥川賞を受賞した宮本輝が、ゲストで出席したのである。

宮本の略歴を覗くと、神戸市生まれだが、父親の事業の関係で小学時代に富山市に転居、父の事業失敗で尼崎市に転入。私立関西大倉中学校、同高校を経て、一九六六年に新設された追手門学院大学文学部に入学。卒業後、サンケイ広告社でコピーライターとして働いていたが、二〇代半ば頃から「不安神経症」（パニック症候群）に苦しんでおり、サラリーマン生活に強い不安を感じていたという。

そんなある日の会社の帰り、たまたま立ち寄った書店で、某有名作家の短編小説を読んだところ、書かれていた日本語があまりにもひどく、とても最後まで読み通せなかった。かつて文学作品を多く読んだ自分ならば、もっと面白いものが書けるのではと思い、退社を決め、小説を書き始める。

そして、自身の幼少期をモチーフにした『泥の河』（「文芸展望」一九七七年一八号）で太宰治賞を受賞し、翌年『螢川』（筑摩書房、一九七八年）で芥川賞を受賞する。

神戸の街なかの小さな旅館清月荘の広間。四〇名ばかりの参加者の前に現れたのは、結婚間もない妻を同伴した伊丹市在住の三一歳の青年だった。美人の妻に比べ、やや細身で腺病質的な風采だった。私の抱いていた芥川賞受賞者の華やかなイメージとは違って、何となく覇気に欠ける印象だった。司会者に促されてしゃべりだしても、話下手ではないがやや朴訥ともいえる、あまり歯切れのいい話し方ではなかった。が、聴衆はそんな彼の話に引き込まれていった。

その時話した彼の二つの話が、強いインパクトを持って私の胸に迫ってきた。

一つは「血のしょんべんが出た」という話である。サラリーマン生活を続けながら芥川賞受賞までの、不退転の気持ちのなかで心身ともに追い込まれた格闘の様子を、坦々と彼は語った。

その時の私は、「血のしょんべんの覚悟などはオレにはないな」と強く思ったのだった。大江健三郎の持っていた小説を書くうえでの構想力、想像力を持っていないことの自覚に次いで、文字を一字ずつ紡ぎ出していく忍耐とその覚悟のなさが、自分にはないな。とてもや小説などは書け得ないなと、思い知らされた言葉であった。

私の心に残った宮本のもう一つの言葉は、「あえて古い世界を描いた」という、作家として戦略的な意味合いの言葉だった。

その頃の芥川賞の受賞作を追ってみると、七三回（一九七五年上半期）は林京子『祭りの場』（高女三年の原爆被爆者の不安、死、生をみつめて）。七四回（一九七五年下半期）は中上健次『岬』（血の宿命に閉じ込められた若者の癒やせぬ渇望と愛憎）と岡村和夫『志賀島』（終戦の年の一二歳の少年兵の過酷な海軍体験）に続いた七五回目の賞は、それまでとは異質だった。

武蔵野美大在学中の村上龍の受賞作『限りなく透明に近いブルー』は、福生《ふっさ》の米軍キャンプで麻薬とセックスに溺れる退廃的な若者たちを描いて、社会的物議を醸した作品だった。

そして該当者なしの次の七七回は、三田誠広の『僕って何』（大学生の自己のアイデンティティーを問いつつ、ユーモアと鋭い風刺で現代を描いた青春文学）と、池田満寿夫の『エーゲ海に捧ぐ』（エーゲ海の風景のなかでの美女との自由気ままな愛欲生活と日本の妻との物語）へと続いた。

つまり、二年ばかりは、退廃的な風俗といった時代を反映した、「新しい」作品が受賞作となっていたのだった。そんななかで、宮本輝はあえて「古い」時代を描いたと言ったのである。

ちなみに、同時受賞の高城修三の『榧の木祭り』（新潮社、一九七八年）は、「……遥か昔から古い風習が支配し、榧の木を神のように崇め奉る独特の風俗をもつ、外界と隔絶された里山の祭りの話」で、土俗的な風景のなかでの人々の性の営みを描いた作品だった。

では、宮本の描いた古い時代の風景とは。まずは『泥の河』の世界を開く。

一九五六（昭和三一）年の大阪、安治川の河口のうどん屋の一人っ子九歳の信雄は、両親から近づきを禁じられていた廓船の母子家庭の姉弟、銀子と喜一と交流を持つ。その出会いと別れ、人生で出会う初めての切なさを描いたもの。第一三回太宰治賞受賞。一九八一年に小栗康平監督で木村プロダクションにより自主制作として映画化されてもいる。

『螢川』は前作同様、幼少期の体験をモチーフにした作品。北陸の荒涼とした風土のなかで、繊細な心情の持ち主の中学二年生竜夫の思春期の出会い。事業家の父の死。竜夫と同じく英子に憧れていた級友の関根の死。そんな日々のなかでの英子への愛。少年の性の目覚めと人間的成長を描いたもの。

「四月に大雪が降った年には、川上に螢の大群が現れ、その風景を見た男女は固く結ばれる」という伝承にひかれて、英子を誘って川辺を辿る。そして大群の螢の光彩を目にする。竜夫には螢の大群が英子の体の奥深くから生まれているように見えたのだった。そんな終章の鮮やかな螢の乱舞の描写が、心に残っている。

憧れの芥川賞作家宮本輝との出会いだったが、手にとった彼の作品はこの二冊くらいだったか。その後大作をものにして多くの賞も受賞したのだが、芥川賞受賞後の結核療養での一〇年の休筆があったこともあって、彼の作品に接する機会は、その後なかった。

一度きりの出会い、半藤一利

部屋の書棚に、『日本のいちばん長い日』『ノモンハンの夏』『真珠湾の日』『昭和史』の五冊をはじめ、『漱石先生お久しぶりです』『荷風さんの戦後』などが並んでいる。どれも感銘深く読んだ本ばかり。

著者の半藤一利さんが九〇歳で亡くなったとの新聞記事（二〇二一年一月一二日）を見て、書棚を眺めつつ、深い感慨を覚えたのであった。

二〇二一年一月一四日の朝日新聞には、「昭和史解明　根底に空襲体験」の見出しで、半藤一利の「評伝」が掲載されていた。紹介しておく。


昭和史を伝え続けた語り部の根底には、一四歳当時の空襲体験があった。一九四五（昭和二〇）年三月一〇日の東京大空襲。東京・向島の自宅周辺を襲った焼夷弾は「土砂降りの大雨なんてものじゃありません」。逃げまどう途中、川でおぼれて命を落としかけた。

なぜこんなことが起きたのか。無謀な戦争に突き進み多くの犠牲を生んだ日本近現代史の解明と記憶の継承を生涯の原動力とした。

文芸春秋の駆け出し編集者の頃、坂口安吾の原稿取りを機に、「弟子入り」し、「歴史探偵」を名乗った。ベテランの海軍記者だった伊藤正徳の取材執筆を手伝い、旧軍人が自慢話や弁解に傾き、責任を回避しようと証言を曲げるさまから歴史の教訓を得た。

社内に戦史勉強会を立ち上げ、クーデター未遂など終戦の経緯に迫り、後に映画化もされた「日本のいちばん長い日」に結実させた。

幕末維新期から日本近代国家の建設を描いた司馬遼太郎は、半藤さんによれば「青史に恥ずべき、ヘドの出るような昭和の人物群像はついに書けなかった」（「清張さんと司馬さん」）。司馬が描かなかった「怨念や憤怒や嫌忌」を引き受け、戦争の問題を考え続けた土台には、生々しい人の営みとしての歴史への飽くなき好奇心があったのだろう。

東京の下町生まれらしく親しみやすい語り口で、二〇〇〇年代に入っても語り下ろしの「昭和史」シリーズがヒット。日本の近現代史を身近なものにした立役者だった。

（大内悟史）

そんな半藤一利さんと私は、一度きりだったが言葉を交わしたことがあった。今から一七年前、夏のJR姫路駅の新幹線ホームでの出会いだった。

半藤末利子さんのデビュー・エッセイ集『夏目家の糠みそ』（PHP研究所、二〇〇〇年）を書店で私はたまたま手に取った。半藤末利子さんは夏目漱石の娘筆子と松岡譲の四女。そのなかの一文、「父・松岡譲のこと」が縁になって、私は松岡譲の縁《ゆかり》の土地へ取材を重ね、旅先での出会い、発見、感動を綴ったエッセーを一巻本にまとめて二〇〇四年の初夏に、『作家・松岡譲への旅』を出版した。

その夏、七月の終わりから八月の初めにかけて、一〇日ばかり入院した私は、内視鏡による胃の上皮がんの摘出手術を受けた。

そして夏の初めに、「松岡譲日記」発見のニュースを私は得た。松岡譲の若い頃からの大量の日記だった。自著の出版を過ぎても松岡譲への興味関心は私の心に燠《おき》のごとく燻《くすぶ》っていた。「ああ松岡譲日記を読みたいなあ」という思いが強く心に沸き立った。

そして入院前、姫路文学館主催の夏季文学講座の講師として、半藤一利氏が来姫のことを知ったのである。その日程は八月上旬。

半藤一利氏は末利子さんの夫君であることは、松岡譲の取材のなかで私は知っていたし、末利子さんには最初の出会い以来、書き継いでいた「松岡譲への旅」の掲載の「文芸日女道」を毎号送付もしていた。また、末利子さんからは夫婦連名の季節のたよりなどもいただいていた。細いながらも交流の糸がつながっていたのだ。

そんな気安さも手伝って、一〇日間の入院期間と重ならないか危惧しながら、退院していたとしても病後の肉体的な不安を予感しつつも、私は半藤氏に、「松岡譲日記を拝借したい。ついては来姫の機会に直接会ってお願いしたい」旨の速達便を認《したた》めた。さらに文学館に問い合わせ、当日の半藤氏のスケジュールを確かめたのであった。

そして、退院の翌日、病後の心許ない体のまま、真夏の太陽に焼かれながら、帰路の「のぞみ」に乗る半藤一利氏を新幹線ホームで待ち受けたのだった。

大柄で大きい耳と太い鼻柱を備えた半藤氏の顔は、雑誌の写真やテレビの映像でもよく目にしていた。やや西に傾いた太陽の暑熱の残るホームに現れた半藤氏を見つけ、私は躊躇なく近づいた。

「半藤一利さんでしょうか。先日手紙を差し上げた中野です。手紙にも書きましたが、松岡譲日記を拝借したく、失礼を顧みずご挨拶に参上しました」と私は、何回か心で繰り返した言葉を一気に言った。

「ああ、中野さん。手紙は拝読しました。お返事をせずに失礼しました」

やや太く低い声で半藤氏は答えた。さらに続けて、

「松岡譲日記の件ですが、あれは妻の末利子のものですので、私の判断でどうにもなりません。ご了解ください」と、静かに言われた。

私はぜひ読みたいので末利子さんにご助言をお願いしたいと言い、「ひかり」に同乗して話したいとも言った。

「いくら言われてもお返事は変わりません」と半藤氏の毅然とした言葉が返ってきただけだった。大きな鋭い眼光を感じさせる目の半藤氏だったが、その目じりは緩んで穏やかな物言いだった。

そして、私は「ひかり」に乗り込んだ半藤氏を見送った。

そんな半藤一利氏とのただ一回の邂逅《かいこう》であった。

その年の冬の初め、私は世田谷区代沢の半藤家に末利子さんを訪ねた。閑静な住宅街で、「隣は女優の竹下景子さんの家なんですよ」と教えられた。

姫路弁丸出しで朴訥に挨拶する私に、「中野さんは、書きすぎるのよ。文章は削ることも大事よ。あ、それからね、父の日記、都留近代文学研究室へ寄贈することにしちゃったの」と歯切れのいい東京弁で、末利子さんは言った。

その言葉を耳にした途端、熱意があっても所詮は素人。収まり所へ納まることでこそ、正当な評価につながるのだ。（いい所へもらわれていくのだな）と納得したのだった。

半藤一利氏の訃報に接して、氏の日本近代の歴史にひたむきに向き合い、飽くなき好奇心と誠実な人間洞察を貫いたその一生に敬意を覚えるとともに、夏の新幹線ホームでの邂逅を懐かしく思い出す。

家島出身の作家・長尾良

『長尾良作品集』という、やや古びた函入りの本が手元にある。発行が一九七二年、皆美社刊である。播磨地方の現在過去の作家、詩人、歌人などの紹介を雑誌に発表していた頃、どこかの古本市で入手した本だった。同じ播磨でも家島は播磨灘に浮かぶ島だけに、海を隔てているだけで馴染みがない。が、誰かに聞いていていたのだろう、家島出身の長尾という作家がいたことを。たまたま出かけた古本市でその名を背表紙に見つけて、ためらうことなく買い求めたのだった。

長尾良《ながおはじめ》という作家は、どんな人生を生き、どんな作品を残したのか。その片鱗を見てみよう。まず、『作品集』の年譜を紐解くと、

大正四年四月五日兵庫県飾磨郡家島町真浦に、父林蔵母テイの次男として出生。家島小学校、姫路中学校を経て、大阪高等学校文科乙類に入学。校友会雑誌に短編小説を発表。東京帝国大学文学部美術史科に入学、昭和十四年三月卒業、卒業論文「徽宗皇帝」。同大学大学院へ進む。

同十四年六月、出版社「ぐろりあ・そさえて」の復興に協力、保田與重郎「エルテルは何故死んだか」、中谷孝雄「むかしの歌」、蔵原伸二郎「目白師」等の編集出版に参画。

昭和十二年末より雑誌「コギト」に短編小説「日は輝かずとも」他を発表。昭和十四年十一月「コギト」同人となる。

昭和十五年三月、陸軍第五航空教育隊（福岡太刀洗）に入隊、翌十六年十一月陸軍少尉に任官。

軍務の傍ら、雑誌「コギト」に長編エッセイ「島の生活」（後に「地下の島」）を連載、続いて昭和十八年から十九年にかけ小説「お城のある町」を連載発表。

昭和十七年十一月、〈新ぐろりあ叢書〉の一冊として、前記長編エッセイ「島の生活」をまとめ「地下の島」として出版。佐藤春夫、柳田國男の推称を受ける。

昭和十八年八月陸軍中尉、同十九年八月高岩忍と結婚。昭和二十年八月復員、郷里に住む。昭和二十三年家族とともに上京。

昭和二十五年、雑誌「祖国」に小説「白日暮」を発表し、以後三十年頃まで、長編小説「巣鴨の家」他を、主として「祖国」に発表。

昭和二十五年秋、兵庫県立加古川東高等学校教諭として赴任、二十九年同校教諭を辞す。

昭和三十年以降、吉野書房、新論社他で、編集出版に携わる。

昭和四十年六月、「太宰治　その人と」を林書店より出版。同四十二年、宮川書房より新書判にて出版。

昭和四十七年三月二十九日、胃癌のため東京にて死亡。享年五十七。


とある。この『作品集』は生前に本人が選んでいた作品で、死後遺稿集として出版されたようである。

その「あとがき」に生前親交のあった保田與重郎は、

長尾良君は書かねばならぬと思つたことだけを書き残した。残された文章は量としては少ないが、さういふ点では、文士として気儘幸福な人だったと思へる。（略）私はこの稿本を読んで、こゝに一人の毅然とした文士があつて、わが国とわが同胞の経験した、有史以来最も非常重大な時期に、その日に生きた心の証を、明確に残してゐる事実を、胸の痛む思ひで了知した。

と賞賛している。

収められた一一の作品は、巻末の「地下《じげ》の島」を除けば、短編ばかりである。その半分は軍隊での人間模様であり、自身の軍隊生活のなかに材を採ったものである。あとの作品は郷里の家島での暮らしや家族の日常、風俗を描いた作品である。

どちらの作品もいわゆる私小説といった描き方で、虚構性は感じられない。軍隊、あるいは郷里での家での生活や人間模様が淡々と、あるいは執拗なほどの丁寧さで描かれている。

現在の読者は、その粘着力のある文体には辟易するかも知れないが、つい引き込まれて読んでしまう不思議な筆力とその誠実な姿勢に、独特な魅力を感じてしまうのである。

さて、巻末に収められた長編エッセイの「地下の島」である。『作品集』の「あとがき」のもう一人の筆者である中谷孝雄の、「地下の島」についての文章である。

処女作「地下の島」は、(略)この風土記ふうの異色ある秀逸の作品を君は多忙な兵営生活の寸暇を盗んで書きあげたのであつた。そこには君の故郷家島の風物とその島に生きる人々の暮しとが手に取るやうに鮮かに、また懐かしく描かれてゐる。

と書き、親しい友人であった太宰治がこの「地下の島」に触発されて風土記風の「津軽」を書きおろす気になったのではと推測している。

「地下の島」の一節を紹介しておく。

島に行くには姫路から飾磨線といふ鉄道で飾磨港にゆけばよい。飾磨港駅を出ると、すぐ左手の河口にちひさい汽船が木造の桟橋に着いて居る。家島行汽船待合室といふ看板をかけた家屋があるから、船が居なくてもすぐにわかる。この外には、姫路から神戸行の電車で飾磨に降り、矢張り左側の河縁に家島行の汽船着発場がある。これはもつとちひさい船である。更らに神戸、大阪から、大阪からは川口から尼ヶ崎汽船で行く方法もあるが、大阪は午後五時、神戸は七時に立つて島につくのは夜中の十二時から一時になる。飾磨から出る船はいづれも一日二往復して居るで、この島は余り不便でもなく、人里離れても居ない。

しかし、ずつと以前五、六年前までは飾磨港から出る船きりしかなかつたし、私が中学校にゐたころは一日二往復しかなかつた。新聞は前日の夕刊と朝刊がお午ちかくに来てゐた。この船を都丸といふ。都丸、この名がながいあひだ、飾磨と家島をつなぐ船の名であつた。であつたから、私たちが幼いころはこの船の船賃が七〇銭で、随分高いといふことであつた。もうこのごろの物価高の時代には安いかもしれないが何分私の幼いころは日本の不況時代であつた。しかし私の母などは有難いことに思つて居た。つまり母は渡海船時代の人間であるからである。

このような文章が淡々と続くのである。島やそこに住む人々の淡々とした描写のなかに、故郷家島に対する作者の哀切なまでの深い愛情が貫かれているのである。島の風土とあの時代に生きる人間の姿への作者の温かい視線が、読む者を思わず惹きつけるのである。

「地下の島」は家島に生まれた一人の作家の自画像でもある。寡作だが、ふるさと家島をこよなく愛した作家であった。

漫画『カムイ伝』

学校の図書室での本との出会いを通して、やや文学少年じみていただけに、漫画には何となく拒否感を覚えていた。そんな私が自前で漫画雑誌を買ったのは二〇歳を過ぎてからだった。

私が漫画雑誌と出会ったのは、お城本町の路地へ出入りするようになってから。路地へ通じる本町商店街には三軒ばかりの喫茶店があった。そのなかの一軒、黒田書店の数軒南の貸衣装店の隣の「タジマハール」という名の店。泊まり勤務の出勤前の時間調整によく寄った喫茶店だった。背が高くめったに口を利かない亭主と、愛想のいい細君の中年のカップルが賄っていた、こじんまりした店。

その店で二冊の漫画雑誌に出会ったのであった。

小学館発行の『ビッグコミック』(一九六八年創刊)と『ビッグコミックオリジナル』(一九七二年創刊)である。毎月一〇日と二五日と五日と二〇日の、それぞれ月二回刊だった。

先行の『コミック』は、創刊より手塚治虫(「陽だまりの樹」・江戸の医者)、石ノ森章太郎(「佐武と市捕物控」「さんだらぼっち」・歴史漫画)、白土三平(「カムイ伝第二部」「カムイ外伝第二部」)、水木しげる(「水木しげるの遠野物語」・作柳田國男)、藤子不二雄、楳図かずお(「SF異色短編集」)、ちばてつや(「のたり松太郎」・力士物語)らの大御所が寄稿し、超長期連載の『ゴルゴ13』(さいとう・たかお)の掲載誌でもあった。

いっぽう、『オリジナル』は四〇年以上の連載となる「三丁目の夕日」(西岸良平)、「釣りバカ日誌」(作・やまさき十三、画・北見けんいち)を筆頭に、「浮浪雲」(ジョージ秋山)、「あぶさん」(水島新司)、「黄昏流星群」(弘兼憲史)などの長寿作品が多かった。

一九六〇年代の高度経済成長期以降、読者層や技法別に少年漫画、少女漫画、劇画、大人漫画の四つのジャンルに分類されるようになった日本漫画だが、この二冊は大人漫画の範疇になる。

電車内での大学生や大人の漫画愛読の風景が、活字・文学離れと相まって、世間の顰蹙《ひんしゅく》を買い、話題になった時代でもあった。

また劇画の技法の導入とともに、大人が読んでも耐えられる、社会性や物語性を備えた大人漫画が、漫画雑誌の出版の盛況と相まって、漫画人口が大きく広がった時代でもあった。喫茶「タジマハール」で二冊の漫画雑誌を楽しみつつ読んでいたが、いつしか黒田書店の店頭の平台に積まれた雑誌をみずから購入するようになった。

ことに私の心をひきつけたのは、『コミック』に連載の「カムイ伝」第二部（作・白土三平、画・岡本鉄二）と「カムイ外伝」第二部（作画・白土三平）であった。

その「カムイ伝」だが、私には一つの思い出があった。

三〇代早々の結婚間もない頃、体調を崩しての入院時、劇団プロデュースFの木谷典義が見舞い時に持参してくれたのが、一〇冊余りの『カムイ伝』の文庫版だった。劇画タッチの描写もさることながら、江戸時代の虐げられた人々に対する作者の温かい目線に、さわやかな感動を覚えたのだ。職場での労働組合運動のなかで学んだ階級社会の存在、弱者の視点で歴史をとらえる大切さなどを漫画で描いた作品に、ベッドの上でいたく共感し、それまでの漫画に対する認識を転換させられたのだった。

スケールの大きさから発表する場がなかった白土三平の「カムイ伝」を連載するために創刊されたのが、日本初の青年向け漫画誌の月刊漫画『ガロ』（一九六四年創刊）だった。『ガロ』掲載作品の表現に大きな衝撃を受けた手塚治虫は、三年後に『ＣＯＭ』を創刊する。この二誌は、商業性よりも作品の質を重視し、描き手のオリジナリティを大切にし、新人発掘の場として独創的な作品を積極的に掲載していった。

「カムイ伝」とはどんな物語だったのか。

時代背景は江戸時代初期。主な登場人物は、架空の日置《ひおき》藩の三人の少年。非人（穢多《えた》）の子・カムイ、農村の下人《げにん》の子・正助《しょうすけ》、下級武士の子・草加竜之進《くさかりゅうのしん》。カムイは穢多村から脱して剣の道を究めようとするが、忍びの道に入る。正助は本百姓になろうと農業技術を磨いていく過程で、それが日本の農業革新につながってゆく。竜之進は日置城主の陰謀によって草加家を滅ぼされ、復讐の旅に出る。

「カムイ伝」第一部、第二部は正助および当時の江戸時代の歴史的状況が中心になっており、「カムイ外伝」は忍者カムイをめぐる活劇である。

「カムイ伝」のストーリーを貫く、既存体制への反発といった骨太いテーマは、高度経済成長に浮かれる社会風潮に対してのアンチテーゼであった。そんなことから、学園紛争や政治闘争を主導していた全共闘時代の大学生のバイブルとして強く支持されてもいた。さらに、「漫画は子どもが読むもの」という既成概念を破って、漫画文化の新時代を築いたのであった。

手元に『カムイ伝講義』という本がある。小学館発行で二〇〇八年初版。著者は田中優子。表紙カバーには、「法政大学社会学部教授。遊女、被差別民など、歴史の表舞台に登場しない民衆にも着目して江戸時代を立体的に研究。二〇〇六年四月より、〈江戸ゼミ〉と学科基礎科目の授業で『カムイ伝全集』を参考書に使う授業を行っている」とある。書名のごとく、『カムイ伝全集』を素材にした「比較文化論」のゼミをもとにした一冊なのである。

そのなかの「おわりに」で田中優子は書く。

> 白土三平がこの作品を創造した一九六〇年代とは、狂気のような高度成長に向かってさまざま

なものを捨て、壊し、経済成長のための社会体制を急速に作っていた時代だった。……一方『カムイ伝』は江戸時代の階級と格差を見つめる劇画であり、むしろ江戸時代を否定するものだ。しかしそれは近現代社会を肯定したり謳歌するために創られたものでもなかった。『カムイ伝』は江戸時代を舞台にしながら、その向こうに近現代の格差・階級社会を見ている。百姓たちの努力の果てに、それを乗り越えた社会も見ている。しかしその史観がユートピア的社会主義ではない証拠に、カムイは常にいまを否定して漂白し続けているのだ。『カムイ伝』の魅力はそこにある。

登場する忍術に科学的・合理的な説明と図解がつくのが特徴で、荒唐無稽な技や術が多かったそれまでの漫画と一線を画し、またマルクス主義や唯物史観があるとも評されていた。

作画は「カムイ伝」前半が小島剛夕《ごうせき》、後半を作者白土三平の弟の岡本鉄二が担当。一九六四年の雑誌『ガロ』の連載いらい、約五〇年にわたって書き継がれてきたが、「外伝」第二部の新作を二〇〇九年に久々に発表、以降「カムイ伝」第三部を構想中だったが、二〇二一年一〇月に八九歳で白土三平は没する（四日後に弟の岡本鉄二死去）。

第五章

路地を駆けめぐる

ハーモニカ横丁

大学受験に失敗し、高校の斡旋してくれた証券会社への就職も、「そんな仕事、お前には向いていない」の母親の一言で断念した。浪人ということを考えないことはなかったが、自身の学力のなさを自覚していたし、何よりも大学に対する確固とした目的意識を持ち合わせていなかったことから断念。

そんなこんなでふらふらとその日暮らしをしていた時に、郵便局勤務の叔父が、「局でアルバイトを募集している」と声をかけてくれたのがきっかけで、郵便局へ勤めだしたのが、一九六七年の春、私の一八歳の頃である。なんとくあやふやな動機での就職だった。秋の公務員試験に合格した年末に、うまく空きのできた職場で正式な職員としての採用となった。

その年の六月に職場のすぐそばの労働会館の会議室で「姫路文学人会議」が結成されたのだが、今振り返れば、偶然とはいえ、「姫文」との赤い糸のようなものを感じざるを得ない。

同じ職場での採用であったし、半年余りのアルバイト期間があったので、交代制の班編成のローテーションに組み込まれても、違和感なくなじむことができた。

そして、二つの労働組合があったが、全逓労組に加入した。当時の労働組合とはどんなだったろうか。少し触れておく。

戦後すぐに全国単一労働組合として結成された全逓信従業員組合は、産別会議に加盟し、二・一ゼネストにおいても中核的役割を果たしたが、民同派（全逓再建同盟）と分裂。全逓信労働組合と名称変更し、一九五〇年、総評結成とともに加盟。発足いらい、激しい運動や権利闘争を通して公務員労働者の地位向上や制度の見直しなどを闘い取って、国労、日教組とともに、総評御三家と呼ばれることもあった。ことに一万七〇〇〇人の非常勤職員の本務化闘争や春闘での初めてのストライキの実施は、輝かしい闘争の歴史として刻まれている。

だが一九六五年に全日本労働総同盟（同盟）に右派組合の全郵政が結成され、当局の庇護の下、全逓からの引き抜きなど熾烈な組織介入が頻発。各地の職場でも抜き差しのならない対立が生じた。

そんな状況のなかで、私は郵便の職場へ入ったのだ。もっとも、当時の姫路局では、内務の郵便、外務担当の集配の職場では第二組合員（職場では全郵政と言わずに、蔑視的な意味を込めてそう呼んでいた）は存在していなくて、会計や総務担当の職場に何人かいる程度の少数派だった。

当時庶務課長だった叔父が、「労組に入るんだったら全郵政に入れよ」と耳元で囁いたものだ。「世話になった叔父さんの顔に泥を塗るな」と言う母親に、「叔父さんの世話になんかなっていない」と私は反発するばかりだった。自力で公務員の試験に受かって入局したのだから、自分の力でという思いがあったのだ。

一九六七年頃の姫路局の郵便の職場の状況は。三年後くらいに、ポストから収集した封書郵便を対象に、切手を検出し方向を取り揃え消印する自動取り揃え押印機が導入される前で、すべて人の手でこなす機械化前の牧歌的な作業形態の時代であった。さらに翌年の郵便番号（五桁）の導入と合わせ、自動読み取り区分機の導入へと急激な機械化、合理化の時代は目の前だった。

いっぽうモータリゼーションに入る前の時代、郵便の輸送は鉄道に頼っていた時代であった。山陽本線の上り下り、姫新線、播但線の交差する姫路駅には鉄道郵便局の姫路分室があって、本線の神戸―糸崎間をはじめ、姫新、播但の乗務作業を担っていた。いわゆる郵便列車内での区分作業、あるいは停車時の郵便物の積み下ろし作業などに当たっていた。分室に下された郵便は、神姫バスの運転手見習いの若者が運転する大型トラックで姫路局まで運んでいた。また鉄道のない枝線（例えば夢前《ゆめさき》、山崎方面など）はバス委託で、一メートル四方大の郵袋を使って輸送していた。

当時の郵便課は普通通常、特殊、小包、窓口の係に分かれていて、私は普通通常係に配属された。到着した普通通常郵便の区分が主な仕事である。特殊は三人、小包は一人、普通通常は五人くらいが一つの班になって一六時間勤務をこなしていたのである。夕方の五時から朝の九時までの拘束勤務で、仮眠時間が早寝遅寝の交代で四時間ばかりあった。姫路局引き受けの郵便の翌朝の差出業務を並行して行いながら、分室から到着する郵便の処理をするのである。播但、姫新からの最終便が午後九時頃で、京都―岡山間の上下便が夜中の一時頃だったたか。

睡魔と闘いながらの勤務だけに、慣れるまでが一苦労であるが、楽しみは仮眠時間である。コンビニなどない時代。カップ麺の発売されてなかった時代（日清のカップヌードルの発売は一九七一年九月）、多くが弁当持参だった。晩飯の弁当は夜中までの休憩時間に済ますので、真夜中を過ぎた仮眠時間には小腹が空いている。特に遅寝などは起きてきても仕事らしきものは残っていない。そんな気楽さもあって、誰言うともなく、「ハーモニカへ行くか?」となるのである。ハーモニカ横丁と呼んでいた、国鉄姫路駅東出口前の一〇軒ばかり並んだ、屋台に毛の生えた小屋掛けの居酒屋。おでんにビール、あるいは熱燗で夜間の労働の疲れをしばし癒し、筋肉入りのかけうどんで小腹を満たすのである。そんな時の話題は主に職場や管理職に対しての愚痴である。なかには労働組合に明るい人物もいるし、共産党員もいただろう。六〇年安保を経験した先輩もいた。まさに同じ釜の飯を食らいながら、職場や社会の矛盾を教えられるのであった。

振り返れば、牧歌的ではあるが人間味の濃く残っていた時代であった。そんななかで私は社会への一歩を歩みだしたのである。

その頃流行《はや》った歌で、ほぼ半世紀経っても心に強く残っている歌がある。岡林信康の作詞(鈴木孝雄の連名)作曲で、デビューシングル「山谷ブルース」のB面に収録(一九六八年九月)された「友よ」だ。

友よ　夜明け前の闇の中で
友よ　戦いの炎をもやせ
夜明けは近い　夜明けは近い(以下フレーズ)
友よ　この闇の向こうには
友よ　輝くあしたがある

と友へ闘いを呼びかける歌。

片意地はった主義主張の押しつけではない、未来への明るい希望を内包した平易な言葉で友へ呼びかけた歌は、多くの働く若者たちの心をとらえたのだった。

労組やその時々の集会でよく歌ったものだ。新しい時代の夜明けがすぐ近くにある、そんな思いで歌った。純粋で素直な連帯感が信じられる、そんな時代だったといえようか。そこに私の青春があったのだ。

惚れっぽい性癖

長年、わが「姫文」の屋台骨を背負ってきた市川宏三との出会いは私の一九歳の時だったことは、すでに記した。私にとって師と崇めるただひとりの人物だった内海繁は、私の三七歳の時に交通事故で卒然と去った。内海との交友は一八年と決して長いものではなかった。

いっぽう、八六歳でその生を終えた市川宏三との交友は四七年も続いた。

人当たりのいい内海と違って、灰汁《あく》が強くきつい個性の持ち主だった市川だけに、当初は近寄りがたい人物に思えたが、永年の関わりのなかで、私にとってはなくてはならない人物と変化していったようだ。内海に感じた魅力とはまた違った、師に対するのと同じ人間的な敬愛の気持ちを覚えるようになったのだ。

そんな長い付き合いのなかで、市川がよく口にした、「中野君は惚れっぽいのが美点でもあり欠点でもあるなあ」の言葉を、一種の懐かしさをもって思い出すことがある。

人間に惚れることはいいが、こと文学の場合は絶えず批判的な視点が必要だということを、市川は口をすっぱくして言った。「あばたもえくぼ」というごとく、私の惚れ込みようは、批判的な視点が抜けているという苦言であった。

振り返れば、惚れやすい性分は私の持って生まれた性癖というしかないように思う。さみしがりやからくる惚れやすい性癖といったものだ。八人姉弟の長男だった父は、兄と私の二人の子どもを設けたが、家族には嫁入り前の叔母たちがまだ残っていた。大所帯の中心となって一家を支えていくのに懸命で、父と母とも子育てにまで手が回らなかったのも必然であった。そんななかで、私は叔母たちの温かい背中で育てられた。やがて叔母たちは結婚して家を出て行った。そんな甘く悲しい幼い記憶が、さみしがりやで恋しがりな性格を形成し、外で遊ぶよりも活字好きになったのかも知れない。

学童に達した頃、文字を通しての想像の世界は、幼い寂しがりな心を解放してくれたようだ。また、小学校では女先生に作文を褒められ、いよいよ活字の世界へとはまり込んだ。親戚へ遊びに行っても、いとこたちとわいわい遊ぶよりも、その家にある本を開いているような子どもだった。「Mちゃんは居《お》るのか帰ったのかわからないほど、静かやなあ」と叔母がよく言ったものだ。

そんな素地が長じての惚れっぽい性癖へと、つながっているように思いもする。

そのさみしがりと惚れっぽいということで言えば、二〇歳前後のことだが、秋の公園の夕暮れ、やや色づきかけた木々の枝越しにつるべ落としに夕日が落ちていく。そんな風景を目の当たりにすると、なんとも言えず人恋しい衝動に駆られるのであった。居ても立ってもいられなくなり、公衆電話から誰彼へとなく電話を入れたことが、何回あっただろうか。

運よくデートが叶うこともあったが、それが高じて、絶えず恋する女性が欲しくなってくるのであった。もっとも、自分のほうから飽きるだけでなく、よく振られもしたものだが。まさに青春の心のひもじさを埋めるがごとく、恋をしていた。

そんな私のありようを心配したのが世話焼きの一人の叔父。新宅家を持たせたら、少しは落ち着くだろうとお節介な意見を父に言った。その結果、清水田《しみずった》で出来の悪い田を造成し、小さな新宅家を父が建ててくれたのだ。ちょうど第一次オイルショックの直後だったから一九七三年、私の二四歳の時である。

もちろん、私は「新宅なんか要らん。こんな古くさい田舎に住もうとは思ってない」と反発したが、多勢に無勢で押し切られてしまった。当時は親戚同士の強い結びつきのあった時代でもあった。

新宅家に移っても、母屋《おもや》へは歩いて二、三分の距離。風呂や食事も母屋で世話になる、なんとも気楽な一人暮らしが続いた。そんななかでも、保険のセールス業についていた母親が、とっかえひっかえ見合いの相手を選んできて、言うがままに会ったりもしたが……。そのうち何人かは「いいか」と思う女性もいたが、気の多かった私は、どうしても最後の踏ん切りがつかなかった。まさに恋多き青春だった。

そして須藤リツ子と入れ替わるように、私の前に現れたのがA子だった。私の青春に決定的な意味を与えたA子との恋だった。五歳年上で、生まれは長崎県。東京で出会った主人の郷《さと》の姫路へ移住してきたのだ。東京で同人誌に参加していて、移住とともに「姫文」に入会したのだった。東京での文学歴を持った女性との出会いは、当時の私にはまさに憧れであった。彼女は短い小説を「姫文」に残しているが、実作よりも文学に対する真摯な姿勢といったことを、私に教えてくれたのであった。

だが、文学上での新鮮で刺激的な出会いが男女の恋情へと転化するのは、ごく自然な流れであった。短期間で激しく燃え上がった二人の恋は、家庭の人という障害をいとも簡単に乗り越えさせた。A子もそれに応えた。だが激しく燃え上がった互いの恋情は、短期間で終わりを迎えた。二人の仲を知った主人との修羅場を話すA子に、自分の無力と甘さを思い知らされたのであった。所詮は叶う恋ではなかったのだが、彼女と別れたその夏は砂を噛む日々だった。秋の終わりになってようやく、傷心が瘡蓋《かさぶた》となったと思えだした。

失恋の代償は大きかったが、人間的な大きな肥やしになったと、振り返って思う。その後も異性を恋することは変わらなかったが、惚れるということの心情が変わったようだ。俗っぽく言うと一皮剝けたのかも知れない。

Ａ子の家人がお城本町の市川宅へ怒鳴り込んできたようだが、その時は何も言わなかった市川だが、数年後、何かの折に、「そんなことがあったなあ」と、ぼそっと言った。

スナック「穴熊」

カラオケ専用の個室を持った店が出現する前は、客が歌を歌う場としてスナックが流行ったものだ。カウンター越しに「ママ」と呼ばれる女性や店員が接客する飲酒店で、客同士で会話を楽しんだり、カラオケを歌ったりのサービスが売りの店。

スナック「穴熊」へは誰に連れて行ってもらったのだろう。

年譜を繰ると、一九七五年八月、「姫路市民劇場」発足とある。市民劇場とは全国的な演劇鑑賞団体のことで、姫路にも結成されたのだが、確か発足時の事務局長が諸留幸弘《もろどめゆきひろ》君だったと思う。諸留君は鹿児島の指宿《いぶすき》生まれの国家公務員。彼との出会いがどんなきっかけだったかは、今や定かではないが、出会ってすぐに意気投合した記憶が残っている。

九州出身だけにアルコールに強く、声量があってカラオケがうまかった。それに無類の人の好さを備えた青年だった。そんな彼の十八番《おはこ》は「指宿小学校校歌」であった。校歌特有の面白みの少ない歌詞、それも卒業生の本人だけしか知らない、そんな歌を感情込めて歌うのであった。あっけに取られて聞いているギャラリーも、彼が歌い終わった途端、やんやの喝采を浴びせるのだった。

そんな諸留君に連れられて行ったのが、最初だったのではないか。

その店は魚町などの姫路の飲み屋街の北の外れ、坂元町だったたか、すぐそばを東行きの国道二号線が走っていた。小さいビルの地下、それこそ熊の塒《ねぐら》を思わせる雰囲気のこぢんまりとした店だった。歓楽街からやや外れた立地だったが、意外と流行っている店だった。美人ではないが、クリッとした目が印象的な雇われママ、Mさんの愛嬌のよさが、不思議と客を引き付けるようだった。

そのスナック「穴熊」へ、私は失恋の傷心を癒やすがごとくよく通った。

幼い頃、我が家で唯一の電化製品であった「電蓄」から流れてくる、歌謡曲を聴いて育ったくらいで、楽器といえば学校へ上がった頃に買ってもらったハーモニカが精々だった。学校の音楽の時間は級友とともに合わせて歌っても、試験時のピアノの前での独唱では、緊張のあまり上がってしまい、まともに声も出なかった。まして、歌は腹式で歌うものなどと教えてくれる教師もいなかった。

そんな音楽と縁のない人間が、足しげくスナックへ通いだしたのは、Mさんの愛嬌と褒め上手があったからだろうが、アルコールで湿らせた喉からの声が、エコーを効かせた機器からの伴奏と相まって、下手は下手なりに、何となくうまく歌えだした気になったからだろう。腹から声を出すということも自然と身についた。

秋から冬。冬から春、さらに夏へと、私の「穴熊」通いは続いた。そして失恋の傷心の瘡蓋もようやく取れた。それとともに、私の持ち歌も増え、少しはうまく歌えるようにもなった。二〇代半ばから三〇過ぎまで、その青春のひもじさを癒してくれた、スナック「穴熊」でよく歌った当時のはやり歌を二曲ばかり紹介しておきたい。

まずは、そのものずばりの題名の「別れの朝」。原曲はオーストラリアの歌手ウド・ユルゲンス作曲、ヨアヒム・フックスベルガーの作詞によるWas ich dir sagen will（君に伝えたいこと）。なお一九七一年一〇月にリリースされた日本のバンド、ペドロ&カプリシャスのメジャーデビューシングルだが、なかにし礼による日本語詞は、原詩とかなり異なっている。

声量あるハスキーな声の持ち主の高橋真理子の持ち歌となる。「別れの朝」が大ヒットしながらも突如離脱したボーカルの前野曜子。前野に代って、博多・中洲のナイトクラブで歌っていたのをペドロ梅村にスカウトされ、二代目ボーカルとして参加したのが高橋真理子。翌年には、「ジョニィへの伝言」「五番街のマリーへ」のヒット曲を歌った。カプリシャス時代は高橋まり。

もう一曲は、布施明の歌った「シクラメンのかほり」。詩・曲とも小椋佳（一九七五年）。恋の始まりと終わりを哀切を込めて歌った曲だったが、詩的な言葉が随所にちりばめられた詩とテンポいい曲とが相まった名曲といえるもの。声量ある布施明の高音部分はやや難解だったが、体全体で歌うことを要求される歌だった。

ほろ苦い想いを噛みしめつつ、私は多くの歌を歌った。そして、いつの間にか、人前で歌うことが苦にならなくなった。

スナック「穴熊」は歌う楽しさを学んだ場であり、逃げの場であり、癒しの場でもあった。なんとも思い出深い場所だった。

振り返れば不器用ながら、ひたむきな青春を生きたかともいえる。

「いまづ」と「うおゐ」

路地に通い始めて、よく足を運んだのは、釜飯の「いまづ」だった。お城本町の南通り四丁目にあった店。岡山の美作地方の土居出身だという中年の女性が、一人で切り盛りしていた。度の強いメガネをかけたおばさん。二〇歳になったばかりの頃、職場の野球部のメンバーに連れられて訪れ、以降行《ゆ》き付けるようになった。

引き戸を開けると、土間になっていて、かぎ型のカウンターがあり、その周りを囲んで足の高い椅子が一〇脚足らず並んでいた。一〇人も入れば満席になる狭い店だった。カウンターの内側には、一人前用の小さい釜がガス台の上に何台か並んでいた。注文があると、目の前で釜飯を焚き上げるのである。鶏肉とごぼうや人参のささがきの入った薄味の釜飯だった。二〇分ばかりで炊きあがっていた。

奥に二階への階段があり、階段下に四畳半ほどの小部屋があったが、日頃はあまり使われていなかった。二階は主《あるじ》の住まいのようだった。土間の壁際に大きな冷蔵庫があって、客が勝手にビールをとり出すことになっていた。冷蔵庫の上の棚には、小型のテレビが置かれていた。

カウンターの端には銅壺《どうこ》がガス台の上に備え付けられ、大根、コンニャク、卵、厚揚げなどのおでんの品々が、絶えず煮立っていた。

ことに冬にはショウガ醤油の出汁《だし》のおでんが売りだったが、定番はハマチの造りやトマト、ジャガイモのサラダなどが酒の肴であった。

いつの頃からか、一人で通うようになり、付けも利くようになり、給料日に支払っていた。

職場の先輩詩人の井戸本耕三も馴染みの店で、通信教育で東京の大学を出て、念願の小学校教師に転身して以降も、時には「いまづ」で酒を酌み交わすこともあった。

また、私が姫路文連の事務局長に就任し、「姫路文学人会議」の編集長のあとを継いだ石田龍雄君とも、よく連れだって通うようにもなった。もっともその石田君は、二〇〇号を切りに五年ばかりで「姫文」を去ったが。

そんな「いまづ」の日々だったが、手元の古ぼけた一枚の写真が、四〇年前の一つの光景を鮮やかに思い出させてくれる。それは、「いまづ」のカウンター席に座った内海繁さんの温顔である。

備忘録を繰ると、一九八三年二月二〇日の一風景のようだ。前年一〇月に急逝した姫路文連の初代会長の黒川録朗氏の「しのぶ会」があった日。休止状態だった文連が再建なって就任した初めての事務局長の仕事が黒川氏の葬儀の受付。のち設定された黒川録朗賞の基金のことで、絵描きの岩田健三郎ともども黒川家へ赴き、その先走った行動を責めた内海繁さん。軽薄な若気の至りをいつも窘《たしな》めてくれた内海さんは、黒川録朗の盟友。そんな内海さんに報いようと、日頃内海繁さんを慕う若いメンバーが、ここぞとばかりに「黒川録朗をしのぶ会」の事務局として、準備、当日の運営、進行などに当たったのであった。姫路商工会議所のホールで行われた会は盛況のうちに、参加者の胸に感慨深い印象を与えて閉会した。

余韻冷めぬまま、会場の下寺町から短い距離を歩いて訪れたのがお城本町の「いまづ」。開口一番、「よくやってくれた。ありがとう」と内海繁さんが労をねぎらってくれたのをいまだに忘れない。いつもハラハラと心配ばかりかけていた、師と仰ぐ内海さんから初めて褒められたのである。その記念すべき日の一枚であった。黒川と同じ年の生年であった内海繁さんはその年、七三歳。その内海さんも三年後、交通事故で急逝する。そして、私も同じ歳を迎えた。感慨深く写真を眺めるばかりである。

結婚を機に、何となく足が遠のいた「いまづ」に替わって通うようになったのが、同じお城本町の中通り三丁目にあった「うおゐ」だった。

大阪で修業したという大将だったが、通い出した頃は、かなりの高齢で奥さんともども、竈《かまど》での飯炊きや下ごしらえの手伝いなどの裏方仕事をこなしていて、もっぱら包丁を使うのはその息子のやっちゃんだった。あとはやっちゃんの奥さんが客さばきや勘定に当たり、やっちゃんの姉夫婦が岡持ちを下げての出前の担当だった。

そんな家族経営の食堂兼居酒屋でもあった。

土間の右側に板場があり、その前に三人掛けの長いすが四つ並んで、左手は小座敷になっていて飯台が三つばかり並んでいた。板場の真ん中にうどんの釜が湯気を上げていて、その横におでんの銅壺が備えてあって、おでんの種が浸かっていた。昼の定食も手作りの御晩菜で、ことに竈の薪で炊いた飯はうまいとの評判をとっていた。

「うおゐ」の売りは鰻だった。板場の前のガラスケースには、年中焼いた鰻が何尾か並んでいたが、夏の土用前後は、盥《たらい》のなかでうねる何百匹という鰻を捌き、店の前の路地に出した火桶の炭火で焼き上げるのであった。ねじり鉢巻き姿のやっちゃんがほぼ一人で、団扇を使いつつ、垂れに浸し、焼き上げていく。やっちゃんの炭火での鰻焼きの姿が、土用の風物詩として毎夏新聞を飾った。

予約注文した何尾かを毎年持ち帰ったものだ。もっとも、手間をかけた分だけ、値段も安くはなかったが、土用の縁起物として持ち帰ると、幼い息子も喜んだ。

脂が乗って垂れの効いたかば焼きも旨かったが、私の贔屓《ひいき》は八幡巻きであった。細切りしたごぼうをアナゴで巻いて焼き上げたもの。味の沁みたごぼうと鰻に比べてやや淡泊なアナゴとがいい相性で、得も言われぬ味わいだった。

もう一品は、うまき。かば焼きの鰻を卵でくるんで焼き上げたもの。薄味の卵焼きだが、鰻の重厚な味とうまくマッチしていた。

共に忘れがたい「うおゐ」の味だった。

夕刻の「うおゐ」の小座敷には仕事を終えた郵便局の集配課のメンバーがいつも屯《たむろ》して、職場の愚痴など、オダを上げていた。労働組合の役員をした時期もあったので、多くが顔見知りだった。勤務時間の違いで私はやや遅れて「うおゐ」に顔を出す。そして、彼らの喧騒を背中で聞きながら、板場前の長いすに座り、酒を注文する。「よっしゃー」とやっちゃんが言い、銚子ではなく、珍しいちろりに酒を注ぎ、銅壺に浸して燗をする。取っ手のついた金属製の円形の器のちろりは大と小があって、大は二合、小は一合の容量であった。私はいつも小で時にはあと半分と注文することがあった。それをガラスのコップに注いで呑んだ。

昼食用の総菜の残りや、おでんなどを肴に、時にはマグロの赤身もあったが、労働の後の酒は胃に沁みた。あとはきつねうどんかかけうどんで腹ごしらえをし、お城の前の大手門前のバス停から、新在家の坂東大蔵宅へとバスに乗った。月に二、三回開いた、六時半からの文連の常任理事会へ通ったのだ。

姫短前でバスを降り、タクシー会社の角を北へ、細く緩やかな坂道を上ると、右手にスーパーがあり、そこを過ぎると道路の両側に住宅地が広がり、いくつ目かの路地の奥に坂東宅があった。

時代の子

古来稀の古希を過ぎた。もっとも人生一〇〇歳時代の現代に照らせば、まだまだひよっこだろう。がやはり七〇年も生きれば、自身の人生を鳥瞰《ちょうかん》してみることがある。そんなときに思うのは、我もやはり「時代の子」という思いだった。

先人のなかには時代を越えて、我慢ならない時代の殻を破って生き抜いた人々が多々ある。が、そんな時代に収まらない偉人でも、やはりその時代の制約、枷《かせ》をどこか引きずって生きた姿がかいま見える。凡人としての我が人生。時代の制約のなかでもがきながら、多くの人との出会いのなかで、それなりに精一杯生きたと思いたい。

そんな時代の子の一人の人間の姿はどんなものだったのか。少し振り返ってみる。

百姓の長男だった父は、前の戦争で中国大陸へ従軍した。戦争半ばに帰還して、姫路市内の軍需工場の川西航空機製作所に職を得て、就業中に米軍の空襲に遭遇したが無事逃れた。盲腸炎で早く亡くなった母親の跡を受けて、姉の嫁ぎ先の長女だった母と結婚。戦後、未婚の妹たちを嫁に出し、二人の子を設けた。その次男が私である。

前の戦争で戦地から帰還して家庭を持った、そんな親たちから私は生まれた。いわゆる団塊の世代に当たる、戦争を知らない子どもたちの一人であった。

誕生した一九四九年は戦後復興の最中だっただろうが、田舎の農家では食料が欠乏し飢えた日々ではなかったと思う。貧しい農村であったが、自然のなかでのびのび育ったことだろう。ただ人見知りで引っ込み思案の性格を抱えていた。したがって、幼稚園から小学校にかけて、毎朝「学校に行かへん」と駄々をこねて、二歳上の兄を困らせた。が、優しい女先生のお陰で、学校嫌いも解消する。その女先生に作文を褒められたのがきっかけで、読書好きになる。

一クラス五〇人、三クラスはあったか。そんな芋の子を洗うような学校生活だったが、好んで読んだ物語を通して得たのか、いじめっ子にも敢然と向かって自己主張する強さも持ち合わせていた。人目を気にせず我が道を行くという精神は、その頃に備わったかとも思う。

ただ文学好きの性分はともすれば夢見がちで、現実生活とずれた思考回路になるのだろうか。高校生になっても具体的な人生設計など描くこともなかった。

世間知らずの文学青年に世間を教えてくれた場が、労働組合運動であった。資本家と労働者の階級闘争の必然さを学び社会への目を開かせてくれたのだった。乾いた砂に水が染み込むように、好奇心を掻き立てられたのであった。労働組合運動だけでなく、社会、政治運動に明け暮れた私の二〇歳代であった。市川宏三との出会いのなかで文学からは離れることはなかったが、切実なものではなかったようにも思う。冷静に振り返れば、心を燃やした運動の数々も、地に足を着けた生活人のものではなく、本人は大真面目でも、どこか浮わついた軽さがぬぐい切れずにあったとも思う。そんな人間も家庭を持つことで、必然的に足が地に着いてきたのかもしれない。

連れ合いの康子と出会ったのが、T子と結納まで交わしながら破談になった直後。不可解な女心をつかみかねて、失意の時期だった。友人の結婚披露宴の実行委員会の会合で、しっかり自分の意見を主張した康子の、その姿に心ひかれたのがきっかけ。宮本百合子の『伸子』を送りつけたりもした。

康子の両親は明石の空襲で焼け出され、姫路市へ疎開して居を構えた。白鷺城の目の前の白鷺町に生まれた康子は三の丸広場を遊び場所として育った。父親は近くの鉄工所へ勤め、母親は高田の馬場という名の食堂の隣で土産物屋を開いていた。三人姉弟の末っ子だった康子は、高校時代に演劇部に所属し、卒業後銀行に勤めながら、地域のアマチュア劇団に参加。舞台にも立った。

二人が出会った頃、それまで康子が所属していた劇団の解散問題が浮上した。芝居を続けたいという康子の悩みを聞いたり、新しく劇団として立ち上げようとしていた「劇団プロデュースF」への入団の橋渡しを、私は買って出たりもした。

「結婚しても芝居を続けたい」というのが、私との結婚の康子の唯一の条件だった。新しい劇団の発足の年の秋に私たちは結婚。翌年、一九八一年五月、劇団の旗揚げ公演「虹の中の真帆」で、鳥居やす江の名前で制作の一員として参加した。

「虹の中の真帆」の原作は、市川宏三が白石昭《あきら》の本名で書きおろした作品（水曜社、一九七九年）。就学前に事故で下半身まひに見舞われた娘真帆が、多くの級友や家族に支えられて、明るく屈託なく成長していく姿を描いた物語。脚色・演出井上正利。

公演を前に「観る会」が結成され、その発起人は伊藤義郎、内海繁、沖塩徹也、川口汐子、笹間清二、長谷川弓子、坂東大蔵の錚々《そうそう》たる面々。そして呼びかけに応えて参集したのが五〇名。もちろん「姫文」からの参加者もいたが、大いに盛り上がり、二回の公演は市民会館大ホールを観客で埋めた。

「姫文」の市川の原作を姫路のアマチュア劇団が上演したことは、地域に根づいた文化活動の成功例といえよう。それも当時の姫路の文化運動のひとつの姿でもあった。

旗揚げ公演いらい、年間五、六回の会館での大きな舞台、自前のアトリエでの公演と、活発な劇団活動を「F」は展開する。それに日常的な週三回の稽古日があった。結婚間なしの康子はいそいそと通い、舞台にも立ち、また裏方として関わった。そして二年後に長男が、そして次男誕生。子育て期間中も康子は劇団通いを続けた。交代制勤務だった私は、在宅の時は子どもの世話もし、「芝居を続けたい」と言う康子の思いに応えた。

今思えば、市街から一〇キロ余の片田舎、毎夕ごとにバス停で子どもを抱えて出ていく姿は、まわりにどう見えただろう。世間の目など二人には気にもならなかった。それよりも、私の母親に芝居の舞台姿を見てほしいとチケットを渡す行為には感心させられた。自分の生き方に胸を張った姿が、私の心に強く響いたのだ。康子の劇団通いは二〇年ばかり続いただろうか。今は朗読の会を続けている。「姫文」、劇団、姫路文連と播磨の地の、あの時代のその文化風土のなかで、子育て時代を二人は生きたのだ。多くの出会いとともに。

時刻表と一人旅

本棚の隅に、B5判の『JR時刻表』(交通新聞社、二〇〇八年四月)がデンと幅を利かせている。薄い紙質だが一〇〇〇ページもある代物。私が買った最後の時刻表である。十数年前の時刻表など、実用には向かないが、なぜか捨てがたく残している。

私が弘済出版社(交通新聞社の前身)の『大時刻表』をほぼ毎月、本町商店街の黒田書店で求めるようになったのは、二〇歳になったばかりの頃。職場で面白くないことがあって、プイッと初めての一人旅に出かけてからか、それとも、松本清張の長編『点と線』（新潮文庫）を読んで触発されたからか。今となっては判然としない。

『点と線』は、福岡県香椎《かしい》で発見された情死体をめぐり、官庁の汚職にからむ謎の事件を追及する、三原警部補や鳥飼刑事らのアリバイ崩しを軸とした本格的な推理小説。東京駅の一三番線ホームから一五番線ホームを見通す〈四分間の目撃者〉の着想は、斬新なものとして話題をよんだ。この作品の登場で社会派推理小説の新次元を開いたが、同時に旅行小説流行のきっかけを作ることにもなり、清張時代の到来をもたらした。『点と線』が日本交通公社発行の月刊誌「旅」に連載されたことは、象徴的でもあった。

もっとも、連載された一九五七年当時、私はまだ一〇歳に達していなかったし、旅行雑誌の「旅」を愛読するようになったのは十数年後の二〇歳になってからだった。『点と線』の文庫本を手にとったのもその頃だったかと思う。

一人旅には必ず最新の時刻表を携えていたし、『点と線』の東京駅ホームでのトリックに触発されて、時刻表で旅のあれこれ、列車の接続、路線など、机上での空想に胸躍らせてもいた。

時刻表片手に気ままな一人旅が続いた、私の二〇代だった。

独身最後の一人旅は、京都発の夜行の山陰本線で出雲大社をめぐり、下関に至り、そこから山陽本線で帰宅のコースだった。大晦日の夜行列車の車内は、新年を迎える明るい雰囲気ではなく、黒っぽい服の目立った、どこか陰鬱な感じがしたし、人出の多かった出雲大社の初詣の風景も、寒々とした印象しか残っていない。

なんとはなし哀切感を覚えつつ、自身の青春の終わりを感じていた二〇代の最後の一人旅だっただけに、その心象を映した風景だったのかも知れない。

その頃私が口ずさんだ歌が、かまやつひろしの歌った「どうにかなるさ」（一九七〇年、作詞・山上路夫、作曲・かまやつひろし）。一部紹介する。

どうにかなるさ

今夜の夜汽車で　旅立つ俺だよ
あてなどないけど　どうにかなるさ
あり金はたいて　切符を買ったよ
これからどうしよう　どうにかなるさ

見なれた街の明り　行くなと呼ぶ
けれどもおんなじ　暮らしに疲れて
どこかへ行きたい　どうにかなるさ

頼りない感傷の世界そのままの歌詞。社会のしがらみに対しての甘ったれた青春の反発。投げやりとも思える開き直り。その葛藤が共感を呼ぶのだった。根無し草のごとく、腰の定まらない不安定な青春の日々のなかで、身に沁みる想いで、ことに当てのない旅の途次などで、何度も歌った。

ちなみにかまやつひろしは、当時、一世を風靡《ふうび》したグループサウンズ「ザ・スパイダース」の出身で、この曲は自らの音楽ルーツであるカントリーミュージックの大御所ハンク・ウイリアムスの「淋しき汽笛」にインスパイアされての作品だといわれている。

そして、私の一人旅の最後は、冬の能登半島だった。肌を刺す寒風とゴーッと体を震わせる海鳴りを伴った波の花が洗う、半島の北端に近い曽々木海岸の風景に恐れをなし、輪島駅前のステーションホテルに宿をとった時。自宅で待つ、妻と幼い長男の顔を思い出し、しみじみともう一人旅はできないなと思った。

青春の一人旅が終わったことを実感した旅だった。

民営化を前に国鉄の増収対策の一環として発売されるようになった「青春18きっぷ」。春、夏、冬の期間限定の普通列車一日乗り放題で、五枚つづりの低廉な切符だが、乗り物好きな長男が物心ついてから、長男を伴って日帰りの旅によく利用した。

駅名にルビが振ってある時刻表で漢字を覚えた長男は、自然と時刻表好きになり、小学生になると机上で路程表を作ったりするようになった。そんな長男の小学六年生の冬休み前、夏の球技大会や秋祭りの屋台の乗り子で頑張った褒美に、青春切符を一冊進呈した。目の色を輝かす長男にテレホンカードと幾ばくかの小遣いを持たせ、初めての一人旅に送りだしたのだった。宿には泊まらず車中泊での二つの短い旅程だった。初めての一人旅を終え、正月に帰宅した長男の顔は、やや大人びたふうに見えた。

以降長男は、中学、高校と休みのたびに、青春切符での一人旅に出かけ、大学に進学すると、海外へのバックパッカーに変わっていき、三回生の時に一年休学して中南米大陸の旅に出かけ、何か月もかかって縦断した。もっとも、中学、高校時は青春切符とテレカ代の面倒はみたが、汽車旅での必要経費は自分の小遣いを充て、大学生になってからの海外への旅でも、その費用はアルバイトで稼いだ金で賄っていた。そんな一人旅の経験が功を奏したのか、家庭を持った今は、就職した会社の海外駐在員として赴任している。

横道にそれたが、長男が手元を離れてからの私の旅は、職場の先輩との毎月の積み立てを充てての、年一回ののんびりゆったりの贅沢な国内の旅に変わった。唯一の海外の旅は草原の国モンゴルへ、北京からウランバートルへの長時間の列車での旅だった。

映画『仁義なき戦い』

私が初めて一人で映画館で映画を観たのは、二〇歳になったばかりの青春の放浪の旅の途次、札幌の映画館だった。なぜ札幌で映画?と問われても、答えようがない。ただ、映画館に足が向いただけ。当てもない旅で、初めて訪れた北の大都会の札幌。早朝に着いた大通公園の札幌タワーの食堂で、手にとった新聞の映画欄が目にとまり、思い立ってビルの地階の映画館を探し当てたのだった。

上映されていた映画は、『ウッドストック 愛と平和と音楽の三日間』(一九七〇年公開、アメリカ映画、上映時間一八四分)。

前年の八月一五日から三日間、ニューヨーク州ベセルで開かれた、ロックを中心とした大規模な野外コンサートの模様を記録したドキュメンタリー映画だった。

三〇組以上のフォーク歌手やロック・グループなどが出演し、入場者は四〇万人以上であった。アメリカの音楽史に残るコンサートであり、一九六〇年代アメリカのカウンターカルチャーを象徴する、歴史的なイベントとして語り継がれてもいる。

愛と平和、反戦を主張するヒッピーや若者たちの集った、初の大規模な野外コンサートだけに、混雑も避けられなかったし、なかにはドラッグを使用する観客もいた。が、規模と観客数の膨大さに比べれば、驚くほど平和的な祭典だったという。

さしてフォークやロックなどに詳しいわけではなかったし、会場で歌われる音楽に共鳴したわけではないが、スクリーンに描きだされた熱気は、若い私の胸を打った。青春の彷徨のなか、暗い映画館の客席で胸震わせた三時間ばかりの思い出は、二昼夜かけて日本海周りの道路をヒッチハイクで走破した、その旅の顚末とともに、その後長く私の心に刻まれている。

私がお城本町の路地に通いだした一九七〇年初頭の頃は、日本の映画産業は斜陽の時代を迎えていた。そんな時代だったが、姫路にはまだ多くの映画館が残っていた。

姫路文化ホール（姫路駅ビル三階）、姫路大劇場・姫路大劇パラス（忍町・大劇映画ビル）、松竹座映画（西呉服町・立町筋）、姫路ＯＳ劇場（直養町・姫路ＯＳビル）、姫路第一山陽座・姫路第二山陽座（光源寺前町・ジャスコ姫路店、のち姫路フォーラス七階）などが、駅前の繁華な地域に健在だった。

それらの映画館に私はよく通った。それも朝一番に。

当時の私の職場だった郵便課は交代制勤務で、鉄道郵便で運ばれる郵便物の処理が大きな仕事だった。トラック輸送に切り替えられる前は、山陽本線の基点だった姫路駅に夜中でも郵便列車が行きかい、郵袋に入れて運ばれてきた郵便物は、鉄道郵便局の分室経由で、神姫バスの下請けのトラックによって、姫路局まで運ばれてきた。

運び込まれた郵便物を限られた時間に仕分けし、局ごとに分類する作業が主な業務。仕分けられた郵便物は、姫新線、播但線、さらにはバス路線によって沿線各地に、さらに集荷された遠方への郵便物は、山陽本線に乗せて送付されるのであった。

昼勤、遅出などの勤務もあったが、作業が集中する夜間勤務も、月に何回かあった。泊まりと呼んでいた勤務は、夕方五時始業、翌朝九時終業の一六時間勤務で、途中交代で三時間半ばかりの仮眠時間が設けられていた。そして、明け番の日と翌日が非番日であった。私が映画館に足を運ぶのは、主に明け番の朝一番の上映だった。短い仮眠時間で眠気も残っていたが、若さもあったのだろう。上映が始まると、瞬く間に画面に吸い寄せられたものだ。

その頃足繁く通ったのが十二所線（西行きの国道）に面してあった姫路大劇場。四、五階には確か「大劇ボウル」というボウリング場のあるビルの一、二階。道路に面してあった一階の切符売り場でチケットを購入し、ドアを開けて入ると、右手にはモギリの館員が半券を千切ってくれる。カウンターの後ろにはポップコーンや飲み物を揃えてあり、カウンターのガラス戸のなかに上映映画のパンフレットが並べてあった。

正面の衝立の奥にトイレがあり、トイレの横の厚みのある両開きのドアが劇場への入口だった。左手にある階段が、二階席へと続いていた。一階の劇場内からも二階への階段が設けられてもいた。

私の指定席は、二階席の最前列。座席の前に腰くらいの高さの仕切りがあり、そこへ足をのせてスクリーンを見下ろす。初回上映ということもあって、客はそう多くない。上映を知らせるベルが鳴るまで、当時は許されていた煙草を吸いながら待つのである。睡眠不足の喉には両切りのピースがなんともいがらっぽかった。

上映開始を告げるブザーの音とともに、照明が落とされる。そして、予告に続き、上映映画『仁義なき戦い』が始まるのであった。

一気に映画に没入させるのは津島利章作曲のテーマ曲。シンプルなメロディーでありながら、ベースギターを主旋律とした繰り返しのリズムが、体ごと一体感、高揚感を高めていく。

因みに、映画監督の崔洋一が、「津島利章の曲がなければ、『仁義なき戦い』はここまで評価されたかどうか。あの旋律を聴くことで、あの映像がうかんでくる」と高く評価している。

それ以前に流行った、高倉健主演の『網走番外地』などの任侠映画にはまったく興味を覚えなかったが、同じヤクザ同士の抗争を扱ったこの映画は私を虜《とりこ》にした。

戦後広島県で発生した広島抗争の当事者である美能組組長美能幸三の獄中手記に作家の飯干晃一が解説を加えて、「週刊サンケイ」に「広島やくざ・流血の二〇年の記録 仁義なき戦い」と題して連載したのが原作である。

中国新聞記者の今中亙が「文藝春秋」に寄稿した文章で、事実にないことが書かれていたのを獄中で目にして、汚名返上の執念からの原稿用紙七〇〇枚もの手記だった。美能は「登場人物すべてを実名で掲載すること。実名でなければ断る」と、連載時の飯干に条件を付けたという。

一九七三年一月に公開された深作欣二監督の『仁義なき戦い』は敗戦直後の呉市が舞台。ヤクザを主人公にした、優れた群集活劇で、暗黒社会の一戦後史であり人生を翻弄されながら闘う青春映画といえるだろう。脚本・笠原和夫、主演は菅原文太。

大ヒットもあって、シリーズとして制作される。『広島死闘篇』(四月公開)、『代理戦争』(九月)、『頂上作戦』(一九七四年一月)、『完結篇』(六月)。さらに、『新仁義なき戦い』(一二月)、『組長の首』(一九七五年一一月)、『組長最後の日』(一九七六年四月)の八作品。いずれも監督は深作欣二。

豪華な俳優たちによって繰り広げられる、死と隣り合わせの残酷な活劇に胸躍らせた青春の日々でもあった。

マカロニ・ウエスタンと「木枯し紋次郎」

日本映画には足繁《しげ》く通ったが、外国映画は何となく敬遠気味だった。上映中の言葉を解し得なかったし、スクリーンの端に表示される字幕を目で追うということに、一種の戸惑いを覚えていたせいかも知れない。

もっとも名画といわれた作品には、それなりに足を運んだが。

そんな私が字幕への戸惑いを乗り越えて洋画ファンになったきっかけは、映画評論家の淀川長治の造語といわれる「マカロニ・ウエスタン」と総称されたイタリア製西部劇に出会ってからだ。

その基本路線はアンチ・アメリカ西部劇だという。

保安官や用心棒の主人公が正義の味方の、勧善懲悪のストーリーで貫かれた娯楽作品のアメリカ西部劇に対して、ニヒルで暴力的な主人公が登場し、まわりの人間もアウトローで、劇中壮絶な拷問もあり、高潔な人物が殺される残酷な場面も多くあった。

「マカロニ・ウエスタン」という一つの映画ジャンルを確立した事実上の創設者が、セルジオ・レオーネ監督。世界的な人気を博したのが『荒野の用心棒』。それ以降、イタリアでは五〇〇本以上の作品が多くの監督の下で量産されたという。主演はハリウッドで売り出し中だったクリント・イーストウッド。なお、イタリア人俳優のジュリアーノ・ジェンマの登場は『夕陽の用心棒』(監督・ドゥッチョ・テッサリ)以降となる。

一九六四年公開の『荒野の用心棒』を筆頭に、『夕陽のガンマン』『夕陽の用心棒』『荒野の一ドル銀貨』『続・荒野の一ドル銀貨』『続・夕陽のガンマン 地獄の決闘』『続・荒野の用心棒』『真昼の用心棒』

などなど、さまざまな監督によって作られていった。

レオーネ監督は『荒野の用心棒』で映画音楽と絵との関係を大きく変えた。残忍で暴力的なシーンを多用した斬新な作風とともに、それまでのオーケストラでのバック音楽ではなく、〈音で絵を描く、セリフの代わりに音楽にストーリーを語らせる〉という意図のもとに、口笛を使ったエンリオ・モリコーネのテーマ曲が一世を風靡した。

まさに旧来の西部劇の価値観を変えた一作でもあったが、そのストーリーは黒澤明監督作品の『用心棒』をそのまま使い、盗作として訴えられてもいる。

賞金稼ぎの一人のガンマンの心の赴くままの人殺し。あるいは土地の人々に請われての用心棒稼業。またはメキシコから渡ってきた強盗団たちとの戦いの姿。そして、旅から旅へと、荒野のなかの小さな町々をさすらうガンマン。

そんなヒーローたちの孤独な姿が、高らかな口笛の奏でるメロディーとともに、映しだされる。時には胸躍らせ、時には哀切さを感じつつ、映画館の片すみで魅せられるのであった。

指を折ると、『荒野の用心棒』が公開された一九六四年の私は一五歳。日本で公開されたのは何年か定かではないが、私が一人で映画館に足を運ぶようになったのは数年のち。何度目かの上映だったのだろうか。どれもこれも似たようなストーリーだったせいもあって、マカロニ・ウエスタンの初見が『荒野の用心棒』だったかどうか定かではない。

大手前通りの一つ西の通り、立町筋の角地にあった松竹座が上映館ではなかったか。二階席があったかどうかは記憶にないが、ビルではなく大きな一戸建ての映画館だった。

哀切感のある口笛のテーマ曲とともにやや長いエンディングが終わると照明が灯され、スクリーンの世界から離れる。画面の余韻のままに、映画館を出る。そしていつものごとく、駅前通りの雑踏に紛れ、決まって足を向けるのが居酒屋。

よく足を運んだのが「サラリーマンスタンド」。駅前の御幸通りと小溝筋をつなぐやや広い路地にあった。広いフロアを囲むようにカウンターが巡らせてあり、客は備え付けの椅子に腰をおろす。数十席もあっただろうか。カウンターのなかが板場になっており、コック帽の比較的若い青年が三人ばかり、それぞれの担当の料理を処理する。安価で多彩なメニューの店。他の客の喧騒のなか、私は独り、ビールを傾けながら、先ほどの映画のシーンを静かに反芻するのだった。眠気の残る、泊まり勤務明けの至福のひとときでもあった。

私がその頃、よく足を運んだ居酒屋兼食堂がもう一軒ある。これも映画帰りに迷い込んだ店だった。「サラリーマンスタンド」の向かいの狭い路地にあった小さな店の「プロ酒場」。

引き戸を開けると土間になっていて左手に厨房があり、その前に一〇席足らずのカウンター席があり、その後ろに衝立を挟んでテーブル席が三席ばかりの、こぢんまりとした店だった。のちに娘婿が引き継いだが、通いだした頃は、中年過ぎの四人ほどの女ばかりで切り回していた店だった。揃いの黒い衣装が店に馴染んでいた。その店で忘れられない肴は、牛筋を味噌仕立てで甘辛く煮込んだ煮込みと、丼ぶりでの湯豆腐。煮立てた半丁ばかりの木綿豆腐をカツオ出汁《だし》に浸した一品。レンゲですくって食べるのだが、カツオ出汁がうまくマッチして、得も言えぬ味だった。

ニヒルで孤独なアウトローを主人公に据え、和製マカロニ・ウエスタンともいわれた、テレビ時代劇「木枯し紋次郎」が放映（フジテレビ）されたのもこの頃だった。笹沢左保の股旅物時代小説が原作。第一部（一八話）、第二部（二〇話）と一九七二年から一年半と続いた。最初の三回は市川崑が演出。主演が俳優座を退団したばかりの中村敦夫。二二時三〇分からという時間帯だったが、高視聴率を稼いだ。また劇中での紋次郎が口にする決め台詞、「あっしには関わりのないことでござんす」が流行語になった。

舞台は江戸時代後期の天保年間。上州新田郡《にったごおり》三日月村の貧しい農家で、間引きされそうになるところを姉のおみつの機転により助けられた、間引かれ損ないの薄幸な子ども時代を過ごし、一〇歳の時に家を捨て渡世人になる。ぼろぼろの大きい妻折笠を被り、薄汚れた道中合羽に口には長い楊枝《ようじ》を咥《くわ》えて、当てのない旅の日々。

人間不信と無常観を抱いたまま、旅から旅への紋次郎の姿を後押しするがごとく流れるテーマ曲は、声量豊かに歌う上條恒彦の「だれかが風の中で」。作詞は姫路出身の脚本家・和田夏十《なつと》、作曲はフォークバンド六文銭の小室等（六文銭と上條恒彦のユニットで前年に歌った「出発の歌」が、世界歌謡祭のグランプリと歌唱賞を受賞している）。

労働運動や社会運動を通して、団結や連帯の大切さを学びつつあったが、いっぽうでは映像での孤独なアウトローの生きざまを通して、人間社会の冷酷非情さを教えられもしたのであった。世の中の不条理と過酷な人生をしたたかに生き抜く、一人のアウトローの姿は衝撃的ですらあった。あこがれさえ覚えたものだ。これも私の青春の一つの出会いだった。

郵便局入局と「民主文学」

東京オリンピック、大阪万博と経済成長を謳歌しながら、一九六九年の東大安田講堂の機動隊導入を頂点とする大学紛争、一九七〇年の日米新安保条約の自動延長、一九七二年の沖縄の施政権返還、そして一九七三年の第一次オイルショックなど大きなこの国の転換点を迎えていた。

そんな時代のなか、私は社会へ足を踏み入れた。

ちょうどお城の桜が花開いた頃、新築なった姫路郵便局へ私は入局した。そして、マスコミなどを通じて知る大学紛争とはまた違ったかたちで、労働組合運動をとおして、社会矛盾を学び、時代に対峙することになるのであった。

当時郵便局の職場では、結成以来、激しい運動や公務員労働者の権利闘争で数々の成果を上げて、権利の全逓と呼ばれた全逓信労働組合が主流であった。いっぽう当局の庇護の下、労使協調を標榜する全郵政が結成され、互いの引き抜き、組織防衛のための介入など、労働者同士の反目が現出していた時代でもあった。

全逓の役員のなかには共産党員もいた。泊まり勤務で同じ釜の飯を食う間柄だった彼らには、先入観もなく、その人柄にも惹かれ、自然な付き合いが始まり深まった。

共産党への親しみは、小林多喜二の作品を通して強い共感があったが、もうひとつ青年期特有の非常識やアウトサイダーに対する憧れからのものだった。

頭でっかちで世間知らずだった文学青年特有の自尊心からくる、世間や常識に対する理由なき僻《ひが》み、あるいは反発の思いを、心の支えにさえしていた私の心を、彼らは少しずつ解きほぐしてくれた。

当時の私が初めてお城本町の路地へ足を踏み入れ、市川宏三にまみえたのは、「西播文学」の井上一夫氏の紹介だった。私が郵便局へ入局と同じ頃に創立したのが「姫路文学人会議」。いっぽう「西播文学」はそれを遡る一〇年の歴史があり、当時新聞の地方版の文芸欄を賑わしてもいた。掲載された紹介記事を見て、主宰者の井上一夫氏宛に入会希望の手紙を私は書いた。力量のある書き手を抱えて「西播文学」を支えていた井上氏は、若手の育成に自信がなかったのか、その返事に「姫路文学人会議」を紹介し、市川宏三の住所を認《したた》めていた。

井上氏からの婉曲な拒否の文面に少なくない反感を覚えつつも、その紹介どおり、お城本町の路地のなかの一隅で印刷業のスピードタイプ社を営んでいた市川宅へ、意を決して私は足を踏み入れたのであった。

頬がこけ、ぎょろ目で長髪の市川は、喜んで私を受け入れてくれ、さっそく入会した。その時の会話で、藤尾という私の姓と岩部という在所名を耳にした市川は、「ひょっとしてみな子さんの甥っ子?」と聞いた。みな子は八人兄妹の長男だった私の父の一番下の妹で、隣村の土師《はぜ》に嫁いでいたが、その夫の兄が姫路へ出ていた市川宏三のペンネームを持つ白石昭。つまり血のつながりはないが、市川は私の縁戚になるのだった。

当時市川は共産党の活動家でもあっただろうが、文学の話はしても政治的な話はしなかった。しばらく経って「昭さんとこへ出入りしてるんか」と心配そうに言った母親の言葉に反発した私は、「文学の話をしているだけや。何が悪いんや」と言い返し、以降母親は何も言わなかった。親戚のなかでは昭さんはアカやという認識があったのだろう。そんな偏見がまかり通っていた当時の播州の片田舎で私は育ったのだが、今振り返ると、何の先入観をも私に与えなかった祖父、父、母のありがたさを思うばかりである。

小林多喜二以外にも、徳永直の「太陽のない街」や「静かなる山々」、宮本百合子の「二つの庭」や「伸子」などプロレタリア文学の作品もよく読んだ。

ただ、ややもすると時代の制約もあったのか、社会矛盾や労働現場の闘いを描くあまり、生硬で粗削りな人物描写の目立つ、多くの作品群には辟易もした。

月刊の文学雑誌「民主文学」と出会ったのは、新興書房の文学雑誌専用のコーナー。多くの文学雑誌の並んだなかにひっそりとあった。

戦争の激化と弾圧によって壊滅させられたプロレタリア文学運動だが、平和と民主主義を標榜しつつ労働者や農民のなかから新しい書き手の養成を主眼として、戦後まもなく中野重治や宮本百合子などが中心になって「新日本文学会」が結成される。しかし、安保闘争の評価や部分的核実験禁止条約などの政治的な意見の相違などが原因で内部抗争。除籍された江口渙や霜多正次、西野辰吉などが中心となって〈人民の立場にたつ民主主義文学〉の創造と普及をスローガンに「日本民主主義文学同盟」が一九六五年に結成され、その機関誌として発行されていたのが月刊雑誌「民主文学」であった。

プロレタリア文学運動の流れを引く「民主文学」に出会ったのも自然な成り行きだったが、粗削りな人間描写の世界に違和感を覚えたのも確かだった。労働組合の集団でのよさ、力強さを覚えつつも、集団のなかに埋没することを拒否する、またはよしとしない一個の人間としての自我を問う文学青年の私がいたようだ。

いっぽう創立間なしの「姫文」は、実績のある中年の書き手と、サークル出身の若い書き手の玉石混交の集団で、若い熱気の充満した草創期であったが、詩作がおもで散文の書き手は少なかった。会内外に向けての文学教室を単発的に開いたりしていたが、系統だった文学的指針を与えてはくれなかった。力量を備えた先輩たちも、それぞれ仕事を持ち多忙ななかでの会への参加で、人見知りで不器用だった私は、自らすすんで彼らに教えを乞うという如才なさを持ち合わせてはいなかった。また、我流で青春の心の叫びを書きなぐるといった若いメンバーのなかに、深い文学的知識を備えた人間は見当たらなかった。

結局は、文学なんて、自分一人の孤独な作業で、その方向性などは自ずと切り開くしかない。そんな思いを噛みしめるのだった。

「ぽっぺん79」のこと

播磨地方の文化運動の活性化の起爆として立ち上げたのが、「播磨青年文化会議」（愛称「ぽっぺん79」）であった。発足時期は、その愛称の数字が示している一九七九年の秋。やや肩肘張ったネーミングから、若いメンバーの心意気がうかがえもする。

愛称の「ぽっぺん」は、南蛮貿易で長崎にもたらされたビードロ（ガラス）製玩具で、首の細いフラスコのような形をしていて、軽く息を出し入れすると薄い底がへこんだり出っ張ったりして、ポッペンポッペンと音を発する。喜多川歌麿の浮世絵に「ポッピンを吹く女」として描かれてもいる。ささやかながら文化運動の息吹を呼びかけようとの意味を込めた、名付けであったかと思う。代表になった私が新聞社の取材を受けたりもした。

その「ぽっぺん79」の発足前のあれこれに少し触れておく。

発足当時から演劇鑑賞団体の姫路市民劇場の事務所は、本町のカトリック教会の二階の一室に設けられていた。お城本町の「姫文」事務所と指呼の近さであった。距離の近さだけではなく、当時はほかのジャンルのメンバーたちとも、例会に参加したり自然に互いに行き来をし、絶えず交流のあった時代でもあった。ことに発足間もない市民劇場の運営上の悩みなど聞くうちに、私も会員になっていた。

そんななかで気の合うメンバーが自然に集うことになる。「姫文」に小説を発表して芝居もしていた内田季廣（U）、「姫文」事務局の私（N）、市民劇場事務局の小坂学（O）と諸留幸弘（M）、溝落洋司（M）、そしてお城本町に住んでいた絵描きの岩田健三郎（I）。

それぞれの頭文字をとってUNOMI（ウノミ）の会というグループができた。酒を飲んで憂さを晴らすだけではなく、学習会を持ち回りで持とうということになり、月一回勉強会を持つようになった。どんなテーマでの学習だったのか、今となっては定かではないが、社会科学に関しての内容だったか、二時間ばかりの学習のあとの酒盛りが楽しみでもあった。

そんな場で出たのが、姫路地方の文化運動の現状や展望など。姫路の生んだ作家、椎名麟三作演出のミュージカル「姫山物語」の厚生会館での昼夜二回公演の成功を受けて、一九六四年二月に結成された姫路地方文化団体連合協議会（略称・姫路文連）だったが、三回にわたる姫路フェスティバルをはじめ、大がかりな交響楽団や演劇などの公演、さらには姫路文化センターの建設運動などを積み重ねてきた。

ことに年配者たちが寄ると出てくる「姫山物語」のことや、結成以来の華々しかった姫路文連の発足当時の話題など、得々と語られる血を湧き立たせたそれらのことどもは、一回り以上も歳の違う団塊世代の私たちは未体験であり、いわゆる遅れてきた青年たちの私たちにしてみれば、一つの歴史的な出来事に過ぎないのであった。まして過去よりも今が大事と思う青年たちであれば、それじゃ今の姫路文連はどうなんだという批判的な見方をしたのも無理はない。

結成から一二年、姫路市長選に出馬の初代会長の黒川録朗の後を受けて、沖塩徹也会長、川口廣航事務局長体制に交代したのが一九七六年。が、七八年、八一年と総会（文化賞受賞式）すら開かれなかったのだった。いわば開店休業状態だったのである。

そんな頃だっただけに、過去の栄光と思われる事柄の回顧ばかりする先輩たちの姿に、批判的な目を向けたのは、ごく自然なことであっただろう。

批判的な見方から、どうにかすべきという意見に変化するのも、若い意気込みがあったればこそだったか。ならば自分たちで文連に替わるものを作ろう、ということでの「ぽっぺん79」の結成になったのだ。

外部へ呼びかけたり、定期的な会合やニュースを発行したり、文化団体のそれぞれの歴史や現状などを聴く会などと、地味だがそれなりの活動を重ねた。

また古希を迎えた内海繁の歌集『北を指す針』の刊行委員会の事務局に名を連ね実務作業に奔走したのも、そのメンバーたちだった。内海繁の生家のある龍野市の小犬丸まで出かけ、歌集の出版記念会で披露したスライドを作り上げたのも、遥かな思い出である。

イベントといえば、適齢期を迎えたメンバーの当時流行っていた実行委員会形式での結婚披露の場を、それぞれ力を発揮して作り上げたことも、遠い記憶として残っている。

が結局は、当初の意気込みに反して、捗々《はかばか》しい成果を上げることなく、二年たらずの活動の末、終止符が打たれた。自分たちの力量を思い知らされもしたのであった。

そんな一九八二年の夏、私は全国的な文学の会で各地に支部を持ち、「民主文学」という小説雑誌を月刊で発行していた「民主主義文学同盟」（当時の呼称）の関西代表者会議にオブザーバーとして参加した。

そこで、K氏に出会ったのだった。

会合のあとの二次会の梅田の飲み屋の席で、彼は「滋賀文団懇」という滋賀県での文化活動を熱っぽく語った。

「平和のための文化フェスティバル」をその夏、大津市でやっていた。また、『もはや石すらも黙しえぬ――一九八二 滋賀・平和のための画と写真のあるアンソロジー』（平和のための文化フェスティバル実行委員会、一九八二年）を発行していた。

そんな華々しい活動を聞き、意気投合したというよりも焚きつけられた私は、姫路へ帰ってすぐ行動を起こした。〈今こそ、姫路文連を再建しよう〉と。

姫路文連には「姫文」が団体として加入していて、総会に参加していたこともあって、二年間の「ぽっぺん79」の活動からも、文連に替わるものを作るよりも、文連のなかから変えようとする思いを強く持ったのである。あとで聞いたことだが、内海繁などは私たちの二年間の動きを把握していたし、文連をどうにかしようという思いをもっていたようである。

当時の手帳を開くと、「8月29日、大阪梅田で滋賀のK氏らと飲む。9月1日、小坂学宅で文連の立て直しについて、ぽっぺん79のメンバーで議論。9月7日、黒川録朗宅で文連再建懇談会。14名の参加で、熱心な議論になる。9月19日、文連拡大理事会、労働会館」とある。

その拡大理事会の場で、日本舞踊家の坂東大蔵会長、副会長に姫路労音の河西公之、姫路市民劇場の津田律司の人選がなされ、言いだしっぺの私は、行きがかり上、事務局長になったのだった。

この二〇日余りの行動のなかで、地方での運動というものは、正直に正面からぶつかっていけば、道は開けるということを知った。その時のありようは、一種の危機感から局面を打開したいという大人たちの思惑と、若者の良心的な感情とその行動力がうまく結びついた結果だったと思う。

妙なコンビの始まり

新しく船出した姫路文連だったが、総会や文化賞受賞に向けて足を踏み出したばかりの最中、訃報が届いた。文連の常任理事会を黒川宅で持ったばかりの数日後、初代の会長だった黒川録朗氏が突然亡くなったのである。

文連事務局長としての初めての仕事が、名誉会長の黒川録朗氏の葬儀の受付だった。死の前夜に黒川宅を訪れて黒川氏と話を交わしたという岩田健三郎と私は、喪服を通して一〇月二七日の太陽に心を焼かれながら、その残酷までの命の儚さを思い知らされたのだった。

　そしてそのひと月後の一一月二八日、姫路文連の再建総会と姫路文化賞の受賞式が盛大に開かれて、新しい役員の承認を受けたのだった。

　それまでの総会、受賞式は少人数で質素なものだったが、再建なって初めての第一八回目のそれは、会場の中央市民センターに溢れんばかりの参加者が集った。新しい試みとして、総会の儀式は短くして、文化賞受賞者にスポットライトを当てたプログラムに変えた。のちに総会と受賞式は切り離して行われることになったが、授賞ではなく受賞の場として、受賞者への敬意を込めたユニークなあり方は、一つの伝統として今に引き継がれている。

　また、受賞式での姫路労音のメンバーによる手作り料理も好評だった。より多くの参加を得るため、極力安い会費で賄う手作りの料理だったが、一〇〇人分となれば仕込みにも大変な時間と労力がいる。当時姫路労音の事務局長がチョーさんこと河西公之。彼を支えて大勢の若い会員をまとめていたのが事務局次長の簗谷《つくたに》治。簗谷は新しく副会長についた河西ともども再建文連の事務局を手伝ってくれるようになっていた。彼がいとも簡単に「受賞式の料理は手料理でやれば」と提案してくれたのだった。

　よい音楽を安く多くの人々に、企画運営は自分たちの手で、をスローガンに勤労市民が中心となって労音（勤労者音楽協議会）が結成された。当時、接する音楽は映画とラジオしかなかった時代。生の一流の音楽家のコンサートを企画する組織だった。

　姫路労音は一九五四年九月の姫路市公会堂での「大谷冽子ソプラノ独唱会」が第一回例会となる。

　それからほぼ三〇年、波乱の歴史を潜り抜けて、西播各地に五労音の束ねとなって専従も数人抱え、坂田町に事務所を構えていた。私は職場も近いこともあって、昼休みなどによく事務所へ立ち寄り、誰彼となく顔なじみになっていった。

ことにボッチ、ハッシャン、ガキさんなどには、気楽にこちらの頼みを聴いてもらった。文連の受賞式だけでなく、内海繁文学碑の募金活動、除幕式やしげる忌などでは彼らの助勢はありがたかった。姫路文連の事務所を労音事務所内に提供してもらっただけでなく、陰に陽に姫路の文化活動を支えてきたのが、姫路労音ではなかったか。その長い継続の歴史とともに高く評価されるべきと思う。

新会長となった坂東大蔵氏と事務局長の私とのコンビは、異質な組み合わせに映ったであろう。互いに初めての出会いであった。

私にとって踊りのお師匠さんなんて、まさにエイリアンとの遭遇というしかなかった。視野の狭い文学青年にとって日本舞踊のお師匠さんとは接点がまったくなかったのだ。日常でも着物姿で女形《おやま》の雰囲気を漂わせている姿を見ると、こちらの腰が引けてしまうのだった。それに文連結成のきっかけになったというミュージカル「姫山物語」の舞台も見ていないし、前進座の舞台に立っていたことなど、坂東氏の前歴を知る由もなかった。年齢もほぼ二〇歳違いであった。

そんな若い世間知らずに危惧を抱かれたのか、それとも世間の荒波のなかで培われたであろう細やかな心遣いだったのか、役員の就任早々に坂東氏から一献をと誘われた。場所は割烹店の森富。生家が元塩町だった坂東氏は、当時町内の「ふなこし」という名のとんかつ屋の二階に稽古場を構えていた。その近くの料理屋だった。

最初は緊張していたが、酒が入れば一転、心も弾む。どちらも酒が好きなたちというのがただひとつの共通点だっただけに、一気に打ち解けた。

私のペンネームのことに話題が移り、

「中野はペンネームで、本名は藤尾です」

「あら、藤尾さんだったの。いい名前なのに。藤尾といえば、漱石の『虞美人草』の主人公、甲野藤尾。

漱石は読んだことある？」

「虞美人草」に描かれた甲野藤尾は虚栄心の強い美貌の女性。兄の欽吾が家督相続を放棄しているのをよいことに、甲野家の財産と美貌で、小野と宗近という二人の男性の心を翻弄する。が、最後は毒をあおって自死する。

「虞美人草」を読んだのは、男女の機微も判らない、私の二〇歳早々の頃だったろうか。なんか俗っぽい大衆小説のような印象しか残っていなかった。それを言うと、

「それがあの小説のいいところよ。悪女ぶりをうまく描いてるんだもの」

そんな坂東氏の答えが返ってきた。〈へえーそんな読み方もあるんだ〉と意外な印象とともに、坂東氏の文学に対する造詣の深さの一端を知らされたのでもあった。

そんな会話を通して、遠かった坂東氏との距離がいっきに近くなったような気がして〈この人とならー緒にやっていけるな〉と思ったものである。私にとって忘れがたい森富でのひとときであった。

そんな妙なコンビの始まりであった。そして気の合うコンビとして、一六年間続いたのであった。

もっとも、モリちゃん（坂東氏の本名は岡林守行）を支えようと伊藤義郎や有本隆など個性ある年長者や、ミュージカル「姫山物語」で演出担当だった宇佐見吉哉や細江田寛といった演劇仲間などの強い応援団があったのも、長く続いた要素だった。

そんなコンビでのさまざまな活動のなかで、多くの人との出会いがあったし、そんな交流を通して文学だけでなく、広いジャンルへの視野が広がっていったと思いもする。もちろん喧嘩もし、苦労もあったが、その一六年間は私の人生の肥やしになったことは間違いない。

そんな活動の日々のなかでの嬉しかった思い出がひとつ。

定期的な常任理事会（会長、副会長、常任理事、事務局）の会合を坂東宅で持つようになった。踊りの

稽古で使う舞台のある畳の部屋が、会合の場所となった。会議はいつも午後九時頃に終わる。その後で軽い夜食が提供されるのが常だった。ことに忘れ難いのは、奥さんと確かまだ高校生だった娘の呂扇さん手作りのパンの味だ。市販のものにない味わいがあった。またアルコール類も出された。酒飲みも下戸も、役員たちは遠慮することなく呼ばれた。
「会費はいいんですか」と問うと、「野暮なことは言わないの。ありがたく呼ばれるのが礼儀なんだよ」と役員の一人が耳元で囁いた。

「ぽっぺん79」と「天邪鬼」

過日、何気なく古い備忘録を繰っていると、一枚の刷り物が挟んであった。畳まれた刷り物を広げてみると、「ぽっぺん79」の「よびかけ」と「会則」だった。四〇年以上前の刷り物だが、色あせることもなく、静かにその存在を主張していた。懐かしさに、思わず目を走らせた。七人の連名だが、たぶん言いだしっぺだった私の筆になる代物だろう。生硬さが散見されるが、生真面目で一途な、わが青春の証言者であり、一つの時代のありようを語ってもいる。披露するのも一つの意味があるだろう。やや長いものだがあえて全文紹介する。

「よびかけ」

文化とは辞書によると、人間が本来の理想を実現していく活動の過程。その物質的所産である文明に対して、特に精神的所産をいうとある。第二次世界大戦後、三〇余年たった現在、異常に発達したマスコミの中で、価値観の多様さが言われている。その中で「人間の本来の理想」すら見失われつつある。そのことは、姫路を中心とした播州地方でも、一つひとつの具体性をもって現れてきている。それがどうなんだ――青春の狭間にいる私たちにとって、他人事として見過ごしてしまえるのか。

終戦直後、焦土の中から湧き起った「歌声よおこれ」と言った人間の内面の叫びが、姫路を中心としたこの播州地方にも起こった。それは、播州地方の文化活動にたずさわっている人々を中心に、文化連盟という形で実を結んだ。そして、現在、姫路文連という形で残っている。終戦直後、青年だった人々も、現在では老年に達し、その運動も形骸化しつつある。いっぽうでは、青年との断絶すら見られる。

そういった情況の中から、姫路を中心とする播州地方の文化活動を何とかしようという声が、文化活動にたずさわっている私たち青年の中から、ごく自然に湧き上がった。

一見、現在の社会情況、個々の活動分野での複雑で困難な情況がある。また、姫路を中心とした播州地方の文化施設の貧困さがある。無気力な青年群像がある。いっぽう、私たちの知らない所で、さまざまな文化的活動にかかわっている青年たちもいるだろう。

私たちはどんな情況の中に生きようと、人間を信じたい。また、人間同士の連帯を大切に考えてゆきたい。

そう言った原点に立って、先輩たちがやってきた戦後三〇余年の姫路を中心とした播州地方における文化運動から学ぶとともに、青年の潔さと斬新な発想によって、二一世紀を見通した新しい文化運動を、私たちは創ってゆこうと思う。

石橋照美　岩田健三郎　川辺游　季広和樹　中野信吉　諸留幸弘　柳井菜穂

一九七九年一〇月

七人の発起人での出発であった。うち石橋照美は演劇集団プロデュースF所属、川辺游はのちの文連会長の小坂学、季広和樹は内田季廣、柳井菜穂はピアノ教室主宰。なお、「会則」には、一人の代表と事務局を置き、事務所は本町68大手前通り片島ビル2Fとあるが、ここは劇団になる前の演劇集団プロデュースFの事務所で、「ぽっぺん79」の事務局を石橋照美が引き受けてくれたことによる。だが、実際の集まりなどは、「姫文」事務所の旧「天邪鬼《あまんじゃこ》」（お城本町北四丁目）をもっぱら使っていた。

この旧「天邪鬼」について触れておく。新しく借り受けた時に、いくらか内装を変えたりしたが、古ぼけた二階屋で、二階は畳の間が二つあり、布団まであった。階下は流しにガス台、それに会員の大工の富士久夫の助力で新しく設えた本棚などもあって、広い板場には長テーブルに物入を兼ねた箱の椅子が十数個あり、それには小さい布団まで備えていた。「姫文」の事務所といいながら、文化団体の会議などの場所に気軽に提供されてもいたのであった。

「姫文」の事務所のことは第一章「『姫文』事務所」のなかで、事務所確保に尽力のあった鳳真治の来歴や、その経緯などのあれこれに触れている。そのなかで、「旧天邪鬼へ移転した一九七六年の私は二七歳。まだまだ移り気な文学青年だったが、いつの間にか『姫文』の事務局長になり、編集にも関わっていた。振り返れば、この前後が私の青春の頂点だったような気もする」と記してもいる

人の言うことやすることにわざと逆らうひねくれ者を意味する天邪鬼だが、その名付け親は市川宏三と渡辺謙蔵だったかとも思う。その命名が気に入って、看板屋を生業《なりわい》にしていた渡辺が「天邪鬼」の看板を作成してくれたのだ。二人に限らず、物書きなど世間のひねくれ者という社会風潮の時代、自ら名乗って旗印を掲げたのも彼らの心意気か。

また、毎月の合評会だけでなく、雑誌の製本や発送作業を手作業でこなしていた時代が長く続いた。その作業場でもあったのだ。

「姫路文学人会議」の創刊当初はタイプ印刷を生業としていた市川宏三がタイプを打ち、手持ちの輪転機で印刷をし、ページ取り、糊付け、封筒詰めなどは、若い会員たちでやっていた。そして、表紙を外注したり、タイプ打ちも外注に出したり、時代とともに、そのあり方は変わっていった。さらに、当時国道沿いの元町にあった市川の懇意の中央印刷（船曳良一経営）で印刷、裁断されたものを事務所に持ち帰り、あて名書きした封筒へ詰め、封をする作業などをしたのだった。

そんな作業の中心を担《にな》ったのが、短歌や詩を書いていた神岡羊一。国の失業対策事業に勤めていた神岡はお城本町の住人であり、かなりの高齢であった。戦後まもなく内海繁などが開いていた貸本屋「姫路文庫」の店員をしたり、疎開をしていた阿部知二などとも接点のあった人物である。刷り物が届くと若い会員の誰かが神岡を呼び出し、ページ取りや製本、封筒詰めなどをわいわい言いながらするのであった。が、やや失語症気味だった神岡は、一人ぶつぶつ言いながら、手だけは動かし、飛び交う冗談にたまに笑顔を見せていた。

親以上の年齢の神岡に対して、若い会員たちは、親愛の情を込めて、「神岡さん、神岡さん」と何の偏見もなく接していた。神岡もそんな会は居心地がよかったのだろう。終生「姫文」から離れることはなかった。

そして再開発事業により二代目「天邪鬼」に移ったのが一九九五年一二月。私の四七歳目前の年。長い青春を経て、遅まきながら物事や社会の裏側、人間のあれこれが少しずつ見え始めた中年を迎えた頃である。いいかえれば、初代「天邪鬼」が消えるとともに、私の「路地のなかの青春」も終わったのだった。

路地が消えた頃

お城本町の路地が消えたのは、確か一九九五年の阪神淡路大震災のあった後だった。

お城本町の住民たちが立ち退きを終えたのち、町の周りを囲むように、鉄製の高い塀が巡らされ、住宅の解体などが始まった。塀で遮断されて、なかでどんな作業が行われているか判然としないだけに、日々その横を職場へ向けて歩きながら、感傷もなくほぼ無関心でいたかと思う。

「姫路文学人会議」が駅南の北条北住宅の一画に新事務所を設け、開所したのが、翌年の一九九六年一月。北住宅一階の通りに面した事務所の一画、南の端近い北住宅入口そばの四坪ばかりの小さな事務所。真ん中に細長いテーブルを設え、奥のトイレの横には事務机を置き、机の上に電話機も置いた。テーブルの周りの一〇脚ばかりのパイプ椅子に腰かけると身動きが取れないほどだった。が、お城本町に引き続いて、ローカルな文学団体が事務所を構えていることが、どこか誇らしくもあった。

もっとも、事務所の維持には、創立当時から事業を営んでいた鳳真治の援助があったのだが、新たに再開発での立ち退きの保証金がもたらされたので、その後も事務所を継続しながらも会費・掲載分担金の据え置きなど、会運営には多大な助けとなったのである。

一九九六年一月一四日の新事務所の開所式は、会員を中心に四〇名を超える参集のもと、北住宅集会室で賑々《にぎにぎ》しく行われた。「新『天邪鬼』開設記念会」と記した横断幕をバックの記念写真には、四半世紀前の懐かしい顔が並んでいる。なかには、被災地の神戸から玉川侑香、宮川守、平田正昭の元気な顔も見いだせる。

その新「天邪鬼」に日々通《かよ》ったのが市川宏三。月々の雑誌の編集や会員との交流、読書などの時間を持ち、さらに北条北住宅へ集団移転した自治会の役員や老人会の世話をこなしてもいた。

朝出勤すると、まず事務所前一帯の箒掃除に取りかかる。舗道に植わった街路樹からの落ち葉掃きもばかにならない作業だった。

また月一回の集会室での合評会の机や椅子の設置や湯沸かしも、市川の仕事だった。

集会室は八畳間が二つ並んだ畳の部屋だったが、仕切りのふすまが外してあって、広く使えた。壁際には老人会用のカラオケ装置が置かれていた。

毎年恒例の新年合評会では、各自持参した酒や肴、あるいは茶菓子などを並べ、時間の気兼ねなくわいわいと怪気炎を上げたものだ。

JR姫路駅の南口を出て、新幹線の高架下の歩道を東へ一〇分ばかり歩くと、五階建てのビルがあり、それが市住北条北住宅だった。絶えずゴーッと新幹線の通過音が聞こえる場所でもあった。

その北条北住宅の新「天邪鬼」も二〇一五年の春に、移転後ほぼ二〇年、多くの思い出と「姫文」の歴史を刻んで、その幕を閉じたのであった。

新「天邪鬼」の開設と前後して、通いなれた食堂の「うおゐ」が総社本町に移転した。電話局の裏手の通称、血の池地獄の東筋。

新装なった「うおゐ」は、土間のカウンター席と六畳ばかりの小上がりがあり、カウンターを挟んで板場があり、その端にはおでんの銅壺が据えられているのは、お城本町の店と同じだったが、幅も厚みもある一枚板のカウンターは、木の香が匂うばかりであった。三人掛けの長椅子も小粋な木製の一人椅子に替わり、新しい小さい座布団が乗っていた。

板場には白い前垂れをしたやっちゃんと奥さんの、以前と変わらぬ笑顔があった。数年後に一六年ばかり務めた文連の事務局長を坂東会長ともども退いて、坂東宅の役員会へ通うこともなくなったが、新装なった「うおゐ」には通い続けた。時には職場の労働組合の小さな分会での祝い事に使うこともあったが、集配のメンバーのオダを背中で聞きながら、カウンターでちろりの酒を一人傾けるのが常だった。その「うおゐ」が店じまいしたのは、私が退職する前のことだった。急な病でやっちゃんが亡くなったのだ。その後、たまに店の前を通りがかって、やっちゃんの笑顔を懐かしく思い出すばかりであった。

路地に出入りするようになって、世話になった店が他にもある。路地のかかりの喫茶ポプラの通りを挟んだ向かい側、本町商店街の北の端。出火の後ビル化した大手前第一ビルの、地下への階段の横の一階にあった店。黒田書店という街の本屋さんである。ビルの地下には喫茶白樺があり、奥の広い集会所で「姫文」草創期に合評会をよく持ったものだ。そんな地下の店の風景も年月とともに変わって、お城本町の家並みがイーグレに変わった今も、まるでその変遷に無関心のごとく、小さな街の本屋の黒田書店は健在である。

白髪で背の高い、やや上品で無愛想な老人が営んでいた。入口を入ったガラス戸の真ん中にレジのカウンターがあって、そこが店主の定位置。部屋の周りの壁を囲むように本棚が並んで、それぞれぎっしり新刊本などが並んでいた。そして細長い店の真ん中に新刊本の並んだ本棚が背中合わせにあり、その前は平台に平積みの本が積まれていた。定位置からうまく店内が見渡せる造りだった。何年かして、顔はあまり似てないがたぶん息子だろう青年が、店番をするようになった。彼も父親に似て不愛想だったが、父と同じように、「ありがとあんした」と、やや鼻にかかった独特なニュアンスで礼の言葉を言うのは同じだった。もっとも、愛想なしでも商品の書籍に関しては堪能な知識があって、注文した新刊本などを手際よく取り寄せてもらえた。

二〇歳代から三〇歳代半ばにかけて、黒田書店で買い求めた本の数々が、わが部屋の書棚に並んでいる。

その頃、心惹かれて読んだ五木寛之の『青春の門』や、大江健三郎の『万延元年のフットボール』や『洪水はわが魂に及び』などの、初期の頃の何冊ずつかの単行本。やや異質なのは、アメリカの作家で性をあからさまに描いたヘンリー・ミラー全集の『北回帰線』と何冊かと、『近代日本文学総合年表』(岩波書店)など。

全集では、古い順に記すと、『小林多喜二全集』(新日本出版社、全一五巻)、『日本文学全集』『世界文学全集』(筑摩書房)、『日本の中の朝鮮文化』(金達寿、朝鮮文化社、全一二巻)、『日本近代文学大辞典』(講談社、全六巻)、『日本プロレタリア文学集』(新日本出版社、全三八巻)、『井伏鱒二全集』(新潮社、全一三巻)、『幸田文全集』(岩波書店、全二三巻)などなど。さらに「週刊朝日」に連載されていて、月一回くらいのペースで単行本化されていた司馬遼太郎の『街道をゆく』も、刊行のたびに求めたものだ。歳とともに、小説の好みもいわゆる大衆文学や時代物に、単行本よりも手軽な文庫本へと変わったが、のちに全国展開の大型書店のジュンク堂が、フォーラスに進出して以降、黒田書店から自然に足も遠のいた。たまに前を通ると、昔日の路地の匂いを思い出す。

年間作品賞のことなど

誰の提案だったか、今となっては確かめようもないが、「姫文」の役員会(当初は理事会、のち幹事会で推薦決定)で、その一年間に優秀な作品を発表し目立った活躍のあった人物を選定し、総会の場で表彰しようという話になった。そんなことで設けられたのが年間作品賞である。賞状と花束だけの内輪の簡素な賞だったが、受賞した書き手には励みとなった賞ではなかったか。賞状の案文と文字は長年、市川宏三が当たってきたが、後に中野信吉が引き継ぐ。

受賞者の名前を見ると、その時々に誌上で活躍した面々で、長い「姫文」の歴史を作ってきた人々である。記録として列記しておく。

◎第五回総会（一九七一年）ひらいかなぞう　◎第六回総会（一九七二年）佐藤光代　◎第七回総会（一九七三年）年間努力賞・富士久夫　◎第八回総会（一九七四年）須藤リツ子　◎第九回総会（一九七五年）志方進、総会記念特別賞・北条文子　◎第一〇回総会（一九七六年）福永栄子、一〇〇号記念特別賞・神岡羊一　◎第一二回総会（一九七八年）高橋夏男　◎第一三回総会（一九七九年）富士久夫、奨励賞・上林秀雄、季広和樹　◎第一四回総会（一九八〇年）大塚あき　◎第一五回総会（一九八一年）関口裕也　◎第一六回総会（一九八二年）森井潤　◎第一七回総会（一九八三年）奨励賞・白鳥飛鳥　◎第一八回総会（一九八四年）神田寿美子　◎第一九回総会（一九八五年）玉川ゆか、阪口譲治　◎第二〇回総会（一九八六年）寺本躬久、大川ひろ子　◎第二二回総会（一九八八年）感謝状・叶養之助　◎第二三回総会（一九八九年）彼末れい子　◎第二四回総会（一九九〇年）青木敬介、奨励賞・西川めぐみ　◎第二五回総会（一九九一年）福井隆太郎　◎第二七回総会（一九九三年）藤代美沙子　◎第二八回総会（一九九四年）森井節　◎第二九回総会（一九九五年）浜田多代子、小沢夢摘　◎第三〇回総会（一九九六年）森本穫　◎創立三〇周年記念集会（一九九七年）感謝の花束・内海敏夫（表紙絵）、水野美子、萩原節男（毎号の激励感想）、湯河康紀（湯河印刷）、渡辺けんぞう（表紙題字、レイアウト）　◎第三四回総会（二〇〇一年）遠藤陵子、表彰・内海敏夫（表紙絵）、浜野多鶴子（会計担当）◎第三六回総会（二〇〇三年）千田草介　◎第三七回総会（二〇〇四年）特別功労賞・中野信吉　◎第三八回総会（二〇〇五年）奨励賞・鈴木ただ子　◎第四〇回総会（二〇〇七年）坂根武　◎第四一回総会（二〇〇八年）感謝状・大川昭（表紙絵）　◎第四八回総会（二〇一五年）奨励賞・渡健介　◎第四九回総会（二〇一六年）川崎太一　第五二回総会（二〇一九年）豊島恵子、功労賞・小寺貞次郎、吉田ふみゑ　◎第五三回総会（二〇二〇年）大西

加代子、元田武彦　◎第五四回総会（二〇二一年）山田公、山田英子（なお、欠けてる総会は該当者なしであった）

さらに、地域での文化賞を受賞した会員を紹介しておく。姫路文連主催の姫路文化賞の受賞者。

◎第八回（一九七〇年）しらさぎそさいあてぃ刊行委員会（内海信之詩抄　内海繁編、前田林外・有本芳水詩抄　鳳真治編、玉岡松一郎抄　玉岡松一郎編刊行）、玉岡松一郎（詩）◎第一四回（一九七六年）志方進（小説）◎第一七回（一九八〇年）姫路文学人会議（創刊一五〇号刊行）◎第一九回（一九八三年）安藤礼二郎（郷土史研究・『西播民衆運動史』上下刊行）◎第二一回（一九八五年）内海繁（文芸評論集『播州平野にて』刊行）、第三回黒川録朗賞・三木治子（小説・明治期播磨の農婦口伝『捕虜たちの赤かぶら』刊行）◎第二五回（一九八八年）第七回黒川録朗賞・浜野伸二郎（詩・詩集『蟹ゆで』刊行）◎第二六回（一九九〇年）高橋夏男（詩・エッセイ・たんぽぽの詩人坂本遼断章『おかんのいる風景』、詩集『通り抜けの町』、五十人の詩人たち『播磨の風』刊行）◎第二八回（一九九二年）第一〇回黒川録朗賞・小西たか子（詩・詩集『北にある窓』刊行）◎第二九回（一九九三年）第一一回黒川録朗賞・佐藤光代（詩・詩集『暗い坂道で』『銀の魚』刊行）◎第三一回（一九九五年）第一三回黒川録朗賞・福永美智子（ノンフィクション・日本の戦犯にさせられた四人の台湾のお友だち『心果つるまで』刊行）◎第三二回（一九九六年）第一四回黒川録朗賞・山名才（詩・詩集『山繭』刊行）◎第三三回（一九九七年）森本穫（文学・『阿部知二原郷への旅』刊行）◎第三五回（一九九九年）青木敬介（詩・評論・詩集『海底燐光』、評論集『穢土とこころ』刊行）、第一七回黒川録朗賞・西川めぐみ（詩・『ドアがひらくまで』『田尾さんの耳』刊行）◎第三七回（二〇〇一年）戦後地図をつくる会（戦後史・『聞き書き・姫路の戦後史』ⅠⅡ刊行）◎第三八回（二〇〇二年）第二〇回黒川録朗賞・浜田多代子（文学）◎第四〇回（二〇〇四年）第二二回黒川録朗賞・中野信吉（文学・『作家・松岡譲への旅』刊行）◎第四一回（二〇〇五年）玉川侑香（詩・詩集『かなしみ祭り』刊行）◎第四二回（二〇〇六年）吉田ふみゑ（地域文化誌・歴史民俗誌『サーラ』編集）◎第四三回（二〇〇七年）文化功労賞・寺本躬久（地域文化・『地域文化』発行、古代史研究『火と石と』刊行）◎第四四回（二〇〇八年）こちまさこ（ノンフィクション・『一九四五年夏 満州』『一九四五年夏 はりま』刊行）◎第四五回（二〇〇九年）文化功労賞・柴田光明（地域文化・「椎名麟三を語る会」）◎第五二回（二〇一六年）第三四回黒川録朗賞・坂根武（文学・『わが魂の「罪と罰」読書ノート』刊行）◎第五四回（二〇一八年）山田英子（文学・『刻のアラベスク』刊行）

さらに一九七八年に制定された姫路市芸術文化賞の受賞者。

◎第八回（一九八五年）芸術文化大賞・内海繁（文筆）◎第一二回（一九八九年）文化賞・市川宏三（詩）◎第二〇回（一九九七年）文化賞・文芸日女道（文芸誌）、芸術年度賞・森本穫（文芸）◎第二二回（一九九九年）芸術年度賞・高橋夏男（文芸）◎第二三回（二〇〇〇年）文化年度賞・寺本躬久（郷土史）◎第二四回（二〇〇一年）文化年度賞・姫路戦後地図をつくる会（戦後史）◎第二六回（二〇〇三年）文化年度賞・浜野伸二郎（詩）◎第二七回（二〇〇四年）文化賞・柴田光明（評論）◎第二九回（二〇〇六年）芸術文化大賞・市川宏三（文化史）◎第三〇回（二〇〇七年）芸術文化賞・こちまさこ（エッセイ）◎第三一回（二〇〇八年）芸術文化賞・森本穫（文芸）◎第三二回（二〇〇九年）芸術文化奨励賞・浜田多代子（文芸）◎第三三回（二〇一〇年）芸術文化賞・高橋夏男（文芸）◎第三八回（二〇一五年）芸術文化年度賞・山田英子（文芸）◎第三九回（二〇一六年）芸術文化年度賞・播磨灘詩話会（文芸）

以上、地域の文化賞受賞は二六人と一六人（団体受賞も含む）になる。その力量が確かな水準として評価されての受賞である。

なお、県の半どんの会の賞や、神戸市関連の受賞も何人かあるが、確かな資料が手元にない。近年では二〇一三年に神戸文化支援基金の神戸アートアワード地域賞を「姫路文学人会議」が受賞している。

以上が、五〇余年のささやかな文学の広場の豊かな実りである。

第六章

まわり道の先へ

ぶんれんぴっく

一九八二年、ものの弾みか、一種の男気に駆られてか、何の勝算もなく引き受けた姫路文連（姫路地方文化団体連合協議会）の事務局長。事務局長の初めての仕事が急死した黒川録朗の告別式の受付だったとは、いくども記した。

続いて、文連総会と文化賞の受賞式は再出発にふさわしく、かつてない盛り上がりのなかで終えた。後日持った理事会の反省会の場でも、高く評価された。

しかし、さあ次は何をと問いかけても、新しい企画がそう簡単に生まれるわけがない。加盟団体の活動の活発な様子は耳には入ってはくるが、その実際まではわからない。連合協議会の名前のごとく地域の文化団体の寄り集まりで、何の事業ができるか。ただの交流の場だけでいいのか。

そんなかで再生文連はどうあるべきか。そんな抽象的な雲をつかむような命題が、企画・創造力の貧弱な頭を常に過《よ》ぎるのであった。

そんな時に、一つのヒントを与えてくれたのが、劇団プロデュースFで舞台監督などをやっていた木谷典義。結婚したばかりの妻が鳥居やす江の名前で入団したこともあって、Fのメンバーとは身近に接してもいたし、「虹の中の真帆」で旗揚げ公演を成功させただけに、若い熱気のようなものがあった。もちろんFも文連に団体として加盟していた。

Fが練習場としてよく使っていた、美容師会館での年忘れのクリスマスパーティーに参加した時だった。

「これからの文連はどうあるべきか」と場違いな無粋な泣き言を言った時に、間髪も入れず、「そら若い者たちの横のつながりを作ることだ」と答えたのが木谷だった。「横のつながり？」「そう金がかからずに楽しく体が動かせる。例えば各団体対抗の運動会などがいいんじゃない」

アルコールの酔いの兆した軽い会話のなかで閃いたのが、この秋の終わりの文化賞受賞式で裏方として、労を惜しまなかった姫路労音のメンバーの若い顔たちである。彼らの若いエネルギーを借りない手はない、と膝を打ったのだった。そんなふうにして文化とはやや異質な「ぶんれんぴっく」が決まっていった。

余談だが、その前後、一回りも年上の木谷と結ばれるのが高校卒業間なしに劇団に入団した小林峰子。彼女はのちにFの中心的な女優として名を馳せるのだが、二人の結婚をダシにしてバスを借し切り、若い仲間が新婚旅行先の山陰のとある駅までついて行ったりもした。

そして、翌年早々の文連の理事会で提案した時、「文連が運動会？」と年配の役員たちからやや訝《いぶか》られたが、反対意見は出なかった。逆に新生文連らしくていいではないかとの声が圧倒的だった記憶がある。さっそく、事務局を中心に実行委員会（実行委員長は木谷典義）を立ち上げての取り組みとなった。

会場は、開場されて間なしの花田町の球技スポーツセンターを借りた。団体対抗ということで姫路労音、西播センター合唱団、プロデュースF、市民劇場・「姫文」合同、文連と五団体での得点競争でのプログラムを組んだのであった。

その時の様子を私が撮ったスナップ写真とともに「姫路文学人会議」一八一号（一九八二年五月）のグラビアに市川宏三が軽快な筆で記している。抜き出してみる。

ぶんれんぴっく　―はりま野に文連大会旗こいのぼりがはためいた

市立球技スポーツセンターが完成してからちょうど一年。市川橋をわたった花田町加納原田にあるとは聞いていたが、ほとんどの人は初めてやってきたという人ばかり。

合同でミュージカルや文学の旅と題する行楽の経験はあったが運動会なんて考えてもみなかった。世代交代で二十年も若返った姫路文連の執行部に、うんどう会をやると刃をつきつけたのは事務局の男ども。あほなことというな、選手がおらんやろ、とタカをくくって相手にしなかったのだが、二カ月ほど前から実行委員会がくまれ、事務局中心に若い男女があまんじゃこに集まりはじめた。

そして――、五月五日、午後から雨という天気予報だったけれどうす日がさしている午前十時、入場行進が始まったのである。おどろいたことに大会旗が用意されていて型どおり掲揚。こいのぼりをあしらったさわやかな旗だ。こどもの日を象徴して野面《のづら》を渡ってくる風にはためく。坂東大蔵会長のあいさつ、木谷典義実行委員長の選手宣誓、ラジオ体操。

競技は「これが男だ！二〇〇m競争」から切って落とされた。労音、センター合唱団、プロデュースＦの三強チーム。これに少し水をあけられた形で市民劇場・姫文チームと混成の文連チームがつづく。「おい中野よ、酒のみ競争なんでやめてもたんや」半世紀前の名選手、文連顧問団から冷やかしの声がかかる。

文連二世の子どもたちはビリにもまけず全種目で完走。拍手。

当時五三歳だった市川宏三も、ムカデの兄弟（五人六脚）レースに出場。元気な姿がスナップに残されている。

文連86企画「明日にクリエイト」

若い世代の交流と連帯の場となったぶんれんぴっくだが、好評だったこともあって、二回目を二年後の五月に淳心学院グラウンドで行った。それと並行して、各団体からのアンケートなどをもとに、音楽や演劇などの舞台関係の練習場として、姫路文化プラザ（仮称）建設促進請願書の提出。統一地方選を前に、姫路市長・市議会議員候補予定者に、文化状況に関しての公開質問状の送付、集約。さらに誘話の決まった姫路獨協大学のあり方についての要望書の提出など、行政に対しての活発な要請活動も展開している。それらが再出発間もない姫路文連の活動のあれこれである。

また総会を兼ねた姫路文化賞の受賞式は、それ以降欠けることなく毎年開いた。ことに授賞式ではなく受賞者の目線に立った受賞式（与えるのではなく、もらってもらうことを主眼に置いた。表彰状の文案も通り一遍のものでなく、受賞者の業績を明確に反映した文案を受賞者に近しい人に依頼作成し、書家に依頼したユニークなものとなった）は、手作りながら受賞者との触れ合いを重視したもので、受賞者だけでなく来場者にも好評だった。会場は新しくなった市役所隣の自治福祉会館のホール、のちに灘菊酒造西蔵がほぼ定着した。

なお、一九八二年に急逝した初代黒川録朗会長の名を冠した黒川録朗賞を翌年から設定。主に若手の育成という視点からの賞とした。

また、一九九五年の第三一回文化賞の受賞式から、受賞式前に慌ただしく開いていた総会は別途日を変えての開催とし、受賞式単独のあり方に変更した。そんななかで、三役はそのままで、常任理事の若返りを図ってもいる。

一九八二年一一月の第一七回総会で発足した坂東大蔵会長（副会長、河西公之・津田律司）との妙なコンビでの事務局長だったが、その後まる一六年の期間続いた。案ずるよりも産むがやすし。まずは波乱もなくこなせたかとも思う。そんなコンビを解消したのが、一九九九年の一月の総会だった。坂東会長、河西・津田両副会長の退任とともに、事務局長も身を引いたのだった。新たに小坂学会長、副会長に築《つく》谷治《たにおさむ》、松本英治が選ばれた。いわゆる世代の若返りで、新たな三役は団塊の世代だった。だが、新たな事務局長はこれと思う人物から固辞され、空席のままになった。

一六年間のなかで強く思い出に残る仕事は、文連86企画「明日にクリエイト」だった。クリエイトとは創造の意だが、新たな創造のためには過去の活動の検証が欠かせない。そのための戦後四〇年を迎えて、この地方の各ジャンルの文化運動の回顧検証を意図した企画だった。言いだしっぺは、若返りで大方が入れ替わった常任委員のなかで身を引かなかった細江田寛。細江田は若年の頃から、この地方の演劇運動で活発な活動を展開してきていた人物。文連結成のきっかけとなった作家の椎名麟三作演出のミュージカル「姫山物語」で、宇佐見吉哉とともに演出助手を担ってもいた。私よりも一回りくらい年上で、姫路の文化運動の関係者との幅広い人脈を持ってもいて、豊かな企画力を備えてもいた。そんな細江田が、ある日の坂東大蔵宅での新しい行事を検討する常任理事会で、提案したのだった。

再生文連が足を踏み出して数年を経た頃だっただろうか。威勢よく順調に踏み出した足がやや止まった頃でもあった。その頃になると文連加盟の各ジャンルの団体もそれぞれ活発な活動をしていたし、その内部事情もいくらか把握できるようになっていた。そんななかで文連として集団で大きな行事を持つより、各自の活動が主眼になっていくのが道理であった。「各団体の負担にならないなかでの文連としての活動とは」と企画力のない事務局長としては思案に暮れる日々でもあったのである。それでも律義に定期的な常任理事会を欠かすことなく持ち続けてはいた。

そんな時の細江田寛の発言であった。いわば渡りに船でもあったのだが、いっぽうでは、(また奇抜な思いつきを言い出したか)と、当日の議事進行担当の私はいくぶん警戒しつつ、続いての発言を促したのである。

それが文連結成二〇周年、戦後四〇年を経ての一つの区切りを振り返っての企画だった。同席のこちまさこが気前よく、自身の営む画廊「レンガ舎」を提供しますよと共感して、話は前へ踏み出したのであった。実行委員長に細江田寛を総意で決定し、春から夏にかけて美術、文学、演劇運動の回顧検証となったのである。

日を追って記すと、美術展パートⅠ(五月二四日~三〇日)では、呼びかけに応えて出品された絵画や書の展示だけでなく、初日のオープニングシンポジウムでは、丸投三代吉、森崎伯霊、尾田龍、内海敏夫など地元画家による戦後の美術運動の回顧など。文学展(六月二一日~二七日)では、個人団体の出版物の展示。オープニングでは、地方文学史を語る夕べと題した座談会。さらに物故者の思い出などを語る夕べを企画。さらに美術展パートⅡ(七月一九日~二四日)では、姫路の生んだ画家飯田操についてのシンポジウムも持った。最後に劇団の流れ展(八月二三日~二八日)では、年表の展示やシンポジウム、オープニングではプロデュースFによる演劇の上演も行った。

四か月にわたる行事だっただけに、出品の依頼やシンポジウムの企画構成、当日の進行、展示の配置、画廊の留守番などなど、慣れ親しんだ文学外での、まさに日々新たな出会い、発見のあった日々だった。何着かの無地のTシャツの背に、丸投画伯に描かせ、無断で陳列販売し、冷や汗をかきながら、事後の許可をもらったことを懐かしく思い出す。一枚三〇〇〇円で売りに出し、うち一枚を購入して得意気に着ていたのも若気の至りだったか。

なお、この時の話を「文芸日女道」二一八号（一九八六年六月）に私は書いている。

遅れてきた青年 ―「明日にクリエート」にかかわって

五月二十四日から、レンガ舎で姫路文連結成二十周年を記念して姫路文連86企画〈明日にクリエート〉、姫路地方美術の流れパートⅠの尾田龍、森崎伯霊、丸投三代吉三人展が始まった。

午後三時からのオープニングシンポジウムには、姫路の美術界を中心に四十名ほどが集まり、尾田、森崎、丸投の三画伯のそれぞれの歩みなどを聞いた。絵馬が日本画だと思われていたことや、洋画とは洋館を描くことだと信じられていた時代のエピソードから、戦後の第二回市展は、お城の西の丸の百間廊下で開かれた話などを交えてのそれぞれの語りに、会場は時には爆笑、驚いたりで大盛況だった。又、六時からのオープニングパーティでは、米焼酎〈霧島〉のお湯割りで、なごやかに懇談した。三画伯の大作の並ぶ前での焼酎の味は、実にうまかった。

知らなかった世界に目を開かせてくれたいい機会でもあった。

「聞き書き・はりまの文人」――豊かな人生と個性との出会い

「『文芸日女道』三〇〇号めざして特別企画」と銘打って、「聞き書き・はりまの文人」が始まったのは二八七号（一九九二年六月）。その号の誌面の囲み欄に、企画の意図が簡潔に書かれている。抜き書きすると、

百号を記念して、目立った同人誌などの活動をシリーズ・座談会でくみ、収録してから八年たつ。三百号を目前にして、こんどは前に収録できなかった人びとの業績を思いつくままに語ってもらい収録することにした。

とあり、予定として「三年間」「文学歴三十年」というところに目安をおいて選定させてもらうとも書かれている。記名はないが筆者は、創刊時から中心的存在だった市川宏三である。ただ、文中の「八年たつ」は勘違いで、「十六年」が正解。

市川の書く「座談会による同人誌回顧」は、どんな内容だったか。改名前の「姫路文学人会議」のバックナンバーを繰ってみる。

メインタイトルは「対談・座談でつづるはりま文学三十年史」とあり、その一回目は大塚徹（詩人）と内海繁（評論家）の対談。司会・構成は市川宏三で、「『新濤《しんとう》』の旗あげ」1（九六号、一九七六年一月）。2（九七号、一九七六年二月）。「『新濤』の若きスター」（九八号、一九七六年三月）。四回目は沖塩徹也（作家）と小村雷教（哲学、評論家）の対談で「ゼントルマンの姫路文学」（九九号、一九七六年四月）。五回目

の対談は玉岡松一郎（詩人）と稲岡健治（東播文化クラブ）で「わが青春の墓碑銘―ハリマ詩人集」のタイトル（一〇二号、一九七六年七月）。つづいて語り手・井上一夫（「西播文学」主宰）と井戸誠一（同同人）、聞き手・内海繁で「西播文学会二十二年の執念」（一〇四号、一九七六年九月）。さらに鳳真治（詩人）と萌木悠子（作家）の夫婦に市川が加わっての対談「堀端の土蔵の中」（一〇六号、一九七六年一一月）。八回目は「詩人・竹内武男さんをしのんで」鳳真治・安藤礼二郎・八木好美・内海繁・竹内きみえ・小林武雄・松本重雄の座談。戦前のプロレタリア文学運動の活動家で八・二六事件で検挙された加古川市出身の竹内を偲んでの座談会（一一〇号、一九七七年三月）。九回目は補足として「『姫路文学』創立のころ」のタイトルで、泰井俊三（大阪・北野病院精神科医長）と玉岡松一郎（加古川西高等学校教師）との対談。八回目を除いて司会・構成は市川宏三。以上九回の連載。

ざっと目を通してみると、戦前も含め主に戦後間なしの、姫路地方や加古川における文学運動の黎明期を検証した内容である。戦争によって窒息させられていたのが、突然切り開かれ、精神のひもじさや飢えを満たすべく、堰を切ったように陸続と燃え広がった心の叫びとしての文学運動の発露があった。そんな時代の記録だけに貴重でもある。煩雑だがあえて掲載した次第。

さて、つづいての「業績を思いつくままに語ってもらい収録」した「聞き書き・はりまの文人」だが、市川の目論見の三年を大きく超え、六年半、七〇人の文人の業績を網羅した企画となったのである。

いわば戦後の播磨地方の文化活動の痕跡を、それぞれの文学活動を通して書き留めた、意義ある企画といえるのではないか。煩雑をいとわず登場した人物を順を追って記してみる。

①船地慧《さとし》（作家）（二八七号、一九九二年五月）、②川口汐子（児童文学・歌人）（二八八号、一九九二年六月）、③金田《かなだ》弘（詩人）（二八九号、一九九二年七月）、④中野蛙柳《ありゅう》（俳人）（二九〇号、一九九二年八月）、⑤寺林峻《しゅん》（作家）（二九一号、一九九二年九月）、⑥寺本躬久《よしひさ》（詩人・郷土史研究）（二九二号、一九九二年一〇月）、⑦

小林武雄（詩人・芸術文化団体半どんの会代表）（二九三号、一九九二年一一月）、⑧山本紅園《こうえん》（俳人）（二九五号、一九九三年一月）、⑨岸原廣明《こうめい》（歌人・「文学圏」）（二九六号、一九九三年二月）、⑩八木好美《よしみ》（詩人）（二九七号、一九九三年三月）、⑪水野美子《よしこ》（歌人）（二九八号、一九九三年四月）、⑫沖塩徹也（作家）（二九九号、一九九三年五月）、⑬玉岡松一郎《しょういちろう》（詩人・民俗学）（三〇〇号、一九九三年六月）、⑭池田昌夫（英文学者・俳人・詩人）（三〇一号、一九九三年七月）、⑮保西岳詩《ほにしたけし》（川柳「あしなみ」代表）（三〇二号、一九九三年八月）、⑯萩原節男（歌人・作文の会）（三〇三号、一九九三年九月）、⑰島津明子（俳人・「琴座」同人）（三〇四号、一九九三年一〇月）、⑱高須剛（詩人）（三〇五号、一九九三年一一月）、⑲木村満二《みつじ》（歌人・「文学圏」「青天」同人）（三〇六号、一九九三年一二月）、⑳泉梨花女《りかじょ》（川柳）（三〇七号、一九九四年一月）、㉑橋本修（俳人）（三〇八号、一九九四年二月）、㉒小坂文之（俳人・「杉」同人）（三〇九号、一九九四年三月）、㉓尾上田鶴子（歌人・「コスモス」所属）（三一一号、一九九四年五月）、㉔久米川孝子（歌人・「コスモス」所属）（三一二号、一九九四年六月）、㉕矢部茂太（歌人・「白圭」主宰）（三一三号、一九九四年七月）、㉖前田芙巳代《ふみよ》（川柳・「川柳一枚の会」会員）（三一四号、一九九四年八月）、㉗松尾茂夫（詩人）（三一五号、一九九四年九月）、㉘高橋夏男（詩人・評論）（三一六号、一九九四年一〇月）、㉙砂原唯男（歌人）（三一七号、一九九四年一一月）、㉚上田一成《かずしげ》（歌人・「ポトナム」所属）（三一八号、一九九四年一二月）、㉛楠田智佐美（歌人・「原型」同人）（三一九号、一九九五年一月）、㉜小畑庸子《おばたようこ》（歌人・「水甕姫路」発行人）（三二〇号、一九九五年二月）、㉝佐藤昭松（歌人・「龍」所属）（三二一号、一九九五年三月）、㉞藤木明子（詩人）（三二四号、一九九五年六月）、㉟柳谷郁子《やなぎたにいくこ》（作家・「播火」編集長）（三二五号、一九九五年七月）、㊱浅田耕三（作家・「播火」同人）（三二六号、一九九五年八月）、㊲藤井鈴代（作家・「播火」同人）（三二七号、一九九五年九月）、㊳竹内和夫（作家）（三二八号、一九九五年一〇月）。

以上が、「聞き書き」の前編である。「文芸日女道」三二九号（一九九五年一一月）まで取り上げた文人は三八人。地域的には姫路市を中心に西播地域で、各ジャンル満遍なく網羅しているといえる。聞き手は、③金田弘と⑤寺林峻の内田季廣、㉜小畑庸子、㉝佐藤昭松は編集部だが、それ以外は姫路文学館学芸員の竹廣裕子。

なお、三〇〇号の区切りを記念しての企画と書いているが、内海繁や市川宏三がその開設を熱望して、準備段階から協力してきた姫路文学館の開設が一九九一年。開設を記念して91播磨文芸祭が開かれ、その一環として『焼け跡のルネッサンス―昭和二十年代播磨の文学運動』（姫路文学館編・発行、一九九一年）が出版されている。戦後間なし、昭和二〇年代、勃興期の播磨の文学運動の歴史を回想、検証したもの。

市川宏三が「聞き書き」の企画を思い立ったのは、その後の事績を次の時代へと継承したい思いがあったからではないか。また聞き手に姫路文学館学芸員の竹廣裕子に依頼したのも、そんな流れからか。そしてその竹廣裕子が結婚を機に聞き手から身を引き、代わって中野がその任に当たることになったのである。続いて列記する。

㊴玉岡かおる（作家）（三三〇号、一九九五年一二月）、㊵西村恭子（児童文学）（三三一号、一九九六年一月）、㊶松本光明（作家・「VIKING」同人）（三三二号、一九九六年二月）、㊷米口實《よねぐちみのる》（歌人）（三三三号、一九九六年三月）、㊸三枝和子《さえぐさかずこ》（作家）（三三四号、一九九六年四月）、㊹井上梵天《いのうえぼんてん》（俳人・俳句同人誌「花顔《かがん》」代表）（三三五号、一九九六年五月）、㊺中嶋信太郎《なかしまのぶたろう》（歌人・万葉研究）（三三七号、一九九六年七月）、㊻青木敬介（詩人・「VIKING」同人）（三三八号、一九九六年八月）、㊼西川昭五（詩人・「青穂」代表）（三三九号、一九九六年九月）、㊽黒部亨《くろべとおる》（作家）（三四〇号、一九九六年一〇月）、㊾五十嵐播水《いがらしばんすい》（俳人・「九年母《くねんぼ》」主宰）（三四一号、一九九六年一一月）、㊿橋尾信子《はしおのぶこ》（児童文学）（三四二号、一九九六年一二月）、(51)たかぎたかよし（詩人）（三四三号、一九九七年一月）、(52)鳳　真治《おおとりしんじ》（詩人）（三四四号、一九九七年二月）、(53)森本穫《もりもとおさむ》（評論・作

家）（三四五号、一九九七年三月）、(54)助川助六《すけがわすけろく》（俚謡・冠句・川柳）（三四六号、一九九七年四月）、(55)松岡ひでたか（俳人・「白鷺会」）（三四七号、一九九七年五月）、(56)市川宏三（詩人・「文芸日女道」代表幹事）（三五〇号、一九九七年八月）、(57)田岡弘子（歌人・「明石短歌会」）（三五三号、一九九七年一一月）、(58)前田昭子（歌人・「茅花《つばな》短歌会」）（三五四号、一九九七年一二月）、(59)向山文《むかいやまふみ》（俳人）（三五五号、一九九八年一月）、(60)志方進（作家）（三五六号、一九九八年二月）、(61)吉野栄子（歌人・「文学圏」）（三五七号、一九九八年三月）、(62)森本敏子（詩人・「火曜日」）（三五八号、一九九八年四月）、(63)軒上泊《けんじょうはく》（作家）（三五九号、一九九八年五月）、(64)こちまさこ（エッセイスト・「歴史を読む会」）（三六〇号、一九九八年六月）、(65)尾崎美紀（詩人・童話作家）（三六一号、一九九八年七月）、(66)橘川真一《きつかわしんいち》（ジャーナリスト・「播磨学研究所」所長）（三六二号、一九九八年八月）、(67)山本みつる（作家・「播火」同人）（三六三号、一九九八年九月）、(68)鷹野春美（歌人・「加古川歌人クラブ」）（三六四号、一九九八年一〇月）、(69)岩《いわ》朝《さ》かつら（歌人・「文学圏」）（三八一号、二〇〇〇年二月）。

なお、もう一人取材した人がいる。加藤三七子（俳人・「黄鐘」主宰）だが、取材後本人からの申し出で未掲載だった（四四六号、二〇〇五年七月で一部紹介）。以上が「聞き書き」の後編で、前後合わせて七〇人。

「聞き書き・はりまの文人」企画のインタビュアーを竹廣裕子から私が引き継いだのは、「文芸日女道」三三〇号（一九九五年一二月）から。その時、市川宏三から打診があった時の心情などを「豊かな人生と個性との出会い」（三三二号、一九九六年二月）という一文に書いている。率直な私の心根を記したものだけに捨て難い。一部抜き出してみる。

> 市川氏の呼びかけに、僕は一瞬躊躇した。一つは月一人のペースでの取材と、それをまとめる仕事の煩雑さが予想されたからだ。もう一つは、僕自身の人見知りする性格からくる取材者としての

不向きさを危惧したから。それに、文芸日女道に連載されるインタビュー記事を読みながら、大方の評価と違った感想を僕は持っていた。読み物としては、登場人物のそれぞれの個性が出ていて、この人はこんな所があったのかと驚いたりしていたが、作者としての竹廣氏の顔が浮かんでこないのだった。もっともインタビュアーの顔が出てくるインタビュー記事は、あまり感心しない作品となるのだろうが――これは色々な議論が出てくる点かも知れないが。

ともかく、ものを書く人間としては、あまりおもしろい仕事とは思えなかったのが実際であったろうと思う。

いっぽう、志方進氏と〈にぎり〉――先に小説を書いた方が、相手に酒をおごらせる――の約束を何年来してきて、年二回の「巻頭時評」でお茶をにごしてきた、自分の不甲斐なさに忸怩《じくじ》たる思いを抱き続けてもいた。市川氏より話のあった時、これらの思いが僕の頭に一度に押し寄せた。「うーん、そうやな。いつまでも、ぐずぐず言うとったってしゃあないしな。やってみようか。」と僕が返事したのは、月一回のペースで書かなければいけない場に自分をしばりつける事で、僕自身何かをつかめないかと思ったからだ。できるできないと言うよりも、自分への刺激といった事を強く思った。

一九九六年といえば、阪神大震災の起こった翌年。お城本町の路地から駅の南の北条北住宅へ「姫文」事務所の新「天邪鬼」が移った年。

つまり私の青春の大半を過ごした路地が消えた年でもあった。それは、私が四七歳を迎える前の秋だった。今から振り返ると、奥手な私の長いまわり道の後で、遅まきながら、ようやく文学と真摯にまみえる一つの大きな契機となった、私にとってそんな意味を持つ年だったといえようか。

「姫文」と姫路文連の二つの事務局長はなお続けたが、職場の労働組合の執行部の役員は夏の改選期で辞した。やると決めた以上、そのことを優先することを強く思ったのだ。八月末に「姫文」の幹事会で聞き書きのインタビュアー交替の話が出たが、出席していた高橋夏男氏が非常に喜んでくれ、強い励ましの言葉をかけてもくれた。

取材の人選に関しては、市川は口を挟むことはなく私に任されていた。また相手との交渉から取材などは、すべて私の責任で当たった。取材エリアが東播地域に移ったこともあって、加古川市在住の高橋夏男氏に教示を受け大いに助けられもした。

まずは手始めに、七万五〇〇〇部の驚異的なベストセラーの『夢食い魚のブルー・グッドバイ』（新潮社、一九八九年）でデビューして間のない玉岡かおる氏から始めることになった。続いて、児童文学の西村恭子氏。「VIKING」同人の松本光明氏と、加古川市在住の作家となった。三人とも相手のことをほとんど何も知らないなかでの取材だった。取材する前に、相手の略歴ぐらいは知っておくべきだと思ったが、ほとんど手だてがなかった。そんな時の高橋氏より提供のあった新聞のスクラップ記事のコピーは、大いにありがたかった。

そんな出発だったが、以降は、聞き書きの対象者より事前に送られてきた著作を読み込んで、その作品と対峙するなかで、その作品の源になっているであろう、その人生観、人間観、文学観などに思いを馳せ、取材のポイントなどを絞るようになった。そして取材を通してその個性に出会った時の感動は、取材者冥利に尽きる、得難い体験となった。

さらに、文章化していく作業は、作家的資質が問われるような気がした。取材した相手の個性をいかに引き出せるか。単なるインタビュー記事でも一つの創作であり、作品のような気になってきたのだった。

幸い第一回目の玉岡かおる氏の「聞き書き」は好評だった。そんな後押しもあって、毎月ひとり、ほぼ三年、三〇人の個性ある人生にまみえる体験ができたのである。と同時にその積み重ねの修練が読書力を高めてくれた。いいかえれば鋭敏な読書力が磨かれたと思う。取材相手の著作を読む場合、自然と研ぎ澄まして作品を読もうとすることが要求される、その結果の賜物だった。その結果、怠け者でものぐさな人間が勤勉な人間に変身したのであった。また、知らず知らずのうちに、文章力も手に入れていったかとも思う。

そして、三年間の「聞き書き」での取材、紹介をひとまず終え、念願の北京・モンゴルへの友人との二人旅を記した「北京・モンゴル紀行」の連載（三六五号から九回）を始めたのだった。

その時の誌面での「聞き書き」休載の弁で、「心ひそかな目標の一〇〇人まで、あと三〇人。その目標のなかばまできたことになる」と記している。が、歌人の岩朝かつらさんを最後に、再開することはなかった。

なぜ再開しなかったのか。いやできなかったのか。その理由を解くカギは、比較的長いエッセー「わが落ち込みの記」（三七八号、一九九九年一一月）に見いだすことができる。

結論を言えば、紀行文を脱稿したあとで、次の「聞き書き」の原稿締め切りまでたっぷりと時間が生まれたため。そのなかで、「ものを書くという行為は、自分あるいは他人との生に対して積極的に関わろうとする精神の中から生まれてくるのであって、積極性が失われればものを書くという意欲も生まれてはこないだろう」と書いているように、毎月欠かさず書いていた三年間のあとに生まれた少なくない時間。そんな心の隙に、導かれるままに読んだ書物のその内容が少なくない作用を及ぼし、迷路のような閉塞感に陥ったのである。

具体的には、敬愛する森本穫さんが誌上で紹介した、関川夏央《せきかわなつお》の『二葉亭四迷の明治四十一年』（文藝春秋、一九九六年)、『退屈な迷路―「北朝鮮」とは何だったのか』(新潮社、一九九二年)から始まって、石光真清《いしみつまきよ》の『城下の人』四部作(中公文庫)、さらには、金日成以前の歴史がない国、金日成が作った「神の国」に関する何冊かの文庫本を読むなかで、鬱状態ともいうべき言いようのない重苦しい精神状態に陥ってしまったのだ。そして、そんな鬱屈とした精神状態が癒《いや》されたのは、人生の機微をさり気なく描いた藤沢周平の作品世界に出会ってから、とも記している。

森本穫さんとの出会い

「しげる忌」と銘打った六回目の「内海繁を偲ぶ会」を故人がその生前、建設を熱望していた「姫路文学館」の望景亭で持ったのは、一九九二年五月三一日。「短章」の萩原節男、「コスモス姫路」の尾上田鶴子、「水甕」の小畑庸子の三人の歌人が、それぞれの内海繁像と作品を語った。二部ではその年の春に亡くなった安藤礼二郎を偲ぶ会を急遽持ったこともあって、六四名の満席で廊下にはみだした。その二部では、戦時下文学少年だった頃の思い出を中心に鳳真治、戦後の文化運動とのかかわりから悦子夫人との仲人をつとめた話を真下恭。新聞記者時代と「おりおん」について大塚正基、イオム同盟と西播民衆運動史を寺本躬久、「文芸日女道」の安藤礼二郎を高橋夏男、作品論を風呂本武敏の各氏が話して故人を偲んだ。

その年、「聞き書き・はりまの文人」企画の開始とほぼ同じ頃、「文芸日女道」に「阿部知二への旅―評伝のための基礎ノート・阿部家墓」の新連載(二八九号、一九九二年七月)を引っ提げて颯爽と登場したのが、広島から姫路へと居を移したばかりの森本穫さんだった。

その連載は四年余り、三六回の長きにわたり、後日大幅な改稿を経て『阿部知二―原郷への旅』(林道舎、一九九七年）に結実した。阿部知二の原郷をたずね、墓誌を手がかりに一族の盛衰、その苦闘の生涯を解明し、一人の作家の誕生の鍵を解き明かした貴重な評伝となった。

大学で近代文学の教鞭をとる森本穫さんにとって、一人の作家の文学評論は専門分野だけに大学の紀要などに作品発表するのが常道だろう。あえて地方の文芸雑誌に連載したのは、月刊発行というあり方だけでなく、その内容に純然たる文学評論と違う、森本穫ならではの独自な評伝文学を目指すのだ、といった強い思いが込められていたのかも知れない。

その連載一回目の「はじめに」の項を紐解いてみる。


ここ一年ばかり、まるで知二の亡魂にとり憑かれたかのように、夢中になって、知二の周辺を追いかけた。

知二の文学活動の最初である短歌のこと、師の今中楓渓のこと。短歌を始める導きとなった兄公平のこと。数々の逸話の持ち主であった父良平の生涯。良平がつとめ、公平知二が学んだ姫路中学のこと。それから阿部家の家系の、知二以前に輩出した数々の才能と夭逝の歴史。……

知二は決して突然に、何もないところから、いきなり文学者として世に出てきたのではない。家系につながる先祖や姻戚の人々の濃い影響から、また阿部家という一家の悲願ともいうべき志向のなかから、ある意味で必然的に、英文学を学ぶことになり、文学者への道を歩んだのである。

そのような新しい姿が、次から次へと、鎖がつながるように、私の前に明らかになっていった。そのほとんどが、これまで一般には知られていなかったことである。……


知二に憑《と》りつかれた一年ばかりの取材行のなかで発見した新しい史実の数々。その得異さと高揚感を読者に知らせたいという、切実な思いに満ち溢れた文章である。小説を書くことで培《つちか》われた巧みな文章力で書かれていく連載だけに、読者を惹きつけずにおかなかった。「文芸日女道」誌上では、高橋夏男さんにつづく珍しい本格的な評伝文学だったし、文学評論はどこか固く取っつきにくいと思っていた私だけに、その連載は心惹かれ楽しみにしたものだ。またそれまで面識もなかった作者の森本穫さんにも、強い親しみと畏敬に似た気持ちを抱きもしたのであった。

そののち、私にとって文学的な師とも仰ぐことになる、森本穫さんとの出会いの風景はそんなふうにして始まった。以降、豊かな文学的知識の持ち主の森本さんから、測り得ぬ文学的刺激を得ることになるのであった。

頻繁な手紙のやり取りのなかで、氏の興味を持った本を紹介されたり、日頃の触れ合いのなかで、文学に対する熱く厳しい矜持に触れ得たのも得難いことだった。

惚れやすいという私の特性を見抜いていた市川宏三に、「今度は森本さんに惚れたか」と、笑いながら言わしめたことが懐かしく思い出される。そんな森本氏が毎号熱誠を込めて連載していく阿部知二に対する執念は、陰に陽に私に強い刺激を与えた。

そんな頃に、私が「聞き書き・はりまの文人」の取材・執筆を始めたのだった。つまり、取材紀行をふんだんに盛り込んだ「阿部知二の基礎ノート」は、形こそ違え「聞き書き」をする私には、これ以上ないお手本を指し示してくれたのであった。

具体的な文章のあれこれではなく、取材時の心の持ちようとか、その姿勢などだが、一番の教えは取材者としての矜持を持つ大切さと、相手に媚びるなといったことだった。

ともすれば、取材に向かう時、弱気の虫に追い詰められて、引き返そうと二の足を踏みつつ、葛藤する心を窘《たしな》めてくれたのが、取材者としての矜持であった。その都度、丹田《たんでん》に力を込めて覚悟を決めたものだ。

ともすれば、戸惑い迷いつつ毎号掲載する「聞き書き・はりまの文人」に対して、いつも熱い励ましの手紙をくれるのも森本穫さんだった。

そんな体験と修練を重ねながら、私は三〇回にわたる「聞き書き」の取材を終えた。その褒美ではないが、長年憧れていたモンゴルへの友人との二人旅をし、九回にわたるその紀行文を連載した。連載だったが原稿用紙一〇〇枚以上の作品を書いたのは、たぶんこれが初めてだったかと思う。内容はともかく、それだけの分量を書きあげたことは、密かな自信のようなものを私に与えてくれた。

初めての海外旅行にモンゴルを選んだのは、司馬遼太郎の「街道をゆく」に突き動かされてだった。三一巻に及ぶ「街道をゆく」は「週刊朝日」に長期連載（一九七一年一月〜一九八八年四月）され、その都度単行本として発刊されていた。日本全国と海外の街道の紀行文だが、司馬遼太郎の豊かで深い歴史観を遺憾なく披歴した親しみやすい読み物である。当時、司馬史観にぞっこんだった私は、刊行されるたびに求めた。第二巻の『韓のくに紀行』に続いて第五巻目が『モンゴル紀行』と早い時期の国外の紀行だった。移動式住居のゲルに暮らし、牧草を求めて家畜とともに移動しての暮らし、そんな悠久の遊牧の民に触れ得たいという強い思いから選んだ旅だった。

通訳と四輪駆動車の運転手付きの二人だけの旅だっただけに、どこまでも続く大平原のなか、遊牧の人々と人間的な触れ合いのあった得難い旅となった。

人と本、縁のような出会い

「君は人に惚れやすい」とよく言われてきた。私のなかの善意な好奇心が、そうさせたのだろう。だが善意なだけに、人間の多面を捉えるよりもその一面に惚れ込みやすいようだ。だから、惚れやすい私の性格は、私の長所でもあり欠点でもある。

そんな私の性格を際立たせたのが、「聞き書き・はりまの文人」の仕事だったと思う。前任の竹廣裕子さんの降板がきっかけだったが、私に声を掛けた市川宏三さんが、私の性格まで斟酌《しんしゃく》してのことではなかっただろう。だが、何回かの取材を通じて私が思い至ったのは、取材者とは相手に惚れ込むことだという思いだった。かくして、いくぶん潜んでいた惚れやすいといった私の性格が、頭をもたげてきたのだ。というより、眠っていた私の性格が、取材を通して相手の個性に喚起されて、目を覚ましたといったほうが正確かも知れない。

もっとも、何の実績も持たない人間が個性あふれる相手に立ち向かうとなれば、開き直って裸の姿を晒すしかないのだが、いつの間にか、この仕事は自分に向いているなと思うようになった。そして惚れやすいという性格が、いつの間にか私の習性となったのである。

そんな習性が、読書にも表れてくるようになった。

いっとき交錯した二人の明治人の人生を描いた石光真清の『城下の人』と関川夏央の『二葉亭四迷の明治四十一年』のことはすでに触れた。そして、森本穫さんのそそのかしに乗っていらい、すっかり関川夏央のファンになってしまい、本棚には関川の本が増えた。

さらに、ふとしたきっかけで読み始めた藤沢周平の文庫本が、八〇冊ほど本棚にたまり、折に触れ読みかえしたりするようになった。

その藤沢周平のエッセー集、『ふるさとへ廻る六部は』の「池波さんの新しさ」の中の、

……同業作家の作品はあまり読まない……そういう中で、私は池波さんの作品はかなり読んだほ

うだと思う。先輩作家、同時代作家の中にも、描く世界、表現の方法がまったく異なる安心して読める作家も当然いて、池波さんはそういう作家の一人だったのである。そして私がようやく小説で世に出たころには、池波さんはもう『鬼平犯科帳』、『剣客商売』、『仕掛人・藤枝梅安』の三大シリーズを抱える人気作家だったので、私が読んでたのしんだのも、この三大シリーズの作品だった。

という文章に触れ、その三大シリーズを手始めに、いつの間にか、九〇冊ほどの池波正太郎の文庫本を読む羽目になったのである。

まさに、惚れやすい習性の賜物と言うほかない。

そして、池波正太郎の『鬼平犯科帳』に夢中になって、池波正太郎の描く架空の江戸の町に惹きつけられ、二泊三日の東京の街歩きに妻と出かけ、そのことを「江戸へのふたり旅」（「文芸日女道」三八二号、二〇〇〇年三月）という比較的長いエッセーに書いた。そのエッセーについてのやり取りのなかで、森本穫さんから、東京の下町散歩などの書のある森まゆみのことを知らされた。数日後、書店で私が手に取ったのが、森まゆみの『明治東京奇人傳』（新潮文庫）だった。

それは、森まゆみの編集する季刊の地域誌『谷中・根津・千駄木』（愛称「谷根千《やねせん》」）の地域に住み暮らした、明治人の文人、音楽家、医者、小唄の師匠、銀行家、仏教家、あるいは蕎麦屋など、分野を問わない奇人傳であった。

たとえば『五重塔』を書いた幸田露伴の項では、谷中墓地にある天王寺五重塔跡から筆を起こし、一九五七年の炎上の様子。露伴の来歴から、谷中に住んでいた頃の話、さらに『五重塔』を書いたいきさつなどが書かれている。そこには、作者の五重塔への哀惜の思いとともに、その五重塔を一つの作品にした露伴への深い愛情がうかがわれる。「谷根千」を愛してやまない作者の精力的な聞き書きを通して、二五人の明治人のそれぞれの人生を活写した一冊であった。以来、書店に足を運ぶたびに、私は森まゆみの作品を買い求めた。

『谷中スケッチブック』『不思議の町根津』『長生きも芸のうち―岡本文弥百歳』の文庫本では、変貌する大都会にあって、今も昔の面影を偲ばせる谷中の路地を歩き、そこの住人と出会い、遠い時間を遡る。さらに谷中に住む〈新内語り〉の九八歳の文弥の聞き書きでは、ひょうひょうとした語りのなかに、ひとつの芸を貫き通した人間の人生を浮かび上がらせて、読む者に人間文弥の魅力を強く感じさせる。そんな三冊に強く惹かれたのは言うまでもない。それ以降も多くの彼女の単行本も入手することになった。

ことに忘れがたい森まゆみの一冊は、三五〇ページと持ち重りのする『鷗外の坂』（新潮社、一九九八年）である。帯には「団子坂を歩き　暗闇坂に佇み　無縁坂で想う　坂に刻まれた　鷗外の六十年／市井に残る足跡を丹念に拾い集め、鷗外の素顔と生涯を、追慕を込めて描いた著者渾身の力作評伝」と書かれていた。

著者の森まゆみは巻末のあとがき「微笑の人　鷗外」に、

私は連載を書くに当たって、鷗外その人とのみ対話することにした。一つの作品について何百とある論文を読む気力もなかったし、読めば目が卑しくなる。人の頭で考えるのはよそうと決め、ほぼ鷗外その人と親族、同時代の証言を頼りにした。……鷗外その人を描くよりも、鷗外の側にいた、共に暮らした家族に光を当てることによって、鷗外にも反射させようと考えた……人間は多面的なものであり、人は他人の中におのれの似姿をさがす。「出世を争う官僚」「論争する文学者」「闘う家長」というよりも、家族の記憶の中にある「微笑する鷗外」が、私の強く感得する鷗外である。

と書くように、石見国津和野の森林太郎の幼年時代から、千駄木団子坂上の観潮楼でのその死までの、家庭人鷗外として、あるいは人間鷗外としての評伝であった。さらに著者が、「私は鷗外が暮らした東京の土地の一つ一つを自分でたどり直して記す誘惑に勝てなかった。一つ一つの土地に一人の家族、そして軸となる作品を一つからませ、挫折と栄光の坂を誠実に登り降りした鷗外の人生を書いてみたいと思った」と記すごとく、鷗外が歩いたであろう、また著者の愛する東京の町を巡りながら、人間鷗外に迫った評伝でもある。

嫁姑の争いに板挟みになりながらも、家長としての苦悩と、妻あるいは子どもたちへの愛を貫こうとする人間鷗外の生々しい人生を目の当たりにして、文豪森鷗外、軍医総監森林太郎の鎧をまとった姿の後ろに隠された、人間臭い一人の明治人の姿に出会うのであった。

文豪鷗外として歴史上の人物ぐらいの認識しかなかった私に、鷗外がいきなり裸の人間として迫ってきたことは、新鮮な驚きだった。得も言われぬ親しみを感じさせる人間鷗外が、そこにいた。

かくして、惚れやすいという習性のおかげで、私は人と本との縁《えにし》のような出会いを、いくつも重ねることになるのであった。

松岡譲との出会い

「聞き書き・はりまの文人」に続いて「北京・モンゴル紀行」の連載を終え、そのあとの「わが落ち込みの記」の掲載をきっかけに、私は「文芸日女道」に毎号エッセーを掲載するようになった。

毎月原稿を書くことは、「聞き書き」の原稿化のなかで鍛えられ、必然的に培われた結果と思うが、もう一つ見落とせないことがある。

職場の労働組合の役員をしていたことは、すでに記したが、その時に日刊で職場新聞を発行していた。その編集委員に加わり、いつの頃からか、週一回のコラム欄を担当するようになった。一三字で二五行、三〇〇字余りの短い文章だが、一〇年余り毎週書き上げた。職場新聞だから内容は職場での問題点など、やや硬い記事が紙面を飾っていたが、コラム欄だけは息抜きとして、身近でほっとするような内容を心がけた。毎週書く習慣の積み重ねは、書き続けるという行為の埋火《うずみび》のような、そんな役割を果たしたのではないかと思いもする。

その頃に、「姫文」創立三〇周年、「文芸日女道」創刊三五〇号という記念の節目を迎えた。その記念号に、創立（一九六七〈昭和四二〉年）いらい三〇年にわたる「姫路文学人会議年表」（文責・中野）を作成したのだが、その過程で、「姫文」の歴史に触れ、その重さとかかわってきた人々のことなどを、強く思った。そして、それらの多くの人たちとの出会いによって、自身が育ててもらったことを強く実感もした。さらに多くの人々との出会いを通して、ようやくものを書くことと正面から向かい合っているなと思えるようになったのである。

創立三〇周年、創刊三五〇号は一九九七（平成九）年、私の四八歳の年に迎えた。思えば、一九歳で入会いらいほぼ三〇年、長いまわり道のあと、五〇歳を目前に、ようやくたどり着いたというのが率直な思いだった。そのまわり道の途中で出会った人々、あるいは体験したさまざまなこと、それらが血肉となって、中野信吉という人物を作ってきた。つまり、まわり道があってこそ今の自分があるともいえる、そんなふうにも思ったのである。

その頃に書いたエッセー「まわり道のあとで、今」（三九二号、二〇〇一年一月）のなかで、その頃の私の心情を記している。参考までに抜きだしてみる。

僕が昔の身近なことを書くようになったのは、関川夏央の作品に影響を受けたことが大きい。関川夏央とは同年齢だが、彼が過ぎた時代のことを書いていた。じゃあ僕は僕なりに古い時代のことを書こうと思った。もう一つの理由は、漠然とながら残りの人生の時間を感じ始めたから、とも言えるだろう。

こういった本との出会いができるようになったのも、聞き書きをやったから。聞き書きの取材前に、その人をより多く知るために、その人の書いた本を事前に読んできた。歌集などは、短歌が分からないなりに読む。それは想像力を養ううえで、大変勉強になったと思う。それに、その人を知ろうとして読むから、一種の小さくない緊張感の中で読んでいる。

だから、関川夏央の本を何冊も読むというのは、惚れ込みやすいといった性格だけでなく、聞き書きの時の習性のようなものが、どこか残っていてそうなる。そして、より深い読みをしようとすれば、そこから感化を受けることも、より多くなってくるのではないか。

また、今までは読み流していたが、本の中に出てくる、未知の人物の名前とか作品名が気になるようになったのも、新しい発見だった。

それと、池波正太郎との出会いも大きな影響があったと思う。いわゆる文学青年にありがちな純文学好みというか、大衆小説を避けていた面が若い頃はあったが、いつの間にか、藤沢周平を読み、池波正太郎を読むようになった。今また『鬼平犯科帳』を読み返しているが、面白くて為になる。

もちろん、時代小説の醍醐味の後ろに貫かれている、人間を観る眼の確かさに感心させられるのだ。時代小説というかたちをとっているが、今の時代にも当てはめられる。登場人物を通して、自分の生き方と照らし合わせて、人間を眺めることができる。そういった点で、多くを学ばせてくれる。いわゆる人間を観る眼を養わせてくれるのではないか。

さらに人と人との関わり、いわゆる人情ということを、強く意識させせられる。そして、自分の生き方やものの考え方を、色々考えさせてくれる。

面白いだけではなく、この歳になって、小説から色々学ぶというのは、まさに晩生《おくて》としかいいようがないが、五〇の手習いという言葉の所以《ゆえん》とも言える。

これからのことだが、僕としては、自然体でいこうという思いが強い。まわり道をして、いろんな人との出会いの中で、ようやくものを書くことと正面から向かい合えてる、と言えるようになった。そして、本や人との出会いの中で、いままで自分になかった新しい側面を発見できるようになった。

志方進さんと合評会の帰り、酒を飲みながら話したとき、〈五〇の手習い〉と言った。僕の人生の残された二〇年の時間から見れば、急がなければならない時間でもある。でも、二〇年もあるという見方だってできる。どちらを取るかになるが、僕は遠い不確定な未来のことより、やっとまみえた今の時間を大切にしたいと思っている。つまり、悪く言えば行き当たりばったり、良く言えば自然体ということ。自然体で生きてきて今の自分があるのだから、これからも自然体で生きていこうといった考え。それに最近、よく思うことは、出会いの面白さといったこと。最初から方向が決まっているのではなく、人との出会いのなかで新たな道が見いだせるということ。一言でいえば、人間の不可思議さというようなことを感じる。別の言い方をすれば、生かされているといったことを強く思ったりする。

長い引用になったが、二十数年前、ようやく文学と本気でまみえることになった充実の精神がうかがえる、一つの決意の文でもある。

これを書いてから少し経って、私は松岡譲と出会うのであった。夏のある日、帯の「祖父・漱石のこと、父母への想い」という文字にひかれて、書店でなにげなく手にとった、半藤末利子『夏目家の糠みそ』（PHP研究所、二〇〇〇年）。その一冊が縁となったのである。そして、それを機に読んだ松岡譲の『敦煌物語』（講談社学術文庫、一九八一年）に新鮮な感動を覚え、「漱石の娘と結婚した作家―松岡譲のことなど」（三九〇号、二〇〇一年一一月）というエッセーを書いた。その一文を読んだ著者の半藤末利子さんから感激的な文面のはがきが届いた。そのことで松岡譲と運命の糸のようなものを強く感じた私は、熱に浮かされたごとく松岡譲探索の旅へと突き進み、その旅の顚末を「文芸日女道」に連載し、後に一巻本として『作家・松岡譲への旅』（林道舎、二〇〇四年）を出版するのであった。

千田草介君との出会い

松岡譲との深い縁のような出会いのあとも、新たな出会いがあった。但馬の生んだ作家、山田風太郎との出会いのきっかけをもたらしてくれたのは、一回り年下の千田草介君であった。

劇団プロデュースFで舞台監督を務めていた私より何歳か年上の木谷典義。彼と結婚したのが二〇歳になるかならないかの小林峰子。親しみを込めて「峰ちゃん」と、みなが呼んでいた。物怖じしない押し出しのいい性格と相まって、舞台度胸のいい小林は、結婚後Fの中心的な女優となっていく。年の差にびっくりしながらも、二人の結婚を祝福する仲間たちは、旅行先の城崎温泉までマイクロバスで押しかけ、宿でどんちゃん騒ぎ。翌日、山陰本線某駅で、旅立つ二人を華々しく見送った。

そんな「峰ちゃんとは中学一年の同級生（クラスメート）だった」という話を、千田君から聞いたのは、彼と出会って間なしの頃だったか。いらい、私は千田君の年齢をはっきりと記憶するようになった。

その千田草介君のことだが、彼は三〇歳半ばのころ、西チベットに聳《そび》える聖なる山・カイラス山の周回の旅（標高四七〇〇～五六〇〇メートル）に出かけた。同行の伊賀上野のとある寺の住職の蕨観恕《わらびかんじょ》が高山病で急死した。自身も高山病に侵されながら、蕨住職の死を看取った千田君は、現地で荼毘《だび》に付し、寺での葬儀にも参列した。蕨住職は若年より文学を志した人物で、「千田草介」のネームの入った大量の原稿用紙があとに残された。その原稿用紙を遺品としてもらい受けるとともに、そのペンネームも受け継いだという。聖山周回巡礼の途次に生死を分けた人物の名前を引き継ぐという、劇的な由来を持ったペンネームの持ち主であった。

その千田君が、本名原岳人《はらたけひと》「原岳人《はらがくじん》」の名で応募した『なんか島開拓誌』（新潮社、一九九一年）で日本ファンタジーノベル大賞優秀賞を受賞したのが三〇歳。その八年後、同じ高砂市阿弥陀町の住人だった内田季廣さんの誘いで「姫文」に入会した。八年間の空白に関して彼はくわしく言わないが、学生のとき以来のＳＦファンジン（同人誌）「零」に作品を発表し、長篇の野心作に挑戦するなど、文学修行に勤《いそ》しんでいたようだ。

彼が初めて千田草介の名前で「文芸日女道」に登場したのが四〇一号（二〇〇一年一〇月）、中世の旅の僧と旅の女のあばら家での一夜を物語った「夜の底にて」。続いて「雛遊び」（中世の殿上での姫宮の舟遊びと雛流しの物語）、「黄塵《こうじん》」（前・後）（第二次遣唐使の留学僧で玄奘三蔵の門弟となる道昭の物語。異国でさまざまな人との出会いを経て、百済の滅亡と共に第四次遣唐使一行とともに帰国。しばし飛鳥寺で修行者を指導する。やがて寺を出て各地を巡歴して井戸を掘り、橋を架け、西暦七〇〇年、七二歳で遷化。日本初の火葬に付された人物。弟子に若き日の行基がいた。師・道昭の社会事業を受け継ぎ発展させた行基は、民衆より行基菩薩と慕われた）と書き継ぐ。さらに、女帝発願の伽藍建造に従事する金工《かねだくみ》の壬生部冬緒《みぶべのふゆお》を主人公に、右大臣藤原豊成の姫君との交流を軸に展開する、飛鳥・奈良時代を舞台の歴史小説「天衣《てんね》」（六回連載）と、力作を次々と発表した。その鮮烈な「姫文」デビューは、会員に強い感銘を与えた。

ことに当時、「作家・松岡譲への旅」を連載中だった私は、千田君の登場に強い刺激を受けたのだった。

千田君と初めて言葉を交わしたのはいつだったか、定かでない。

驚いたのは彼の読書量とその幅広さ、さらにその記憶の鮮明さだった。それなりの読書量は持っていても、読んだ作品の内容は愚か、そのエッセンスさえも、記憶の彼方といった私にとって、彼との会話で出てくる、その引き出しの量の多さと鮮明な記憶に、ただただ驚くのであった。

彼はのちに、過去に読んだ文学作品その他二五〇〇～三〇〇〇余冊の一つひとつの読後感想、解説、案内を書き上げ記録し、ＳＮＳ（ソーシャル・ネットワーク・サービス）のｆａｃｅｂｏｏｋに開示している。そんなふうに感想などを文章に残す作業の意義とエネルギーは、千田君から教示を受けた山田風太郎『戦中派虫けら日記』『戦中派不戦日記』と相似た仕事ではないかとも思う。まさに「書に淫した」という言葉が似合うのではなかろうか。

読んだら読みっぱなしではなく、文章化するという行為は、同じ読書にしてもその一冊から受ける感銘、感動を咀嚼、吸収し血肉となる、その度合いがいかほど違ってくるのだろうか。千田君の書く小説構想力の源を思う時、そんな目に見えぬ行為の結果だと改めて教えられもするのである。一冊の書から触発される想像力の大小は、読む行為の姿勢によって増えもし少なくもするのかも知れない。

そして、私が千田君に惹かれるのは、書に対する姿勢を決してひけらかすことがないことである。饒舌ともいえるほど人物描写の行き届いた彼の書く小説に反して、彼自身の口から出てくる言葉は、流暢とは言えず、言葉少なであり、朴訥ですらある。どちらかと言えば、話上手ではなく話下手といえようか。

そんな千田君との交友が深まるなかで、彼は私の知らない文学世界の先導者として得難い存在となっていったのである。

鮮烈な記憶として残っていることがある。長い取材のあと『作家・松岡譲への旅』を上梓し、仲間が開いてくれた出版記念会のあとの二次会で、「中野信吉の人物は描かれているが、松岡譲の姿が立ち上がってこない」と。多くの誉め言葉のなかで、唯一辛口の批評を言ったのが千田君だった。そして後日、「松岡譲を主人公とした小説を書くべきだ」ということを何枚もの便箋に認《したた》めて寄こしてくれたのであった。

まさに正面から勝負を挑んできた剣士のごとく思え、その正味な忠告は嬉しくありがたかった。もっとも、私自身小説が書ける人間でないことは弁《わきま》えていたから、（買いかぶりすぎた、やや的の外れた忠告だ）と思いはしたが……。

千田君とは「姫文」の会合での交友だけでなく、個人的にもよく行を共にした。例えば、但馬の生んだ作家の山田風太郎なども彼からの教示で初めて知ったのであった。そして、山田風太郎記念館や風太郎の命日の真夏に持たれた「風々忌」など、なんども但馬へ足を共に運んだ。さらに、彼のテーマのひとつの「後南朝」への旅で、奥吉野の入之波《しおのは》温泉に泊し、後南朝の遺跡巡りに出かけたり、今なお続く正月の朝拝式へ参列もしたり、奈良へは何度となくよく同行した。

千田君の車の便乗となるのだが、どちらも口下手でもの言わずの性分。行き帰りの長い道中、互いに余分な無駄口はたたかない。そしてなんの脈略もなく思いついたように、私の知らないある作家のことなどをとぎれとぎれに千田君が話しだす。私はもっぱら聞き役である。車窓を流れる風景の速さに反して、静謐《せいひつ》でいて文学的香気に満ちたひと時を過ごすことになるのであった。今振り返ると、なんと得難い体験だったかとしみじみ思ったりもする。

『坂東大蔵　花暦』

定年を前に退職したのが二〇〇七年。私の五八歳の春だった。四〇年に三か月足りない勤続だったが、その慰労の会が、職場の郵便課の同じローテーションで回っていたC斑と、労組の郵便分会で続けてあった。何の役職にもつかなかった職場人生だったが、気心の知れた仲間たちが持ってくれた慰労の集いは、心に沁みるものがあった。多くの仲間に支えてもらったからこそ勤め上げられたという感謝の念と、人生の大半の時間を過ごした仲間とその職場に対して、深い感慨を抱きもした。

そして退職後の四月末に三回目となる文連有志での慰労の会が、労音の簗谷治君などが音頭をとって開かれた。簗谷君は内海繁を師と仰ぐひとりで、長年姫路労音の屋台骨を背負ってきたし、文連でも長年苦節を共にした。出しゃばることもなく、地味な仕事も率先しててきぱきと進める、まさに文化運動の活動家に打ってつけの人物で、気心の知れたほぼ同い年の男だった。数年前の文連の若返りで会長は坂東大蔵氏から小坂学君に交代し、簗谷君は副会長についていた。私も事務局長を退いてはいたが、後任が決まっていなかったこともあって、役員としてまだ関わってもいた。ただ中途半端な関わり方はしたくなかったので、この際文連の役員は引くつもりでいた。

いっぽう松岡譲と出会い、『作家・松岡譲への旅』の出版という私にとっては大きな出来事があった。そのなかで、刺激的で得難い創作の醍醐味のような体験を経たなかで、次なるターゲットを見つけるべく、ひそかに網を広げていた頃でもあった。

またそれらの経験をとおして、私自身はあれもこれも器用にこなす人間ではなく、一つのことしかできない不器用な人間であることも知り得たし、さらに残された多くない人生の時間は、思いのままに過ごしたいといった考えを持つようになってもいた。

そんな頃に三度目の慰労の会が開かれたのだ。その時、ようやく長年の懸案であった約束を果たす機会が巡ってきたことを直感したのだった。

ささやかながら実のこもった慰労の酒にこころよく酔った私は、坂東さんが語る若かりし頃の前進座での話を聞きながら、（そうだ、千田草介君に坂東さんの聞き書きのことを依頼するのは、今夜がいい機会ではないか）と、思わず膝を打っていた。

坂東さんの昔話が一段落した時を見計らって、私はおもむろに隣席の千田草介君に切り出した。

「坂東大蔵さんの聞き書きをやらないか。君こそ適任だ」と。

坂東会長とのコンビで文連に関わって一六年余り。短くない付き合いのなかで、時に語られる、踊りのお師匠さんを形づくった人生のいくつもの断片に触れ、私は強い興味を抱くようになっていた。そしていつかは坂東さんの聞き書きを採りたいと思うようになっていたし、坂東さんにそのことを言ってもいた。ただ、頭の片隅に持ち続けていたその宿題は、きっかけがなく、先のばしにしていた状態でもあった。

千田君は、「姫文」入会以降、力のある作品を発表し続けていたし、縁あって文連の役員にも名を連ねるようになっていた。また数年間の交友を通じて、千田君の性分や文学的素養や技量を知るなかで、坂東さんの聞き書きを書く適任の人間だと私は思ったのであった。さらに、彼にとって意味のある仕事になるだろうとも、思うようになっていた。

私の切り出した話に、千田君は戸惑いをみせた。いくら親しい私からの依頼でも、文連に関わったのは私とほぼ入れ違いで、坂東さんとは交友がない千田君だったのだ。ただ私の目には、その酔眼の奥に、新しい仕事に対する、興味と好奇心が燃え上がるのが透かし見えもした。そんなやや不安げな顔を見返し、私は協力は惜しまないことを付け加えた。そして千田君は承諾した。

そんな発端だった。

二か月半後の七月三日、もはや真夏を思わせる暑い日から、千田君との坂東宅通いが始まった。私は毎回欠かさず同席した。長年使いこまれた舞踊教室の舞台、その前に据えられた座卓の上には、優れもののペンシル型の集録器がさり気なく置かれてあった。坂東さんの気ごころを知っている私が話の引き出し役をし、千田君がノートをとっていく。以降、何度坂東宅へ足を運んだろうか。

翌年五月には二度目の胃がんの告知があり、胃の全摘手術を私は受けた。体力の回復した退院後には、補強取材で、坂東さんと古い交友のある飾磨区天神の伊藤義郎宅へも何度か足を運んだ。

坂東宅への取材のことなどを千田君はその「あとがき」で触れている。抜き出してみる。


……私自身のなかに、坂東さんの話を聞きたいという気持ちが強くあった。盛夏の七月から、中野さんとつれだって坂東さんのお宅をたずねる回数を重ねた。おもしろい話を聞かせてもらい、いろんなことを教わったからには、もはや私が書く以外にない。……私は小説でもエッセイでもそれらを書く行為を「芸」、エンタテイメントとしてとらえている。坂東さんのたくまざる話術からくりだされる無類に興味深いエピソードや芸談の数々を、自分の芸でもって世に紹介してみたいという野心がふくらんだ。もっとも「芸」といったところで私が身上とするところの野放図な想像の駆使は禁じ手である。フィクションはいっさいなし、坂東さんの話を忠実に書きあらわす以外にない。インタビューの延べ時間は三〇時間に及んだ。録音を逐一書き起こすと、四百字詰め原稿用紙に五五八枚分になった。……

坂東さんのたくまざる話芸によって語り紡がれるその人生は、作家千田草介の創作欲をいたく刺激したのである。そんな場をセッティングした私は得たりと思ったのだった。

取材が始まって三年余、坂東さんの芸道一代記を描き上げた『坂東大蔵 花暦』（北星社、二〇一〇年）の出版は成った。その秋、高砂の鹿島殿での出版記念会は満席で、著者の千田君ともども、坂東さんにとってもいいハレの日になったことだろう。

いっぽう、何の成算もなく始めた私の山田風太郎探索の旅だが、数十回を数える生地但馬への探索をはじめ、終の住処となった多摩市桜ケ丘の高台の自宅と氏の眠る八王子霊苑、さらには医学生時代の疎開地飯田市などを経巡《へめぐ》った旅の顚末などを含め、「山田風太郎ノート」として「文芸日女道」に長期連載（四五四号～四九九号、四五回、二〇〇六年三月～二〇〇九年一二月）もした。

だが、怪物のような山田風太郎は徒手空拳の私にとって、もとより格好の相手ではなく、見上げるばかりの巨大な山だった。征服半ばで登頂を断念せざるを得なかった。私自身の力の無さを思い知らされ、苦い思いを嚙みしめる結果になった。

伊藤義郎さんのこと

二〇一一年の夏は例年になく早い梅雨入りであり、梅雨明けだった。その早い梅雨明けの間なしに、入院中だった伊藤義郎さんが亡くなったことを知らされた。それから、五日後の朝刊で川口汐子さんの死亡を知った。伊藤さん九三歳、川口さん八七歳の享年である。

両氏とは三〇、二五という大きな年齢の差はあっても、若い頃から近しく目に掛けてもらっていただけに、私は喪失感と哀切感を禁じえなかった。

ちなみに内海繁さんが亡くなったのが今から二五年前の一九八六年の五月。当時、伊藤さん六七歳、川口さん六二歳の若さで、内海さんの追悼号が「文芸日女道」二一八号（一九八六年六月）。編集者の市川宏三さんが還暦前の歳で、小生など三〇代半ばなのである。

あれからだけでも三〇年以上の時間が流れたのである。順繰りとはいえ、人生の時間はあっという間に過ぎ行き、人は老いてゆくのである。そして、時代は確実に過ぎ去ってゆくのである。二人の死がそんなことを思わせもするのであった。

伊藤義郎さんとの接点は、坂東大蔵さんを通して。一六年間の会長、事務局長という文連での坂東さんとのコンビだったが、その坂東会長の応援団のひとりが伊藤さんだったのである。その印象は、日頃近しくしている文学関係の人々とやや違って、気取りのない親しみやすい人間性のなかにもどこか粋な雰囲気を漂わせてもいた。「最高齢の伊藤です」とみなを笑わせながら、興が乗れば市村羽左衛門《うざえもん》の「切られ与三」の声音《こわね》を披露したりもした。

そんな伊藤さんの生まれ、育ちをくわしく知るようになったのは、ここ一、二年のこと。言いだしっぺとなった坂東大蔵さんの一代記の取材に付き合うなかで、坂東さんと桂米朝師匠のかすがい的位置にいたのが伊藤さんであったことから、補強取材で伊藤家へ通うようになってから。そんななかで、伊藤家や義郎さんのよって立つその歴史などを聞くことになったのである。

姫路から飾磨への幹線道路のほぼ南端、昔の紡績会社の跡地に、今風の大型ショッピングセンターがある。その南側の新しい道路を渡ると昔の運河の宮堀川があり、川沿いにやや古びた商店やしもた屋が並んでいる一画がある。その南に浜ノ宮天満宮があり、その門前町として飾磨区天神がある。伊藤家はその門前町を東西に貫く、古い網干街道に面してある。

その一角には、前の戦争での空襲を免れたこともあり、何軒か往事を偲ばす古い商家の建物が残っていて、バスから降りてその通りに足を踏み入れると、まさに時代劇の書き割りのごとき雰囲気に出会う。そのなかの一軒が伊藤家である。

明かりとりの高い天窓があり、その下が主人の居間兼書斎で、土間に設えた石桶に水を湛え、仏間の奥には広い中庭が設けられた、間口にくらべ奥行きの深い、昔の商家の間取りのままの家に伊藤さんはひとり暮らしていた。

我々が通されるのが仏間の座敷であり、訪れるたびに、床の間には季節に応じた軸が掛けられ、時には床に季節の花が生けてあったりもした。そんな粋で細やかな気遣いをする伊藤さんでもあった。また、負担をかけないようにとデパ地下で酒や肴を見つくろって持参してはいたが、「年寄りのひとり住まいだから、何のおかまいもできなくて」と言いつつ、飾磨おでんやうどんすきを土鍋に用意してあるのも、ほとんど毎度のことであった。

伊藤さんの料理に関しては、一〇年ほど前に奥さんが亡くなる前から、台所で勝手に拵《こしら》えていたようで、年期入りで、これがまた旨いのである。さらに、伊藤さんが三度三度欠かさない好物のビールは、二週に一度かに顔を見せる息子さんが補充をしていくので、たっぷりと用意されていた。

二〇〇九年の春から二年間、寒中、暑中を除いて、ほほ月一回。坂東さん、千田草介君、それに小生がおもなメンバーで、飾磨区天神の伊藤家へお邪魔したのである。

『花暦』の取材は二、三回で済んだものの、どちらからともなく「清談の会をやりませんか」ということになり、いそいそと出かけることになるのであった。毎回、昼過ぎから数時間、めったに聞けない芸談が坂東、伊藤を軸に展開され、酒を酌み交わし肴に箸を出しながら、耳を傾けることになるのであった。

「補聴器の調子がどうも……」と言われるように耳がやや遠い以外は、九〇翁の伊藤さんも八〇翁の坂東さんも記憶力がよく、かつ若いこちらがたじたじとなるくらい健啖で酒に呑まれることもない。そんななかで仕入れた伊藤さんの来歴である。

そもそも、伊藤家の祖は網干街道の西にある津田天満神社の宮司の三男坊が、この地で呉服屋を始めたのが最初。その五代目が義郎さん。したがって今の建物は築二五〇年くらいのものだという。先代までは代々養子で義郎さんが初めての男の子で、一九一九（大正八）年に伊藤さんは生まれた。病弱な二代目のあとの三代目が再興して隆盛の頃（明治末から大正時代）で、大変ちやほやされて育った。

お父さんの研之助さんは、赤穂の塩田持ちの出で、龍野中学を三年で退学、大阪の道修町《どしょうまち》の薬屋で店員修業した変わり種で、その時に大工としてその店に出入りしていた五代目笑福亭松鶴と顔なじみになり、一九二九（昭和四）年の伊藤さんの結婚式に招いて「崇徳院」を演じてもらったりもする。そんな落語好きな父親とあって四代目桂米團治などを家に招くこともよくあったのである。また日本画を師匠について習うほどの人でもあったという。いわゆる芸事に通じた商家の旦那といったふうな人だった。そんな父親を持つ商家の一人息子である伊藤さんであれば、自ずと道は決まるだろう。もっとも、伊藤さんに言わせると、「人柄はよかったが、商売は下手だったなあ」というのが義郎さんの親父評でもある。

そんな親の影響もあったようで、姫路中学時代の義郎少年はまず姫路の映画館（南座、松竹座）へ通いだし、さらに神戸新開地の封切館へ、その次が宝塚歌劇、そして大阪の歌舞伎座の芝居へと鑑賞遍歴を重ねていく。「誰の影響というよりも、もっぱら雑誌からの知識。『キング』とか『講談倶楽部』『日の出』などの雑誌。またラジオの落語なんかもよく聞いたね」などが批評眼のベースになったと語っている。

そして義郎さんの自慢でもある、「僕は昭和一一（一九三六）年に、米朝さんは一八（一九四三）年に行ってるんですよ、東京に」という二・二六事件の直後に上京しての大倉高商時代になる。いわゆる、戦前のスタイルがまだ残っていた時代、戦前のよさというものがあった最後の時期に、芝居好きの義郎青年は居合わせたのである。築地小劇場、新京劇団、新派の芝居、歌舞伎座、さらに映画、落語、浅草の演芸とあらゆる芸能に親しんだ時期である。

大陸では盧溝橋事件を契機に日中戦争が始まり（一九三七年）、国内でも戦時体制の統制が推し進められるなか、華やかなスタイルといった戦前のよさがまだ辛うじて残っていた時期に、芝居好きの伊藤青年は居合わせたのであった。

もっとも、大倉高商の新聞部の委員長時代、リベラルな紙面作りが災いして発行停止で停学処分。そんな隠れたエピソードは、「私は道楽者ですからね。勤勉から逃げ回っている」と言う義郎さんの口癖とはほど遠い、骨太い一面でもある。

一九四〇（昭和一五）年に東宝映画に就職、本社配給部に配属され、転勤で朝鮮へ派遣される。エノケン、ロッパが人気を博し、朝鮮でも映画館や映画人口が増えていて、スタッフの充実のために派遣されたのである。その後、二年ばかりして内地へ戻り、戦時統合された映画配給会社に転じ結婚と同時に九州へ移転。終戦後は一九五二（昭和二七）年に開局したラジオ関西に入局、番組作りの仕事につく。

「結局、呉服屋を継がなくて四代で終わってしまったんですよ」

と、含羞《がんしゅう》に頰をゆがめながら、伊藤さんは言うのであった。

晩年のごく短い間だったが、濃密に伊藤義郎さんと触れ合えたことは、ありがたく得難いひとときだった。そんな義郎さんから託された宿題がひとつ。冥福を祈りつつ、答え探しの旅の第一歩へ。

伊藤家へ足を運ぶようになって、何度目だっただろうか。確か春先のことだったと思う。その日、伊藤さんが取りだしたのは何冊かの小ぶりな画帖だった。

「ちと珍しいものでしてね。ご覧になって見てください」と、どことなく改まった口調で言いながら、卓上に広げて見せた。表には「香邨戯墨」とあった。

水墨や淡彩の画にそえて漢詩や和歌など、画讃が添えてあった。そこには、鬼やらい豆まきの画に「遠仁者疎道　富久者有智（オニハソト　フクハウチ）」と画讃が認めてあった。どこかユーモラスな味のある絵でもある。

なかには法師と女性が秘所を比べているといった、まさに戯画といった絵もあった。

「たちばなこうそんと言いましてね、よくうちに出入りしていた絵描きさんです。清貧脱俗の人物でね、この富みて久しき者は智ありというのが、含蓄の深い言葉ですね」と言いながら、伊藤さんは絵を肴に酒を含みながら、橘香邨という絵描きのことをおもむろに話しだした。

「前に言ったように、親父は絵も玄人《くろうと》はだしで画廊のオープンに個展を開いたくらいでしたし、古物商の鑑札を持ってたから骨董品の売り買いもしてた。鑑定眼があったんですな。そんな関係もあって、この香邨さんは大正の後年からよく我が家に出入りしてた。我が家を連絡場所にして、近隣のお寺や素封家の襖絵などを描いていたんです。長期滞在だから、着替えや荷物が、留守宅から連絡先にしてた我が家へ送られてきたりしてね。明治一三（一八八〇）年生まれだから、親父よりひと回り歳上でしたね。私の少年時代、中学生の頃になるかなあ。依頼絵を描いてる現場へよく見に行ったもんです。和漢の学識もあり、諸芸にも通じていたから、時には絵の具を溶きながらいろいろ面白い話をしてくれる。軽妙洒脱というかね、そんな感じで、それでいて人間味のある温かい風貌の持ち主でしたね。

頼まれて描くのですから、達筆というか確かな筆技を持った絵描きさんだったね、花鳥山水の注文画の。まあ、この画帖はいわば気晴らし帳というようなものだから、気軽に描いたんでしょうが」

そんなエピソードを挟みながら伊藤さんが話してくれた、橘香邨という絵描きの来歴を記すと。

本名は穴吹伊八。香川県木田郡川島村の造り酒屋の次男として一八八〇年出生。生家は父の代に没落、まもなく両親早世、兄も夭折、天涯孤独となる。和菓子商、傘屋などに丁稚奉公のあと、画業を志し、一七歳で神戸の桂田湖城に入門。翌年、三歳下の橋本関雪と知り合う。のち、神戸美術協会が発足すると、関雪や川合玉堂門にいた紀州出身の寺井南滄らと若手のグループ神戸絵画研精会を組織し、相生橋の相生倶楽部で画会や集会をしたり、稼ぎのために連れだって地方遊歴をする。この絵画研精会は同人誌「白毫」を発刊したりして数年つづく。若い頃は穴吹香邨といい、中年から橘香邨と称した。この頃から関雪とは刎頸《ふんけい》の友であった。

当時の絵描きのあり方を伊藤さんは次のように語ってくれた。

「毎月の月例会というのがあって、紙をならべて客の注文に応じて、席上揮毫するんですが、関雪はまだ一〇代の若さだったが、会場のいちばんの末席の玄関近くで、どんな注文にも平気で、またたく間に描きあげるので客が殺到する。それで、奥の間の先輩たちから苦情が出るようになる。で、それでは若手連中だけで自由な会を作ろうということで、絵画研精会を組織したんですね。二〇人くらいで、その中心になったのが、関雪、香邨、南滄で、当時の又新《ゆうしん》日報の記者の中村兵衛が、統領の大器関雪、剽軽《ひょうきん》な香邨、放胆な南滄と評しているんですが、言い得て妙ですな」

そして一九〇一（明治三四）年、二二歳の時に、関雪に先だって京都の竹内栖鳳《せいほう》門に入門。二年後に関雪も栖鳳門へ入るのだが、香邨の下宿先油小路三條上ルの岩見方に身を寄せる。翌年関雪と結婚した岩見ヨネはそこの娘である。

栖鳳門下が組織する竹杖会のなかでも、香邨と関雪の親交は深まり、二人で富士登山をしたりもしている。新進の二人は当時、栖鳳門下の両虎と呼ばれていたという。

ところが、香邨は栖鳳から破門をされる。一九〇八（明治四一）年、香邨二九歳の春のこと。そのわけを伊藤さんは話す。

「その年の二月と三月に竹杖会に提出した作品が栖鳳さんの不評を買ったらしいですね。私が香邨さん本人から聞いた話では、本人もその作品は不出来であったことを認めていて、あの頃、遊びすぎたからと言ってましたね。もっとも、一つや二つの作品が不出来だから破門というのは、ちと乱暴な気もしますがね。ある人は栖鳳さんとの間で、絵についての考え方が合わなくなったからと聞いたと言うし、別の人は香邨が恋愛結婚をして、それが栖鳳さんの怒りにふれたからと話してもいましたがね。今となっては真相は判りませんが、案外とそんなことが破門の原因かも知れませんね」

と、とぼけ顔で香邨の恋愛事件を伊藤さんは語った。

香邨は破門の前年、八歳年上の菊池コマと京都岡崎に新居をかまえた。コマはこの年二月、前夫菊池一郎と死別している。一郎は、肥後菊池一族で、高松に遁れ松平家に仕えた菊池家の直系。一郎の葬儀には大谷句仏の義妹で仏光寺派管長渋谷隆教の妻の蓬子が泊まり込みで参列したと伝えられているように、由緒ある家柄の系統である。いくら同郷で顔見知りであったとしても、また、夫の死後の結婚であっても、身分の違いを厳しく言っていた時代である。ことに、京都画壇の中心的存在であった栖鳳にとっては、大谷派管長の句仏は最大の援助者であり、画と俳句を学び合う終生の友人でもあったのだ。いくら将来を嘱望された弟子でも、身分違いの結婚に介入するのは自然な流れだろう。その結果、師匠の忠告を無視しての結婚が破門につながったことは想像に難くない。

でも、香邨は世間のそんな思惑を吹き払って、攫《さら》うがごときに前夫との間になした四人の子のうち三人を連れたコマと、岡崎で新所帯を持ち、一九〇八年六月にコマを入籍するのである。

そんななかで香邨は、第二回文展に「高麗きび」を制作するが出品しなかった。いっぽうの関雪は上京、移住して出品した「鉄嶺城外の宿雪」が文展に入選。以降、関雪は文展での褒状が続き、日本画壇に確かな足跡を築いていく。が、画壇への道を閉ざされた香邨は地方での依頼画の制作でたつきを立てることになる。

「いくら好いた相手と一緒になっても、生活がありますからね」と伊藤さんは、つぶやくように言った。伊藤さんの香邨評はどことなく温かい。少年の頃出会った香邨によほど親しく接してもらったせいかも知れない。それは、画人香邨との出会いというよりも、人間香邨に対して抱いた親しみがそうさせるのかも知れない。

そんな伊藤さんが語る関雪と香邨とのその後の交遊である。

関雪は画壇に確固とした地位を築いたが、香邨はついに中央に出ることはなかった。そのへんのことを伊藤さんは解説してくれる。

「生まれが違いますよね。関雪は旧明石藩の儒者であった海関を父に持ってるんですから、教養も育ちも違う。いっぽうの香邨は両親と早く死別し天涯孤独の身で丁稚奉公からという苦労人ですよね。絵の技量がさほど違わない出発だったとしても、自ずと差というか違いが出てきますよね。前回話しましたが、又新日報の中村記者の統領の大器関雪、剽軽な香邨という性格分析も、やはり育ちからきてることもあるんでしょうね。もっとも、そんなふうに生まれも育ちも性格も違うからこそ、生涯を通じて交流を持ち続けることができたのかも知れませんね。香邨さんの剽軽というのは、天涯孤独で生きていくために培われた知恵というか性格だったのかも知れませんしね。その剽軽さが地方での依頼画作成のうえでは大いに助けになったと思いますね」

いくら絵の技量が高くても、むっつりした変人では、客も寄りつきにくいだろう。剽軽さに加え若い時に席画で培った話術があればこそ、地方での依頼画の注文も増えていったのではないだろうか。

なお、香邨が地方での依頼画制作の旅へ出向くようになったはじめは、明治末の東二見の尾上清兵衛氏別邸と高砂曽根の了覚寺である。破門の代償と引き換えに一緒になった妻コマであったが、元来体が弱かったようである。特にその薬餌《やくじ》の費用を得るための画作に励まねばならなかったのである。

また住まいも、病気療養のため先に帰郷していたコマの元、高松へと一九一五（大正四）年に替えている。

いっぽうの関雪はどうだったのか。一九一七（大正六）年、関雪は三五歳だが、すでに一九一三（大正二）年の第七回文展の「遅日」いらい、八回の「南国」（最初の中国旅行の所産）、九回の「猟」、一〇回の「寒山拾得」と続けざまに最高の賞を受けて、一流画家としての名声が定まった時期であり、意気も大いにあがり、前年には京都銀閣寺前に広壮な邸宅白沙村荘も完成していた時期であった。

伊藤さんは語る。

「その大正六年の初めですかね、家族と九州別府温泉に逗留した関雪さんが、帰りに香邨さんを訪ねて高松に寄るんですね。そして故郷にくすぶってる香邨さんに捲土重来、中央画壇へ進出せよと勧め、その刺激剤にと中国への旅に誘う。

そして五月上旬に熊野丸で神戸を出航、上海へ向かうのです。この時同行したのが、栖鳳門に入門間もない金島桂華青年。花鳥画を得意としのちに日本芸術院賞を受賞した人ですが。浙江省天竜寺、普陀山、杭州西湖、蘇州寒山寺、南京、芦山などを巡歴したひと月余りの旅だったんですが、上海では清朝末期の代表的文人画家で詩、書、篆刻《てんこく》の第一人者の呉昌碩を訪問している。前年の秋に出版した『関雪散民画集』の題辞を書いた人ですが呉さんの風貌については徳富蘇峰が『支那漫遊記』に『……白皙、柔膚、色猛、気和、髪毛を小さく頭に束ね、何となくお婆さん然たり……』と書いていますが、七四歳くらいだった由。その呉さんにそれぞれが書の揮毫を求めたんです。謝礼はたしか二〇円で。

その時香郎が書いてもらった書は、みごとな篆書。篆書というのは漢字の古書体のことですがね。『鬱勃縦横為香郎先生呉昌碩老岳』とあった。鬱勃縦横《うつぼつじゅうおう》とは、意気が盛んにわき起こるという意味ですよね。まさに満帆の風をはらんで画壇に打って出たこの頃の関雪さんにとっては、会心の辞句ではあるが、香郎の為書きがあってはどうしょうもない。

その後日譚ですが、関雪さんはその書が欲しくてたまらない。この文字を庭石に彫り付けようと考えたんですね。〈……就いてはお手数御面倒ながら貴君所蔵の呉昌碩額面『鬱勃縦横』の字及び落款輪郭だけ美の（濃）紙に御写し御恵返被下まじくや　実は石にほらす心組に候間別に丁寧でなくともよろしく候　甚だ御面倒ながら願上候〉と書かれた、関雪から香郎さん宛ての依頼の手紙が残っているんです。そうですよ。白沙村荘の庭に三メートルくらいありますかね。円形の平石の側面に、鮮やかな篆体の書が刻されて鎮座していますよ。もっとも、もとの呉昌碩の扁額は、その後転々として、戦災にあっていなければ、姫路の某家に所蔵されてるはずですがね」

関雪の画歴を辿ると、まさにその書のごとく、嚇嚇たる勢いで足跡を刻んでいくのである。いっぽうの香郎は関雪のそんな励まし、叱咤激励に背を向けるかのように、中央画壇へ足を向けることなく、依頼画の巡歴の旅絵師で終わるのであった。

ただそんな香郎だったが、高松時代に画塾でも開いていたのだろう。若い志望者に画技を教えている。そのうちの一人は、のち沖縄紅型作家で研究家となった鎌倉芳太郎である。その略歴に「香川県師範学校在学中に、当時の中央で高名な竹内栖鳳門下穴吹（橘）香郎に日本画運筆及び写生の法を学ぶ」と記している。またあとひとりは、のちに彫漆の人間国宝となる音丸耕堂である。

若いふたりにとっては、香郎はまばゆいばかりの一流の日本画家に映ったにちがいない。日本画の技法を教えることで、その後のふたりの美術への道しるべを、香郎が指し示したといえよう。

伊藤さんの話の続きである。

「前にも話しましたが、香邨さんが、我が家へ見えるようになったのが、大正一一（一九二二）年、香邨さんの四三歳の頃ですね。その翌年だったか、関雪が栖鳳門下の会竹杖会を脱退するのですね。その後に関雪から香邨さんに出した手紙に〈句仏栖鳳さてやり駒やおらが春〉の句が認めてあるんです。句仏は栖鳳の援助者でもあった大谷派二三世法主光演のこと。つまりふたりをやり込めてやったといった意味でしょうな。京都画壇の総帥の栖鳳と弟子の関雪との決裂の本当の原因は不分明のようですが、十数年前に香邨を破門した栖鳳に対して批判を持ってた関雪の心情を伝える一句でしょうね。まさに刎頸の友の赤裸々な心情を示した句と思いますね」

そして一九二三（大正一二）年、香邨は縁あって家族ともども京都宇治へ転居する。

「作家の井上靖さんが取材でこの飾磨へやって来てるんですよ」

伊藤さんは好物のビールで喉を潤してから、いきなり言った。

「もっとも、私が居合わせたんではなく、親父から聞いた話ですがね。終戦の翌年だったか、まだ毎日新聞に勤めていた頃の話です。彼の初期の小説に『ある偽作家の生涯』というのがあるんですが、そう『闘牛』で芥川賞を取った翌年に発表されたのかな。

日本画家の大貫桂岳の伝記の編纂を遺族から頼まれて、桂岳の作品の愛蔵家の家々を訪ねて歩く、その旅先で桂岳の絵の偽作にたびたび出会う話と、その偽作者の原芳泉という無名の町絵師の生涯を描いた小説です。小説ですが、大貫桂岳というのは明らかに橋本関雪さんのことなんですね。そう、関雪さんがモデルの小説なんですよ。井上靖さんは学芸部の記者で美術関係の評論などもよく書いてるんですね。そんなことで関雪さんとも親しかったんでしょうね。もっとも、関雪さんが亡くなったのが昭和二〇（一九四五）年二月ですから、井上靖さんなりの追悼の気持ちを込めた小説だったのかも知れませんね。これは僕の個人的な思いですが」

伊藤さんの声はややしんみりと聞こえた。

いつもそうだが、伊藤さんの博学には敵わないと思わされるのである。読書好きの千田君もその小説は読んでないようで、あやふやな返答である。

「ある偽作家の生涯」は描く。

私が初めて原芳泉の名を知ったのは桂岳の息子の卓彦と、「五日程の日程の予定で、明石、加古川、高砂、姫路、飾磨、相生、和気、西大寺といった順序で、桂岳の作品の愛蔵家、桂岳の謂わばパトロンであった旧家、素封家を一軒一軒経廻《へめぐ》った」ときである。

箱書に「洛北秋景」とある小品の茶掛け風の軸を展《ひろ》げていった瞬間、「画面に画品というものがなかったことからぴんと来た」のである。

それを皮きりに、連日のように「原芳泉画く桂岳を行く先き先きで見せつけられ」る。「中には一見して直ぐそれと判る偽作もあったが、時には驚く程精巧に似せて描かれている作品もあった。偽物である以上、画品、画格の上で明らかに本物の桂岳の作品とは鑑別できるわけであったが、それ以外でも仔細に検討すると、どこかにやはり大きな手落ちがあった」

桂岳の息子の卓彦が、原芳泉について語る。

「兎に角小さい時に二三回会った記憶をもっています。確かに親父の友達で家へ出入りしていた男ですが、その後親父の偽作をして親父から出入りを止められたとかいうことを耳にしたことがありますが、やはり本当だったんですな」

大貫桂岳と親交を持っているということが、いつも買手に対して使っている彼のきり札で、それに依って相手を信用させ、そのうえで桂岳からもらったものだとか廉《やす》く買ったものだとか言って、偽物を売りつけている場合が多かった。

相生に三年、飾磨に二年、和気に四年というように、彼は私たちが訪ねた内海沿いの小都市にそれぞれある期間住んでいたが、五年と長くは一か所に落ち着いていなかったようである。

ふたりはその旅の終わりに「姫路の海岸近くの小さい名の知れている旅館」に泊まる。そこの座敷で目にしたのは「寒古亭」と芳泉のふたつの印のある山水画であった。霧に包まれている高山の一角を南画風に描いたものであったが、自分の名を署名するだけあって精密に描き込んであって、妙に心に沁み込んでくるものがあった。

「桂岳の何点かの名作を見て来た眼には勿論それが佳品として映ろう筈はなかったが、妙に貧寒孤独な精神が、これはこれで作品をきびしくしていた」

曲がりなりにも、これだけの絵を描くのだから、芳泉はまんざら才能を持っていないわけではないというのがふたりの結論であった。

なお、この小説は三〇ページばかりの短編であるが、後半部分では私の家族の疎開先である、中国山脈の尾根近い山村での芳泉の晩年の姿を描いている。そのなかで、芳泉の妻だったあさ女に、「絵を描くのが三度の食事より好きなくせに、結局間違った道に入り込んでろくな絵一枚描かないで終わって仕舞うし、……別に悪人じゃなかったが、不幸せに生れついていたんでしょう」と語らせている。

その妻にも逃げられ、孤独な生活の末に、誰にも看取られることもなく脳溢血で亡くなるのであった。

そんな原芳泉のことを桂岳に比して、「桂岳を雲を得て天に昇りつつある蛟竜《こうりゅう》とすれば、原芳泉はさしずめ、その強烈な栄光のあおりを喰って転落する以外仕方がなかった無力な一匹の地虫ではなかったか！」と、作者は小説の最後に書いている。

伊藤さんは、小説の内容を断片的に話したあと、いたずら小僧のような顔で、おもむろに付け加えた。

「この原芳泉という偽作家のモデルが寺井南滄ではないかと、ひとりひそかに思ってるんですがね。寺井南滄さんのことは、初めに話しましたが、紀州出身で川合玉堂門にいたのですが、関雪が東京から帰郷したのを追って、ともに神戸へやってきて、香邨さんと出会い、例の若手の集まりの神戸絵画研精会を組織して、いわゆる若手の中心メンバーとして親交を深めていった間柄だったんです。放胆な南滄と評されていた人物でね、豪傑で面白い人だったようです。この人も香邨さん同様、中央へ出ることもなかったのですが、晩年は熊本のお城の近くで名前を変えて絵描きとして過ごしたようです。昭和の初めに五〇歳くらいで亡くなったそうです。まあ、モデルといっても、あくまでも小説は小説ですからね。事実とは違う」

固唾をのむ聞き役のふたりを眺めながら、伊藤さんは言葉を切り、ビールで喉を潤してさらにひと言、付け加えた。

「若き日に互いに切磋琢磨し合った三人だったんでしょうがね。三人三様で、まさに人生の皮肉と言うしかないでしょうね」

それっきり伊藤さんは、口を噤《つぐ》んだ。

大正の末に宇治橋の東畔に居を移した橘香邨だが、病弱なコマに心を寄せながら、その後も依頼画の制作の旅絵師を続ける。だが、その晩年は、宇治のまちの人々の間に溶け込んで暮らした。香邨の人柄と博識を慕って訪れる客は多く、「香邨せんせ」の家には野菜などがいつも届けられたという。

香邨の主題は花鳥風月が中心で、南画風の作品も多いが、宇治の風景や、篤農の農作業を描いたものもあり、また画帖に残された俳画には、弱き者への愛情があふれている。

愛妻コマの亡くなった翌年、一九五四（昭和二九）年香邨没。享年七五歳。没後三四年後の一九八八（昭和六三）年に宇治市歴史資料館で企画展「橘香邨」が開催される。

残された写真

私の手元に、大小五個ばかりの段ボール箱に詰まった写真がある。「姫文」の事務所「天邪鬼」に保管されていた多量の写真だ。

文学の会では珍しく長年維持管理していた事務所だが、常駐していた主《ぬし》の市川宏三さんの長期入院などもあって、会として事務所の返上を決めたのが二〇一五年三月。業者に依頼した原状回復の作業の前に、部屋の整理処分をする。狭い事務所の片隅に積み上げてあった写真類の詰まった段ボール箱は、事務所返還で奔走した坂根武さん宅へひとまず預けた。二〇一六年になって、処分に困った坂根さんが音を上げて、小生宅へと運ばれてきたのだ。

坂根さんが「姫文」に入会したのは今から一五年ほど前、「文芸日女道」の四〇〇号あたり。つまり創刊した初期から中期までの「姫文」の三分の二以前の歴史は知らないのである。貴重な写真とはいえ、馴染みのない顔が大半の写真を前に、坂根さんが途方に暮れるのは想像がつく。また、「文芸日女道」の編集を担当する私には、それらのなかに、年明け〆切りで呼びかけた市川さんの追悼特集で使える写真があるかも知れないという思いもあった。

そんないきさつのなかで、この春先、持ち込まれた数個のダンボール箱であった。

先ずは内容の把握である。どんな写真が残されているのか。一番小さい箱から手をつけた。なかには、簡易のアルバムや封筒に入れられた写真が雑然とつっこんであった。もっとも年月や催し物のメモが記されたのもあったが、何も書かれていないものもかなり混在していた。創刊間のない「姫文」に入会しただけに、残された写真に写っている人物はほぼ判別できるだろうという思いが私にはあった。だから、写真の整理もさほど困難な作業とは思っていなかった。が、その目論見は自分勝手な思い込みであることを思い知らされることになった。

家族写真で考えてみると、その時々のスナップを時間や場所を記入しアルバムに整理しておくからこそ、何年も後から開いてみて、ああの時の写真だと思い出せるのだ。逆に何年も経った未整理の写真を整理し配列せよと言われても、そう簡単にいくわけがない。家族写真ですらそうなのだから、ひとつの会の活動での写真、それも何十年も経たものの整理は、困難極まるといえる。

一枚一枚の写真に眼を通しながら、懐かしい人々の若い姿に自分の青春と重ねてみたり、しばしの感慨に耽りながらも、いっぽうでは、この膨大な写真をどう整理すべきかと思案に暮れるばかりであった。

「文芸日女道」のバックナンバーを繰ってみると、初期の頃の誌面はあまり写真を使っていない。それは印刷の都合からくるもの（印刷技術の問題で費用が高くついた）だったのかも知れない。まだ「姫路文学人会議」という誌名だった一〇〇号くらいから、グラビアでの写真採用が始まり、徐々に本文でも使うようになる。

「姫文」の行事などでスナップ写真を写すのは、写真グループにも所属していたNさんがもっぱらだったが、事務局長になった頃から、私が見よう見まねのカメラマンの役を果たすようになった。

ズームの交換レンズとともに自前の一眼レフカメラを買ったのは、たぶん二〇代終わりの結婚前ではなかったか。いらい、「姫文」や事務局長を兼任していた姫路文連の行事のたびに、愛機は力を発揮した。

どんなことでも同じだろうが、熱中して打ち込むとそこそこ腕が上がる。さらにそれを他人が褒めると、よりいっそうのめり込むことになる。私の写真はそんなふうだった。

ともすれば全体風景にこだわって写すと人物の顔が生きてこない。人物に遠慮して、いわゆる腰が引けてしまうのだろうが、面白くないのである。その点、ズームを使うと遠くからでも人物の表情が気兼《きが》ねなく的確に捉えられる。

「中野さんの写真は人物に迫っている」と褒められたことが、きっかけだったように思う。そんなお愛想も初心者には嬉しい言葉であったのだろう。いらい、自分でもスナップは上手いと思うようになった。まあ、数写せばたまにはいいのがあったのだろうと、今ではそう思うが。

行事のたびに、カメラ屋でプリントアウトした写真を市川さんに届けた。そして、その都度誌面に採用したりで、使用済の写真が残されて、何個かの段ボールに保管されることになったのである。残された写真の大半は、私の写した写真ということになる。

もっとも初期から中期にかけては、「文芸日女道」の編集は、編集グループや内田季廣さんなどで当たっていたが、写真類の編集は市川さんに任せていたようだ。何故か私には写真の編集の記憶がない。二台目のカメラを買ったのは、いつ頃だろう。確かな記憶はない。時代の趨勢というものだろうか。ズームやストロボ内蔵のコンパクトなカメラ、それも手頃な値段で出回りだしたのが主な理由だったのか。それとも、ストロボをいちいち焚いたりズームレンズの交換の邪魔くささや、その嵩高《かさだか》さに嫌気がさしたのだろうか。それとも一台目のカメラの故障が原因だったのだろうか。これもしかとした記憶がない。

「聞き書き・はりまの文人」の取材を始めるようになって（二三〇号、一九九五年一一月）、取材した相手の顔写真を新しいカメラで撮っているから（なぜかその記憶はある）、その前くらいに購入したのだろう。小型のテープレコーダーとともに取材時には欠かせない相棒だった。「聞き書き」では東京への取材に持参したし、以降、『松岡譲への旅』では雪の長岡をはじめ、東京や広島へも携帯した。山田風太郎の取材にも欠かせない代物だった。そんな小物が右腕となって活躍してくれたものだ。

そして三台目のカメラである。還暦の祝いに息子たちがプレゼントしてくれたのは、コンパクトなデジカメだった。定年を前に退職した翌年、がんが発見され、胃の摘出手術をした。その回復途上で友人の強い勧めがあって遅ればせながら、ワープロからパソコンへと替えた。そんなことを見越しての息子たちの心遣いだった。デジカメで写したものをパソコンに取り込む。不器用なアナログ人間にとってはまさに革命的と言うしかなかった。

吉野などへのちょっとした取材旅行では重宝した。プリント代がかからないので、メモ代わりに撮りまくるのであった。ぞんざいなやり方になると腕も落ち、気分も離れてゆくようだ。せっかく便利な優れものを手にしながら、デジカメではあまり写さなくなった。まさに宝の持ち腐れ。不器用人間には訓染まないようであった。

さて、残された写真だが、そのなかの一枚の顔写真が市川宏三さんの追悼特集の巻頭を飾った。残りはいまだ未整理のままである。半世紀の歴史を記録した代物、どう生かすべきか。

『たゆらぎ山に鷺群れて』

私の青春の大半を過ごしたお城本町の路地。その路地が「姫文」の事務所の初代「天邪鬼」とともに、都市開発計画事業により消えた。そして新たに駅南の北条北住宅の一画に事務所を開設したのが、神戸に大震災のあった翌年、一九九六年の正月明け。その二代目「天邪鬼」を閉鎖したのが二〇一五年五月。ほぼ二〇年の歴史が刻まれたのである。

住宅ビルの一階の隅の狭い事務所で、一心不乱に読書している姿、あるいは住人の老人と熱心にしゃべっている姿、時には手持ち無沙汰に一人ぽつねんと煙草を燻《くゆ》らしていた姿。主という呼び名の相応《ふさわ》しかった新「天邪鬼」での市川宏三の姿を、いまだにふっと思い出すことがある。その市川宏三は、事務所の閉鎖半年後の一一月八日に旅立った。八六年の生涯だった。

ペンネームは市川宏三だったが、本名は白石昭。私の生まれ育った岩部の隣村土師《はぜ》の生まれであった。姫路から一一キロほど北の在所である。東を生野の山塊を源流とする市川が南北に流れ、その河岸段丘の上に在所はあった。その川の小僧というのが、ペンネームの由来である。

市川は二〇歳前の戦後間なしに在所を離れ、職場も住まいも姫路に構えた。長男が出て行ったので白石家の跡を継いだのは弟のNさん。そのNさんへ嫁いだのが私の叔母のM子。したがって、私と市川は血のつながっていない親戚ということになる。そんなことなどはのちに知ったことだが、市川も私も互いに親戚だとは意識したことはなかった。どちらかと言えば、やや年嵩の先輩（私より二〇歳年長）といったあり方だったと思う。

市川宏三と出会ったのが、私の一九歳の時で市川は三九歳。市川がお城本町の路地の一画でスピードタイプ社という小さな印刷屋を営み、内海繁らと文学集団「姫路文学人会議」を立ち上げて間もない頃だった。私が初めてその路地に足を踏み入れて以来、四七年の長き付き合いとなった。市川は創刊いらい五六年を迎え六六六号に達した月刊の総合文芸雑誌「文芸日女道」（二〇〇号で「姫路文学人会議」から誌名変更）の屋台骨を背負って、倦むことなく長年雑誌の発行に尽くしてきた。また、みずから詩、エッセーの作品発表をしてきた。

その晩年に「戦後半世紀の城下町で」というエッセーを、五年、六〇余回にわたって「文芸日女道」誌上に連載（三九二号〜四五三号、二〇〇一年一月〜二〇〇六年三月）した。

自身、見聞きし携わりもした、一五年戦争中から戦後にかけて、姫路を中心とした西播磨を舞台に繰り広げられてきた芸術・文化運動の際立った動きをまとめたものであった。いわば自己の半生と播磨の文化活動の総決算、集大成をなす作品ともいえるものであった。その連載作品をもとに書き直した一巻本が、『たゆらぎ山に鷺群れて—播磨の文化運動物語』（北星社、二〇〇七年）であった。

その出版のいきさつに触れておきたい。

二〇〇五年の秋の最中だったたか。私と森本穫さんは言い合わせて北条の狭い「天邪鬼」に市川を訪ねた。連載を終えようとする「戦後半世紀の城下町で」を一冊の本として出版しないか、と市川に勧めるためだった。だが市川は否定的な返事だった。しかし、『焼け跡のルネッサンス—昭和二十年代播磨の文学運動』に昭和二〇年代の播磨地方の文学運動の概略を書いていた森本さんは、いかにこの連載が意義のある物語になっているかを強く言って譲らない。また私も予約出版という形で幅広く取り組むので本人には負担をかけないやり方を提案したりもした。市川は「そんなに言うなら、お世話になろうか」と言いつつ、「真帆の時に応援の出版や公演でみなに迷惑をかけているから、家族はええ顔をせんやろな」と呟くように言った。

作品の価値や意義を認めたうえとはいえ、経済的負担をさせない友情出版は、当事者の本人や家族にとっては、ありがたい申し出であるだろうが、心理的な負担になっているようだった。逆に言えば、友情の押し付けは自己満足はあっても、逆にありがた迷惑なことだったかも知れない。私がそんなふうに思うようになったのは、少しあとのことだったたが。

だが、市川の杞憂を払うように、「あの戦後半世紀は出さんといかんね」と後日、市川の奥さんが言ったという。それを聞いた森本さんと私は、受話器越しに膝を叩いたのだった。

そして、月末の合評会の後に持った「姫文」幹事会で、「姫文」が主体となって、幅広く会外に呼びかけての出版を確認。呼びかけ人を募ることから始まったのである。出版をすすめる会の世話人会を「姫文」幹事で構成。瞬く間に会外から七五人の呼びかけ人が集まった。また、出版社は『森崎伯霊画集―田園賛歌』を出版したばかりの北星社。その企画出版が決定したのだった。さらに翌年二月一日付ですすめる会ニュースを発行（ニュースはその都度何回か発行）。

本のタイトルも『たゆらぎ山に鷺群れて―播磨の文化運動物語』に決まった。のちに姫路城が築かれる姫山を歌った万葉集の相聞歌〈絶等寸《たゆらき》の山の峰《を》の上《へ》の桜花咲かむ春へは君を偲《しの》はむ〉から採り、田揺《たゆ》らぎは伏流水の仕業という。

そして一年後、出版を祝う会を「姫文」創立四〇周年記念会と併せて二月（キャッスルホテル）に開くことを決定。

かくして刊行なった二〇〇七年二月一二日、祝う会は一二三名の参集で賑々しく開かれた。さらに、その春には第二九回（平成一八年度）芸術文化大賞に市川宏三は選ばれたのだった。市川宏三にとって喜寿をひとつ越えてのハレの年となった。

二〇一三年秋、奈良、千光寺でもった第四六回「姫文」総会。その場で、市川宏三が長年担っていた「文芸日女道」の編集人を、私と交代することが決定した。「いい加減に君が替わってくれよ」と市川が言うたびに、私は言を左右に固辞していた。「姫文」の屋台骨を支えてきた市川の業績を考えると、私ごとき人間がとてもや市川の代わりは務まらないという思いが大きかった。また市川の老いをひしひしと身近に感じていたし、その老いを少しでも防ぐ意味からも編集の仕事を市川から取り上げることはできない、そんな不遜ともいえる思いを私は持っていた。さらに、生来の私自身のなまけ癖が、容易に想像される月刊発行の多忙さから腰を引かせてもいた。でも、市川はその総会の場で、固い決意を持って、編集人の交代を提案したのだった。私はようやく、腹を括らなければならない場に追い込まれ、長い沈黙のあと、「市川さんに代わって編集人をやります」と重たい口を開いたのだった。

以来ほぼ一〇年、二〇二三年夏に「姫路文学人会議」は創立五六年を迎え、総合文芸雑誌「文芸日女道」は新しい書き手も加わり、欠号することなく月刊として六六六号を重ねる。

最初で最後のけんか

大改修を終えたばかりの白鷺城。その城の桜の花も散り、そろそろ葉桜の季節であった。「文芸日女道」五六四号（二〇一五年五月）の発送作業を花北の集会所で坂根武さんと済ませたあと、森本穫さんを誘って、国立姫路医療センターへ、三人で市川宏三さんを見舞った時である。

前年の秋口に自転車事故の被害でくるぶしの複雑骨折から驚異的な回復を見せ、新年合評会にも元気な姿を見せていた市川さんであったが、何度かの膀胱がんの手術を経て、新たに肺がんと胃がんの診断を受け、三月末に胃の摘出手術を終えたばかりであった。

胃を切除し食事制限の状態だけに、痩せた頬にギョロ目が印象的だった。

見舞いのあいさつもそこそこに、市川さんはせっかちに口を切った。「巻頭時評のこと、君は僕の提案を店晒しにする気か。君の悪い点は、自分に不都合なことは黙って無視することや」と、のっけからまるでけんか腰であった。

健啖な人間が胃をなくして、食事もままならないことからの苛立ちがそう言わせるのだろうかとも頭の片隅で思ったが、唐突なだけに呆気にとられもした。戸惑いながらも、反論をする。

「そのことだったら、こないだの幹事会で議論して、当面新たに三人加わってもらうことと、もう一点『姫文』の事務所の閉鎖を決めたじゃないですか。市川さんも出席されて、話し合った結論じゃないですか」

「幹事会など、記憶にないなあ。それは君が勝手に決めたことだろ」

「坂根さんも幹事だし、三月初めに幹事会を開いて議論しましたよね」と反論するも、「記憶にない」の一点張りで、決めつける口調なのである。

その幹事会は、三月上旬のことだった。間に手術があったとしても、せいぜいひと月前である。ぬけぬけと（私から見れば）記憶にないと言い放つ態度に、愕然とするしかなかった。そこまで老いたかといった思いだった。情けない思いを抱きながら、得体の知れない怒りが込み上げてきた。術後二週間も経たない老人を前にして、大人気ない態度とは思ってもみたが、いったん火の付いた感情は抑えることができなかった。幸い個室の病室はナースステーションから離れた場所にあった。連れだった坂根、森本の両人は私の剣幕に驚いたのか、押し黙って様子をうかがっているだけ。私は感情の赴くまま、大きな声で喚き立てた。

「忍耐だけが取り柄の僕をあなたは、自分の思いどおりに手足のごとく使って。僕も一つの感情を持った人間なんやで。なんでもあんたの言うとおりになるんと違う」

そんな言葉まで発した。まさに師市川宏三と間見えてからの何十年の怨念が言わしめた言葉だったのだろうか。黙って聞いていた市川さんだったが、まさに飼い犬に手を噛まれた思いだったのだろう。

「彼にこっぴどく叱られた」と、後日、弟のNさんに市川さんが言ったとのことだった。のちに市川さんの葬儀の場でそのことを弟さん（私には叔父さんに当たる）の口から直接聞いた。

私にとっては最初で最後の市川さんとのけんかとなった。そのけんかだが、起こるべくして起こったことでもある。

それは二年前に遡る。半年に一回かの膀胱がんの手術を受けるようになった市川さん。奈良で持った「姫文」の総会で、編集の実務の交替を提案され、私が後を引き受けた。だが、編集から身を引いた途端、編集上の注文を言いだした。実務を離れて横から見ればいろいろ欲も湧いてくるのかもしれないが、新たに編集の任についた私にすれば、〈自分がやっていた時は何も言わなかったくせに〉との思いがするし、あまり気分のいいものではない。

そんな提案の一つが、長年固定化していた巻頭時評（六人で半年ごとの担当）の書き手の入れ替えであった。少なくとも散文の書き手なら誰でもが執筆すべきだとの提案を、市川さんがしだしたのであった。

編集実務をするようになって間なしだし、新たな時評の書き手に誰がいいか、そう簡単に思いつくわけもない。他の幹事などに相談しても、別段交替の必要もないのではないかとの意見が多かった。そんなこともあって交替の提案を先延ばしにしていた。

で翌年の一月の合評会の場で、私の優柔不断な態度に業を煮やした市川さんが、事前の相談もなしに、唐突に、「君がやらんのなら、私がやる」と、みんなの面前で言ったのである。つまり、中野は編集者として失格だとの烙印を押したのである。世代交代の引き継ぎ時によくあるトラブルかも知れないが、否定された当人はたまったものではない。正直、編集など放っぽりだして「姫文」を辞めようかとさえ思った。でも他のメンバーによる慰めと、市川さんからの謝罪文も届いて、私はようやく踏みとどまった。

その謝罪文には、「先月の失態を直接おわびしたかったのですが、検査入院のため欠席なのでことづけます。……まことにすみませんでした。実は心理的に急いでいました。（巻頭時評の書き手の入れ替えは）新人の有能な執筆者に対する処遇が遅れていることを気にしていたのです。それが私の病状の広がりと逆行することへの焦りになって、つい過激な言動になりました。反省しています。ただし、新人執筆者についての考えは変えていません。どうぞよろしく」

なんと潔い文面であろうか。そして、編集人としての執念のうかがえるものでもある。

そんななんやかんやあった後で開いた幹事会であったのである。それだけ余計に、「記憶にない」などと言われると、愕然とするよりも、そんな無責任なとの思いに囚われ、感情的に声を荒げてしまったのである。以上が最初で最後の市川さんとのけんかの経緯である。

そのけんかから七か月後、市川さんは逝ったのだが、病床にあっても編集人としての執念を貫いた赤裸々な姿でもあった。

思えば、「市川文学」の小僧であろうとして市川宏三と名乗って以来、鳳真治氏より引き継いだ詩誌「群《むれ》」（一九五二年創刊、一九六四年終刊、五五号）、その後の「姫路文学人会議」（一九六七年創刊、二〇〇号〈一九八四年一二月〉より「文芸日女道」に改名）の番頭であり主として、自作品の創作だけでなく、雑誌の編集はもちろんのこと、会の運営を取り仕切ってきた。

「会員の誰かがいい作品を書いた時の喜びは、ほかの人にはちょっとわからんかもしれんな」と市川さんがいつか語った言葉には、地方雑誌の編集人として六〇余年のおのれの足跡を言い表した性根が込められている。

市川宏三さんを偲ぶ会でのスピーチに一部手直ししたものをここに載せる。


私と市川さんとの出会いは、昭和四三年、西暦で言うと一九六八年。今から四八年前になります。ちょうど前年に「姫文」が創立創刊された時期です。つまり、私と市川さんとの関わりは、「姫文」の歴史とも重なるわけです。私の一九歳の時で市川さんは三九歳でした。

創立間なしの「姫文」は若い連中、それもほとんど二〇歳代で、会の代表だった内海繁さんでさえ六〇歳になったかどうかの年齢でした。その若い連中が連日のごとく、お城本町のスピードタイプ社へ出入りしていた。若い連中がひとしきり悩みやかなしみ、喜びを話し心を落ちつけて帰っていく。そんな若者の一人が私だったのです。創立間もない時期でさらに若い世代が多かったこともあって、活気の溢れた「姫文」草創期の一つの風景です。まさに路地裏の青春群像でした。

でも今振り返ってみると、そんな若者たちのなかで、作品は書いていたが、何となく市川さんの影が薄かった記憶があります。そう、市川さんの家庭内の不幸です。就学前の娘の真帆さんの怪我による下半身不随の事故です。昭和四〇（一九六五）年の暮れ、奥さんの里へ正月休みで出かけていた時にコンクリートミキサー機に誤って手の指を挟んだ。指の治療に気を取られている間に下半身不随になったのです。その後、市川夫妻は寝食を忘れて真帆さんの治療回復に全国を駆け巡った。その時、市川さんは一夜にして髪の毛が真っ白に変色した。そんな情の深さは、鼻柱が強く向こう意気の強いけんか早い市川さんの併せ持った性格の一つでもあったのです。

そんな家庭の不幸を若い我々にあまり感じさせない、突っ張っていたあの頃の市川さんでなかったろうか、と今振り返ればそんなふうに思います。私が市川さんと出会ったのは事故から三年後のそんな日々のなかだったのです。

今言った情の深さということですが、それは育った家庭環境にあると思われます。香寺町土師の一町五反の村一番の百姓の出身ですが、姫路師範出の父親は一時東京へ出て商売をしていたが、そこの卸問屋の娘を嫁にもらった。その娘さんが市川さんの実の母親になるのですが、当時の田舎の百姓家では、長男が跡を継ぐのが鉄則だった。百姓を馬鹿にしていた父親だったが、長男だったので仕方なく跡を取って、妻とも離婚した。市川さんは長男だったので、母親について東京へは帰らず土師に残された。のち父親は再婚するのですが、不憫に思った祖母祖父に猫かわいがりされた。いわゆる爺さん婆さん子だった。仕事をしながら浄瑠璃をうたっていたような祖父だが、お釈迦さんが世界で一番えらい。仏のお陰、親鸞のお陰で生きてきたという完璧な仏教主義者だった。戦中だったが、天皇なんかちっとも偉くないと家のなかで言うてたし、国旗も出さないでいた。そんななかで育ったのが市川さんです。そこが市川さんの情の深さとリアリストの原点ではないかと思います。

それに真帆さんに付き添っての事故との闘いのなかで多くの人の支えや援助などを身をもって体験するなかで、家族愛、人間愛をより深めていった。その結実として、詩集『真帆』が一九七六年に、その三年後に白石昭の本名で『虹の中の真帆』（水曜社、一九七九年）の出版があります。その二冊の本の特質は、過去の『麦』『農兵の歌』さらに『鶏の目』の詩集に見られたコミュニストとしての党派性と思想性と芯の強さとは趣きの違った、ヒューマニズムという太い一本の線で貫かれた叙情性といった特性が強く感じられます。娘の不幸と対峙するなかで詩人としての視点の深化があったのではないか。そんなふうに思います。

詩集『真帆』は刊行委員会という形で多くの友人、先輩などの協力で出版の運びとなった、それまでになかった連帯の形をとったこと。さらに『虹の中の真帆』では、地元の劇団プロデュースFの旗揚げ公演で舞台化された。地域の文化団体との横のつながりをつくった。その後市川さんは、ミュージカルや合唱組曲の作詩などを始め、文化運動や社会運動での作品を多く残しています。

もうひとつの市川さんの原点ですが、「市川文学」の小僧という意味で名付けた市川宏三のペンネーム、その謂われの「市川文学」とその前の「やよい文芸」に始まって姫路へ出てきての鳳真治さんの「手をつなぐ会」の機関誌「群」を引き継ぐ。一九五二年一〇月創刊で一九六四年の五五号まで続いた詩誌ですが、その後半第二次「群」時代の編集、そして一九六七年六月の「姫文」創刊へとつながるのですが、市川さんの雑誌運営の原点は、やはり自身の作品の発表の場を確保するという思いがまず第一にあったと思います。地方での文化運動という運動論以前の我が発表の場をとの思いがまずあった。ある意味我がままで自分本位の発想ですが、だからこそ、出す雑誌には毅然と立ち向かって、また初心者をはじめ、若い書き手などにラブレターまがいのハガキを出して励まし続けた。創作者としての執念が雑誌運営の鬼の市川さんを造っていった。そんなふうに思われます。

先ほど触れた、白石昭の本名で書かれた真帆さんの成長記録の『虹の中の真帆』ですが、それを一冊の本に書き下ろした、そのことが散文を書くうえで一つの自信にもなったのではないでしょうか。詩から散文へのスタイルの変化がでてくるのですね。詩では書き尽くせないことが散文では書ける、そんな思いを強く持ったのではないでしょうか。もう一つは「姫文」の創刊当初は散文の書き手が少なかった。そんな雑誌運営の必要性に迫られての散文への軸足の変化でもあったのですが、以降、市川さんは、積極的に散文を「姫文」に連載するようになりました。

市川さんの散文の特質は、人物描写のうまさです。人物の断面を鮮やかに切り取って、その個性を浮かび上がらせる。過去の人物と切り結んでたじろぐことがない。さらに人間関係やその裏にある時代を見通す洞察力の深さが、その人物をより深く解明し、社会的な広がりをもたらしていました。市川さんの連載が読むものを惹きつけてやまなかったゆえんだと思います。

その結実が、詩人の遠地輝武《おんちてるたけ》の生涯を描いた『夢前川の河童』（神戸新聞総合出版センター、一九九四年）であり、播磨の文化運動物語の『たゆらぎ山に鷺群れて』（北星社、二〇〇七年）であったのです。他にも多くの作品を残しているのですが、最後に市川さんならではの仕事をひとつあげておくと、原爆治療、いわゆる死の灰から日本人の命を守った姫路出身の都築正男医師の評伝を「都築正男物語」として姫路市の雑誌「ＢａｎＣｕｌ（バンカル）」に二年半にわたって連載した。市川さんの八〇歳前後の作品ですが、市川さんの思想性を如実に示した仕事だったのではないかと思います。

今振り返ってみて、改めて市川さんの度量の大きさと文学に対する際立った執念を痛感するばかりです。

第二部

市川のほとりで

中扉写真は、隣家庭の皇帝ダリアと干し柿。

第一章

広い空のもと

市川の風景

我が地区の東を流れる市川。中国山地の東の果て、生野の山地を源流に、延長七五キロ余りを瀬戸内に流れ下る。我が地区は河口から一〇キロあまり、中流域というよりも下流域に近い位置である。川を挟んだ対岸に船津という呼び名があるのは、舟運の名残《なごり》だろう。今はコンクリートの橋が架かっているが、昔は渡し舟が行き来していたという。

そんな昔のことはともかく、私の子どもの頃、昭和の中頃だが、川は人間に身近な存在でもあった。まだ学校にプールなどなかった時代、市川は恰好の水泳場であった。二キロほど離れた小学校から揃って泳ぎに行くこともあったし、川のそばの村で育っただけに、夏休みともなれば、毎日河原で肌を焼いたものだ。

ことに、強く記憶に残っているのは、どんどと言っていた、川筋が蛇行している場所で流れの急な瀬があった。雨のあとの水嵩の増した時、瀬のなかにある大きな岩が姿を隠す。その速い流れに乗って上流から対岸目指して泳ぎ下るのである。それは泳ぎ下るというよりも急な流れに体を任せて下って行くというほうが正解だろう。水嵩によって流れの速さも違ってき、スリルの度合いも増減するのである。ガキ大将に守られてその瀬下りを初めて泳ぎ切った時は、少し大人の仲間入りをした気分だったことを覚えている。

子どもの頃の市川での川遊びは泳ぐことだけではなかった。見よう見まねでの魚取りなど、当時の田舎にあって大事なタンパク源の供給元でもあったのだ。泳ぎもそうだが、魚取りも、子どもたちだけの世界で、親たちと一緒だった記憶はない。

冬のはいじゃこ取りはいたって原始的なもので、金槌の大ぶりな玄能《げんのう》で水際の石を叩いていくと、石の下などにいるはいじゃこが脳震盪《のうしんとう》を起こして浮かび上がってくるのである。春先などは瓶漬けでの漁がある。尻の膨らんだ薄くて透明な瓶で、口と尻に穴が開いていた。万屋《よろずや》で売っていたと思う。その瓶の口は麦わらを束ねて栓をし、炒った小麦粉を瓶のなかへ入れ、川の浅瀬に沈め適当な小石で重しをする。口の麦わらの栓からストロー状に水が入り、瓶のなかの炒り餌《いえ》を攪拌して瓶の尻から流れ出す。その餌に釣られてはいじゃこが瓶のなかへ。魚の習性をうまく利用した漁である。

魚の習性を利用した漁といえば、ウナギ取りもそうである。水のなかに石を積み上げて置くと、あくる日には積み石の隙間にウナギが潜んでいる。石を一つずつ注意深く除けていくとウナギが顔を出す。それを手にしたヤスで仕留める。もっとも、こう書くほど簡単には仕留められない。手元狂ってヤスが石を打つのが関の山でもある。

まだしも確率の高いのが、付け針やウナギ籠での漁である。付け針は元糸に数十センチ間隔で針を吊り下げた仕掛けで、畑の堆肥のなかなどにいたちんぽミミズと呼んでいた大ぶりのミミズを付けたもの。ウナギ籠は一メートル足らずの細く長い竹籠で籠のなかに何匹かのミミズを入れ、漏斗状になった戻りにもミミズの泥を塗りたくって、ミョウガの葉で入口をカモフラージュしたもの。その籠の口を下流に向け、やや深みの川底に沈め重しをする。朝にはその籠のなかにウナギが、ということになる。付け針に掛かるのは鯰《なまず》が多かったが、たまにはウナギも掛かった。ウナギ籠はウナギ専用である。早朝、誰もいない河原で、仕掛けを引きあげる時の胸弾むワクワク感は、得も言えぬものがあった。

少年の頃の川遊びはさまざまな思い出があるが、大人になっても何回かしたことがある。家庭を持って、子どもたちが小学生の頃の夏休みに、ゴムボートでの川下りを何回かやった。上流の隣町に屎尿処理場ができ、川底の石に滑《ぬめ》りができていたりしていたが、まだ河原には入れた。村の北のはずれの河原から入り、二キロほど下流の堰のあたりまで下るのである。子どもたちは屈託なく水遊びに興じていたが、日頃見慣れぬ川のなかからの風景に何を感じただろうか。

そんな遊びは彼らの記憶に刻まれているようで、大人になってその話をすると、懐かしがって忘れがたい思い出として盛り上がりもした。嬉しいことであった。もっとも、今や河原は丈の高い雑草に覆われて、水際まで近づくことすらできない始末である。

人の近づけない川面に、魚を根こそぎ食べつくすといわれる川鵜の群れを見るようになった。昔は川鵜の姿など見なかったが、近年とみにその姿が増えたようだ。それだけ餌が豊かなのだろうか。

市川はなぜか鮎の住まない川だった。生野鉱山の鉱毒のせいだったのか。支流の越知川には放流されていたのか、釣り人の姿を見かけたりもしたが。支流からの落ち鮎だったのだろう。子どもの頃の夏の終わりに、尺余の鮮やかな婚姻色の死んだ鮎の姿を見かけることがあった。

鉱毒といえば、私の居住地のやや下流域に住んでいた青田こたけさんがカドミウムによるイタイイタイ病と報じられたのは、私が成人してからのことだった。その頃、農業委員を務めていた父親が、生野鉱山との賠償交渉などで忙しくしていた姿を思い出す。

我が村にはこんな言い伝えがある。市川がたびたび氾濫し村人は悩まされていた。ある年の大洪水に一匹の大蛇が現れ、自分の体を堤防代わりにして氾濫を止めた。村人はこの大蛇を神の使者として、御《お》神酒《みき》を供え感謝した。それ以来、毎年秋祭りには、二人で御神酒の大樽を担いで、氏神に奉納する樽担《か》き神事を行うようになった。

私の少年時代には絶えていたが、その後保存会の人々によって樽担きが復活、屋台の宮入りに先立って、毎年奉納されている。

市川の氾濫の記憶はないが、堤防すれすれまでの増水は子どもの頃の記憶にもある。根こそぎになった枝葉をつけたままの太い樹木などが、茶色く濁った濁流のなかを流れ去るのを大人たちに混じって、眺めたものだ。圧倒的な水量の迫力と途切れることなく押し寄せる姿は怪物めいて、自然の猛威を感じるのに充分だった。

最上流の生野に多目的ダムができたのが、鉱山の操業が終わった同じ一九七三年。以来、中国山地に降った雨がいくぶん調整されるようだが、近年は所かまわずのゲリラ豪雨で、竹藪を切り開いて設けた土手沿いの畑が冠水したりした。

村の下流域にあたる堤防に桜が植わったのは十数年以上前。八重で小ぶりの花が、四月半ば頃に開く。ちょうど川の流れを眺めながらの散歩のコースだったが、最近は雑草が伸びて歩くことすらできない。自治会で年一回の草刈りをするが、追いつかないありさまである。もともと、二級河川の堤防は県の管轄下。県当局に言わせると予算がないから、維持管理に手が回らない。自治会でできないなら放っておいてもらってけっこうとの回答だった由。

そんな人間の暮らしを尻目に、絶えることなく水は流れていく。

空が広い

この夏は猛暑日の連続で記録的な暑さだった。が、九月に入ると一転、秋雨前線の停滞でゲリラ豪雨があったり、酷暑が嘘のように引いていって、朝晩の温度が急に低くなった。彼岸がきても厳しい残暑の続いた去年と違って、随分と凌ぎやすい秋の初めだった。

彼岸に合わせて律儀に赤い花を咲かせる彼岸花だが、昨年は厳しい残暑のせいもあって彼岸を過ぎてようやく花開いたが、今年は彼岸の入りの一週間も前から咲きだした。

そんななか、夕方に近くの市川の土手などを散歩してみる。芒《すすき》の穂はまだ出てないが、頭を垂れた青い稲穂、またはすでに刈り取った稲田の畔の赤い彼岸花の群落、そしてその上を、赤とんぼが何匹か飛んでいく。視線を空に向けると、抜けるような青い空をバックに鰯雲が描き置かれている。吸い込まれるような自然の映像美にしばし見とれるばかりである。まさに高い空を実感するひとときでもある。

この空の高さには、気象学的な根拠があるという。大陸育ちの秋の高気圧は、海育ちの夏の太平洋高気圧に比べ、水蒸気の量が少ない。つまり湿度が少ない。さらに、同じ大陸育ちでも春の高気圧の生まれる春の大陸は、雪や氷が融けたばかりで土や埃が舞いやすいが、秋の大陸は草が生い茂るため埃が立ちにくい。そんなこともあり、夏や春に比べ、秋は空の高いところまで遮る物質が少ないため、空が高く感じられるという。また、水蒸気や埃が少なく空気が澄んでいると、高い所だけでなく遠くまでよく見えるようになる。

理屈はともかく、高い空を見上げ、つい時を忘れもする。刈り取りの終わった稲田に白鷺が数羽、田面を啄《つい》ばんでいる。餌の蛙でも探しているのだろうか。稲田を貫く用水路から市川へ流れ落ちる水辺では、川魚を狙ってカワセミの佇む姿が。人の気配で水面すれすれに滑空して飛び去っていく。緑鮮やかなその背の色を認めると、久しぶりの邂逅だけに、「あれー元気でいたんだー」と知己に会ったように嬉しくなる。

さらに川面に目を凝らすと、緩やかな浅瀬の流れを切って、カイツブリが岸辺に向かっていく。ピーヒョロ—の声に空を見上げると、鰯雲をバックにゆったりと羽を広げた鳶の姿が、遥かな高見で弧を描いている。まだまだ生き物の豊かな里の眺めでもある。

川の土手に立って眺めると、対岸は河岸段丘で岸がせり上がり、岸沿いに竹藪や自然な樹木が茂り、一部を切り開いて公園化され、数十本の桜並木が植わっている。それらの後ろ側には西光寺野《さいこうじの》の大地が丘となって広がっているのだが、桜並木などの木々に遮られて見えない。木々の枝先が低い空に接しているばかりである。

いっぽうのこちら側は水田が広がるばかりである。数百メートル彼方の岡とも言えぬ低い山の連なりまでの間に、国道とJRの線路が走っているのだが、視界を遮るものはほとんどない。そして岡の背景には高くはないが山々の姿があり、空の始まりへと連なる。改めて眺めてみると、なるほど空が広いのである

友人のTさんが、彼女特注の夏場のゴーヤをはじめ、わが菜園の野菜などを収穫に、たびたび我が家を訪れる。そのたびに彼女が口にするのが、「ここは空が広いね」の言葉であった。

彼女が住んでいるのも我が家と大して変わらない郊外地である。近くには山や川もあり、田の風景も珍しくない所である。ただ家が立て込んで、山や田が目に入らない住宅街にある。まわりが田んぼだらけの我が家とは違った風景のなかで暮らしていると、新鮮な印象

を覚えるのだろうか。

ただ、住まいの風景の違いからくる感覚が実感できないせいからだろうか。「空が広いね」と言う彼女の言葉を聞くたびに、「何を大げさな」という思いがいつもしていたし、何度か訪れたことのある彼女の家のまわりの風景を思い出しながら、空が広いなんて彼女の口癖とばかり思うのであった。感覚的に同感できずにいたのだ。

そんな気分を変えてくれたのが、もうひとりの友人のSさんの「ここは空が広いなあ」という同じ言葉であった。彼も我が菜園の野菜の収穫者のひとりであった。彼の住まいは彼女ほど郊外ではないが、ここ二〇～三〇年のあいだに田畑を侵食して広がった住宅街である。そう高いマンションも見られない戸建ての住宅の甍が軒を連ねるといった表現が相応しい場所である。Tさんと似たような風景のなかで暮らしているのである。

似たような風景のなかで暮らしている二人が同じ感想、「空が広い」と言ったことで、そんなものかなとなかば理解したのであった。

家々で埋め尽くされている住宅地の風景と田んぼのなかに住宅地が点在している我が家のまわりの風景を見比べて、「空が広く」感じられるということになる。つまり、高さや奥行きではなく、目線からの平面的な広さで空の広さが実感されるのではないか。

小さい頃から同じ風景のなかで暮らし続けている私にとって、変哲もないありふれた風景でも、初めての人には新鮮に映るようである。四〇余年前に結婚して今の住まいにやってきた町内《まちうち》育ちの妻に聞くと、「どうやったんやろね。空のことなんかより新しい生活のほうに神経が行ってたんと違う？　空が広いという印象なんか記憶にないね。もっとも住めば都で、珍しい風景も慣れれば当たり前の風景になってしまうんやない」と、何を今さらといった反応である。

もっとも、風景の印象なんていい加減なもので、いつも通っていた街かどを久し振りに通って、昔あった建物がなくなっていても、そこにどんな建物が建っていたのかの記憶は、まるであやふやで思い出せないことがよくある。見慣れた風景でも人間の記憶にはそれほど希薄な印象しか残らない。ことに、自分との特別な関わりがあった場合はともかく、そうでない場合は往々にしてそういうケースが多い。

空の広さについてである。目線からの平面的な広さだけでなく、風景的な奥行きや彩りからも、よりそう感じる場合があるのではないかとも思う。

市街化調整区域指定では建物が規制されていることもあり、古来からの住宅以外は農地が広がっている。村の真ん中を川手線と呼ばれるバイパス道路が走り、その道路を境に、法人化された営農組合によって、稲と大豆あるいは麦が交互に栽培される。稲の刈り取りが終わったこげ茶色の田があり、バイパスの向こうに青々とした大豆の緑が広がり、そのなかを畦道を示すがごとく群列となった彼岸花の赤が配置されている。そんな彩りの向こうに民家の屋根があり遙かな背景の小高い山の濃い緑が、白っぽい空と画然と区切りしてある。その空の高みを悠然と鳶が舞っていたりする。そんな風景を我が部屋から眺めながら、二人の友人が言った「空が広い」ということを、今さらながら実感するのである。

雀とジョウビタキ

古いアルバムを繰っていると、幼い子どもたちの姿の背景に、思いがけなく懐かしいものが目に留まることがある。子どもたちが大きくなるとともにいつの間にか飾らなくなったが、正月の松飾りなどの風景などもそれだ。

仕事柄、年末は休日出勤や残業の日々だったたし、どちらかというとものぐさなたちだったが、子育ての時期はまめな父親であろうとしたようだ。

近くの里山でほどよく枝を張った松の枝を切り取る。長さは一メートル余りだろうか。自然のなかでの大きさは、人間の錯覚を呼び起こすようで、小さい枝と思っても、部屋のなかへ持ち込むと大きすぎたりしたものだ。

切り取ったその枝を持ち帰り、余分な枝を切り落としたり、部屋のなかで飾れるように整える。そして居間兼食堂の部屋の柱に、適当な高さに固定する。その枝先に、型紙に描かれた縁起物を糸で吊るす。金千万両、達磨、打出の小槌、鏡餅、宝船、大福帳、サイコロなどなどと、金紙、銀紙など色とりどりの大小の玉などで飾り立てる。いわゆる縁起物の紙型を青い松葉の下に吊るすのである。そして松の内が終わると、型紙は外し仕舞っておき、松の枝は餅花などとともに、とんどの火に燃やすのである。

そんな縁起物の型紙は玩具屋ででも買ったのか、それとも妻の両親が男の子の正月祝いに贈ってくれた破魔弓とセットにでもなっていたのだろうか。記憶にない。

ちなみに破魔弓とは、わら縄をまるめて円座のような形に作った的を射るための弓のことだが、形式化して正月の縁起物となり、江戸時代には細長い板に弓矢を飾り付け、その下に戦人《いくさ》形などの押し絵を貼って、男児への贈り物にしたという。悪魔の魔力を打ち破るという破魔の意味からすると、魔除けの意味も込めたのであろうか。

父親が元気な頃は、臼と杵による年末の餅つき行事は恒例で、家族総出で手伝ったものだが、長男にはそんな記憶も残っているだろうが、六歳違いの次男が小学校に上がる前に父は亡くなっているので、そんな年末の風物詩も次男の記憶には残っていないだろう。

ただ、父の死後も小餅だけはと餅つき機を購入していた母が届けてくれたが。それもいつの間にか、鏡餅を模したビニール袋に小餅を詰めたまがい物をスーパーで購入するようになった。

そして、子どもたちが家を離れた今、変わらない正月の飾り物は、餅花と若松の生け花、それに妻の手料理のお節のお重と玄関口に飾る〆飾りくらいの簡素なものになった。正月の風物も家族の構成によって、移ろっていくものなのかも知れない。

妻がスーパーで買ってきていた〆飾りを、いつものように今回も三〇日に玄関先に取り付けた。そして翌日の大晦日の朝。玄関ドアを開けると雀がぱっと飛び立ち、玄関前の庭の梅の木に止まってチュンチュンと鳴き立てている。寒いのに朝から餌さがしも大変なものだと、枝先の二羽の雀に目を向けたあと、軒下のポストの朝刊を取り出す。その時に自然に目線が足元に移った。

足元にはもみ殻が散らばっていた。はて、玄関先は昨日〆飾りを取り付ける時に掃除したはずだがと思いつつ、目線を再び梅の木の枝先へやると、鳴き声を立てる二羽の雀が、人の姿も恐れず去りがたそうに止まっている。さらに、少し離れた電線にも数羽の雀の姿があった。そしてハッと見上げた視線の先の〆飾り。裏白とみかんをあしらった簡便な作りの藁細工の穂先に稲穂が垂れている。その稲穂の先が削がれて一部が裸状態になっている。

犯人は梅の枝先の二羽の勇気ある雀だったのだ。玄関先を見下ろせる電線に止まった臆病な同僚を尻目に、敢然と食糧調達の先がけとして挑戦したのである。みたび梅の木の枝先に目をやると、やや小ぶりな雀の姿があった。両親が心配顔で見つめるなか、空き腹が辛抱できなかったのか、それとも若気の向こう見ずなやんちゃな兄弟でもあろうか。雀の家族のあれこれに思いを馳せ、餌の少ない冬場の小鳥たちの命といったことを思い、一瞬心がシュンとするのであった。

せっかくの正月の〆飾り、せめて三が日の間は無事であってほしい。無粋な思いで防鳥網の端切れを〆飾りの穂先に被せる。人里近くに住みながら、逆にそうだからこそかも知れないが、人間には臆病で警戒心の強い雀。先ほどの空腹に居たたまれないやんちゃな兄弟なのか、網の隙間から穂先に挑むのか、翌日には掃き清めた玄関先にまたしても籾殻が散り敷いていた。その健気さに敬服をして、防鳥網を外したのは言うまでもないが……。

モズの高鳴きが聞こえだすと庭の熟柿や梅もどきの赤い小さな実を啄ばみにやってくるのが番《つがい》のヒヨドリである。が今年はなぜか成り年で豊作だったにもかかわらず、柿の実が枝先にいつまでも残っていた。梅もどきの実も黒く霜枯れて、木枯らしに自然に落下していった。そして、寒中に黄色く色づいても家人に見向きもされないまま、半ば霜ぶくれて枝先に無惨な姿を晒していた金柑の実も、二月が過ぎようとするのに、鈴なりのままである。ヒヨドリの姿が見えないのである。これは我が家の庭だけの現象ではないらしい。年老いた近所に住む母親も、今年はヒヨドリの姿を見ないと言う。里の庭の木の実まで来なくても、山に木の実が豊富なのだろうか。それとも、他に何か原因があるのだろうか。はっきりした理由は判らないが、食欲旺盛で何でもかんでも啄ばんでいたヒヨドリの姿を見ないのである。乱暴狼藉なことからややもすれば嫌われるヒヨドリだが、姿を見せないとなると、何とはなしに寂しい気もする。

そんななかで律儀にやってきたのが、ジョウビタキである。大きな黒い目で顔と翼が黒で赤褐色の体。忙《せわ》しなく体を震わしながらチッチッチッと鳴く。山道などで出会うと先導するかのように付かず離れず人の前をいく鳥でもある。ジョウビタキのジョウは尉（能の老翁）と書くように、頭上が灰白色でもある。

大きさは雀大だから、遅咲きのサザンカの花の蜜でも求めてやってきたのかと思っていたが、よく観察してみると三本ばかりある真弓の実を啄ばんでいるのである。我が庭でのジョウビタキの姿は何年も前から見てはいたが、真弓の実を啄ばんでいる姿を見つけたのは、初めてであった。

真弓の実は熟すると裂開して赤い種を露出する。その種を食べるのである。丈の低い木だが、枝先に鈴なり状態で実を付ける。他の小鳥の見向きもしない実を、毎日せっせと通って独り占め。庭の実生《みしょう》のこの真弓、ひょっとすると彼の親が運んできた種が育ったのかしら。そしてそんな命の営みが、新たに引き継がれていくのか。

トンビとカラス

田んぼのなかを南北に幅広い直線の国道のバイパス道路が、田園風景を切り裂くように走っているのが窓から見える。市川沿いにあるので川手線と呼ばれている。

東に流れる市川と西に迫る低い山の間、約一キロの間に国道と鉄道が走り、新たにバイパスができたのである。元来は市川沿いに発達した集落だったのが、道路や鉄道の出現で、その沿線に無秩序に広がった、それが私の住む今の集落の生り立ちといえよう。

当初は風景を分断して設けられた国道や鉄道も、いつの間にかそこに住む人々の目に馴染んできたように、バイパスが開設されて十数年になるだろうか。等間隔に植栽された街路樹も葉を繁らせ、いつの間にか窓からの眺めも目新しくなくなり、見慣れた風景となった。

バイパスを走り抜ける車には感じないが、バイパスの両側に展開する田んぼには、季節の変化がある。それは田の土の色の変化に見られる。各戸の個人作業だった農作業が営農組合という法人に委託されるようになり、それに合わせて減反も地域を分割して順送りになされるようになった。今年はバイパスを挟んで、バイパスの東側で稲作の準備がなされる。バイパスの西側は裏作の麦が栽培され、収穫後に大豆が播かれることになる。

今は六月である。強い日差しの下、麦田の黄金色があり、バイパスの向こうに田植えを間近に控えた黒い田が広がっている。そんな季節の変わり目のなかの風景である。
二、三〇〇メートル離れた市川の河原に住みついた雉《きじ》のケーンという鳴き声が、時たま聞こえてくる。それまではあまり姿を見ることもなかったトンビだが、この冬くらいから姿を見るようになった。近くに巣でも構えているのか、番だろう二羽での姿もしばしば目にする。
ことに田植えの前のきれいに耕された田んぼは、土のむき出したいわば裸の状態である。畔の草も小まめに刈り取られ、蛇やイタチなど小動物も隠れ場所がない。タカ科のトンビは本来肉食で、それらの小動物が主食なのだ。

それに市川の流れの近くなので上昇気流があるのだろうか。羽ばたくのではなく、上昇気流をうまく利用して輪を描くように滑空する姿が、窓から眺められる。まさに悠然という言葉がぴったりの飛翔の姿であるが、よく見ると長いばち形の凹尾《へこ》でうまく舵をとっている。

鵜の目鷹の目といわれるごとく、非常に優れた視力で上空を旋回しながら餌を探し、見つけると急降下して足で捕まえ、そのまま羽ばたいていく。蛇を足につかんだまま飛んでいる姿を見たことはあるが、急降下して獲物を捉える瞬間はなかなかお目にかかれない。

急降下したその姿を追っても、空振りに終わって、羽ばたき上昇する姿はちょいちょい目にはするが、悠然と弧を描いて飛翔する雄姿に比べると、なんとも無様《ぶざま》に見えもする。視力のわりに狩りは下手なようだ。

ピーヒョローの鳴き声に空を見ると、彼方の電柱のてっぺんで羽を休めている姿が見られたりもするその鳴き声は、のんびりかつ泰然とした印象で、何をあくせくと人間界に問いかけているようでもある。同じ鳴き声でも、急を要するかのように短く聞こえる時がある。それはやや悲しげに聞こえもする。

切羽詰まった感じの鳴き声に空を見ると、ひと回り小さい真っ黒なカラスに襲われているトンビの姿があった。一羽のカラスがトンビをかすめ、さらにもう一羽が後を追って迫っている。トンビはやや鈍い動きながら必死に羽ばたいて、カラスの攻撃を躱《かわ》そうとする。身軽なカラスはしつこくトンビに挑む。さらにもう一羽のカラスが応戦に駆けつける。

ひとしきり空中でのバトルが展開されるが、大きく羽ばたいたトンビがカラスの射程から脱出し上空へ遁《のが》れる。それはトンビの脱出というよりは、カラスの余裕の見逃し。「こんなもんで許してやる」といったふうにも見え、短くピーヒョロと鳴く声は、「助けてー」と聞こえるばかりでもある。

そんな空中戦だが、トンビは逃げるいっぽうで、カラスの一方的な攻勢ばかりが目につく。多勢に無勢なら納得もできるが、一対一でも逃げるばかりなのである。体も大きく、足の爪だって鋭そうだし、形こそ違え短く曲がった嘴《くちばし》も、カラスに負けてはいないと思うのに。いつ立ち会ってみても、トンビの逃げる姿しか見ないのである。

カラスの縄張りに侵入したからなのか、単なるカラスのちょっかいなのか、カラスとトンビの因縁の対決だが、タカ科の遺伝子の保持者のイメージからすれば情けなくもある。

タカ科の猛禽といっても、トンビは日本人には身近で親しみのある鳥といえよう。

武功抜群の陸海軍の軍人に与えられた勲章の金鵄《きんし》勲章の金鵄。金色のトビが神武天皇の前に降り立ち、その身から発する光で長髄彦《ながすねひこ》率いる敵軍の目を眩《くら》ませ、神武天皇の軍勢に勝利をもたらしたという「日本書紀」の建国神話にちなんだということまで持ち出すと、トンビには迷惑かも知れないが、「鳶が鷹を生む」や「鳶に油揚げをさらわれる」という言葉には、日本人のトンビへの親しみを感じさせるものがある。

四〇年も前になるか。奈良県だったかの山のなかの食堂でのひとコマ。グループ旅行で友人たちと休憩に立ち寄った時、食堂のおばさんがトンビの餌付をしていた。運よく餌付の時間に居合わせたのだ。

食堂の横に広がる河川敷でおばさんが空へ向かって声を上げトンビを呼び寄せる。するとたちまち空のあちこちからトンビが集まってくる。その数、二、三〇羽。おばさんはなおもトンビに呼びかけながら（呼び声がピーヒョロだったかどうかは失念したが）、バケツから油揚げを空へ抛《ほう》りあげる。それを目指してトンビが次々と急降下、うまく足の爪でつかんで飛び立っていく。おばさんはまるで孫を呼ぶかのごとく、親しみを込めてトンビの話をした。なんでも最初は気まぐれに一羽のトンビに試みたのが始まりで、今では日課になって欠かせないと言っていた。懐かしい記憶である。

夕焼け空が　まっかか／とんびがくるりと　輪をかいた（「夕焼けトンビ」一九五八年）と歌ったのが、民謡をベースにした伸びとつやのある美声で、ことに昭和三〇年代に歌謡界を風靡《ふうび》した三橋美智也。田舎の少年にはトンビは珍しくもなかったのだろう。ラジオから流れてくる歌に、トンビのことよりも真っ赤な夕焼け空のイメージと、東京という大都会への淡い憧れを抱いた思い出がある。

隣のツバメ

ツバメの巣作りの季節である。毎朝起き抜けに玄関に出ると、一羽のツバメの姿を見かける。道路脇の電柱から庭の片隅のポールを経由して庭木の上を軒先へ、我が家への電線が引き込んである。その電線に止まっているのである。

止まったツバメの視線の先に、隣の家の玄関と部屋のサッシがある。サッシ窓は今流行《はやり》のシャッターが備え付けてある。そのシャッターの取り付け部の上、二階のベランダの軒下に当たるところに、ツバメの巣があり、抱卵中であろうか、その巣のなかに片割れのツバメの頭と尻尾が見える。番の片割れが卵を抱き、相方がそれを見守りつつ、順番を待っている、そんな光景である。

もともと、我が家の隣は空き地だったが、その空き地に新築の家が建って、この春先に若い夫婦が入居してきた。その夫婦には一歳余りの男の子があった。入居当時は赤ん坊をどこかに預けての共働きだったが、まもなく細君が仕事を辞め子育てに専念するようになった。家にいることが多くなると顔を合わせる機会も増え、自然と話す機会も増えてくる。

まして、隣との境界は低いブロックで仕切っただけで、腰より低い我が家の生垣があるばかりなので、表で幼児を遊ばせているのによく出会う。最初は母親の陰に隠れて人見知りをしていたその子も、日が経つとともに笑顔を見せるようになり、回らない舌で盛んに話しかけてくる。そんな罪のない幼子が仲を取り持って、若い母親との会話も重なっていく。

聞けば手料理もこなすと言うので、菜園で育てた春野菜の裾分けをすると、「助かります」とひどく喜んでくれたことがあった。それに気をよくして裾分けが増えると、時にはお返しがあったりする。そのお返しが大福であったり、クッキーの一袋だったり。変に気を遣うのでなく、いわば気どりがなく素朴なのである。

ともすれば、親子ほどの世代差のある近所との付き合いは、その距離を計りかねて、つい挨拶だけで済ますことが多いのだが、どこか馬が合うという印象なのである。もちろん、たまさかの休日に顔を合わせる主人のほうも、子煩悩な好青年である。

二人の歳を聞いたとき、やや恥ずかしそうに彼女が、「主人は三〇歳ですが、私のほうが三つ年上なんです」と言った。「じゃあ、主人は金の草鞋を履いてあんたを探したのやな」「なんですか。それ」「姉さん女房は、金の草鞋を履いてでも探せとのことわざや」「ふうん」「まあ、それだけ姉さん女房は、面倒見がいいということや。あんたも世話焼きなたちと違うか。今時の娘さんは手料理ひとつせえへんというが、あんたは手料理もすると言うし、……」

いつの間にか、そんな会話が交わせるようになった。そして、ツバメの巣作りの季節になった。新築の入居は隣ともう一軒、散髪屋が並んでできた。その二軒の新居の様子を比べるがごとく、番のツバメが飛びかわしていたが、選んだのが隣の軒下だった。独身の初老の主《あるじ》よりも幼児のいる若夫婦の住まいのほうが安全と、ツバメも判断したようだ。

色づきかけた麦畑と田植えを待つばかりの田んぼに囲まれた、ツバメにとって食糧の豊富な場所である。せっせと巣作りのための泥を運んできだした。もっとも、新築間なしの軒下を泥で汚されるのを嫌うのも人情である。隣の母親は巣を作らせまいと箒や水道水の散水で、悪戦苦闘。手間の掛かる育児中であれば、そんなことばかりにも時間が取れないで、思案顔で軒先を見上げるばかり。横で赤ん坊がツバメの巣を指さし奇声を上げている。

「ちょっとの間、軒先を貸してやったら。K君も喜んでいることだし」と、余計なおせっかいと知りつつ声をかける。「はあ」と浮かぬ顔ながら、「実家にも巣を作ってるんですよね」と、なかば諦め顔でもある。そして、数日後の休日、若主人が巣のまわりにビニールを張り詰めて養生している姿があった。

そう言えば、我が家に長男が生まれて一年目くらいだったか、初めてツバメが巣をかけたことがあった。きれい好きの妻は糞害を言いたてたが、「ツバメは益鳥だから大事にせなあかん」という百姓生まれの私のひと言に納得したのか、巣の下に糞受けの段ボールを敷いて、ツバメの巣作りを黙認した。いらい、季節になるとツバメの姿を見ていたが、数年過ぎるとぴたっと来なくなった。

我が家の七不思議だが、そのわけはいまだに判らない。ただ鯉幟《こいのぼり》のひるがえるそばで、ツバメの巣を見上げていた長男の笑顔が、懐かしく思い出される。

そんなひとコマの思い出に喚起されて、さらにより古い記憶の断片が頭をよぎる。

本来、野鳥の巣は人目に付かない場所にかけるものだが、ツバメだけは違って堂々と人間のテリトリーのなかにある。昔の農家は田を耕作する牛がいて、人間の住まいと隣り合って牛小屋があった。それほど大事な生き物だったのだ。その牛小屋につづいて納屋と呼ぶ作業場兼物置があった。その土間で、藁を打ったり、綯《な》ったり、莚《むしろ》に加工したりし、梯子段の上は藁などの保存場所として使っていた。その土間に、季節が来るとツバメが巣をかけていた。土間の入口は何枚かのガラス戸になっていて、ツバメが来る頃になると、そのガラスを一枚外して、ツバメの出入口にしていた。

巣がかかると巣の下に板で糞受けを拵《こしら》え、巣の下の土間には新聞紙を敷いてもいた。益鳥という言葉は学校で習ったが、百姓の親たちはことさら口に出して言うこともなく、生活のなかで自然にツバメを受け入れていた。

どの家にもツバメが巣をかけていたし、家によっては同時に二か所にかけることもあった。そんななかで育った子どもには、ツバメに対する特別な思いがあった。軒先の瓦の下の雀の巣のどびんごを捕って練り餌をやったりしていたやんちゃくれも、手の届く場所にあるツバメの巣にはちょっかいをかける者はいなかった。時には納屋の天井から身をくねらせてツバメのどびんごを狙う青大将の姿を、固唾《かたず》をのんで見守り、棒きれで追い払ったりもした。

まさに半世紀前の風景でもある。今では住宅の構造も様変わりし、納屋などある家はない。が、春先にツバメの姿を見かけるとなぜか「よう来たな」と声をかけたくなってくるし、早苗の植わった田の上を飛び交うツバメの姿に、季節を感じる。ツバメは夏鳥である。

同じ頃、庭の姫辛夷《ひめこぶし》にキジバトが巣を構えた。我が家の庭木に鳥が巣をかけるなんて、何年ぶり？子どもたちも巣立ってやや寂しい二人暮らし。くぐもった鳴き声が気になるが、巣立ちまで見守ることに。巣作りも終わり抱卵の季節に入ってしばらく、巣の下に割れた卵が。雛の誕生に至らなかったが、隣家のツバメは夫婦仲よく抱卵中。雛の誕生もそろそろか。

ヒヨドリ

六月末の梅雨の晴れ間の午前だった。

毎夏恒例のトウモロコシとトマトの防鳥網を張る作業に取り掛かった。菜園は自宅に隣接していて、自宅の敷地内の隅に農具などを仕舞ってる物置がある。物置と菜園の間はフェンスで区切られていて、フェンスに取り付けた扉から出入りすることになる。

物置から、防鳥網と支柱用の杭を取り出して、フェンスの扉を開けた時、聞きなれぬ鳥の鳴き声が近くでした。顔をあげてあたりをうかがう。我が家の地所は南半分が菜園だが、残りの北側半分は空き地である。空き地の北側は隣家に接して背の低いフェンスがあり、フェンス沿いにビワの木や椿の木などが植わっている。

声の主はそのフェンスの上にいた。灰色っぽいヒヨドリだった。聞こえてきたのは、グピグピとくぐもった鳴き声であった。ヒヨドリといえばピーヨピーヨと甲高い声なのにと意外に思う。

聞きなれぬ声にその主を観察すると、嘴の先に昆虫のようなものを咥《くわ》えている。どうやら餌を口に咥えているので、くぐもった鳴き声になっているようである。

青物の少ない冬から春先に、菜園のブロッコリーや芽キャベツの若葉を啄ばむヒヨドリの姿をよく見ていた。

「へえー、昆虫も食べるんだ」と意外に思いつつ、しつこい鳴き声にフェンスに近づくと、空き地の角のビワの木陰に逃げ込む。

警戒心の強い鳥で、普段ならすぐにどこかへ飛び立ってしまうのに、ビワの葉影でしつこく鳴き声を発している。

雲の切れ間から太陽が顔を出したのをきっかけに、ヒヨドリに抱いた関心を断ち切り、涼しい間に網張りをと、慌てて作業に取り掛かる。Tシャツの腕を焦がしながら、一時間ほどかけて、トウモロコシとトマトに網を張り終える。芯に巻き取って保存している防鳥網だが、細いビニール製だけに、途中で縺《もつ》れたりで意外と時間のかかる作業であった。

網張りを終え、使った道具を物置へと運ぶ。プレハブの物置から出た時に、物置の横に植わった紅葉《もみじ》の枝から何かが飛び立った。バサッと羽音を残して飛び立ったのがヒヨドリだった。

空き地に接してのフェンスは隣のものだが、我が家の敷地の西の北側はもう一軒の隣と接してフェンスで仕切ってある。そのフェンスの内側に紅葉の木が一本植わっている。長男が小学生の頃、県下緑いっぱい運動だったかで、幼木を学校から持ち帰ったもの。いつ間にか、樹齢三〇年弱になるか。フェンスを越して隣家の空間へ、また物置の屋根を覆う旺盛な成長の枝先の剪定が、毎夏の私の仕事となっていた。剪定前の今は葉を繁らせている。

羽音につられて見上げた幹の間に、小ぶりな巣があった。（あれ、こんなとこに巣が）と思いつつ、物置から持ちだした脚立に乗って背伸びをするが、一メートルほどの短さでは巣のなかまで見通せない。巣の上は重なった枝葉が屋根の役目を果たして、高い位置からの視線を遮っている。より長い脚立を運んでの観察を考えなくもなかったが、そのまま、そろりと指先を巣のなかに。ブヨッとした手触りは卵ではなくどびんごの気配。すでに卵から孵《かえ》っているのである。

巣作り、抱卵が何日くらいかかるものかわからないが、いくら裏庭とはいえ、その間に気づかなかったのは迂闊《うかつ》というしかない。紅葉の木に接して居間があり、その二階部分は我が書斎なのに。逆に言えば、それだけヒヨドリの動きが隠密裏だったといえようか。

それから一週間、親鳥の頻繁な餌運びが目についた日々だった。生きものにはあまり関心を示さない連れ合いも、今度ばかりは興味が湧くらしく、「あっ、また餌を運んできた」と窓の外を眺めてもいた。居間の戸袋の上から巣を眺めると、かすかに巣の上辺が望まれるのだが、黄色い嘴に早くも黒い羽根が生えた頭部が見えた。巣からはみ出すくらいの大きさになったようだ。その数、三羽。もう目も見えるようだが、チッチと口で鳴き声を真似て呼びかけても、警戒しているのか知らんふりである。餌をねだる雛の可愛さというよりも、豪然と頭を擡《もた》げているといった印象である。

鳴き声を一切立てないのは警戒心からだろうか。もっぱら餌を運ぶ親鳥の出す頻繁な鳴き声で、話しかけたり指示を出しているようだ。

さらに、巣の下には雛の糞の痕跡がない。誰かが言っていたが、餌を運んできた親鳥が、雛の糞の始末も小まめにやっているらしい。

それに、餌を運んできた親鳥は、いっきに巣へと向かわない。巣の近くに人がいると、特に警戒してまわり道をする。もっとも餌を咥えての鳴き声は頻繁だが。雛に警戒を促してもいるのだろう。ビワの木、椿の木、蘇芳《すおう》の木、フェンスへと、まさに葉隠れの術を駆使しての巣への接近と餌やりである。

そんな子育ての観察は、つましい二人暮らしの熟年夫婦には、新鮮な刺激でもあった。

そして、その日が来た。梅雨というのにうすら寒い気候の午後、ささいなことから夫婦喧嘩になった。不貞腐《ふてくさ》れた気分のまま、時代小説を読んでいた間に驟雨《しゅうう》があった。江戸の人情物の短編が、先ほどの夫婦のいさかいでいら立った気分を落着かせてくれた。

雨上がり、ヒヨドリの騒がしい鳴き声が聞こえた。窓の外を覗くと巣のなかの雛の頭が見えない。さてはと思い二階の書斎から眺め下ろすと、紅葉の葉群の上に小ぶりだが嘴のやや黄色さを除けば雛とはいえぬ成鳥が一羽、隣家のテラスの縁に一羽、テラスの端には親子の姿がそれぞれ見えた。雛が巣立ったのだ。

私は慌てて連れ合いを呼んだ。喧嘩の余韻か、やや機嫌の悪そうな声の返事があり、二階へやって来た。窓の外を指さしつつ、「巣立ちだよ」と声をかけると、「えっ」と顔を出す。餌を咥えた親鳥が重なった枝葉の上の雛に巣立ちを促す。その鳴き声のなんと心強いことか。

そんな親鳥の声に励まされたのか、枝葉から我が家のサッシの枠へ、さらに隣家の木の枝へと、思うままにならないまだまだ弱い羽ばたきで、よたよたと飛び移る。まさに巣立ちである。

その間二羽の親鳥は人間への警戒心も忘れて、雛鳥に寄り添って懸命に巣立ちを促す。隠密裏に餌運びをしていた姿から想像もつかない、生々しいものだった。微笑ましいというよりも、必死な命の躍動に思えた。そして、いつの間にか、雛鳥と親鳥の姿がどこへとなく消えていった。

そんな姿を眺めながら、どちらからともなく「ふーん、これが巣立ちか」と言い合う。「感動的だが、終わってみれば、実にあっけないものやな」。残された巣を見上げながら、連れ合いが言う。「立つ鳥跡を残さずだっけ。長男のことを思い出すわ」

もう一五年になるか。大学進学を機に家を離れていった時の、まさに自分の痕跡のかけらも残さず旅だった息子の姿だった。そう言った連れ合いの声が、心なしかしめっぽく聞こえた。

テレビのある風景

私とテレビとの初めての出会いはいつだっただろうか。

テレビの放映開始が一九五三年。当初、街では街頭テレビの放映などもあったようだが、私の育った田舎の村ではそんな気の利いたものはなく、早々とテレビを購入した近所の家へ見せてもらいに行っていた。大相撲かプロレスの放映を見たのが、おぼろげな記憶である。一九四九年の生まれだから、小学校に上がっていた頃だろうか。

その次のテレビ画面の記憶は、小学校の頃。これは強烈な記憶として、いまだに鮮やかに残っている。ある秋の昼下がり、同じクラスだった散髪屋の息子に誘われて学校帰りに寄り道して見た、理髪店でのテレビ画面だった。駅前の散髪屋といっても田舎町である。舗装のされてない埃っぽい通学路から店内に入ると、シャボンのいい香りがやや異次元の世界を醸して、店に客はおらず、同級生の父親が白い上っ張りを着て、手持ち無沙汰にテレビ画面に見入っていた。得意げにテレビを指さす同級生のM君に、客が来たら呼ぶように言って父親は店の奥へ消えた。私とM君は、待ち合い用の木の長椅子に並んで腰かけ、画面に見入った。

巨人―西鉄の日本シリーズ第五戦。三対二で迎えた西鉄の九回裏の攻撃場面だった。初回の巨人与那嶺（一回）の3ランに対して七回に西鉄中西の2ランのままの九回裏。平和台球場では表彰式の準備が始められていた。先頭打者の小淵の打球は三塁線を襲ったが、三塁手の長嶋はファウルと判断、打球を捕らなかったが判定はフェア。次打者豊田がバントで一死三塁。期待の四番中西は三塁ゴロでツーアウト三塁。次打者はシリーズ一五打数一安打の大不振の関口だったが、巨人藤田のシュートをはじき返し、ショート広岡のグラブの横をセンター前に。三塁ランナーの滝内が生還して三対三の同点で延長戦に。一〇回裏から登板の巨人大友から一死後、西鉄稲尾が日本シリーズ史上初のサヨナラ本塁打をレフトスタンドへ。

巨人に三連敗のあと、第四戦に引き続き徳俵に足が掛かった第五戦目。そのクライマックスを、音声だけのラジオ放送ではなく、白黒とはいえ、テレビの中継で目の当たりにしたのである。

かくして、三連敗から四連勝で西鉄が逆転日本一を達成。打線の四番中西の活躍とともに、七試合中六試合に登板（うち四試合完投）、西鉄の四勝すべてをあげたピッチャー稲尾の活躍は、「神様、仏様、稲尾様」とファンを熱狂させた。

そんな劇的な日本シリーズがおこなわれたのが、一九五八年。私の小学三年生の秋であった。

M君と私は、そんな野球中継を身じろぎもせずに見つめていた。それまでの私の人生初めての感動で、私の心は打ち震えていたであろう。

私とテレビとの強烈な出会いであった。

怪童中西の雄姿とともに、鉄腕稲尾の姿はまさに神様と思えたものだ。そんな場面に遭遇した多くの当時の野球少年がそうだったように、以後の私を西鉄ファンへと駆り立てたのである。

ルーキーだった巨人軍の長嶋が四番で、そのシリーズでそれなりの活躍を見せたようだが、なぜかその印象はない。

バットとボールがあればいいほうで、グローブなんて代物は手にとったことがなく、お宮の境内での三角ベースで、充分夢中になれた、そんな時代の田舎の野球少年だった私の姿がそこにある。

少年野球のクラブがあるわけでなく、身近な他のスポーツといえば相撲くらいしかなかった時代。もちろんサッカーなんて馴染みもなかった。そんな時代であったが、なぜか野球熱は盛んだった。もっとも、プロ野球の実況放送なんてもっぱらラジオでしかなかったなかでの、テレビ中継との出会いであったのだ。

まさに、田舎の野球少年の心にヒーローの姿を刻みつけた、テレビ画面の数シーンでもあった。

お宮の境内の三角ベースの野球に夢中になるいっぽう、引っ込み思案で人見知りだった私は、本好きな少年でもあった。農家だった我が家には、小説本など縁遠く、「家の光」という雑誌があったくらいだったろうか。したがって、私の読書はもっぱら学校の図書室にある本だった。大半が野のなかの一本道だった一キロ半ばかりの通学路を、図書室で借りた本を読みながら帰ったものだ。

今となってはどんな本に夢中になったか思い出せないが、現実とかけ離れた物語の世界に幼い空想力を遊ばせていたのだろうか。

当時の田舎の農家の子どもは、小学校へ通うようになれば、立派な労働力である。農繁期はもちろんのこと、農閑期でも家事の手伝いなどさせられていた。例えば、鶏小屋に飼っていた何羽かの鶏の餌りや風呂の水くみなど。風呂の水汲みといっても、ボタンひとつで湯舟が一杯になるのではない。井戸端の手押しポンプで吸み上げた井戸水をバケツに張って何メートルか離れた風呂場まで運ぶ。五衛門風呂と呼んでいた湯舟が満杯になるまで、ポンプと湯舟の間を何回も行き来しなければならないのだ。そんな日々の家事手伝いを段取りよく済ませないと、三角ベースの野球にも行けないし、読書の時間も減らされることになるのであった。

子どもにとっては変化の乏しい忍耐だけを必要とする家事手伝いから解放された後の読書は、より心に滲みるものがあったのだろうか。また、農作業に忙しい親たちにかまってもらえない寂しさを紛らわそうとしてか、本の世界に心を遊ばすことの楽しみを見いだしていったのであろうか。

我が家にテレビが登場したのは、いつだったのか、確たる記憶はない。確か、当時の皇太子と美智子さんとの結婚パレードを隣の家のテレビで見た記憶がある。それが一九五八年の春。いっぽう、「月光仮面」〈KRテレビ〈現TBSテレビ〉放送〈一九五八年二月二四日〜一九五九年七月五日〉。日本初のフィルム製作による国産連続テレビ映画〉は、我が家のテレビで見たとも思う。であれば、私の小学四年の夏前に、我が家でもテレビを購入したことになる。

続いて放映された、抑圧された東南アジアの人々を解放すべく正義の使者ハリマオが活躍する「快傑ハリマオ」〈日本テレビ系・一九六〇年四月五日〜一九六一年六月二七日。太平洋戦争直前にマレー半島で日本軍に協力したマレーの虎といわれた谷豊をモデルとした山田克郎の『魔の城』が原作）にも、夢中になった記憶がある。

が、体が弱くてテレビにかじりついていたせいで映画好きになり、さらに高じてシナリオを書くようになったというUさんとは違って、私はテレビっ子にはならなかった。それは、私がお宮の境内で走り回る元気な少年だったことと、活字の物語世界で、自由に想像力を羽ばたかせることの楽しさを知っていたからではないか。

祖父と酒

幼い頃の酒の記憶は、秋祭りの甘酒の味である。朝晩、涼しいというより冷えを感じる頃、そろそろ祭りが近づく頃でもあるが、それぞれ自家で甘酒が仕込まれる。部屋に広げた莚の上に蒸した米を広げ、それに米麹を振りかけ、さらに大ぶりの甕のなかに入れて発酵させる。発酵を促すために毛布で甕を覆っていた。そんな作業をする母親の姿が朧な記憶の彼方にある。

五〇年以上も前のことだから、記憶もあやふやで、正確な手順だったか自信はない。ただ、今でも秋祭りを前に太鼓の練習の音が、澄んだ夜気を通して聞こえてくると、納戸の隅に置かれた古ぼけた甕と、まだ若かった母親の姿を思い出したりする。もちろん、舌先の甘酒の風味は忘れ去ったが。

母親の嫁に来る前に、祖母は若くして亡くなっていたので、私の記憶にはない。その祖母の死後、長男の父のもとへ母が嫁いできたのだが、母は、まだ幼かった父の妹たちの母親代わりの役割も果たしたようだ。姑のいないこともあって、結婚した早々に家計を任された母は、現金収入の少ないなか、小《こ》姑《じゅうとめ》たちをそれぞれ嫁がせた。そんなこともあって、結婚して家を出て行った叔母や叔父たちが、「姉さん、姉さん」と母を慕って里帰りしていた風景が、記憶に残っている。

朝は朝星、夜は夜星の田舎の百姓の日々。子どもたちは親にかまってもらえなかった。甘えたでひっつき虫だった孫を不憫に思ったのか、祖父は私をよく可愛がってくれた。自転車の後ろに乗せて、あちこちへとよく連れまわってくれた。ある時などは、カーブを曲がり切れずに自転車ごと転倒し、その拍子に畦道に顔を出していた石で額を割った。その時の傷跡が祖父が亡くなったあと長く私の額に残っていた。

そんな祖父だったが、酒好きだった。当時五〇軒あるかなしの小さな村で、八百屋はなかったが一軒の酒屋があった。村では珍しいやり手だった主《あるじ》が、昭和の初めに起こした店だった。確か「昭和菊」という銘柄だったか、近所の醸造元とタイアップして小売もやっていた。当時は量《はか》り売りをやっていて、二合瓶だったか四合瓶だったか、瓶持参で買いに行かされたものだ。ある時など、近道した畦道で足を踏み外し、抱えた酒瓶を割ってしまったことがあった。泣きながら帰ったが、祖父は怒らず、再度金を持たせて買いに行かせた。食事時に少しの酒をさも旨そうに長い時間をかけて、祖父は飲んでいた。その頃の父は晩酌の習慣がなかったのか、祖父ひとりが飲んでいた。

祖父の酒は普段は大人しい飲みっぷりだったが、たまに癇癪を起こして母に当たったりしていた。その原因はささいなことで、カレイの干物の身が少ないことだったり、買ったばかりのテレビのチャンネル権を孫に取られたこととか、他愛ないことからの癇癪だった。気の強い兄と祖父は馬が合わなかったのか、よく諍《いさか》いを起こしていた。祖父にとって内孫は二人だけだったので、その分、祖父の愛情が余計私に傾いていたのかも知れなかった。

頼もし講といったのだろうか。とっくに姿を消してしまったが、いわゆるお互いが出資してその金を融通しあう組織が、当時の農村にはまだ残っていた。そんな会合に出かけた祖父がなかなか帰って来ない時、その迎えは幼い私の役目だった。ふるまわれた酒で腰を落ち着けていた祖父だったが、「清太郎はん、かわいい孫のお迎えやで」と言う声に、逆らうこともなく素直に腰を上げたものだ。ややもすれば、角突き合わせていた兄が迎えにいってはそうはならなかったようだ。

酒の肴のスルメを私の手に握らせた祖父とふたり、村のなかの夜道を帰ったものだ。

でも、そんな祖父と私の蜜月時代はあっという間に過ぎたようだ。年寄りに比べ子どもの感じる時間はいたって短いものだ。祖父の膝のなかがいつまでも心地よいものではなくなるのであった。自立心が芽生えてきた子どもは、年寄りには残酷な形であっさりと離れていった。

当時の田舎の百姓家ではどこもそうだっただろうが、子ども部屋といった気の利いた空間などなかった。当時の親たちも子どもの教育にはそれほど熱心ではなく、せいぜいちゃぶ台を使って宿題をこなす程度だった。そんな可愛い孫の姿を不憫に思ったのか、確か中学入学時に祖父が私に学習机を買ってくれた。近所の中古屋での買い物だったが、新品と変わらぬ代物で、スプリングの効いた椅子が物珍しかった。

それを機に、座敷の一画が私のテリトリーになり、新しい机で本を読むことが、一つの楽しみとなった。そんな私の姿を、祖父はただ黙って目を細めて眺めていた。その頃が、私と祖父の蜜月の最後の時期だったかも知れない。祖父との間も次第に疎遠になっていった。そして、祖父は私の高校二年の冬に七二歳で亡くなった。私にとって、初めての肉親の死であった。

祖父は胃がんを患っていたが、入院もせず自宅で寝ていて、近所の医者が往診していた。座敷を病室にしていたが、火鉢に火を起こして暖をとっていた。その温もりと病臭がない混ぜになって、独特のにおいが籠っていた。看病をする母の言いつけでしぶしぶ私は、学校に出かける前と帰った時に、その部屋に顔を出すくらいだった。「よう可愛がってもらったのに」と母はやや恨めしそうな顔で私に言った。

通夜の夜、村の参会者が帰ったあと、伯父や叔母たちが祖父のお棺の前で、酒や茶を飲みながら、祖父を話題に談笑していた。そんな大人たちの姿がなぜか許せなかった。

「お祖父《じい》さんが亡くなったのに、みんなは悲しくないのだろうか」と頑なに幼い哀しみに浸っていた。酒が入るとひと際陽気に振る舞う叔父の一人が「〇〇は、よく可愛がってもらったから、寂しくなるなあ」と声をかけてきた。その一言が引き金になって、「えぐっ」とえずいた途端、私の両目から涙が溢れだした。

優しかった祖父の姿が頭を駆け巡り、冷たくした悔いと喪失感が私の心を占めたのであった。

そんな祖父の形見だった学習机は、私が結婚した以降も、私の書斎で訓染んでいた。形見といえば、幼い頃、祖父とともに荷車で二里ほど離れた石屋で買ってきた石臼があった。祖父の亡くなったあとも、毎冬の正月用の家族総出の餅つきで活躍していた。私の子どもたちも幼いながらに手伝ったりしていたが、祖父と同じ歳で父が亡くなって、それから後いつの間にか使わなくなり、今では母屋の物置の片隅に埃を被っている。

長男の結婚

三年前の正月明けだったか、確か、成人の日の連休のこと。妻から出先へ電話があった。「長男のDから彼女を連れて帰省するとの電話があったので、あなたも寄り道せずに早く帰ってきて」というものだった。

高校卒業いらい、東京での一人暮らしの続いた長男だが、学生時代もふくめ、たまの帰省時の話にも、浮いた話題は聞かなかった。つい先だっての正月休暇の時も、付き合っている女性がいるなどとはおくびにも感じさせなかった。それだけに、女性同伴での急な帰省は、家族にとっては、古くさい言葉で言えば、まさに青天の霹靂《へきれき》、今ふうの言葉を使えばサプライズというべき出来事だった。

妻からの電話に半信半疑のまま、私は早々に帰宅した。

長男が伴ってきた女性は、すっきりとしたべっぴん、そんな表現がぴったりな女性だった。レンタカーで福山の鞆の浦観光からの帰りだという。昨秋の友人の結婚式の二次会の幹事をしたのが出会いのきっかけで、三月ばかりの付き合い。出会って以来、船橋と伊丹と離れていても、休日のたびに新幹線で行き来していたようである。

我が息子ながら、行動的だなと感心させられもしたのである。親の知らない長男の側面でもあるのだろう。ただ、長男には春から、二年間のメキシコへの研修派遣の内示があったばかりである。帰国予定の二年先の秋に結婚のつもりと言う。

老婆心ながら、「二年間というのは長いよ」と言うと、「大丈夫です」ときっぱりと言った彼女の潔さが強く心に残った。自身の若い頃の苦い経験をふと思い出し口にした杞憂だったが、ふたりは二八歳の同級生、そう案じることもないか。また昔と違って、気持ちを伝えあう手段は便利になっているし、とひとり胸の内で頷くのでもあった。

夕食の鍋をともにつつきながら、初対面とは思えぬ気さくな彼女を前に、アルコールのせいもあって、ついいつもの取材癖が出て、あれこれと問い質したのは言うまでもない。初対面でも物怖じしないハキハキと自己主張する今時の女性という印象で、息子以上に親のふたりも気に入ってしまったのである。

翌日は、伊丹の彼女の両親へのあいさつへ出かけるとのこと。その手回しのよさに感心するばかりであった。

そして二月中頃、メキシコシティでの研修派遣で長男は成田を飛び立った。妻の強い希望で成田へ見送りに行ったが、当然のごとく彼女も見送りに来ていた。さり気なく息子の世話を焼く彼女を眺めながら、いくら旅慣れているとはいえ、初めての仕事での赴任を心配する妻に、彼女の存在が長男の心の支えになるだろうなと私は言った。「そうやね」と言いながら、女親独特の心の綾があるようであった。

成田空港の食堂街で昼食を共にしたあと、長居は無用と早々に私たち夫婦は、宿泊予定の沼津へ向かった。雪の富士山が見たいと言っていた妻の希望で、富士宮の浅間神社へ出かけるためだった。翌日、暖かな日差しの降り注ぐなか、市内を散策。威風堂々の雪の富士を真正面に見上げながら、コンビニで買った弁当を肴にカップ酒を傾けたのである。もっとも、帰りの列車に乗る頃には、雲が出てきて秀麗なその姿は見えなくなった。

赴任地のメキシコへ着いた長男から、折り返し無事着任のメールが我が家のパソコンに届いた。一五時間の時差があるなんて考えられない、今時の情報伝達のスピードを身を持って実感させられたのである。情報伝達の便利さということで言えば、テレビ電話もそうだった。

アナログ人間同士の我が夫婦だったが、長男からテレビ電話のスカイプの無料回線があると知らされた妻。パソコンの操作など無知ながら、ああでもない、こうでもないと言いつつ、webカメラ内蔵のパソコンを使って自力で開設したのである。

ひとり旅好きが高じて、中高時代の国内の列車旅から大学に入ってのバックパッカーへと、旅慣れているとはいえ、仕事での派遣となると別である。聞けば、アパート探しからして自身で行うとのこと。また、二年という長期間になると、慣れない食生活も気になるところである。まして、いくら片言が話せるにしても、言葉の障壁もあるだろう。メキシコでの営業と聞いても、具体的にはどんな仕事なんだろうか。

男親とは違って、女親特有の過度な心配が駆り立てたのだろう。まさに、母親は強しである。見送りの成田で目の当たりにした互いに固い信頼のきずなに結ばれたかのような若い二人の姿から、私のかわりに長男を支えてくれる人ができたという安心感と、それでも手放しではそう思えないという母心が入り混じっていたのかも知れない。

そんな妻を横目で眺めながら、地球の反対側とリアルタイムで顔を見ながら話せるなんて、まさに「へへーっ」と言うしかないなと思い、長男の元気な顔を見た安心感よりも、まずその情報伝達のスピード感とリアルさに強い驚きを感じ、今時の互いの愛情を確かめ合うその手際のよさを、妙なところで納得させられたのである。

いっぽうメキシコの長男は一年過ぎると、首都のシティから日本人スタッフのいない地方都市へ単身の転任になったが、たまのテレビ電話では元気そうな様子だった。そして、その夏には、暑中休暇を利用して帰国した長男の婚約と両親の顔合わせを、神戸のホテルで行った。やがて、二年半にわたる長男の海外派遣が終わり、我が家に保管していた家具類も新しい住まいへ移っていった。

まさに、あっという間に二年半が過ぎたのであった。

その間、若い二人は、テレビ電話でのやり取りだけでなく、現地まで彼女が行き三月ばかり滞在もしたようである。もっとも、彼女の両親も打ち揃ってメキシコ観光に出かけ、長男のガイドで世話になった由。十数時間の空の旅と聞いて二の足を踏んだ私と妻が、ただ臆病だけなのかも知れない。

かくして、長男の誕生日の夏に入籍し、彼女の誕生日の秋に結婚式を挙げたのである。その日、若いふたりの晴れの姿を、慈愛を含んだ穏やかな顔で眺める妻の姿があった。その顔を眺めながら、長男が誕生してからの三〇年余のあれこれを思い返し、私は一入《ひとしお》感慨深い思いに囚われた。

すべて親がかりだった、三〇何年前の自身の結婚式を思い返しながら、長男の健気さを思うのであった。財政だけでなく、ホテル側との折衝も含め、結婚式のあれこれすべてを親に相談することなく、二人で決め、済ませたのである。

「そういうふうに育てた、あんたの手柄かも判らんね」と、自分の不甲斐なさを棚に上げて、茶を濁すしかなかった。

そして、しみじみとありがたいと思うのであった。

隣近所

我が家が建って、まる五〇年。ちょうど、日本がオイルショックに見舞われた時だった。

二〇代半ばで家を持つなど、思ってもみないことだった。田舎だったこともあり、長男は跡とり、次男には新宅家をという風潮が強く残っていた時代でもあったし、幸いにも二人兄弟でもあった。

次男坊の身軽さもあって、一応仕事には就いてはいたが「家など要らん」と、サラリーのごく一部を食い扶持として母親に渡す以外は、自分の小遣いとして使っていた。言い訳をすれば、貯蓄するという観念が薄く、持った金は使ってしまうという、やや金銭にルーズな性分がそうさせたのだろう。

青春を謳歌していたといえば恰好がいいが、まわりの大人から見れば、あっちふらふら、こっちふらふらと遊びまわっているように見えたのかも知れない。まあ、苦労知らずの田舎のぼんぼんの泣き笑いであったのだろう。もっとも、本人にすれば深刻な青春の自画像ではあったが。

そんなふうにふらふらと腰の定まらないのを見兼ねた親戚の誰か彼かが、新宅家の一軒でも持たせれば落ち着くだろうと、両親を焚きつけたようだ。今の時代なら他所の家のことはかまうなとなるが、あの頃は親戚同士の濃い関わりがまだ残っていた。

もっとも、家を建てるといっても、柱の一本分でも出せというわけでもなし、すべて親がかりだった。

オイルショックのニュースを見ながら、狂乱物価のすさまじさをぼやいていた時に、「大工さんとの契約は済んでるから、うちは大丈夫だ」とボソリと父親が言った言葉を、自分が契約者でもないのにと不思議と後まで覚えていた。

田舎の百姓家で土地は自前のものだった。母屋から歩いて数分の場所の清水田《しみずった》と呼んでいた、清水が湧いてあまりできのよくない小さな田んぼがあった。その田を地上げをして宅地に充てたのだった。市街化調整区域の指定地だったが、農業倉庫で申請すれば書類が受理され、住宅を建てられるという、そんな抜け道のあることを知った。そう言えば、小さな村内にも、そんな形で新宅家が一軒、二軒と増えていくのを目にしてもいた。

姫路の中心部へ一〇キロそこその距離であってみれば、高望みしなければ、神戸や大阪などの都会へ出て行かなくても、親元から通勤できる近場にそれなりの仕事があったのである。

大学へ通う人間の数も今ほど多くなく、半数以上が高校を終えると就職する時代でもあった。また、海岸部には播磨工業地帯が控えていたし、内陸部にも工業団地が生まれる、さらに時の内閣の「日本列島改造論」がもてはやされた、そんな時代でもあった。

家の設計は兄に頼んだ。兄にそんな心得があったのだろう。ああでもないこうでもないと、思いつくままに要望を伝えた記憶がある。そして、いたってシンプルな三〇坪ばかりの平屋の家が建った。田んぼのなかの一軒家という印象だった。ただ、用水路と道路を挟んだ斜め前に、これも平屋の新宅家が二軒並んであった。青い屋根にしたばっかりに、そばを走る国道から目立ったのだろう。喫茶店と間違えたのか、車を乗り入れる慌て者がいたりもしたが……。

新築してすぐに移った。引っ越し荷物は、本箱と机だけ。新しくシングルベッドを購入した。食事と風呂は、それまで同様、母屋で親がかりで通した。それ以降、結婚するまでの数年、誰に気兼ねするでなく、誰に小言を言われるでなく、気儘な一人暮らしをしたのだから、まさにいい気なものである。一人住まいの気ままな暮らしでは、帰りを待つ人がいるわけでもなく、交代制の勤務も相まって、また外で飲み歩くことも多々あって、帰趨本能は薄れるばかりである。たまさかに自宅にいても読書三昧で時を過ごす。まさに独身貴族の生活を謳歌したといえよう。その結果、本と酒の空き瓶がふえたが、金は増えなかった。

そんな生活では隣近所の意識も希薄であった。結婚して初めて、近所付き合いということを意識しだすのである。近所といっても、記したように、道路を挟んでの斜め向かいの気ごころの知れた二軒があるばかり。気兼ねなしである。

地域での近所付き合いが本格的に始まるのは、やはり子どもを持ってからだろう。ＰＴＡや子ども会行事を通しての関わりである。もっとも、専業主婦の妻に子育ての一切を任せ、学校行事の参加は運動会くらいであれば、夫の出る幕も少ないが。

元来が田舎の固陋《ころう》ともいえる風習や仕来りの嫌いな人間だから、極力関わりを避けてきただけに、身近な近所付き合いをするのが関の山である。

そんな人間の住む近所の風景も変わってきた。

十数年にもなるか。いわゆる細切《こまぎ》れの田をある一定の大きさに作り替え、道路や水路の整備をする、地域の圃場整備事業があり、それに付随して我が家を含む一画が宅地化されることになった。それまで田んぼだったものが、小さい公園を含め十数区画の宅地に変貌したのである。そして数年もしない間に家が建った。我が家の裏側に八軒ばかり。玄関が北向きなので、南向きの我が家とは裏隣になる。裏隣というのは、隣であって隣ではない。塀というよりフェンス一枚隔てただけで、画然とした距離が生まれるのである。北寄りにある自宅の居間にいると、隣の話し声が聞こえたりするが、顔は見知っていても、日常会話を交わすこともない。隣保の数は増えても、親身な交流はあまり生まれてこないのである。

そして、長らく空き地のままだった我が家と並びの土地が売れ、新しい住宅が建ったのが、この冬であった。そして新しく移ってきたのは、赤ん坊を連れた若夫婦と、小学生の頃同級だった理髪店を営む初老の男がその隣に、その二軒である。

すぐ隣は、業者も驚くほど、庇が接するほどの近さである。が、同じ南向きに玄関があり、顔を合わす機会も多いのである。顔を合わせれば世話話のひとつもする。そうすれば気心もつかめてき、交流が芽生えるのも自然の流れである。

ことに若夫婦には一歳余りの赤ん坊がいた。最初は顔見知りをして恥ずかしがっていたが、それもつかの間、笑顔が返ってくるようになるとしめたもの。そして、主人より三歳年上という若い母親は、どこか人懐っこくて素直な性分なのである。今時の若い主婦は手料理などするのかとやや危ぶみながら、菜園の野菜を裾分けすると、「助かります」と喜んでもらってくれ、時には大福をお返しにくれたりもする。そんな、春先から初夏にかけての付き合いが始まった。

それまでの裏隣との親密度の薄さに引き比べ、濃い関わりが生まれてきたのは面白い発見であった。さらに大げさに言えば、やや危惧を抱きつつ迎えた、未知の隣近所との出会いという初体験であったが、案ずるよりも産むが易しだったのである。

鎮守の森

確か、司馬遼太郎の「街道をゆく」だったかに、鎮守の森は日本人の原風景だと書かれていて、その一文にいたく共感した追憶がある。

我が住まいの鎮守の森は、市川の川沿いにある集落の東北の位置にある。村落の外れの北の位置からその森（森とは言いづらいほどのささやかな木立だが）を遠望すると、大昔は河川敷であっただろう平地の上に形づくられた集落を見守るがごとく、こんもりと枝葉を広げた姿が広い空の下に望まれる。

その森のなかに鎮座するのは、市川水系ではありふれた大歳神社という名前の社で、常駐の神主もいないごくささやかな神社である。

祭神は古事記では素戔嗚尊《すさのおのみこと》の子とされ、穀物の神の大年神である。創建年月は不明だが、安永元（一七七二）年の銘が刻んである大鳥居がある。我が集落はもともと山沿いの地にあったが、農耕に便利な低地に移ったといわれていることから、社も移転したのだろう。記録では、一八七四（明治七）年に村社になっている。

散歩のコースでもありほぼ毎日というくらいに眺める風景だが、どこか懐かしく、心安らぐ風景に感じられる。字のごとく、土着の神を鎮めて、村落を守護する神の座す社という思いからくる安心感が、そう感じさせるのかも知れない。

我が人生を振り返れば、たぶん母に抱かれて赤飯を供え、参ったであろう生後三一日目だったかの宮参りが、この社との初めての関わりだったであろう。六〇余年前のことである。もちろん記憶にはないが。その日に私は、いわゆる氏神さんの氏子になったのである。

以降、境内での蟬取りに始まって、幼い頃の日々のなかに、社とその境内での遊びや行事が詰め込まれることになる。

なかでも小学生の男子で組織された少年団で運営していた、菅原道真を祀った天満宮での毎月の行事と夏祭りは忘れ難い。「天神さんの日」と呼んでいて、確か、二五日だったかの決まった日の夜に拝殿に参集し、歌を歌ったり、田の畔道をグループに分かれて走り回ったり、最後に炒った大豆をお下がりとしてもらっていた。その集大成が天満宮の夏祭りで八月二五日に拝殿での泊まりがけ行事があった。一〇〇年以上も前から子どもたちの手で受け継がれてきた行事だったが、昭和三〇年過ぎ、子ども会の出現で途絶えた。

商店のない村には隣村の八百屋の主人が自転車の荷台に商品を積んで出張販売にやってきていて、現金のやり取りよりも「通い」が通用していた。

油照りの真夏の昼過ぎ、白茶けた村のなかの上の道を、アイスキャンデー売りの自転車が幟を立ててやってきていた。腕白どもは市川での川遊びと社の境内での三角ベースでの野球遊びが、夏休みの日課であった。そんな少年時代。

いっぽう家庭では、竈《かまど》の神さん、便所の神さん、田の神さんなどなど、八百万《やおよろず》の神さんという言葉が生活に根ざして残ってもいた時代であった。我が家では座敷に仏間があったが、居間（というよりも、食事をする部屋）に神棚があって、父親が月の決まった日に、榊《さかき》を供え、水、塩、米などを白い土器《かわらけ》で供えていた。

あるのはラジオくらい。テレビの出現の前の時代である。まだまだ信仰心が篤く、夜になれば魑魅魍《ちみもう》魎《りょう》が跋扈《ばっこ》すると思える闇の溢れていた時代でもあった。そんな風景のなかで私は育った。今から半世紀以上前、昭和三〇年代の中頃の話である。日本経済の高度成長時代の前、兼業農家が主流で、親たちの多くが農業収益で生活を賄っていた。

経済も娯楽も半世紀後の今から思えば、まるで夢の世界の出来事としか思えないが。逆に考えれば、半世紀前の風景はその前の何百年も続いてきた農耕の民の農村風景のひとつではなかっただろうか。この半世紀の変化の急激さを痛感するばかりである。

例えば、日本経済の高度成長時代のなかで、農業人口の激変である。農を離れてサラリーマンになったのである。農の風景の変化がそのことを如実に表している。その頃の流行語「三ちゃん農業」というのがあった。農業を営んでいた働き手の男性が都会へ出稼ぎにいき、残されたじいちゃん、ばあちゃん、かあちゃんで農業を営むという、まさにあの時代の農村を切り取った流行語であった。

そんななかで、私は成人し新宅家を構えた。息子二人の宮参りは、もちろん集落の氏神さんであった。氏子になった息子たちは、小学高学年になって秋祭りの屋台の乗り子でそれぞれハレをした。が、我が家には神棚はない。

我が村の世帯数は百数十戸である。宮総代は自治会長、副会長が当たり、宮当番は年一二人で各戸順番に巡ってくる。十数年ごとにまわってくる計算である。一二人で一二か月、月二回（一日と一五日）の米、塩、水、酒のお供えと、清掃や賽銭回収などを当番制でこなす。大きな行事の準備や当番は一二人全員で当たる。大きな年行事といえば、年末の大晦日祭事の準備から始まり、二月の節分神事、湯立て神事（六月）、天満宮祭（八月）と続き、最後の一〇月の秋祭りにいたる。

氏子たちのそんな世話が、鎮守の森と社を支えているのでもある。

だが、農業の営みと密接に結びついて維持されてきた鎮守の森と社だけに、農の姿の変化とともに、変わらざるを得ないだろう。もとは五〇軒ばかりの小さい集落だったが、この半世紀、外からの移住者もかなりあり、産湯を使った時から氏子という人ばかりではない。その意識も多様である。

ここで話は一転するが、根は同じと思うので、紹介する。

ひとつは過疎、高齢化が進み檀家の減少と寺の維持の困難さと仏像盗難の話題。もうひとつは、社寺の再建落慶に国内材木が枯渇し、海外とくにカナダの材木（米マツ、米ヒバ）などに頼らざるを得ない事実、さらに匠の技も危機にあるというニュースである。

例えば国宝・重文の檜皮葺《ひわだぶき》やこけら葺の固定用の数センチの竹釘の製造業者は全国でただ一軒（丹波

市）という。一人前になるには一〇年はかかるという職人の技。いっぽうでは、発注がなく、このままでは技術が滅びてしまう。経済的に成り立たず、後継者育成は極めて困難。安い、早いが求められる社会。文化財を支える裾野は細るばかり。等々の声が紹介されていた。

経済優先と便利さだけを追求する思考の氾濫のなか、急激な社会風潮の変化のあったこの半世紀。日本の風土は大きく変化した。

そして、少子高齢化、人口減少がいわれている現在。司馬遼太郎の書く日本人の原風景の鎮守の森と社であるが、これから先どんな姿で残っていくのだろうか。

いくはべ村の秋祭り

村の東北の外れにある村社の大歳神社。通りから三段ばかりの石段を上がると安永元（一七七二）年の銘のある石づくりの大鳥居が。その鳥居をくぐると、幅五メートルばかりの真っすぐな参道が伸びている。さして長くない参道の先に神社の境内があり、正面に拝殿がある。

参道の半ばに小宮があり、小宮の前に青竹の担ぎ棒を通した酒樽が四つ置かれている。白い布で覆われたふたつの置き台には一斗樽が、その前後に赤い布を張った置き台に四斗樽。

幟《のぼり》持ちを先頭に提灯持ちが二人、樽の横に三度笠に又旅《またたび》姿の宰領が立ち、樽の横には赤ふんどし姿の大人と子どもの担ぎ手が四組。その両側に紙手《しで》棒を持った囃子方《はやしかた》が数人ずつ並び、最後に幟持ちが立ち、宰領の樽担き唄の歌いだしを待っている。

その配列の後ろ、参道の入口には、宵宮の前に入魂式を済ませた、屋根を新調し白木の拵《こしら》えのままの布団屋台が控えている。金具を付けていない白木のままの屋根廻りの拵えが、すっきりとして人々の目を惹く。参道のまわりには多くの村人たちが見物に集まっている。
総責任者の保存会会長の合図で、総領が樽担き唄を歌いだす。
はあ〜ここはなあ〜あ〜　ここはな〜な〜あ〜あ　ばんしゅう〜の〜よ〜お（はやし方）やれやれ〜
いわべのさ〜と〜よ　おいも〜な〜あ〜あ　わかきも〜よ〜　はあ〜たるをかくな〜あ〜よ〜
樽の担ぎ手が樽を持ち上げ肩に乗せる。
囃子方の「いっし　どっこい」の掛け声に合わせ、千鳥足のゆっくりとした歩みで、提灯持ちに導かれて担き手が進んでいく。
紅白の紐で吊るした瓢箪を腰につけ、赤いふんどしに紅白のまわし姿でピンクの鉢巻き、白い足袋に草鞋《わらじ》履きで、さも重そうに酒樽を担ぎながら千鳥足で進んでいく担き手の姿は、神事とはいえユーモラスである。
雨の予報で一日伸びた秋祭りの本宮の宮入り。抜けるような秋晴れの下での、いくはべ（岩部《いわべ》）村の秋祭りのワンシーンである。
身を挺して市川の洪水を防いでくれた大蛇を神の使いと崇め、大甕に酒を入れて御神酒として捧げた――そんな謂われからの神事だが、一六番までの樽担き唄があって、そのうちの数番で、参道から拝殿までの道中が終わる。
その唄は屋台の道中唄と重なる歌詞が多い。いくつか紹介してみると、
◯竹に　竹に　すずめは　品よく止まる　止めて止まらぬ　色の道
◯ここは　ここは　播州　姫路の城下　お菊殺した　皿屋敷
◯ひがし　ひがし　傾く　姫路の城は　花のお江戸の　恋しさに
◯こんの　こんの　館は　目出度い館　鶴が御門に　巣をかける

○ここは　ここは　播州　岩部の里よ　向こうに見えるは　渡し舟

といったようなもので、俗謡の部類なのだろうか。

奈良時代初期に編纂されたという『播磨国風土記』。その一節に「的部《いくはべ》の里　石坐《いしくら》の神　高野の社
土は中の中なり。右は、的部等、此の村に居りき。故、的部の里といふ。……」とある。

石坐の神山は町内須加院の毘沙門堂のある磐座であり、高野の社は町内田野の高野神社だといわれ、当時の香寺町（姫路市）域が的部の里と呼ばれていたという。その「いくはべ」が「いきゅわべ」、「いゆわべ」、「いわべ」と変遷し、さらに漢字の岩部を当てるようになったという。つまり的部の里の遺称地が我が住まいの岩部に当たるのである。

二〇一五年から任期二年の村の隣保長兼協議員の役が回ってきて、村役は進んで「樽担き保存会」に入会すべしとのことで、昨年同様今年も囃子方での出場となった（村役には、樽担き神事の参加だけでなく、紙手棒を担いで屋台について回るという役割も昨年同様なのだが）。そこで感じたことである。

ここで、いくはべ村の秋祭りのあり方に少し触れておく。屋台の運行など祭り全般の指示、運営は屋台世話人会が中心になって行う。年齢的には厄年前後で構成する。その上に壮年会という任意の親睦会があり、年齢的には世話人を抜けた後、六五歳までで構成。木方《きかた》や棒端《ぼうばな》、あるいは交通整理など屋台運行の手助けをする。もっとも神社の神事だから宮総代の自治会長はじめ、村役も紙手棒を担いで回る。屋台の乗り子は小学四～六年で小学三、四年が樽担きにも参加。屋台をかくのは高校生以上で、若衆《わかしゅう》と呼ばれる一〇代後半から二〇代のグループ、その上の消防団（彼らが太鼓を教える）、世話人、壮年会といった年齢構成になる。

先ずは、担ぎ手の統制のとれた姿である。要所要所での屋台の差し上げは、ほとんど落とすことはなく、差し上げるのである。他所の地区でもそうだが、事前に肩合わせのリハーサルを行うようになって

から、うまくなったという。指揮者、木方、棒端らの指示系統の統一がうまく通るようだ。つまり屋台を担ぐ技術が格段にうまくなっているのである。

さらに、昨年も感じたのだが、一〇代後半から二〇代前半の若衆たちの元気のよさである。まさに祭りでエネルギーを完全燃焼している感なのである。思いをひとつにして屋台を担ぐ、差し上げる。そんな行為のなかから生じる連帯感。さらに情念を掻き立てるような太鼓の音。そんな場に浸ると、よほどのへそ曲がりでない限り、感情が燃え立ち、太古からの野生の記憶が点火し、燃え上がるのかも知れない。

屋台が出なくて乗り子になれなかった恨みから祭りに親しみを覚えず、醒めた目で眺めていた私だが、そんな若衆たちの迸《ほとばし》るエネルギーを目の当たりにして、心の奥底の感情を揺すぶられるのである。

いくはべ村の屋台もここ二〇年ばかり、部分部分の修理改修を重ね、このたびの屋根新調ではほぼ新品同様の趣となった。年寄りたちは昔の面影がない、まったく姿が変わってしまったと嘆くが、若者たちは木の香りのする白木の姿を歓迎している。

だが大きな問題は、少子化による乗り子の減少である。男子のみの乗り子から女子も参加可能となったのが十数年前のこと。今では男女合わせても心許ないのが現状である。一応小学生三、四年生から子ども樽担きの対象になり、屋台の乗り子は四年生以上だが、今年はようやく四人と八人揃ったばかり。そんな悩みのなかで出てきたのが、大人の樽担きへの若衆からの参加である。小学生の頃に担いだ経験のある青年ともう一人が声をあげてくれたのである。大人樽の担ぎ手は中年の年代が当たっていたが、若い血が入ることになったのである。

少子化や人口減少の時代のなか、地域の連帯の表現として、知恵と工夫で旧来と違ったかたちで、祭りはこれからも引き継がれていくのだろうか。

二〇年ぶりの秋祭り

二〇一五年の秋、祭りの二日間、紙手棒を手に屋台について回った。祭り参加はじつに二〇余年ぶりであった。

順番で回ってきた自治会の隣保長兼協議員を春から務めることになったからである。秋祭りの主体は世話人会だが、地区の氏神さんの神事だけに、自治会の役員には紙手棒を持っての屋台差しの役が、割り当てられるのである。

生まれ育って以来同じ居住地で暮らしておれば、居住地の神社の氏子となり、神事でもある祭りへの参加も自然な流れだろう。ことに、腹に響く屋台の太鼓の音は、どこか原始のエネルギーを掻き立てるものがあり、胸躍るものでもある。

そんな音に共鳴しながらも、どこか冷めたものが私にはあった。何らかの役割が当たって仕方なく参加してきたのが、私の祭りとの関わり方であった。どこか依怙地な私の性格がそうさせているのだろう、と思ったりもする。

水引幕の合間から顔を覗かせ、声を限りに歌いだす。その歌いだしの乗り子の雄姿は、幼い頃から屋台に付いて回る子どもたちにとって、まさにあこがれの姿でもあった。小学高学年になると、祭りのその時期、学校でも休み時間などに太鼓の叩き方などが話題に上ったものだ。

そして、屋台の乗り子になれる中学一年になったのである。ようやく待っていた順番が巡ってきたのだ。夏休みの間から、今年の祭りの乗り子になれるのだ、と希望に胸を膨らませていたのだった。だが、その秋は屋台が出ないことになったのだ。何の事情だったかは子どもには知らされなかった。あこがれの道がいとも簡単に閉ざされたのだ。子ども心に小さくないショックだった。

それから一〇年ほど経た頃、今度は青年団の幹部になり、祭りの世話役になった時である。祭り前から太鼓の皮の張り具合が緩んでいて、その張り換えを村役に相談したが、「そんな金はない」と一蹴された。その挙句、祭り当日に太鼓の皮が破れ、急遽上下ひっくりかえしたが、ボコンボコンとなんとも哀れな響き。情けなさばかりの残った二日間だった。

あんまり芳しくない二度にわたっての体験は、私を村祭りから遠ざけた。多くの屋台の集まる他の地区の見物に行ったり、家庭を持ってからは祭りの日に旅行に出かけたりで、ほとんど居住地の祭りには参加しなかった。

そして三度目の祭りとの関わりが、町制四〇周年を記念しての町内の屋台大集合というイベントがあった年である。青年団が解散したこともあって、その頃の屋台世話人は厄年の年齢層の男たちが当たっていた。たまたまの巡り合わせで世話人に当たり、その会長をすることになった。

その時の世話人の副会長が幸男君だった。この幸男君、私と同級生で中学と青年団とで同じ体験をしたのだが、私と違って、祭りから遠ざかることなく、浜手の祭りなども熱心に見物に出かけるし、幕や飾り物などに関しても関心が強く、屋台などへの造詣が深いのである。そんな人物がなぜ副会長に甘んじるのか不可解だったが、「副だと好きな祭りが演出できる」と言って、祭り嫌いの私に会長の座を押し付け、側面から大いに支えてくれたのである。そんなコンビがよかったようで、何の齟齬《そご》もなく大きなイベントの一翼を担って無事務めおおせた。ちょうど乗り子だった長男とともに親子でハレができたのであった。

そんな思い出から二〇余年後の、四度目の昨秋の祭り参加の顚末である。

我が居住地は市川中流域の川沿いにある。対岸は固い岩盤で地盤も高いが、我が集落のある右岸は地盤も低く、昔のこととて堤防も貧弱で、せいぜい竹藪や石積み程度であった。したがって、洪水の常習の地域であったらしい。そんな土地柄から生まれた昔語りがある。

昔、市川がたびたび氾濫し、村人は洪水に悩まされてきた。ある年の大洪水に一匹の大蛇が現れ、自分の体を堤防代わりにして氾濫を止めた。村人はこの大蛇を神の使者として、御神酒を供え感謝した。それ以来、毎年秋祭りには、二人で御神酒の大樽を担いで、氏神に奉納する樽担きを行うようになった。

そんな謂われの樽担き神事が祭りの本宮に、屋台を先導して氏神さんに奉納される。

その樽担きだが、その歴史は案外新しく、樽担き保存会が結成されたのが一九八〇年で、町の無形民俗文化財指定を受けたのが二〇〇三年である。

そもそも、記録として残っているのが、一九三四（昭和九）年、姫路城築城六〇〇年祈念のお城まつりに出演したのが始まりとか。地区の古老の話では、昔は長持ち担きをやっていたようだが、築城六〇〇年記念の参加を要請された時、知恵者がいて、地域で語り継がれている昔語りにヒントを得て、変わり種の樽担きを創作した。幸い村には造り酒屋が一軒あったので、銘入りの酒樽は宣伝効果もあったとか。

保存会の発足以来、祭り神事以外にも郷土芸能出演の要請があり、遠方へ出かけたり、またここ一〇年ほどは大人に加え、子どもの樽担きも参加するようになったようだ。樽担きの担き手は二人（子どもは別にして）だが、宰領（一人）、提灯持ち、幟持ちがそれぞれ二人、ほかに手助けの樽持ち、紙手持ちと囃子方など、一四、五人で構成される。

先ずは樽担きの練習から始まる。秋祭りの前に「全国一斉日本酒で乾杯 in 姫路城」のイベントへの参加要請があるとかで、例年より早めの練習開始である。参加する以上は楽しもうとの思いで、練習は毎晩参加した。お陰で新鮮な刺激をもらえたが、同じく隣保長に当たった幸男君。「長年祭りにかかわってきたが、最近は燃えるものがない」と言う。彼に言わせると、樽担きの小道具などもほとんど彼の考案だとか。「祭りなんて、こうあらねばという形はないのだから、その時々にいろいろしたらええんや」。祭り好きだった人間の言葉である。かくして、本宮の樽担き神事を挟んで、紙手棒を担いでの二日間が無事終わった。

なかでも屋台の乗り子を卒業した中学生たち。楽しかった体験があるだけに、祭りにかかわりたい。が、中学生は屋台が担げない。そのエネルギーが近年、「若衆」という名で組織されている。白装束のユニホームを着飾り、溢れんばかりのエネルギーを発散する。なんとも頼もしい姿である。祭りの後の反省会では、彼らのエネルギーをどう形に結び付けていくか、そんな話題が話し合われもした。

少子高齢化の時代の変化のなかで、伝統と継承をどう結びつけていくのか。若いエネルギーが問いかけてくる。

星はすばる、ひこぼし、明星……

五〇年経った今でも不思議に思う。

高校入学後、部活に天文気象班を選んだことを。

運動神経に優れてもいなかったので、はなから運動部に入ろうとは思ってはいなかった。が、入学後間もなくあった部活紹介のセレモニーを見学した時、校庭のなかに聳《そび》え立つ天体観測のドームを見上げ、「すげえな」と思ったことが発端だったか。

一階は物置兼作業場。二階には天体観測のための宿直用のベッドまであり、三階には手作りで製作した径三〇センチの反射望遠鏡が備え付けられ、円形の屋根は手動のチェーン操作で開閉する本格的なものであった。

天文に関しての知識もあこがれも持ち合わせていなかった田舎生まれの新入生にとって、威容とも思えるドームに圧倒されただけかも知れなかった。さっそく入部を決めた。

当時の我がH校の部活は班の呼称で呼ばれていた。天文気象班は字のごとく天文と気象に関して探究する活動内容だったが、一つのテーマを深く探求するようなものではなかった。気象などは、百葉箱の観測と市内の気象台の分所から送られてくる天気図を校内のロビーに設置された黒板に転写するのが主な仕事だったし、天文に関しても、似たようなものだった。

もっとも入部したての頃は、もっと地味な作業の反射望遠鏡に使う反射鏡作りに熱中したものだ。船の小窓に使われている分厚く丸いガラスを入手して、一枚は台座に固定し、粉末の砥石を掛け、その上に置いたもう一枚のガラスを両手を添えて回転させ、ガラスの両面を削っていく。すると台座に固定された下のガラスは凸面になり、上のガラスが凹面に削られていくのである。

地味で根気のいる作業だが、先輩の指示を受け、毎日没頭したものだ。他のキットを使って反射望遠鏡に仕上げていくのだが、果たして、手作りの反射望遠鏡が完成したかの記憶は、不思議とない。

当時アマチュア天文家の新星発見が相次いだが、三〇センチの反射望遠鏡が設置されているといっても毎晩観測するわけでもなく、せいぜい月面や土星、火星の姿を眺め、溜飲を下げる程度のものだった。その日の授業が終わり、いったん帰宅して、翌日の教科書を鞄に詰め、夕食を済ませ、母親の作ってくれた朝食用のむすびを持って登校し、真っ暗な校舎を通り抜け、ドームへと着くのである。

当時は校舎のあった八代町界隈は、まだ田んぼなども残っていて、目の前に岡町の鉄筋の五階建てだったかの市営住宅が、天体観測には気になる灯りくらいだった。夜中まで観測し、あとは先輩と馬鹿話をしてベッドにもぐりこんで、翌日の授業を受けるのであった。

その授業に地学という学科があった。地球全般のあり方を学ぶ学科である。その担当教師がK教師で、天文気象班の顧問教師でもあった。当時の教師のエリートコースとかの広島高等師範出を自慢する教師だった（のち県立高校の校長を経て、姫路市の教育長を歴任する）が、当時は補導担当だったのか、その授業は教科書にはほとんど触れず、「君は喫茶店に出入りしていた」などの説教が大半のありようだった。

そんな授業だったが、彼の自慢のもう一つは、星の和名採集であった。彼の信奉する英文学者で天文民俗学者の野尻抱影についての熱弁はあまり頭に残らなかったが、古今東西の星座や星名にも日本名での呼び名がある、それも日本人の生活と密接な関わりがあるという話は、なぜか心に残った。

のちに知ったことだが、このK教師、一九六三年に『星の和名伝説集』（六月社）を出版して、翌年の姫路文連の第一回姫路文化賞を洋画の大和秋平氏とともに受賞したのだった。瀬戸内はりまの星の和名を取材収集したもので、野尻抱影が序文を寄せた本だった。

文化賞の受賞を彼はいたく喜んだという話をのちに聞かされたが、そんな前後にK教師の授業を受けたのである。したがってというか、当然というか、自分の居住地域の古老から、星の和名の収集を宿題と課した。生徒の生活圏は姫路の浜手、あるいは山奥、農村地域など広く網羅しているのである。生徒を手足としての取材は効率的だし、それほど彼の和名に対する思いが熱かったのだろう。

天文気象班の顧問だけに、夏休みには合宿と称して、中国地方の内陸の国鉄線路沿いの地域を何泊かし、和名の取材に出かけもした。宿泊はその地域の学校で雑魚寝、風呂は町の銭湯など、費用は汽車賃が大半で安くあげたが全額自己負担だった。一年の時はその費用を母親に言いだせなくて、教師の自宅の小利木町まで不参加を言いに出かけた記憶がある。幸い二年の時は後輩たちを引率しての真夏の中国山地での取材の旅に参加できたが。

そんななかで出合ったのが、すばる星（すまる星）である。正式にはおうし座のプレアデス星団のことで、冬の星座の代表格のオリオン座に先駆けて昇る星で、肉眼でも六個くらいは確認できる。すばるの呼び名は集まって一つになるという意味の統はるからきた言葉だという。

播磨の農村では、すまる星の高さで蕎麦蒔きや麦蒔きの時期を計る目安としたし、五月、夕刻の西空に隠れるのを目安に、稲を植える季節の到来を知った。さらに瀬戸内の漁師たちは、時刻や船の位置を読むためだけでなく、沈む時刻から凪や暴風雨などの風を読んだり、さらには魚の旬を知るため、この星を頼った。

そんなことを教えてくれたのがK教師でもあった。

農村育ちだけに、農作業と星の和名の密接な関わりは、新鮮な感動を与えてもくれた。すばる星との関わりで思い出すのは、古文の授業でのことである。苦手な授業だけに、いつものごとく聞き流していた耳に、リズミカルな朗読の声が聞こえた。

星は　すばる。彦星。夕づつ。よばい星すこしをかし。

尾だになかりましかば、まいて。

（星は、昴がいい。彦星。宵の明星。よばい星〈流星〉は少しおもしろい。尾さえなかったとしたら、ましていっそうすばらしいのに）

風采の上がらない小男の教師は「清少納言の枕草子です。千年前彼女は星空を見上げて、星はすばるが一番と書いているのです。私もすばるが好きですから、この一節に惹かれるのです」と言った。

古文は一向に好きにならなかったが、ぼそぼそと言うその言葉が、なぜか強く心に残った。

以来、流れるような文章の一節と、はるかな時間を越えて語り継がれるすばるに、限りない愛着を覚えるようになったのである。

河原なでしこ

梅雨の晴れ間の午後、ふっと思い立って散歩に出かけた。七月中頃の午後だから、厚い雲に覆われて太陽の姿は見えないが、蒸し暑いばかりだ。恒例の妻との早朝の散歩をこなしたばかりだし、そんな時刻の散歩もどうかと思ったが、読書にも倦んでの気分転換だった。早朝のコースと違って、市川の土手道へ足を向けた。

集落の東を市川が南北に貫流し、川の流れに沿って土手道になっている。集落の真ん中に当たる部分は、竹藪が土手の役割を果たしているが、竹藪が切れた部分に墓があり、その下流部分が盛り土で高くなった土手道になっている。その土手道は集落の外れまで三〇〇メートルほどあるだろうか。堤外に拡がる田より三メートルばかり高い幅四、五メートルのやや直線の草道である。

草の旺盛に繁茂する時期だが、ちょうど草刈りを済ませたばかりで、刈り遺された草の茎が足裏に心地よい弾力で伝わってくる。やや高い土手道からは川面を眺め下ろすことになる。

上流を望めば、一キロ半ほど上流に架かる橋は見えないが、川面の彼方に遥かな山々の姿が淡くかすんで見える。川の源流がその奥にあることを思わせる遥かな景色である。

下流を眺めれば、支流の放水路が流れ込み、そのすぐ下に対岸を結ぶ橋があり、橋の下流は堰《せき》になっていてコンクリートの堰堤《えんてい》が流れを押しとどめている。

堤内にあたる土手の斜面は急勾配でブロック仕様の構造で、その中間の位置に人が通れるくらいの三〇センチばかりの棚が設けてある。その棚の真下は護岸のためのテトラポッドが幅数メートルに敷きつめられて、その先が川の流れへと続く。

幅数十メートルの水の流れの向こう岸の狭い河原も草に覆われ、土手へとつづく。ゆったりとした水の流れだが、水嵩は膝下くらいだろう。その水際では、鴨だろうか、群れから離れた水鳥の家族連れらしき数羽が見える。水を蹴立てて一羽がちょっかいをかけると、もう一羽が向かっていく。水音までは聞こえないが、まさに家族で戯れあっている図である。

さらに、目を移すと、白鷺《しらさぎ》が片足を上げて水面を眺め下ろし、ときたま嘴を水中に突き刺す。小魚を狩った時には喉を仰向けて飲み込み、狩り損ねた時は知らん顔をして、再度水面を眺め下ろし、狩りを続ける。空の青を映した水の青と対岸の草の緑、そのなかに白鷺の白が一点の図でもある。

そんなやや遠い対岸からこちら岸に視線を移せば、テトラの間の土砂に根を下ろした柳の大木の葉群れのなかで、蟬が鳴き込め、その蟬を追うヒヨドリの姿があり、名も知らぬ小鳥のさえずりがあり、時期遅れの鶯の鳴き声が聞こえもする。

いつだったか、川面を眺めていると土手から雉の番が飛び立つのを目の当たりにしたことがある。雌は冴えないグレーだったが、尾も長く一回り大きい雄の赤褐色の体色は忘れられない。ケーンケーンというその鳴き声を聞いたことはあったので、雉が河原に住んでいるだろうとは知ってはいたが、姿を見るのは初めてであった。

何十年とかかって自然の林や草原となってしまった、テトラの敷きつめられた一帯は、鳥たちにとって住み心地のいい場所となっているのだろう。

そんなことなどを思いながら、視線をテトラの間に移す。人の気配に驚いたのか、甲羅干しの亀が慌てて水へ帰っていく。

さらにテトラからブロック仕様の土手の法面《のりめん》に目を移すと、ブロックのつなぎ目に根を下ろした雑草などが繁茂している。すでに萎んだ黄色い花柄を付けたマツヨイグサと野茨の間に、淡い紅色の可憐な花が数輪、目についた。

「確か、あれはなでしこ」と声に出す。花弁の先が細かく裂けた花の形は珍しく、忘れ難い野草であった。

ブロックのつなぎ目のわずかな隙間に根を下ろした生命力に驚かされるが、上流から流れついて根を下ろしたのだろうか。野茨の枝の下でごく自然な姿だが、どこか凛とした気品が感じられもする。しばし、花に目を凝らす。

「……」と花が何かを語りかけたように思えた。

「しばらくでした」と言ったようだ。

花が語りかけるなんて、ありもしない妄想だと思った時、錆びついた記憶の彼方に一つの情景が淡く蘇ってきた。

中学三年生の夏の終わり。行く夏を惜しんで私は一人で市川の河原に泳ぎに来ていた。まだ上流にダムはできていず、大水のたびに洗われる河原は、砂と河原石の痩せ地のなかに芒や芦の群れが所どころにある程度であった。

水から上がった私は、河原石の上に寝転んだ。まだ黄色い体色のアキアカネが数羽穂の出ていない芒の一群れの上を横切った。濡れた体を風が吹き抜けていく。ぶるっと身震いした時、行く夏を感じつつ、私はしばしまどろんだようだ。河原の蜃気楼の先に、数匹の真っ赤な金魚がプリントされた浴衣姿の少女がいた。少女の手には数輪の淡紅色の花が握られていた。私に近づいた少女が「なでしこ。秋の七草よ。お兄ちゃんに上げる」と差し出した。名前も知らない少女だったが、どこかで見た顔でもあった。

「はて」と思った時には少女の姿はもう消えていた。(あれは確か、いとこのひとみちゃん?)

父親の結核の手術入院の間、我が家で預かった幼いいとこのひとみは、ふたり兄弟の私にとって、新しい妹のようだった。引っ込み思案で人見知りの末っ子の甘ったれだった私だったが、「お兄ちゃん、お兄ちゃん」と付き纏わられると、面倒だと思いながらも、世話を焼いたものだ。ふたりで、お宮の境内で蝉取りもし、市川の河原で水遊びにも興じた。父親の退院と同時に「さよなら」のひと言を残して帰って行ったいとこだった。

数年も前に別れたきりのいとこの幼い顔が夢のなかに突然現れたことに不思議な思いになったが、まどろみから醒めてもその残像ははっきりと残っていた。

寝起きの焦点の定まらない視線の先に、夢のなかでいとこが握っていたものと同じ姿の花が、芒の一群のなかにあった。夢の残像との符牒に不可解で一種妖気じみた思いがしないではなかったが、なでしこの花が確かに刻み込まれた。どこまでが真実の記憶か定かではないが、いとことなでしこの結びつきは確かであった。

そして半世紀以上の時を経て、なでしこと再会したのである。なでしこの向こうに、おぼろげな記憶の彼方に佇む、少年の姿があった。なでしこがせつないまでの感傷の世界に、しばし私を誘《いざな》った。

第二章

菜園からのながめ

農の風景・今昔

私がささやかな自家菜園を始めたのは、今から七年前。我が村の農地が圃場整備事業を行ったのちのことだ。

この圃場整備事業、一般には聞き慣れない言葉だろう。固苦しく言えば、耕地区画の整備、用排水路の整備、土層改良、農道の整備などを行う事業で、耕地の集団化や労働生産性の向上、さらに農村の環境条件を整備する、国や県の公共事業である。

つまりは、長年にわたって形成されてきた地域の大小さまざまな田や水路を一定の規模に並べ替える事業である。もちろん、田の持ち主の農家の大多数の賛同のもとに行われるのだが、先祖伝来の農地を手放す苦渋の選択でもある。もっとも、事業終了時には新しい田との換地が行われる。

農家の代表としてこの事業の先鞭を付けて、完成を見る前に亡くなった私の父親から、農家の次男坊で近所に住んでいる私へ、財産分けとして一反（約一〇アール、三〇〇坪）余りの田を相続していた。

その田も整備事業に含まれ、その結果、運よく我が家の敷地の隣に、宅地として換地されたのである。

その時、我が家の敷地を含む一画が宅地として区画整理され、一〇軒ばかりの住宅が建った。換地された我が区画は当面住宅地として使用しないので土を盛り、畑地として使用している――そんないきさつでの我が菜園である。

いらい、近所に住む年老いつつも元気な母親の手ほどきを受けつつ見よう見まねで、自家消費用にと季節の野菜を作り始めたのである。自家消費といっても、いつの間にか息子たちも都会へ出て行き、夫婦二人だけの消費であればたかが知れている。で、友人知人にお裾分けとなり、「新鮮で、美味しいですね」との声に励まされ、つい力が入ってしまうのである。

野菜作りの魅力は、新鮮で安全でおいしい作物の収穫はもちろんだが、やはり命と向き合うということが一番の眼目だろう。

苗床への種の播種《はしゅ》、土作り、移植、追肥、病害虫の予防、そして収穫へと季節を追っていくのだが、例えば、冬の収穫物のブロッコリー、白菜などは真夏の種蒔きとなり、真夏の収穫のトマトの播種などは春の彼岸前に行う。つまり、何か月も先を見越した栽培スケジュールなのである。いわゆる命の先取りである。

さらに、元肥《もとごえ》などを施しての土作りが大事なのは言うまでもないのだが、同じ条件で移植した苗にも、それぞれの個性があって、成長の度合いがまちまちなのである。

そうやって、ささやかながらも日々、季節ごとの菜園作業を通じて、野菜たちの命の連関に触れ合うなかで、百姓の息子に生まれながら、日々の暮らしのなかでいつの間にか見失っていた、農の姿を思い出すのであった。

例えば、畔豆《あぜまめ》という現在死語になりつつある言葉がある。辞書を引くと、田の畔に植える大豆と、なんとも素っけない説明である。

近年、丹波の黒豆が流行《はやり》で、あちこちの休耕田で枝豆用の大豆作りが盛んである。近所の菜園でも誰彼となく栽培して、秋祭りの前後に食卓にのぼる。夏場の居酒屋でビールの付き出しに出てくる、どこの産かも知れず、味も素っけもない代物と違って甘く、まさに旬の味を食べる贅沢さを感じさせる逸品でもある。

そして、秋の終わりから初冬にかけて、枝先で熟した黒大豆が正月のおせちの黒豆として、お重の片隅を飾ることになる。

で、畔豆である。

畔を辞書で引くと、土を盛り上げて作った、田と田の境。くろ。と出ている。それのつながっているのが畔道でもある。

水を張った田の畔の斜面を田の泥で塗り固め、等間隔で大豆を埋めていく。すると大豆が芽吹き、水田の水と養分を根から吸収して、成長していく。大豆の根が張ることによって、畔の強化、小動物による水漏れを防ぐ。もちろん、大豆の収穫ということも大事な要素だが、狭い国土で限られた農地、さらにそれを取り巻く畔の空間をも利用した、先人の知恵が畔豆でもある。

もっとも、傍若無人に草をなぎ倒していく草刈り機を使っている今では、枝豆など邪魔ものになるばかりで、鎌での草刈りだったからこそ、畔豆の存在が許されていたのだろう。もちろん、鎌で刈った草は、牛小屋の牛の飼料になっていたことはいうまでもない。

私の子どもの頃には、そんな畔豆の風景が残っていたが、今はない。

井上ひさしに、「四千万歩の男」という小説がある。江戸時代後期に日本の国の地図を測量製作した伊能忠敬の測量紀行のさまを、さまざまな歴史的な人物、事件との出会いを絡ませ、当時の日本の暮らし、政治などを抉《えぐ》りだした大胆な奇想小説でもある。そのなかで畔豆が出てくる。

蝦夷地の測量旅行の帰り、南部藩の手倉橋村の名主勘兵衛の遺子お初に、測量の助手として同行していた忠敬の妾腹の子の秀蔵が惚れる。そして、秀蔵がお初の婿になることと、勘兵衛の念願だった手倉橋村の水路普請を実現するという約束をする。そんな話の展開のなか、南部家鉱山奉行の下田将監の後援のもと、南部盛岡の宿で、秀蔵が城下商家から水路工事の金元金親（出資者）を募る。その場面である。

——新たにできる新田が二〇〇石。一枚の田の大きさを一反とすると、二〇〇枚の一反田ができる。では、その畔は何町になるか。

二百石の新田を横五十五間縦五間半の一反田二百枚に区切ると、畔は、少なく見積もっても二百十三町にはなる。約六里です。この六里の畦道の両側に大豆を植えます。つまり十二里の大豆の列ができるわけですが、いったい大豆の穫れ高はいくらになりましょうか。十二里に、株間一尺で一株に二粒ずつ蒔けば、十二里ではざっと三十一万粒。これは二、三石になると思いますが、大豆は三百倍にはふえますから、すくなくとも五百石以上の収穫はあるはずです。仮に二石で一両として二百五十両以上。おわかりになりますか。新田を拓くということは米がとれるということだけではないのです。大豆もとれるのです。

と、米の取れ高だけでは新田開発の元手が回収できないと尻ごみする商家の番頭衆に向かって、秀蔵に言わせるのである。物語は享和年間（一八〇一〜一八〇四）、今から二〇〇年以上前、江戸末期のものである。

つまり、当時からすでに畔豆の収益という発想があったと、作者は書くのである。

井上ひさしの小説から喚起されて、懐かしい畔豆の風景を思い出す。とともに、先人たちが長い年月を経て培ってきた、日本の風土に根ざした農のあり方に思いを馳せる。いっぽう、グローバル化の名のもとに効率性と経済性重視の今の農がある。農の今昔、いかに見失ったものが多いことか。

庭のない風景

私が生まれ育ったのは、田舎の家である。いわゆる田の字型の座敷、納戸など、畳の間がふすまや板戸で仕切られた、独立性の低い部屋のあり方だった。それは冠婚葬祭を自宅で営む慣習のなかで、いざというときにふすまや板戸を取り払って大広間に転用できる、そんな生活上の理由からの構造であった。

そんな家の座敷の南面には庭が付きものだった。いわゆる前栽《せんざい》と呼ばれるものである。梅、松、南天、サザンカなど日本庭園に定番の樹木と庭石を配したもので、まわりを生け垣や土塀で囲んだり、庭への門を構えたりもしていた。

我が生家の庭は、松を中心に大きな石を配し、枯れ池を中心に梅やサザンカ、槙などを植え込み、生け垣でまわりを囲み、銅版葺きの門を構えたものだった。祖父の晩年、その人生の念願の、この世への置き土産となった作庭であったと思う。また、その門の門担ぎの松は、近くの里山で父と私が起こしてきた松の木だった。

その庭木の手入れは、夏の暑い頃やってくる木《き》造屋《つくりや》はんの仕事でもあった。庭師のことを、この地方ではそう呼んでいた。

祖父の死後、祖父が買ってくれた中古の机を座敷に据えていた私は、読書に飽くと障子を開け縁側から庭の緑を眺めたものだ。

そんなふうにして、日々庭のある風景のなかで私は育ったのである。だから、私には家と庭は切り離せない風景でもあった。

そんな育ちだったから、田舎の次男坊によくある親がかりの新宅家を設けた時も、自然と家屋の南面の空き地には、親戚からもらった木やあるいは自分で買った木などを雑然と植栽し、毎年夏を迎える頃には、見よう見まねでそれらの木を自分で剪定をするのが習わしになっていった。

以来四〇年。新しく植えたり、枯れたり、さらに成長したりして、植栽の風景も少しずつ変わってきたが、器用な職場の先輩に頼んで、自分も手伝って植えた犬槇の生け垣と煉瓦敷きの通路は、ほぼ三〇年を迎えようとするが、いまだ変わりなく我が家の庭を彩っている。

また、結婚や子どもたちの誕生の記念のたびに植えた樹もそのなかに含まれる。たとえば、長男の誕生を記念して植えた杏の木は毎年剪定はするが、手に負えないくらい大きくなり、付ける実の数こそ少なくなったが、桜に先駆けて淡いピンクの花をぎっしりと付けるし、次男の食べた種を鉢植えにし、さらに地に移したビワの木は、小粒ながらも毎年黄色い実が鈴なりになる。

そんなふうにして、庭のある生活に馴染んできたし、私の居住する地域の大半、というよりもほぼ全戸が庭のある家である。

ところが、である。そんな風景に異変が生じてきている気配なのである。

退職を機に、連れ合いともども、隣の主人と三人での早朝の三〇分ばかりの散歩が日課となっているが、その隣地区の散歩コースの一角に、圃場整備にともなう宅地化による住宅街が誕生した。ほぼ一〇〇区画くらいはあるだろうか。その半分ほどが畑地だが、あとは宅地として売りに出され、ここ二、三年で一気に住宅が建った。

紅白の幔幕が張られ地鎮祭が行われ基礎打ちがされる。効率を旨とする大手の住宅会社が、土地の神を祀り工事の無事を祈るという非合理なセレモニーを行い続けているのも、笑止で腑に落ちないが。

それはともかく、昔は建前といって多くの人々の手で一種のハレの意味があったものだが、今風の上棟式は、建築資材一式を積んだ工場直送のトラックとレッカー車、それに数人の職人で、あっという間に立ち上げていく。短期間で外装ができあがり、内装にいくぶん時間がかかる程度で、二、三か月もすると入居ということになる。家の建築のあり方も様変わりしてしまっているようだ。

そんなことなどを話しながらの散歩の日々が一年も過ぎると、新しい住宅街の出現となるのである。そんな住宅街のなかを通り抜けての散歩なのだが、住宅展示場のごとく、目新しい個性溢れるデザインの家々が並んでいるのである。

知人が住んでいるわけではないが、新しい住宅ばかりのなかを歩くのは、目に楽しいものである。が、どこか殺風景で無機質な印象なのである。「はて?」と考えてみると、あるべきものがないからと思うのである。そう、庭木の緑が見当たらないのである。

郊外地ということもあって、どの敷地も、空き地の五〇〜六〇坪以上で、駐車スペースも二、三台とたっぷりとゆとりのある広さなのに、である。

よく観察してみると、数十軒のうち庭があるのは一軒だけ。シンボルツリーというのか、空き地の片隅に一本だけの樹木があるのが数軒。あとは草花の鉢植えが並んでいるくらい。大半が敷地の余白部分は、コンクリートの打ちっぱなしや栗石、あるいは真砂土を敷いただけなのである。

家を新築する世代は、三〇、四〇代が大半だろうか。彼らには庭の樹木は不必要なのだろうか。

長期ローンで余分な金は使えないといっても、何本かの木を植えるだけであれば、たいして金もかからないだろうし、そう世話がかかるわけでもないだろう。住宅の設計には庭木まで入っていないのだろうか。住宅の新築という一生に一度しかないだろう買い物であれば、施主のこだわりはあるだろうが、設計段階で建物以外の要望などはどう処理されるのだろうか。結局は施主に庭木のことへの関心がないからだろうか。それとも機能性と合理性を追求した今様の居住空間には、もはや庭木など不必要な代物でしかないのだろうか。だとすれば悲しいことと言うしかない。

ひるがえってみれば、緑の山に囲まれたこの国で、奈良・平安の昔から作庭の歴史は脈々と続いていて、日本人の美意識のひとつともいえるだろう。

由緒ある庭や社寺の庭に足を踏み入れると、敬虔な気分を覚え、心が洗われもする。

また山陰や北陸地方に今なお散見される屋敷林の美しい風景は忘れ難い。元来は季節風除けのためのものだったであろうが、家のまわりの樹木の枯れ枝や伐採枝は燃料に、成長するとそれを建築材として利用するという理に叶った自然との共生という歴史風土のなかで培われてきた風景でもあるだろう。

庶民の家に庭木を植えるようになったのは、いつ頃からなのだろうか。遠い昔ではないだろう。経済的にも精神的にもゆとりが生まれたからこそだろう。

いずれにせよ、どんな形にせよ、庭木のある風景は遺伝子のごとく、日本人に刷りこまれている美的な感性のひとつではないかと思うのだが。

一種の喪失感を感じると言えば大げさだろうか。

散髪

私が散髪屋へ行かなくなったのは、確か四年前の夏からだ。

内視鏡による初期胃がんの切除手術が不首尾に終わり、腹腔鏡による外科手術を行うことになった。思ったよりも入院期間が長くなりそうだったので、外科手術前のやや宙ぶらりんの心境のままに、病院内の売店横の理髪店に出かけた。それがちょうど四年前のゴールデンウイークのことだった。

そして胃の全摘手術のあと無事退院となった。以来、胃のない生活となった。

胃がないということは、食物を一時たくわえ、消化する機能がなくなったということである。さらに加えて、胃液を分泌してタンパク質を分解するという機能も失われるのである。その結果、必然的に食生活を変えざるを得なくなった。

少量を回数多く、さらによく咀嚼する。胃の替わりを口ですることになるのである。それを疎《おろそ》かにすると、小腸や大腸に負担がかかり、消化・吸収機能がうまくできず、下痢といった症状に見舞われることになるのであった。

そんな食生活が半年、一年と続いた。まさに試行錯誤といった状態で、少しずつ慣れ、学習していくのである。食事の内容も消化がよくて高タンパクで高カロリーといったことを強く意識したものを心がける。

そんな心配りをしてくれる妻に、思うようにいかない苛立ちを、ついぶつけたりもした。病人特有の甘えだとは判っていながら。妻こそいい迷惑であったろうと思う。

そして、術後一年半ほどで、ようやく普通の食生活へと回復した。もっとも、残っている十二指腸からの消化液や胆汁などが逆流するのを防ぐ薬の世話はいまだに欠かせないし、油断して咀嚼を疎かにすると、小腸からのシグナルが届くことが稀にはあるが。

私は長年、交代制の勤務を常としてきた。ことに夜間の勤務の思い出が強い。短い睡眠時間から最後には睡眠時間さえない連続の夜間勤務の形態が導入されもしたが、夜寝ない勤務からの解放時は独特の味わいがあった。

味わいなどという言い方はそぐわない。まだしも醍醐味と言ったほうが当たっているかも知れない。夜っぴての仕事で体は疲れているのだが、仕事から解放されてどこか精神は高揚しているといった、ややアンバランスななか、多くの人々の出勤途上、あるいは通学途上と逆な道を辿って帰路を歩んでいく。またはそんな風景を眺めながら、立ち飲み屋で寝酒代わりのコップ酒を静かに傾けたりする。

正常な日常の流れからはみ出した感のあるそんなひとときは、家族との団欒を抜け出しての前夜の出勤時の辛さがあるだけに、得も言われぬ解放感に浸れるのであった。朝出勤していくら遅くても夜は自宅へ帰れる勤務形態の人には理解し難い、なんともいえぬ解放感なのである。

二か月に一回の私の散髪屋通いも、そんな解放感のなかで繰り返されてきた。

夜勤明けで自宅へ帰りつき、夏ならシャワー、ほかの季節は朝風呂につかり、体を解《ほぐ》す。で、恒例の朝飯前の寝酒のコップを傾ける。朝からの酒と人は非難めいた言い方をするが、睡眠不足の空《す》きっ腹に滲みるコップ酒の味は、寝足りた時の朝酒などとは全然異質な、夜勤明けの解放感の醍醐味に花を添えるには欠かせないものであるのだ。

そして軽い食事のあと、おもむろに散髪屋へ出かけるのである。その店も今流行《はやり》の「カットハウス」といった類《たぐい》ではなく「理容所」と看板を掲げる、昔からの家族で営む店である。夫婦とその子の姉妹とで切り盛りしている。

したがって、理容組合で申し合わせの料金で、流行の店に比べたら割高な料金である。が、顔剃り、洗髪はもちろんのこと、丁寧で時間が長いのである。ざっと一時間半もかけるのである。睡眠不足と酒の酔いが相まっての半睡状態での一時間半は、何ともいえず、至福のひとときであった。店には椅子が三つあったが、待つことがほとんどないのであった。それどころか、私以外にだれも客が来ないこともあった。

老いた夫婦二人であれば、そんな流行らない営業でもたつきが立つかも知れないが、若い娘たちのことを考えると、客の私が心配することではないが、さきの明るい見通しはないだろう。

近年、一〇〇メートルも離れてない場所に今風の「カットハウス」がオープンして半額くらいの値段で営業を始めた。一度、その「カットハウス」へ出かけたことはあるが、手際はいいが座り心地がどうもしっくりこないので、それっきりになった経緯がある。

退職して、夜勤から解放されて、朝酒を呑まなくなったが、その「理容所」へは二か月に一回、変わることなく通った。

そして、入院、手術があった。

五月の末に退院して、その行きつけの「理容所」へ出かけたのは、手術前に病院の理髪店で散髪して以来、ちょうど二か月過ぎの夏の初めだった。食事は一日五回、それも柔らかく、消化のいいものばかりの時だった。

暑くなる頃で耳元にかかる髪がやや気になりだし、習慣の毎日の洗髪の時にはまだまだ伸びていないと思ったりもしたが、どちらか言うと二か月に一回のそれまでの習慣を守っただけだった。

そして真夏を迎えた。

まだまだ胃のない食生活が覚束なく、そんななかで迎える暑さに、やや神経質になっていた。そこで実感したのは、髪の毛と爪の伸びの鈍化だった。

そろそろ還暦を迎える年頃と相まって、胃のないことでのタンパク質の摂取能力の低下が原因のようである。医学書を片手に説明する妻の話を聞きながら、老いということを切実に思った。そして散髪屋へ行くのが無駄なことであり、もったいないことと思った。そのことを口に出して言うと、妻は「安くて散髪用の鋏を売ってる」と言う。

考えてみれば、退職後、毎日日曜の生活で姫路へ出かける回数が少なくなった。散髪がオシャレというほどの感覚はないし、退職して朝酒の習慣がなくなっていらい、至福のひとときであった散髪屋での時間も魅力的なものではなくなっていた。

そんな思いのなか、私はその夏の終わりには行きつけの「理容所」へは行かずに、妻の買ってきた鋏で、自宅の洗面所の鏡の前で上半身裸で、鏡を睨みつつ自分で自分の髪を切った。

初めての体験だったが、案外うまくやれたのである。以来、私はタンパク質の吸収も元に戻り、髪や爪の伸びも旧に復したと思える術後一年半を過ぎても、「理容所」へ行く習慣はなくなった。

そんな冬、師走に入って早々に、妻の父が九五歳で亡くなった。高齢だったが、九〇歳過ぎまでは元気で、入退院はあったものの、ほとんど寝込むことなく、天寿を全うしたという亡くなり方だった。

その葬儀の場での話である。

妻が週に一回の世話に実家へ通っていたが、自分の部屋で寝たきりで起きてこないこともあった。そんな義父だったが、自宅の隣の行きつけの散髪屋へは、誰に言われるまでもなく、月に一回、自分で着替えて出かけていたという。それは大正人間のオシャレであったのかも知れない。散髪屋も年老いた親を抱えていたので、年寄りの扱いに慣れていたようで行きやすかったこともあったようだが。

そして、最後の散髪に出かけたのが亡くなる半月前の一一月一八日。それを最後に、それまで食事に出てきていた居間へも来なくなり、食べることも飲むこともしなくなり、往診の医師の点滴も嫌がるようになった。延命処置を拒否して自らの命の終わりを迎えたのであった。

「死に出の旅に備えての、最後のオシャレの散髪やったんやな」と、誰かが言った。

その言葉を聞いて、物言わずで心根のうちをあまり見せなかった義父の、隠された一面を見た思いがした。その毅然とした死への向かい方に、言いようのない尊敬と、親しみを覚えるのであった。

私の自前の散髪も、いつの間にか腕が上がった。

黒豆

妻の父親が三年前の師走に、亡くなった。

享年九五歳の大往生だった。

自転車が行動の足となっていたが、自転車に乗り損ねて転んだ二年ほど前から、あまり出歩くこともなくなり、自宅内での日常生活が主なものになっていた。

機嫌のいい時はデイケアにも出かけもしたが、だんだん我がままな子どもに帰っていくようだった。週一回の世話に実家へ通っていた妻も、今日も起きてこなかったと言ったりしていた。

そんな義父だったが、自宅の隣の散髪屋へは、誰に言われるまでもなく、自分で着替えて出かけていたという話は先に書いた。

義父は散髪に出かけてから半月後、誰に看取られることなく、夜中の睡眠中に息を引き取った。家族が気づいたのは翌朝のことだった。まさに大往生であった。

電話を受けて駆けつけた時は、訪問看護の看護師によっての清めの最中だったが、その死に顔は安らかで、加齢による染みなども目立たず美しくすら思えた。

葬儀は簡素にという喪主の意向で、自宅で営むことになった。また知らせは、故人の兄妹と喪主の妻の出処《でどこ》、さらに子どもとその孫たちと、家族葬に相応しく限られたものになった。

往診の医者による検死と死亡診断書の書き上げと合わせて、葬儀屋への連絡、打ち合わせが慌ただしく行われ、続いて死者の旅立ちの衣装着せ、納棺があり、煌《きら》びやかな祭壇こそないが、棺の前には枕経を上げるためのささやかな飾り付けがなされ、いくら簡素でもこれだけはと、故人の兄妹からの生花と回り提灯が据えられた。

そして、お寺さんによる枕経とつづいての通夜式のお経。

家族葬との知らせが届いていた自治会から役員がそろってお悔みに来、一通りのあいさつのあと、故人の元気だった頃の話が弾む。「案外と女性に持てたんですよ」「へえー、うちではそんなふうには見えませんでしたが」「面倒見がよかったからね」など、身内の知らない故人の一面を教えられたのである。

また三人でやってきた隣保の女性たちの悔みでは、一〇年ばかり前に誘われて行った海外旅行での話。「……ちゃんへの土産だと言ってね。お孫さんが可愛かったんでしょうね」。一人だけの内孫である。

大正人間の思わぬ孫ばかぶりを知ったりもする。

数少ないが、さり気ない言葉に情のこもった故人の思い出話を残して、町内の弔問客が去ると、あとひと月で一〇〇歳に達するという故人の長兄が、長生きの家系の話をして、場を和ます。腰は曲がってはいても耳も目もしっかりとして、いまだトラクターを乗り回すという。付き添いの息子に「私よりも元気なくらい」と言わしめす御仁《ごじん》である。

そんな歳になれば身内の死も超越しているのか。いつにない饒舌というそのしゃべりに弟の話は出ず、六十数年前の自身の中国大陸での行軍の様子や、野心家で家を顧みず好きなように生きた自身の父親のことなどを大きな声で話す。

一〇〇歳でこんなにと、通夜の夜にそぐわないが、初めて聞く古い話でもあり、残された者たちをそれとなく元気づけるようでもあった。

そして明けて翌日。葬儀、告別式、骨揚げ、灰葬、初七日のお参りと故人を送る儀式は滞りなく終わる。その一つひとつの行為が死者となった故人をあの世へ送る儀式だが、残され見送る人間にとっては、死というものを冷静に見つめさせてくれるそれであるし、喪失感をいくぶん弱めてくれる、そんな意味合いのこもった儀式ということを、実感させられもするのであった。

実の父親を亡くした妻のいつにない気丈な姿を目の当たりにしていると、一種の覚悟はあったにせよ、ほとんど寝込むことなく、それも寝ている間に息を引き取り、天寿を全うして安らかに旅立ってくれたという、この上もない死の迎え方ができたという思いを強く感じる——そんなふうに思えもするのであった。

また家族葬という、義理の付き合いでないささやかでも情のこもった見送りのできたことも、喪失感より故人に対するしみじみとした親密感を持たせてくれたようで、何とはなく心豊かな思いのするその夜でもあった。

それは実の娘の連れ合いの私だけの感慨ではなく、東京と大阪から帰省して参列した私たちのふたりの息子たちも、また簡略にという喪主の考えに当初は難色を示していた年老いた故人の兄妹たちも、程度の差はあれ、当日の参列者の同じ思いではなかっただろうか。

もう一晩泊まるという息子たちと自宅へ帰りついて、持ち帰った非時の弁当を食べながら、「こうして師走に四人が揃うのも、お祖父ちゃんのお陰やな」と、私は思ったままを口にした。

「たいして寝こまんと、眠ってるときに亡くなるなんて、それこそ天寿を全うしたんやね。それも散髪に行ったあとで」という妻の声には悲しみは感じられなかった。

子どもたちも頷きながら「安らかな死に顔やったなあ」と「見送りに帰ってきてよかったわ」と声を合わす。

口も重く、余計な冗談なども言わない人だったが、実のある人間性は、少ない触れ合いのなかでも、孫たちにも伝わっていたのだろうなと思いもする。

しみじみとした余韻に浸りながら、親子水入らずのひとときが過ぎていく。家族ということを切実に感じた夜でもあった。

翌日。朝の冷えはあったが、まさに小春日和の一日である。妻は朝食のあと、そそくさと近所に住む私の兄夫婦と姑の母親に、父親の死などを知らせてくると出かけた。

長居のあと帰ってきた妻は、「私もそんなお参りがしたいわ」という九〇歳を目前の母の言葉を伝え、「昼からでも黒豆の収穫の手伝いを頼む、と言うてはったわ」とも言った。

夕方に帰るという息子たちに、母親の手伝いを誘った。ふたりとも、これといった予定もないので、かまわないとの返事だった。

心尽くしのお袋の味を丼で平らげた息子たち。夫婦ふたりきりの食生活に慣れた妻は、「三度三度の食事作りなんかもうようせんわ」と言いながらも、ふたりの食べっぷりに目を細め、甲斐甲斐しく世話を焼く。

「何もしなくても目の前に料理が出てくるのは、やっぱりええもんやなあ」と自炊に慣れたであろう次男がしみじみ言うと、「これで、もうちと豪華だったら言うことないのやけどね」と長男までが減らず口を叩く。

そんな他愛ない憎まれ口を聞きながら、家族の温もりといったことを感じたりもする。

そんな昼食風景を眺めながら、「さあ、そろそろ行くか」と声をかけると、タンスの隅に眠っている自分たちのジャンパーなどを探しだしてきた。

歩いて五分もかからない場所に、兄夫婦と同居の母親の暮らす母屋がある。百姓家だけに、どっしりとした昔ながらの家屋で、門《かど》と呼ぶ広い庭が玄関前に広がっている。

その陽だまりのある場所に莫蓙《ござ》を広げて、畑から根こそぎ引いてきた黒豆の株を、一株ずつ木の棒で叩き、莢《さや》から豆を取り出している。

「あらあ、大勢の助っ人で」と孫の顔を見ながら、「お祖父ちゃんの見送りに帰ってきたんやなあ。次はお祖母ちゃんの番やから、頼むわなあ」と笑顔で言う母親。

「まだまだ元気そうや」と長男が笑顔で答える。

莫蓙を広げて軒下に干してある豆の株をそれぞれ手元に引き寄せ、母親の動きの見よう見まねで適当な木の棒で打ちたたく。

「まだ生乾きがあるので、あんまり強う叩くと、豆が潰れてしまうから。そこそこの加減でな」とすかさず注意が飛ぶ。

息子たちも、いつの間にか夢中になって、一心不乱で無駄口も叩かなくなる。「へえ、あんたらがこんなに一生懸命になるとはな。堪能せえへんか」。それが私の率直な感想だった。

年老いた母と息子、そしてたまたま帰省していたその孫二人。その四人で小春日和の陽だまりのなかで、正月用の黒豆の収穫作業。変哲もないただの風景である。が、そんな風景のなかに自分があるというだけで、心が満たされてくるのである。

こうやって私の生まれた頃から、母は正月用の黒豆を用意してきたのだろう。それは農作物を自給する農家の至極当然な、師走の風物なのだろう。が、正月のお節の黒豆料理は作っても、自家栽培を丹念に選り分けての収穫の風景は、もはや数少ないものでもあるだろう。年老いた母親は、これは誰、これは誰と、昔からそうしてきたように嫁いだ義姉妹の分を選り分けていく。まるで土からの恵みを配分するがごとくに。

もちろん息子の新宅家である我が家にも、結婚以来欠くことなく届き、正月のお重の一角に納まっていた。そんな我が家の歴史のなかで黒豆事件と呼ぶほど大げさなものではないが、今なお語り継ぐ話がある。

次男が二、三歳の頃だったか。煮あげた丼一杯の黒豆。お節料理に目を奪われている隙に、ペロリと次男が食べてしまったのである。まだ味覚の発達していない幼児である。怒るに怒れず笑い話で終わったが、それ以来、次男は黒豆には見向きもしない。

「あの時、一生分食べてしまったんちゃう」と家族は言うけれど。

いまだ不思議なできごとだったと思う。何が次男の口をそうさせたのか。なんでも旺盛に食べた長男と違って、小さい頃から好き嫌いの激しい子どもであっただけに、いくら腹を空かせていたとしても、地味な甘みはあっただろうが、幼児のそう欲しがる食べ物ではなかっただろうに。黒豆にまつわるそんな懐かしい思い出が、我が家の語り草として残っているのであった。

そんな次男も、今はもう大学生。ひとり住まいの都会から祖父の見送りに帰省して、祖母の収穫の手伝いに勤しんでいるのである。

祖母と息子、そしてその子たちの手作業に勤しむ風景がある。

小春日和の陽だまりのなかのそんな風景を見ながら、亡くなった義父と生々と生を過ごす母親の人生を思い、その子たちである妻と自分との出会いの偶然を思い、ふたりで築いてきた我が家族の歴史を思い、さらに家族の歴史のつながり、重なりを思ったりするのであった。

ささやかな充足のひとときのなかで、連綿とつづく家族というものを思い、そんな歴史の端っこで営むおのれの生を思い、生かされているということを、しみじみと思うのでもあった。

柿の木のある風景

今年も次郎柿の美味しい季節になった。昨年が成り年で、今年は裏作のはずだったが、まずは豊作で、友人知人に裾分けしたりもした。

我が家の庭には、富有柿と次郎柿の二本の柿の木がある。富有柿は古く、築四〇年弱になる我が家の新築間もない頃からの木である。裏庭に植えていたのだが、二〇年ばかり前の増築時に、表の庭の隅に移植した。いっぽうの次郎柿のほうはまだ若く、確か木斛《もっこく》だったかの枯れたあとに、ホームセンターで買い求めた苗木を植えたものだ。それでも一〇年になるだろうか。

どちらも冬には寒肥を施し、見よう見まねで枝の剪定をしてやる。が、ほぼ隔年に成り年と裏作が繰り返される。そもそも、二本目を植えたのも、富有柿が数個しか成らない年があって、もう一本あればと次郎柿の苗を買い求めたのである。

もともと好きな果物だったが、ある友人の「晩酌のアテは果物。それも柿が最高だ」という言葉に誘われて、試して以来、秋から冬にかけての酒の肴に柿を求めるようになった。そんな柿好きが高じての二本目の柿の木であった。

ちなみに手元の辞書を開くと、富有柿――岐阜県原産の栽培甘柿。果実は平円形で皮は朱紅色、肉は鮭肉色で斑点がある。次郎柿――柿の栽培品種の一。晩生の甘柿。果実は平球形で、浅い溝が縦に四本ある。との埒もない記述である。

どちらかいうと、次郎のほうがより平べったく、色も黄色味が勝っていて、しっかりした固さでややあっさりした甘さ、そんな印象である。もっとも完熟すれば富有に劣らない甘みが出てくるが、富有よりも次郎のほうが、私は好きである。

富有が岐阜県原産であれば、次郎はどこなのだろうか。

ここ二、三年、奈良の吉野方面によく足を運んだ。そこで目に付いたのが、よく手入れされた柿畑である。病虫害の予防なのか、でこぼこした幹の木肌を掻き取り、赤裸にした太い柿の木が並んでいる。柿の葉寿司として柿の葉っぱまで料理に使う土地柄なのである。また、季節になると報じられる紀州の吊るし柿の風景から、吉野や紀州が柿の産地というイメージが強いのだか、果たしてどうなんだろうか。

それはともかく、播州の柿のある風景は、柿畑で栽培するというよりも、屋敷や畑の片隅に、せいぜい二、三本植わっているくらいで、柿畑という風情ではない。

我が村の北にある市川の大妻井堰《いせき》から引き込んで、溝口の集落を流れ下り、我が村の田のなかを貫き、下流の蛇穴神社の周囲で還流して、さらに下流の市街地の香呂地区の駅前付近へと流れる、用水路があった。

お溝《みぞ》と呼ばれていた二間ばかりの川幅を持つその用水路のそばに、「お溝《みぞ》っ田《た》」と呼ぶ我が家の田があった。その田の畔に一〇本ばかしの柿の木が植えられていた。用水路の土手の補強に植えられたようだ。ほとんどが渋柿で、なかに二本ばかり途中から継ぎ木したのだろう、渋柿の枝と富有柿の枝を併せ持った木があった。

ちょうど用水路の川面に枝を伸ばしていて、枝先に上って水面を見下ろすと、川藻のなかで大きな鮒や鯰が泳いでいるのが見えた。もっとも、子どもにとっては水量もあり流れも速く手に負える漁場ではなかった。あれは枝先に残った柿の実を取ろうとしていたから、初冬の頃だったのだろう。麦の種まきにでも来ていたのだろうか。父の手伝いにも飽いたのだろう。川面にはり出した柿の木にそろそろと足を伸ばし、枝先の柿の実に手を伸ばした時、足場にしていた枝があっけなく折れ、川へドボンと。幸い、水音に気づいた父が飛んできて事なきを得た、そんな懐かしい思い出がある。小学校に上がったばかりの頃だっただろうか。

そんな渋柿ばかりでも、収穫して風呂の仕舞い湯や、蔕《へた》に焼酎を浸けたりして渋を抜き、秋祭りには欠かせなかった甘酒とともに、自家製のおやつになったものだ。合わせ柿である。

長男がよちよち歩きをしだした頃のこと。あまり見向きもされなくなった畔の渋柿を、思い立って吊るし柿にしてみた。軒下の物干しにぶら下げて半月余り。幼い長男が旨そうに頬張っていたのを思い出す。

そんなお溝っ田の柿の木の風景も、圃場整備事業とともに二〇年前に消えてしまった。

吊るし柿で思い出すのが、スキーで泊まっていた但馬の民宿での思い出だ。二〇歳代の中頃だからもう五〇年も前の話になるだろうか。ひと冬に三〇日も出かけたくらいスキーにのめり込んでいた時期があった。信州方面へ出かけることもあったが、ホームグラウンドは但馬の鉢伏高原だった。友人たちと出かけることもあったが、気が向くと一人で出かけもした。定宿が鉢伏の麓の福定の民宿N。

八鹿駅までは汽車で行き、そこから全但バスで国道九号線を辿り、関宮で県道に枝分かれして鉢伏へと向かう。その終点の一つ手前が福定の集落になる。鳥取県との県境に聳《そび》える氷ノ山（一五一〇メートル）の登山口でもある。天気のいい日には宿の縁側から雪片の舞う氷ノ山山頂が真近に望まれた。

囲炉裏こそなかったと思うが二階建ての藁屋根だった。その二階の屋根の軒先にぶら下がっていたのが吊るし柿だった。ひょいと手を伸ばして、盗み食い。そのとろりとした甘みは忘れ難い味だった。中年過ぎの夫婦二人で賄っていて、中学生の息子が一人いた。スキークラブに入っていた息子とは一緒に滑ったこともあったが、とてもかなわなかった。

その息子も地元の高校を卒業すると都会の企業に就職し、親たちを残して出て行った。私もスキーをいつの間にかやめた。ただ、ちぎり残したあかい柿の実だけが、雪景色のなかに残された。

忘れ難い、雪のなかの柿の実の風景である。

後年、都会へ働きに出ていた息子が故郷へ帰り、花卉《かき》栽培に勤しんでいると耳にした。

苺

菜園の作物の定番のひとつに、苺がある。人参やキャベツを作らなくても、苺だけは作るといった人が、近所には多い。我が地区だけの傾向なのかどうかは知らないが、あまり世話をかけないで済むという気軽さのせいか、または収穫時の幼い孫たちの喜ぶ顔が見たいためなのか……。

収穫後の親株から伸びたランナーの先にできた子苗を夏の終わりに仮植えし、秋の終わりに元肥を施した畝に定植。春先に黒のビニールでマルチングをして株の充実を待てば、翌年のゴールデンウイークの頃から収穫できる。ほぼ一年サイクルと期間は長いが、あまり世話をしなくて済む作物でもある。

生食で食べるには保存もあまりきかないし、あとはジャムにするくらいだし、夫婦だけの二人暮らしではそうそう消費もしない。野菜か果物かあいまいなように、そう魅力的な作物とは思えなかった。そんなこともあって当初は我が家の菜園には見られなかったが、近所で余った苗をもらって仮植えしたのが始まりで、今では毎年二〇、三〇株を栽培するようになった。

二〇一二年も残暑の厳しい九月の初めに、兄の育てたランナーの先に根を下ろした子苗を仮植えした。育てたといっても、草のなか少雨でかちかちになった土に貧弱な根を下ろした頼りなげな苗だった。

草を引き、小まめに水やりをしていれば立派な苗に育っただろうが、そうではないのである。もっともそんな世話が邪魔くさく、人の育てた苗をもらおうとする心根のほうが卑しいかも知れないが。

このランナーという習性、どこか人間くさいのである。収穫の終わった親株からランナーが何本も伸び、ランナーの先に子苗が根を下ろし、さらに伸びたランナーから子苗が根を下ろす。一本のランナーから三、四本の子苗ができ、ひとつの親株から数十株の子苗が生まれる。数の多寡では敵わないが、親株の蔓から子株が派生するあり方は、どことなく人間の子孫継承のあり方と似ているのである。

もっとも、貧弱な苗でも仮植え後の世話次第で充分充実した苗に育つので、仮植え時の株の貧弱さはあまり問題にはならない。これも生まれよりも育った環境が、その人間の人生を左右するといったふうに、人間くさい習性と思えもする。

等間隔に植え付けた子苗を寒冷紗で覆い、充分根付くまで水やりを欠かさない。根付いて新芽が出だすと、油粕などを根元に追肥して苗の成長を促す。その結果、ほぼ二か月後の定植時には充実した苗が得られるようになるのである。

親のランナーから生まれたおのれがどんな育ち方をしてきたか、さらに自分が親となってどんな子をそのランナーの先に残したのか。自分の人生に重ねながら、苺栽培に汗を流していた父親の背中をふっと思い出したりもする。

私の小学生の頃の記憶だから昭和三〇年代の半ば。父親の四〇歳前後のこと。専業農家だった父親は、米作だけではなく、換金作物として苺栽培を始めた。当時苺栽培の盛んだった静岡県へ見学に出かけたりもした。

誰に勧められたのだろうか。一種の金融機関に成り変わったかのような昨今のＪＡと違って当時の農協は営農に対する熱意も強かったのだろう。営農普及員といった専門的な知識を備えた人材を各地に配置していて、彼らが地域に合った新しい換金作物の普及栽培の指導に、熱心に足を運んでいた。そんな彼らの勧めと父親の進取の気性が相まって、始めた苺栽培だったのではなかったか。

もっとも現在のようなクリスマス商戦用にと当て込んでの栽培といったものでなく、せいぜい二、三か月の促成栽培程度だったのではないか。もちろん金属製のフレームなどはなく、支柱に割竹を使ってのビニールハウスだったし、出荷する苺を詰めるのも、今のようにビニールパックなどなく、薄い木製の木箱（折箱の変形）にラベルを張り付けたものだった。春先の出荷時は父親をはじめ祖父と母親の大人だけの手だけでは足りず、苺の収穫だけでなく、ラベル貼りなども手伝わされた記憶が残っている。

父親の始めた苺栽培は何年続いただろうか。三年くらいだったように思える。雪などあまり積もらないこの地方に、それも彼岸過ぎという遅い時期に、重く湿った大雪が降った。その雪の重みで割竹で支えていたビニールハウスが損壊したのである。

「いいお金になった」とのちに母親が述懐していたが、苺栽培もあっけなく終わり、父親は線路工夫の仕事に行くようになった。当時の線路補修の作業は夜間が中心だったのだろう。慣れない夜間作業もあって胃潰瘍を患ったりもした。その後は近所の小さな町工場に勤めることになる。

八反歩と村内では多い作りもあってか、村の世話役を長年務めた父親でもあった。年老いた晩年、少しの晩酌で顔を赤らめ、「この子の笑顔がなあ」と、毎晩のごとく、近所の新宅家の我が家へ孫の顔を見にやってきたものだ。そんな時に苺作りの頃を振り返って、「あの頃は一旗揚げる気だった」と述懐したことがあった。

米作のかたわら人の世話に明けくれた、善良だが、平凡な人生を歩んだかにみえる父親のその一言が、妙に心に残っている。一旗揚げるという語感からくるポジティブな生き方と、一合の晩酌を傾け孫の顔を眺めつつ「今が一番幸せだ」という父親の充足しきった姿からは想像できない。いかにもそぐわない言葉に感じられたのである。

大正生まれだった父親はもちろん軍隊経験があった。たぶん従軍先の満州で撮ったのだろう、軍服に防寒帽姿の若き日の父親の写真を古いアルバムに見いだすことができる。終戦時は勤めていた軍需工場の川西航空機の空襲を体験していた。つまり、父の青春は戦争とともにあった。そんな世代の人間なのである。

そして、八人兄妹の長男として自分の結婚後、若くして亡くなった母親の代わりに妹たちを嫁に出し、自分の家族だけのことを考えることができるようになっていたのが、あの頃だったのではなかったか。だとしたら、父親の言った一旗揚げるという思いは、なんとなく判るような気がする。もっともその時の父親が一旗揚げたかどうかは知らないが。少なくとも、おのれの人生への気概を抱き得たことは確かだろう。

そんなふうに父親の人生を眺めてみて、ではその父親の息子だった自分の人生は果たしてどうだったのか、と思ってみたりもする。平平凡凡なサラリーマンで過ぎた自分の人生で、果たして一旗揚げようと思ったことがあっただろうか。そんなふうにおのれの人生に気概を抱いたことがあっただろうか。

わずかばかりの苺苗の定植をしながら、父親の背中と重ね合わせ、越し方の人生をふっと振り返ってみたりする。

いちじくとあんず

夏の終わりから秋の初めにかけて、いちじくが成った。一日一個か二個、あるいは数日に二、三個といったふうに、木で熟した実が、妻と二人暮らしの食卓を飾った。

一昨年の冬だったか、隣の主人が枝ばかり伸ばして邪魔になるからと根こそぎ引っこ抜いたものを、草ばかり蔓延《はびこ》る菜園の空き地に植えたのだ。瓦礫などで埋め立てた空き地の土は固く、掘るのに難儀した。そんな土地に、頼りなげに根の先に二、三本の細い根が付いただけの、牛蒡《ごぼう》引きの株を植えた。いくら生命力のある植物でも、果たして根付くだろうかと危ぶむほどな生育条件だった。手首ほどの太さと親指ほどの太さの二本を植えた。

そして春、どちらの木も根付き新芽が伸びだし、地面に近い場所から何本かの枝を伸ばし始めた。枯れてもともとといった気持ちなので、肥料をやるでなく水をかけるでなく、いたって冷酷な仕打ちで放っておいた。それが根付いたのだ。そのしたたかな生命力に驚きもし、嬉しくもなってきた。

春の終わり頃には、細い枝に規則正しく大柄の葉が広がってきた。梅雨の終わりには、細い枝先の葉の付け根に何個かの小さい実が、これも規則正しく律儀に付くようになった。そして、夏の終わりに葉の陰で実が一個だけ、臙脂色《えんじいろ》に色づいていた。隣の主人に言われて、ようやく気づいたのだが、熟した実が割れていて、食べられる状態ではなかった。よく見ると、小さな蟻がたかって蜜を吸っていた。熟したことに気づかなかったことが、なぜか済まなく思えもした。枝先には青く小さな実が残っていたが、それらは熟すこともなく秋を迎えた。

そして今年。地面に近い枝は切り落としたが、肥料をやることもしなかった。そんななかでも、健気にも去年伸びた枝がさらに伸び、別な新芽が芽吹き、新たな枝が伸びだした。

よく見てみると、葉は天狗の団扇状で互い違い（互生）に枝に付き、その葉の根元に実が付いていくのである。

記録的な酷暑と入れ替わるように秋雨前線が雨を運んでくると、幹の根元から順番に、実がやや太りだし、色も青から紫へと色づき、熟してくる。熟してくるとともに実に弾力が出てくる。弾力のある実をそっと手に包み、捩《ね》じって捥《も》ぎ取るように収穫する。ちぎった実の軸の付け根から白い乳汁がしたたる。

エデンの園で禁断の果実を食べたアダムとイヴが、自分たちが裸であることに気づいて、いちじくの葉で作った腰みのを身につけたと記述のある「旧約聖書」の創世記を紐解くまでもなく、いちじくは人類にとって古くからの訓染みの果実だったようだ。

ものの本によると、原産地はアラビア南部。原産地に近い古代メソポタミアでは六〇〇〇年以上前から栽培され、古代ローマでは最もポピュラーなフルーツのひとつだった由。またヨルダン渓谷の新石器時代の遺跡から、一万年以上前の炭化した実が出土し、いちじくが世界最古の栽培品種化された植物の可能性があるともいわれている。

日本には江戸時代初期、ペルシャから中国を経て、長崎に伝来したが、整腸作用があり生薬としてもちいられたことから、当初は薬樹としてもたらされていたようだ。茎から出る乳汁を疣《いぼ》に塗ると、いつの間にか疣が取れていた。そんな子どもの頃の記憶がある。

伝来当初は「南蛮柿《なんばんがき》」や「唐柿《からがき》」などと呼ばれたようだが、花を咲かせずに実をつけるように見えることから「無花果」の漢語が当てられている。植物学的には隠頭花序というらしいが、花軸が肥大化した花嚢の内面に無数の花（小果）を付ける。したがって食用にする部分は、果肉ではなく、小果と花托なのである。

近年のいちじくの生産量のベスト3は、エジプト、トルコ、イラン。ほかに地中海沿岸から南アジアの比較的乾燥した気候の地域に多いそうだが、日本は14位にランクされている。

で、我が家のいちじくだが、九月早々だったか、初収穫の二個を妻と食したのである。「え、こんなに甘いものだったの」というのが率直な感想であった。記録的だった酷暑の今夏だったが、その太陽の熱気が閉じ込められたかのような甘さであった。まさに晩夏の味だと二人で顔を見合わせたものだ。

妻に言わせると、子どもたちが幼い頃、スーパーで買ったことがあったが、自分が子どもの頃食べたほど美味しいとは思わなかった。だから、それ以降は買ったことはなかった、と言う。

「やはり、完熟したものが一番やな」とは二人の同意見である。

町内《まちうち》育ちの妻だが、庭の片隅にいちじくの木があって、その実の甘かったという子どもの頃の記憶が鮮やかに残っているとも言う。何十年も経って味わう甘さが、遥かな記憶を呼び起こしたのだろうか。

妻のそんな感慨を聞いても、何度も食べたであろう私のいちじくの甘みの記憶は蘇らなかった。ただ、西日に照らされた背の高いいちじくの木の姿と、その木に登って枝先の実を捥いでいる少年の姿。そんな風景だけがおぼろげに浮かび上がるばかりだった。

家の西側の畑地を潰して、鶏小屋を建て、鶏卵の生産をやっていたのだろう。現金収入を求めて始めたものの、そう長くは続かなかったが、鶏の姿もなく空き家となった鶏小屋。その隣の空き地に、柿の木といちじくが植わっていた。それが私のなかのいちじくの記憶だ。ただ、捥いだばかりの日向の温もりの生温かい感触は思い出せるが、不思議とその甘さの思い出はない。

九月の末になって、思い出したように熟していた我が家のいちじくも、一〇月の声を聞くとぱたりと熟すことをやめた。細い枝先には瑞々しい葉と青く固い実が残されたままである。

いっぽう、この夏に命を終えた木がある。庭の真ん中にデンと枝を伸ばしたあんずの木である。確か、姫リンゴの枯れた後に苗木を買って植えたから、少なくとも二〇年、ひょっとして三〇年を経ているかも知れない。親指ほどの苗木が見る見る太く大きくなって、実もずいぶんと付け、生食したり、あんず酒に漬けたりしたものだ。

毎夏、それなりの剪定をしていたが、いつの間にか屋根の高さを越え、とともに樹が老いてきたのか、旺盛な花は変わらず付けるが実はわずかしか付けなくなった。さらに、太い幹に足をかけての剪定作業も億劫になってきた。そして、「いっそのこと、切ってしまったら」の妻の一声で、伐採を決めた。シルバー人材センターからやってきた職人は、枝先から根元へと、手際よくチェンソーで切り落としていった。両手の倍以上の切り株が、あんずの生きた証として残された。切り株を見ながら、あんずとともにあった二〇年あまりの我が家の歴史をふっと思った。そして、言いようのない、一種の喪失感に似た感情が胸を横切った。毎年、春の彼岸過ぎに薄いピンクの花を隣の姫辛夷《ひめこぶし》と競っていた姿は、もう見ることもないのである。

小芋と鍋

小芋は肥《こえ》喰いで水喰いの作物という。

小芋とはサトイモのことで、字のごとく親芋のまわりに子芋が派生し、親子とも食用の品種もあるが、小芋だけを食用とする品種が多いようだ。肥料切れさせず、夏の乾燥期の水やりが、よい小芋を作る鍵だというのである。

退職を機に始めた菜園作りで、春のジャガイモ、夏のサツマイモと自家菜園で賄ってきたが、小芋だけは作らないできた。それは、「こんな地上げ地に、水喰いの小芋を作るのは無理だ」という野菜作りの師匠の母親の教えがあったから。もっとも、別な畑で母親の作るのをもらって食べてはいたが、田舎育ちの人間だけに、他の芋類同様、小芋も煮っ転がしがせいぜいで、たいして旨い作物という意識はあまりなかった。が、いつの頃からか季節の先取りとして、秋のはじめ頃に小芋を食べるようになった。いわゆるきぬかつぎという食べ方で。

衣被《きぬかつぎ》という言葉を知ったのは、何十年も前のこと。確か、小説「橋のない川」の作者で農に生きた住井するゑのエッセーでだったか。小芋を皮のまま茹でて、温かいうちに皮を剝《む》き、塩をつけて食べるやり方で、お茶受けだったか酒の肴だったか、食べた話を読んでからだ。芋のかすかな甘みと塩味がマッチして、得も言われぬ素朴な味は、酒の旨い季節到来と相まって、なんともぜいたくな季節の先取りの味と実感したのだった。一時《いっとき》その食べ方が病みつきになったことがあった。いらい、小芋は私にとって何とはなしに親しみ深く、好きな食べ物のひとつになっていた。

二年前になるが、連れ合いが突発性難聴で自宅療養だが、安静治療の診断を受けた。「旅館に泊まってるみたいに、いっさい家事はしない状態がいいって」と聞かされた。妙な例えだと思ったが、ひと月くらいならと覚悟を決めた。で主夫業が始まったのだが、子どもたちも家を離れ、夫婦ふたりの生活。週一回の買い出しで、好物の刺身が食べられれば、あとは自家菜園での野菜利用で充分である。

冬場のこととて、具だくさんのブタ汁、粕汁、そして鍋料理がローテーションのごとく始まったのである。人参、大根、白菜、白ネギ、シュンギク、そして小芋の登場になるのであった。あとは鮭か豚肉、肉団子を適宜入れるだけ。鶏がらスープに味噌、酒粕で味付けすれば、ポン酢などは不要で、ごくごく簡単で手間いらずで、さらに食べ飽きないのである。

ひと月ほどの主夫業をこなしたお陰で、そんな定番料理に、小芋は不思議と相性がいいことを初めて知ったのである。小芋以外は自家栽培だったが、小芋は品切れになると、何度か母の畑へ通った。

そして春になると、連れ合いの症状も落ち着き、主夫業から解放されたのだが、翌年の冬、またしても連れ合いが病んだのである。肉体的な不調から、今度は精神的な不調へと形を変えての病状だった。

まるで心が壊れていくかのような連れ合いを目の当りにして、暗澹たる気持ちに囚われる日々が続いた。が幸い、友人の紹介してくれたカウンセリングの診察を受け、ひとつの光明が開けた。うつの診断だった。カウンセリングでは「うつという病気は必ず治るのです。頑張れと無理に励ますのではなく、極力寄り添ってあげて」と指示が出た。うつという病気についてまったく無知だっただけに、目から鱗の思いだった。天が与えた夫婦への試練だと思え、「よし、俺がこの病気を治してやろう」と、強く思った。

心配するから知らせるなと本人は強く言ったが、二人の息子にも症状を遅ればせながら伝えた。「なぜ早く知らせなかったのだ」との叱責の言葉とともに、あなたが支えてやってくれとの、心配を共有する内容のメールが届いた。

ことに海外赴任中の長男からは、学生時代にうつの治療を受けただけに、相手の気持ちになり切る大切さの指示があった。そんな子どもたちからのメールを見ながら、家族の絆ということを強く思い、「ああ労《いたわ》られてるな」と、息子たちの優しさをしみじみ感じもした。そして、ありのままを受け入れることから、第一歩を踏み出した。「しとむない（したくない）」と言う妻に代わっての料理作りが、ふたたび始まった。

冬枯れた畑に放置されたがごとく、保存のために防寒用の籾殻で覆った畝を掘って、小芋の収穫に何度か母の畑へ通った。定番の鍋料理の再開である。もちろん、具だくさんのブタ汁、粕汁も、手軽で手間いらずで食べ飽きないというフレーズの我が家の定番料理に、しみじみと夫婦の情愛という言葉が新たに加わったのである。

抗うつ剤の服用と相まって、連れ合いの症状も、少しずつ少しずつ、行きつ戻りつで改善されていった。まさに冬と春のせめぎ合う三寒四温の季節の移ろいに似た、一喜一憂の確信と不安の入り混じった日々であった。

そして、例年よりやや早い桜の開花が訪れた。冬眠から覚めるかのごとく、妻を誘って近場へ花見に出かけた。昔の古墳があった山の一画を切り開いて、枝垂れや珍しい品種の桜が植えてあるが、若木ながら旺盛に可憐な花をぎっしりつけている。さらに山裾の染井吉野の花を見下ろせもする、穴場でもある。もっとも、今時そんな所で花見を洒落込む人種などいなくて、ヒヨドリや目白が花の蜜を求めて、枝先の花の陰に見え隠れするばかり。足元のブッシュのなかに、薹《とう》の立った蕗の薹がそこかしこに見いだせる。

藁をもつかむ気持ちで紹介されたカウンセラーに会いに京都まで出かけたのが、あと数日でクリスマスという年末。いらい、手探りの日々だったが、ようやくこうしてふたりして今年の桜を眺められる。そこまで改善されてきたと思うと、万感の思いが胸をに迫り、生かされていることのありがたみをしみじみと感じるのであった。

そして、この冬じゅう世話になった小芋を、我が菜園で作ってみようと思ったのである。近所の園芸店で購入してきた二〇個ばかりの種芋を植え込み、地熱を上げるための黒マルチを施した。

天候不順で発芽はやや遅れたものの、初めてにしては順調な生育だった。二度ばかりの追肥、土盛りのお陰で、人が感心するほどの成長ぶりだった。いっぽう、すっかり回復したかに思えた連れ合いの病状が小芋の成長と裏腹に、ぶり返してきた。「またか」の思いが胸を過《よ》ぎりやや落ち込みはしたが、冬の何か月かの体験から、私の心は揺るがなかった。

夏の渇水期の小芋への水やりも、小まめに欠かさなかった。

秋、初めての自家栽培での収穫。やや小ぶりながら、親芋のまわりに小芋がずらり。時を同じくして、連れ合いの症状も確実に改善してきた。そして、また鍋の季節がやってきた。

ぼっちゃんカボチャ

カボチャを作ろうと思ったのは、なぜだったのだろう。

五月の連休前になじみの農芸店へ出かけた時、ひょっと思い立って、「初めて作ろうかと思うんだけど、実の小ぶりなのは？」と問うと、常々無愛想で知られる女主人は、「それやったら、これ。ぼっちゃんカボチャがええんとちがう」といつもの突っけんどんな言い方で、勧めてくれたのだ。

きょうび、何でも量販店の時代。安い値段で大量に販売するホームセンターでは売るだけで、品種とか栽培方法についてはほぼ無関心な様子。そんな時代に小売店が対抗しようと思えば、品質の確かさと丁寧で親切な販売作戦が必要だろう。

その点、この農芸店は品種や育て方などの知識が豊富で、こまごまとした質問にも的確に応えてくれるのである。たまにい合わせた年寄りの客とのやり取りにも、それがうかがえる。だが、この女主人、愛想が悪いのが評判なのである。地域の友人に聞いても、「まあ、愛想が悪いな」という答えが最初に返ってくるほどなのである。

そう言えば、この女主人から、「ありがとうございました」という言葉を聞いたことがない。知識が豊富でも答え方がつっけんどんでは、つい二の足を踏んでしまうかも知れないが、そうかと言って、客足が減っているようにも思えない。愛想が悪いと思う客は、はなからホームセンターなどへ流れているのかも知れないし、物言いはつっけんどんでも正確なアドバイスを求める客もそれなりに存在するようだ。もちろん、私は後者の一員で、この店をひどく重宝しているひとりである。

田舎生まれで田舎育ちであっても、農作業が好きだったわけでない。子どもながらも労働力として当てにされるのが、昔の家族農業のあり方。きょうびのように機械化されたそれと違って、手作業主体の労働は、子どもにとっては耐えがたいほど忍耐を必要とした。

例えば株切りという作業。収穫後の稲の切り株をひとつずつ起こしていく。牛による鋤《すき》作業の手助けのためだが、とんが（唐鍬）と呼んでいた刃が厚く巾のせまい打ち鍬で、一枚の田すべての株起こしをしていくのである。初冬の時雨模様のなかでの孤独な作業でもあった。

その結果、農作業は親から言われていやいややるものでしかなくなるのである。だから、大人になって家庭を持っても、自分で野菜を作るなんて思いもしなかった。せいぜい近くに住む母親の作るものをもらうのが関の山であった。

そんな人間が、自ら進んで菜園作りをするようになったのは、たまたま自宅横に畑地が手に入ったからである。

田舎の次男坊であれば田の相続がある。「百姓などしないからいらない」と言い続けていたが、父親は一反歩足らずの田を、次男坊の私に分けた。その田が、圃場整備事業によって、約一〇〇坪の畑地として換地された。そして、地上げ造成された上に畑地用の土を三〇センチばかり運び入れた土地が引き渡された。

もっとも、百姓の次男坊といっても、野菜作りなど初めてのこと。幸い近くに住む母親がお師匠として、菜園作業の手ほどきをしてくれるようになった。

さっそく、こまめと名付けられたミニの耕耘機を購入し、農作業の開始である。が、自分の手で耕してみて、初めて耕地の広さが実感されるのである。家庭菜園としては一〇〇坪は広すぎることを思ったのである。

母親のアドバイスもあり、先ずは大豆の栽培に挑戦した。夏場に用水路からポンプアップして畝の間に水を流すくらいの世話で、それなりの収穫があった。翌年にはスイカ作りへと手を伸ばした。蔓性の作物は広すぎる畑にはぴったしである。

敷きつめた麦藁の上を蔓がぐんぐん伸び、何個かの実がなり、収穫が楽しみになった梅雨も明けようかという頃になって、思わぬことが起きだしたのだ。ヤスデの大発生である。

ヤスデの発生の兆候は、前年からあった。

圃場整備事業と連動して我が家のまわりの十数区画が宅地化になり、造成された宅地が希望者に渡された。その造成に使った土が発生源だったようだ。草の生い茂った夏場にぞろぞろと側溝を渡って、我が家の壁にヤスデが取り着くようになった。その都度殺虫剤を撒いたりの対応に追われていたのであるが、ついに大発生となったのである。湿気と高温を満たしたスイカの敷き藁がいい住処になったようである。家の壁に取り着いた何十匹ものヤスデは、大した害はないとはいえ、気分のいいものではない。

収穫半ばのスイカだったが、引き抜き敷き藁ともども火を付けたのであった。

かくしてヤスデ騒動は下火になったが、以来敷き藁は我が菜園ではタブーになって、蔓性の作物を作るのをやめた。

そして数年たって、うりを作り始めた。近所に住む幼馴染の幸男君が、「足で蹴飛ばすくらい簡単に作れて、夏場のジュース替わりに食べれる。それに昔の素朴なうりの味が捨てがたい」と勧め、育てた苗を、「要るだけやるよ」と言ったのをこれ幸いと、空いた畝の隅に植え付けたのが始まりだった。

なるほど、元肥だけで旺盛な蔓を伸ばすし、あとは世話要らずで簡単に実を付ける。そして、素朴で野性的な、どこか懐かしい甘みが何よりなのだ。以来、毎夏の我が菜園を彩っている。

そして、今夏のカボチャである。うりの栽培で、我が菜園での蔓性作物へのタブーが、すっかり薄らいだのである。

ぼっちゃんカボチャの顚末である。

梅雨明けに一〇個ばかり実を付けたが雌花もなくなり、これでもう終わりかとの気配。母親にふとそのことを漏らすと「二番肥《こ》えをやってみたら。また実を付けるわ」の言葉が返ってき、さっそく根元に追肥する。しばらくすると樹勢も回復、蔓も旺盛に伸びだし、雌花もどんどん咲きだす。盆明けにはそれまでに倍するほどの収穫となる。なお、雨の多い八月だったせいか、本来の株元はほぼ枯れてしまった状態だが、伸びた蔓先部分が元気がよくて葉の色も生き生きしている。四方へ伸びた蔓を辿ってみると、蔓の節々から根を下ろして、そこからの養分吸収で生き生きしているのであった。盆も過ぎ「処暑」を迎えて、親株の根元は枯れ果てたが、子、孫と枝分かれして、いまだに雌花を咲かせている。なんとも凄まじい生命力というしかない。

九月初旬の「白露」を迎えて、蔓を引き抜いた。結局一株から、五〇個ほどの収穫だった。近所や友人に裾分けしてなお、残暑の終わる頃まで、ささやかな二人の食卓を飾ってくれた。ちょうど両手で包みこめるほどの小ぶりなぼっちゃんカボチャだが、ほっこり甘い大地の恵みであった。

ソラマメ

二〇一四年のソラマメは豊作だった。

豊作といっても、家庭菜園の一画の四〇株程度。せいぜい自家消費か近所にお裾分けするくらいだが。

そもそもソラマメは、私の育った播州の田舎ではもっぱら保存食で、初夏に収穫した実を乾燥させ保存し、砂糖などを加え甘く煮付けて食べる、いわゆる田舎のお袋の味といった風情の食べ方が主流だった。一般には形がおたふく面に似ていることから阿多福豆《おたふくまめ》と呼ばれていたようだが、我が家ではどう呼んでいたのか記憶にない。どちらにせよ、子ども心に、さして魅力のある食品とは思えなかった。

また、昔から馴染みだったソラマメの加工料理は、油で揚げて塩をふったいかり豆で、大人になってから、ビールのつまみに市販品を買ってよく食べもした。

退職を機に始めた家庭菜園だが、同じ豆でも収穫時期のやや早いエンドウはなじみだっただけに早くから栽培を始めたが、ソラマメの栽培は後発だった。ソラマメの栽培も他の野菜同様近所に住む母親の指南で始まった。指南といっても、そう難しいものではなかったが、発芽の失敗を防ぐための芽出しがみそであった。

初夏に収穫して播種用に保存していた実を、直接植えるのではなく、別の苗床で芽出しをし、発芽して一定育った苗を畝に定植するやり方である。種は市販してはいるが、これが結構高いのである。一個五〇円もするのではないか。収穫した種を冷蔵庫で保存しておくと虫も来ないと母親は言っていた。

最初は母親が芽出しした苗をもらって、植え付けたのが始まりだったが、最近ようやく、自分の手で播種をするようになった。

一〇月下旬、秋の深まりを目安に播種。一〇センチばかりに育つと定植し、冬を越させる。春の成長期と三、四月の開花期に追肥をし、開花から一月くらいで莢《さや》が膨らみ光沢が出てくると収穫時期である。病気も少なく思ったよりも世話いらずな作物でもある。

このソラマメだが、一般にあまり知られてないだろうと思える生態がある。花が咲き、小さい莢が生まれる。その小さい莢は生まれた時から天を仰いでいるのである。初夏の日差しを浴びて成長し、大きく膨らんでくると、天を仰いでいた莢が水平に下がってき、下向きになる。その頃が収穫時である。まさに、空を仰いで実を付けるので空豆。名前のよって立つところである。

このソラマメ、ルーツを辿ると、イスラエルの新石器時代の遺跡から出土していて、人類とは訓染み深い豆のようだ。古代エジプトやギリシャ、ローマでも食され、紀元前三〇〇〇年以降に中国へ伝播。日本へは奈良時代（八世紀）に渡来したインド僧の菩提僊那《ぼだいせんな》が行基に贈ったのが始まりとか。

桜の花が咲く頃、三センチほどの薄い紫の花弁に黒い斑紋のある白い清楚な印象の花を咲かせる。播州の地では初夏が収穫時期になる。つまり、ソラマメの旬は初夏といえる。

保存食とばかり思い込んでいた私が、旬のソラマメの食べ方を知ったのはごく最近で、旬のソラマメを食べたいばっかりに自分で栽培しだしたと言っていいかも知れない。

私には三〇代になるかならない頃、いわゆる青春の終わりの頃に出会った同じ年頃の気心の知れた友人が何人かある。いらい四〇有余年、その距離は近くなったり遠くなったりするが、いまだに年に一、二回酒を酌み交わすことが続いている。

そんな彼らと久し振りに酒を酌み交わした、何年か前の年の押し詰まった居酒屋でのこと。その店で出されたのが、莢ごと焼いたソラマメだったのである。

「へえー、これがソラマメ！」と驚くほどのこくのある味で、日本酒の味と相まって得も言われぬ気分にさせられたものだった。店の主人に言わせると、莢ごと焼くと皮の水分で蒸し焼きになり、風味が抜けないので香りも甘みも濃くなるとか。また、保冷技術の進歩とハウス栽培により、秋の一時期を除いて日本各地から届くそうだ。ちなみに、豆の熟れ方がちょうどいいのは三日間といわれるほど、おいしい時期が短いのもソラマメ、とは主人の受け売りである。

「今出してるソラマメは鹿児島産ですが」との主人の言葉に、鹿児島出身の友人の一人が、「鹿児島産は酒でも食い物でも美味いんだよ。もっとも人間はひとがいいけどね」と、自分のことを棚に上げて混ぜ返したのは愛敬だったが。

その時知ったのが、鮮度と三日間の旨味の時期を逃さない方法は、「それじゃ、自分で作るほかない」

ということだった。かくして、母親の指南によってのソラマメの栽培となったのである。

柚子と山椒

睦月が足早に過ぎ、如月の声を聞く頃。大寒から立春へと、一年で一番寒いといわれる時期である。寒さが厳しく、着物の上にさらに重ねて着るので「衣更着」、あるいは「生更ぎ」がきさらぎの由来だといわれている。

立春を迎え、寒が明け、気分的には春の兆しが予感されるが、なお寒さは残る。それを余寒ともいう。なんと季節にぴったりな風情ある言葉だろうと、今さらながら感心をする。

そんな頃に、庭の柿やキウイ、柚子などの生り物の木の剪定をし、前後して根元に寒肥を施す。野菜の収穫はあるが、冬の菜園作業はほとんどない時期、春に向けての初の野良仕事といえる、生り物の剪定作業である。

厳しい寒さの続いたこの冬。珍しく穏やかな日だった。やや高くなった冬陽がきらきらと降り注ぐなか、厚手の防寒着に身を包んで脚立の上にあがる。長く成長した柿の枝先が冬空に突き出している。離れた位置から木の立ち姿を眺め、切るべき枝を決めて脚立に取り着いても、いざ鋸や鋏を使う段になると、この枝は残したほうがいいのではと迷いが出たりもする。そのたびにまた地面に降り立って、眺めなおす。迷い箸ならぬ迷い鋏？　プロの手際のよさとは大違いである。そんな迷いが出るのは、素人の優柔不断さと言うしかない。

綺麗にすっきりと切り払っても、二、三年もすれば枝が込んでくる。そんな樹木の成長の早さを知ってはいても、いざとなるとなかなか大胆に切り込めないのである。さらに、足場の悪い脚立の上での作業は不安定で、思わぬ筋肉を使うばかりで捗《はかど》らない。ようやく二本の柿の木を終え、柚子の木に移る。

近所のホームセンターで購入し、植えてから五年くらいになるか。足首ほどの幹の太さで我が身長を越える身の丈だが、昨年やっと一〇個ばかりの大ぶりの実を付けたのだった。いわゆる本柚子と呼ばれる品種で、我が庭の柚子の二代目になる。先代は一才柚子の名を持ち、小ぶりな実をぎっしり付けていた。改良種だったのだろう。ただ、品種が違っても、鋭い棘は変わりがなかった。

先代の歴史は古い。新婚早々の我が家の庭に植えたのが始まりではなかったか。小ぶりながら毎年何十個と収穫があり、近所に配ったりして喜ばれたものだ。

妻の作る柚子味噌は、春先の蕗味噌と好対照の酒の肴になったものだ。幼かった子どもたちとの一緒の風呂に連日のごとく浮かばせての柚子風呂も懐かしい思い出である。子どもたちの若い皮膚には刺激が強すぎたのか、チクチクと肌を刺す、その感触を嫌がってはいたが。

そんな重宝《ちょうほう》な先代だったが、いつの頃からか急に生るのをやめてしまった。数個の実しか付けなくなって何年か過ぎ、さらに花芽すら付けなくなった。冬ごとの剪定と寒肥は欠かさなかったのに。

青々とした常緑の葉を持った木は、実は付けなくても我が家の庭には訓染んだ姿でもあったし、実を付けないからといって、すぐ切ってしまう気にはなれなかった。

が、いつの間にか、旺盛な棘を持っただけの嫌われ者になってしまったのである。そんな姿が偲びなく、思い切って伐採し、根も掘り上げた。その後に植えたのが今の二代目である。

あれほど生っていた木が急に生らなくなったわけは、何だったんだろう。そもそも柚子の木の寿命はどれくらいなんだろう。

「柚子の大馬鹿一八年」と呼ばれることがあるが、実生《みしょう》栽培では結実まで十数年かかるほど成長の遅い性質であれば、その寿命も長いだろうと思われる。が、一〇〇年からの林檎の老木にいまだにたくさんの実を付けている風景を見たことはあるが、柚子の老木のそれは見たことがない。

そんな先代のありようは、人間のそれに思い合わせ、不思議としか言いようがない。人間にもそれぞれ個性があるように、植物にもその品種本来の性質以外にも、個体独自の個性といったものが備わっているのかも知れない。

鋏を持った指先や手の甲を鋭い棘で傷つけつつ、込み合った枝を切り込みながら、この二代目はどんな個性を備えているのだろう、と思ってみたりする。

それに比べて、金柑の木は相変わらず旺盛に実を付けている。昨年の春の終わり、花を付ける前に伸び放題だった枝を、大胆に切り込んだが、枝先にぎっしりと花を付け、お陰でそれまでよりも大ぶりの実を生らせた。餌の少ない冬場には恰好のヒヨドリの餌になっていたが、いつもやってくる番のヒヨドリの姿を、この冬には見ない。例年この時期、食い散らかした実の残骸が地面に散り敷いているのに、今年は枝先に鈴なりのままなのだ。

なぜなんだろう、と思う。そう言えば、空き地のままだった隣接する土地が売れ、広い敷地に二軒の家が新築された。夏の終わりから冬にかけて、工事人たちが入れ換わりでざわついた数か月後、新たな住人が入居した。我が家の庭と接した南面の部分は二軒とも、広く駐車場をとってあったが、隣接する共稼ぎの若夫婦の隣は初老で独身の理髪店。その入口のイルミネーションが、定休の月曜日以外にクルクル回りだした。その横に槇の低い生垣を境に我が家の庭があり、その生垣のそばに金柑の木が植えてある。なるほど、ヒヨドリも落ち着いて金柑の実を啄ばむ気持ちになれないわけだ。

その金柑の木の横に太い木犀の木があり、その陰に山椒の木を一昨年に植えた。母屋の庭の片隅の毎年実をぎっしり付ける木の根元の若木をもらってきたのだ。頼りない細木だけに心もとなかったが、しっかりと根付き芽吹いた。が、期待していた実は付けなかった。

山椒《さんしょう》といえば、但馬の朝倉谷（養父市八鹿町）原産の朝倉山椒が、棘のない実《み》山椒として昔から有名であった。この山椒、木の芽の呼び名が示すように、若芽、若葉も重宝だが、その実は調味料として優れものである。だが、暑さには弱く、根付きが浅いので水枯れが発生しやすく、栽培は難しいともいう。母屋の庭の山椒の木は、原産地の朝倉から仕入れて二、三〇年になるが、土が合うのか毎年旺盛に実を付ける。その実生の幼木を我が家の庭に移植したのだが、雄株だったようである。最近まで知らなかったのだが、山椒の木は雌雄異株で、実がなるのは雌株だけである。

思い返すと、我が庭に今まで何度も植え付けたが、その都度、数年もしないうちに枯れてしまっていた。どうも山椒の木とは相性がよくないようだと思ってしまうが、栽培が難しいとあれば、やむを得ないと、ひとり自分で納得してもいる。

こんなふうにみてくると、たかが庭の生り木にも、それぞれの個性があり、育つ環境との相性があって実を付け、枯れていく。そんな摂理のなかにあることを思い知らされるのだった。

第三章 余　滴

胃の全摘

生まれて初めての大きな病気は高校時代の蓄膿症だった。隣町のさして大きくない耳鼻咽喉科の医院で執刀され、何日か過ぎて退院後、縫合部分からの出血で、回復が長引いた。

消化器系の病気持ちの家系（祖父が胃がん、父が直腸がんで死亡）もあってか、私自身も胃弱な体質で、成人してから市販の胃薬が手放せなかった。だが、独身時代は、当時盛んだった職場での草野球やスキーなど、スポーツも人並み以上に楽しんだ。

そして結婚を挟んで二度の急性肝炎での入院があった。一度は独り者の無聊《ぶりょう》を紛らすための過度な飲酒が原因だったし、二度目は長男が小学生になったばかりの頃だったが、交代制勤務からくる過労が原因だったかと思う。

父が直腸がんで亡くなったのが次男の保育園の頃。開腹はしたが、最早手遅れだと言って医師は人工肛門を施した。そして術後半年、百姓人間だった父らしく、稲の穂が垂れる初秋に、その生を閉じた。

父の死を機に、それまであまり気にしなかった、自分の体の健康を強く思うようになった。それは、家族への責任という、それまであまり意識することのなかった思いだった。ちょうど私の厄年前だったいらい、毎年、人間ドック、いわゆる成人病検査を受診するようになった。

郵政部内には神戸、大阪、京都に逓信病院があり、どこを希望してもよかった。また交代制の夜間勤務従事者は無料で受診できる特典制度があった。いつも遠方の京都の病院を申し込んだ。前泊制度があって、検査日前日の夜は、受検者用に一部屋が確保されていた。

京都の逓信病院は地下鉄の烏丸御池駅の近くで、繁華な街並みも遠くなかった。検診の場所を京都にこだわったのは、検査の前夜、一人での最後の晩餐が、ひそかな楽しみだったから。京料理を伏見の酒で味わう、そんな密《ひそ》やかな楽しみがあったのだ。検査前は自制して少しでも検査値を低く抑えるのが普通だが、その逆で、飲み食いを楽しんで最悪の状態で検査をしたほうが、正直な数値が得られるといった、屁理屈によるものでもあった。

そして、翌日の帰りは、午前中に検査、講評を済ませた昼前に病院を後にして、JR京都駅へ向かう。京都駅地下街のポルタの一画の寿司屋で、無事検診を終えたことへの褒美の意味で、日本酒を傾けながら寿司を摘まむ、そんな一人の時間をしみじみと味わうのも、常であった。

病院の中庭にカリンの大木があって、色づいたカリンの実がいつも鈴なりになっていた風景が強い印象として残っている。つまり、受検の季節は大方、秋の終わりだった。

そんな京都の逓信病院へ一五年ばかり通ったか。時には大腸ポリープの切除はあったが、大した病気も発見されなかった。

そろそろ退職を考える年齢の五五歳に差しかかった二〇〇三年だったか。受検してひと月ばかり経った頃、担当医師から職場へ電話が入った。

「先日の成人病検査での生検の結果、胃のがんが所見されました。当病院か、近くの病院で精密検査が必要なので、お知らせします」と。

年末繁忙を迎え、ざわついた職場の電話での突然のがん告知に、心がゾワッと泡立った。なおも聞き返すと、

「ステージ3の段階ですので、急ぐことはないでしょうが、なるべく早めに精密検査をお勧めします」と返ってきた。

初めてのがん告知を受けて、私の思いは〈弱ったなあ……。ついに来たか〉というものだった。

年が明けた二月に国立病院で胃カメラ検査を受け、〈胃の腺腫ステージ3〉の診断を受け、夏に内視鏡によるがんの切除手術を受けた。ちょうど五月に『作家・松岡譲への旅』の上梓を挟んだ、何か月の間のことだった。自身の初めての出版という高揚した気分だったせいか、初めてのがんの告知にも、冷静な気持ちで心の動揺を感じることもなく、手術を終えることができた。某社のがん保険の保険金が下りたのも、何となく得した気分にさせた。

そして二度目のがん告知をうけたのが、四年後。定年を一年残して退職した翌年、還暦を迎えた時だった。

初回のがん切除のあとの定期的な検査のなかで発見された。同じ胃がんだったが、初回と違った部位のがんだった。

初回の執刀は内科の医師による内視鏡での切除だったが、二回目のがん告知も主治医の内科医師によるものだった。「ただ種々の検査の結果、内視鏡による切除には変わりがないが、がん細胞が胃壁に深

く及んでいれば、再度の手術になり、外科の医師による腹腔鏡での胃の全摘となります。どちらになるかは、初回手術の結果判明しますが、外科の先生とも連携を取っていますから、心配することはありません」と、三〇代の女医のFさんが笑顔を見せながら言った。

そして内視鏡による切除手術の一〇日後に、外科のT医師の執刀で腹腔鏡による胃の全摘手術となったのである。T医師も四〇歳そこその若い医師だったが、開腹による手術が多かった時期から、腹腔鏡による摘出手術を熟《こな》すようになり、過去に二〇〇例ばかりの執刀経験があるとかで、私の手術後、名古屋医大への転出が決まっていると聞いた。

そのT医師が、術前のカンファレンスで、「多くの執刀を経験しているが、失敗は一度もありませんでした。胃を全摘すれば、今後胃がんの再発はないのです。私は転勤になりますが、O医師にくわしく引き継いでおきます」と、やや不安顔だったであろう私に明るく言った。

Y医師に比べ、おっとりとした物言いのO医師は、術後五年間の経過観察に当たってくれたが、何の不都合もなかった。

ただ、胃がなくなったことでの日々の食事のあり方を身につけるのには、少なくない苦労があった。食物を消化する胃の代わりを口でするのである。丁寧な咀嚼が必要になってくるのだが、そのことを見落とすと、腸でうまく吸収できず下痢となる。また一回の食事量を減らした分の補充として回数を増やす。そんな日々は当事者の私だけでなく、食事を作る連れ合いにも多大な負担をかけることになった。もっとも、好きなアルコールはひと月後くらいから飲めるようになったが……。また、退職後という時期も幸いした。思えば、そんな体でとてもじゃない、深夜の勤務などは無理だっただろう。

そして胃のない生活も一四年が過ぎた。その間一度だけビタミンB欠乏による体調不良に見舞われて、半年ばかり神経外科へ通ったが、ヘチコパール注射によりビタミンBの接種補充で事なきを得た。

そして二〇二二年の夏の終わり、三度目のがん告知を受けたのであった。

前立腺がん・ステージ4

二〇二二年の夏は、早い梅雨明け宣言の後、酷暑が続いた。

アメリカ駐在が五年になる長男は、三度目のオフィス転勤で、シアトルから三〇〇キロ南のポートランドへ異動になり、家族ともども移転した。三歳を迎える一人っ子の航太《こうた》は、デイサービス（駐在員の子女向けの私的な保育園）からプリスクール（地元の私立の保育園）へ通うようになった。それまでの日本語の世界から英語だけの世界へ放り込まれたのである。当初は行かないとかなり抵抗したそうだが、二、三か月も経つと友達もでき、帰宅しても自然と片言の英語での会話をこなすようになったとか。

いっぽう、結婚を機に京都市内に住居を構えた次男夫婦にも長男知広《ちひろ》が誕生し、私たち夫婦も宮参りに参加した。予定日よりも早く五月末に低体重で生まれた知広だったが、母乳で元気に育っていた。

そんな孫たちの日々の成長、「ハローコーター」とのやり取りや、知広の離乳食を食べ始めた姿が、タブレットの画面に映し出され、毎朝一時間ばかりの里山コースの散歩が日課になった、ジジババ二人だけの暮らしの無聊を慰めてくれる。そんな夏であった。

コロナ騒動もあって延び延びになっていた、結婚式を年末に挙げるとの知らせが次男から届いた。二人は出産前にフォト結婚式を行っていて、そのアルバムも我が家に届いてはいた。一つのけじめで、ごく身近な親族だけで、日々成長する知広のお披露目を兼ねてのものだとも言った。妻も喜んでその日にちをカレンダーに書きつけた。

日課の散歩から帰れば、びっしょりの汗を冷水シャワーで流す。そのシャワーがやや冷たく感じられだした頃だったろうか。体じゅうに神経的な痛みを感じ、二、三日経つと、その痛みが腰部の一か所に集中するようになった。あとで考えれば、それが体からのやや遅いシグナルだったようである。

町内の内科の掛かりつけ医は、体重も減ってないのにと言いつつ、それでも血液検査をしてシップ薬を処方し、腰痛が収まらないようなら整形外科で診てもらうようにと言った。

一週間の様子見だったが、いっこうに収まらないので、同じ町内のやや遠方のT整形外科へ行った。大きな画面のテレビが放映されている待合室は老人ばかりが長椅子に席を占めているT整形は以前にも何度か世話になっていた。医師一人で診察からレントゲンまでこなすあり方は同じだった。やや白くなった短く刈り上げた頭で、せかせかと広くもない院内を行き来し、患者には丁寧な対応をした。「七年ほど前に世話になりました」と言うと、「うちはカルテの保存は五年です」と言い、血液検査とレントゲンを撮って痛み止めとシップ薬を処方して、診察室の奥にある物理療法を指示した。

血液検査の結果判明は一週間のちですと看護師が言ったが、四日ばかり物理療法に通った時に、結果が届いていると言って、診察に組み入れてくれた。

かなり待たされて診察室に呼ばれた。デスクの前に腰かけたT医師に向かい合って座ると、血液検査結果のペーパーを眺めながら、「前立腺の具合が悪いですね。はやく泌尿器科で診てもらったほうがいいです」と静かに言った。

「泌尿器科なんて診てもらったことはないし、どこかありますか」とおずおず聞くと、「M病院を紹介します。M病院のU先生に紹介状を書きます」と歯切れよく言い、てきぱきと市北部の総合病院のM病院での一週間後の初診予約まで入れてくれた。

T医師は詳しく説明しなかったが、その時の血液検査結果が、後日M病院で検査したのと同様の高いPSA数値（前立腺液に含まれるたんぱく質の一種で、前立腺がんが発生すると血液中に流れ出す。平常値は4

だが私の数値は462と平常値の一〇〇倍以上の数値だった）を示し、専門外のT医師からみても異常に高い数値だったのだろう。

そして一週間後の九月二二日、異常とも思える残暑のなか、指定された時間よりかなり早く、妻ともどもM病院へタクシーで出かけた。

入口で手の消毒と体温検査を経て、初診受付機を通し、会計などの窓口カウンターと、その前に並んだ椅子の間を表示に従って進むと、血液検査室に行き会う。その前の通路を折れて突き当たりに、他の科と独立して泌尿器科の診察室があった。部屋の前の廊下の壁に沿って並んだ長椅子はほぼ受診者で埋まっていた。廊下を挟んだその向かいにはCTやMRIの検査室が並んでいた。

空いていた席を辛うじて見つけ、付き添った妻と別々に腰を下ろした。診察室のドアは開いていて、何人もの看護師が患者の名前を呼んだり、忙しく出入りしていた。初診者特有の緊張感といくらかの不安感を追い払うように、持参していた池波正太郎の文庫本『剣客商売』を開いた。

大きな声で付き添いの男に検査のことを確かめる老人と、声を潜めてそれに辛抱強く説得を繰り返す娘婿らしき中年の男のやり取り。大きく膨らんだ荷物を持って看護師と片言の言葉のやり取りをするアジア系の夫婦。大方は独りひっそりと腰かけたなかで、それらのやり取りが嫌でも耳に届く。何となく人生のあやを垣間見せる風景である。

そんなやり取りを耳に、活字を追うだけの時間がしばらく続くと、看護師に名前を呼ばれた。

「担当のNです。よろしく」

「あれっ、U先生ではないのですか」

「はい、U先生は先月転勤されました」

息子くらいの若く、やや童顔の青年医師が、目を見据えて優し気な声で、話しかける。そんなN医師との初対面で、さらりとこちらの不安が追いやられる。

改めてパソコン画面に向かいながら、ＣＴスキャンの検査を勧められる。運よく当日受検を受けることができた。

そして、Ｎ医師による再度の診察となったのである。

「検査結果の数値を見ると、端的に言って、Ｆさんの病状は前立腺がん。骨への転移もあるので、自動的にステージ４となります」

「前立腺がんですか？　かなり深刻な情況といえるでしょう」

「そうです。かなり深刻な情況といえるでしょう」

画面から目を移して、ひたと私の眼を見据えて、「さらに詳しい検査をしますが、まずは気持ちをしっかり持って、病気に立ち向かうことが大事です。それと体力も」

「がんの完治というのは？」

「ないですね。治療でどこまで押しとどめるかということで、打ち負かすことはできません」

付き添った妻の生活上の注意点などの質問に丁寧に答えながら、患者の私に目を逸らすことなく、淡々と告げるＮ医師の声に頷きながら、納得するしかなかった。私はさして強いショックを覚えることもなく、Ｎ医師を信頼してみようと思ったのであった。

『おい癌め酌みかはさうぜ秋の酒』

厳しかった残暑も終わり、さわやかな秋の日々が続くなか、Ｎ医師の指示どおり、前立腺がんにありがちな、骨への転移を調べる骨チンキの検査（Ｍ病院に設備がないのでＨ医療センターで受検）とＭＲＩ検査を経て、精巣切除手術と生検のための前立腺の組織摘出手術を一〇月半ばに受けた。

精巣切除手術は前立腺がんの活動のもとである、男性ホルモンの供給源の根絶が眼目である。

「ひょっとして金玉を取るのですか?」との質問に、「はい、そうです」とN医師は事もなげに言った。「えっ」と言ったきりしばし絶句したが、男として生きてきたその印がなくなるのである。なんとも無残な思いが胸を掠めたが、やむなく自身を納得させるしかない。

もちろん執刀はN医師と、同じく若いもう一人、二人が当たった。下半身麻酔で二時間半くらいの手術だったか。

術後、N医師が切除部分を見ますかと問いかけたので、私は「もちろん」と言った。トレイに載せられたそれは、血にまみれた繊維のような細い神経群と玉らしき白っぽい二個の小さな物体だった。

この二つの玉が、生まれてこの方何十年と男性としての私を造ってき、二人の息子を生した精子の源《みなもと》かと思った。少なくない感慨に囚われたが、トレイに晒された無残な物体との落差が大きすぎた。

手術室の明かりの下、トレイに載せられた物体を眺めていると、その感傷の無意味なことを思い知らされただけだった。まじまじと眺めたのはごく短い時間だった。見るに耐えないといった思いが瞬間頭を過《よ》ぎり、やや複雑な思いを抱いたまま、すぐ目を逸らした。

あとで、「私も見たよ」と付き添いの妻は言ったが、何の感想も言わなかった。たぶん病巣のもとの肉体の一部としてだけ眺めたのかも知れない。

術後の経過は良好で、予定どおり日曜日の一六日の午前に退院した。

帰宅後、さっそくパソコンを開くと、「文芸日女道《ひめじ》」の投稿原稿が集中していた。留守の間の集積だった。退院の安堵感に浸ることもなく、編集作業に没頭し、無事、翌日に新しい号の第一稿を出稿することができた。もし経過が悪く入院が長引けば、編集が遅れると危惧していたが、幸い杞憂に終わった。

そして一週間後、初校ゲラが上がってきて、本人校正の郵送、校正作業を済ませた一週間後、予定どおりM病院の外来診察に出かけた。

その日の血液検査の結果は、PSAの数値が50、9と基準値の4に比べれば依然として高いものの、大幅な改善だった。精巣切除の効果である。

単純に喜ぶ私を見て、童顔に似合った優しい目と声ながらN医師は、「数値の低下は予想どおりです。いっぽう骨チンキの検査では、体全体の骨に転移してますね」と厳然と言って、今後の大まかな療法方針を告げるのだった。

つまり、ホルモン療法としてアーリーダー錠六〇mgの服用。仙骨への転移からくる腰痛対策として、トラマールOD錠二五mgの服用。それに外用薬（シップ薬）のジクトルテープ七五mgの貼付使用である。(薬の服用だけでがんを抑えられる?)。ステージ4のがん治療としては素人の患者からみて、意外に簡単な療法と思えた。抗がん剤治療や放射線治療、または前立腺の切除などはないの?と思ったが、そんな疑問を見透かしたように、N医師は言った。

「この療法で当分様子を見ましょう。ただ薬効で数値が低くなっても、いずれ高くなります。その時は薬の増量などで対処しますが、それを繰り返すといずれ効かなくなってきます。それは個々人まちまちですし、いつ効かなくなるかもわかりません。効かなくなった場合、次の段階での新たな対処療法になります。当面この方法での治療を進めましょう。もう一点、患者さんの病気に対する気の持ちよう、気力とそれに体力が強く作用もしてきます。ポジティブな気持ちを忘れずにがんと闘っていきましょう」

私の眼を見据えて静かだが意志的な言葉を言うN医師の眼は、強い励ましの光があった。

「他に質問はありますか?」

「はい、次男の結婚式が年末に京都であるのですが、出席できるでしょうか」と付き添った妻が問いかけると、デスクの前のカレンダーを見ながら、「二か月先ですか。大丈夫でしょう。ひと月やふた月でどうなるという状況ではないと思います。そうですね。半年、あるいは一年といったスパンで考えたほうがいいでしょうね」とN医師は言った。つまり余命は半年、一年ともいえるのだろう。

その言葉は重く胸に響いたが、落ち込むことはなく、かえってさばさばとしたものだった。（よし、目を逸らすことなくがんの正体を見抜いてやろう）といった、敵愾心のようなものが心に湧いてくるのが、我ながら不思議でもあった。長年物書きとして過ごしてきて手に入れた成果（対象物を冷静にリアルにとらえる眼）が、今生きてくるのだろうと思うのであった。

おぼろげながらも余命の長くないことを知らされた私が一人になった時思ったのは、自分の今の立ち位置ということだった。祖父と父親が亡くなったのは享年七二歳と七三歳。その年齢を超えたことで寿命に関しては満足である。また二人の子どもも独立して家庭をそれぞれ持っているので心配はないだろう。一人残される妻も、まずは息災で、自分で残された人生を処する知恵を持っているのでまあ問題はないだろう。そして公《おおやけ》の立場で言えば、創刊以来五五年六五〇余号の雑誌「文芸日女道」の編集人としての責任である。

ごく平凡な人生のなかで唯一誇りに思えるとしたら、地方にあって文学活動と長く関わってきたことか。そんな関わりのなかで私は生かされてきたのだろうし、自身の存在の根源となっているとも思う。

前任の市川宏三氏から編集人を引き継いだのが九年前。それ以前とは格段に違ってきたこの雑誌に対する思い入れと責任感。月々の雑誌の編集は私の日常のなかに大きな重心を占めるようになった。だが、編集人が欠けたから廃刊といったことにはならないのは自明のことだ。雑誌を支えてくれる多くの会員と少なくない読者がいる。社会的に認知され、それを続けていく社会的責任があるのだ。

「姫文」の第五五回目の総会が一一月一三日に持たれた。妻の付き添いで会場までタクシーで出かけた。そして、自分の病状と今後の編集人の交代の心づもりの提案を、その場でしたのであった。幸い、会全体の問題として受け止められ、後任の目途もついたのだった。

いつか次男がプレゼントしてくれた白いままのしゃれたノートに、闘病日記を認《したた》め始めた。題名は江《え》國滋《くにしげる》（随筆家、俳号・滋酔郎《じすいろう》）の闘病日記から拝借して、「おい癌め酌みかはさうぜ秋の酒」と記した。

もっけの病気

主治医からがん告知とともに、おぼろげながらも長くない余命を告げられたのを機に、久しくつけなかった日記をつけることを思い立った。その闘病日記の表題に江國滋の闘病日記の題名『おい癌め酌みかはさうぜ秋の酒』（新潮社、一九九七年）を無断に拝借したことは、すでに記した。書店の本棚で表題に誘われてたまたま手に取っただけの日記。そんな著者との出会いだった。未知の作者の本の題名を無断借用した、おこがましさと感謝の意を込めて、江國滋とその闘病日記のことなどに触れておきたい。巻末の著者略歴から引いてみる。

昭和九年東京生まれの江國は学卒後新潮社に入社。「週刊新潮」の編集部員として勤務後、三六年に『落語手帖』を刊行、五年後に退社し文筆業に転じる。随筆、紀行、評論の分野で活躍の傍ら、小沢昭一や永六輔らとともに「東京やなぎ句会」で句作に親しむ（俳号・滋酔郎）。またプロ級のカード・マジシャン、画家、熱烈な阪神ファンとしても知られる。

五九年には『俳句とあそぶ法』を刊行し、俳句ブームの火付け役となり、平成元年刊行の『日本語八ツ当り』はベストセラーになった。

『神の御意――滋酔郎句集』を始め紀行、随筆など多数出版。

平成九年二月六日、食道癌の告知を受け、闘病の後、同年八月一〇日没。享年六二歳。

闘いきった一八七日間の闘病日記が本書。克明かつ壮絶な闘病記録とその日々に詠んだ二二三句の闘病俳句が収められていて、死の二日前の八月八日に詠んだ辞世の句が表題として置かれている。

残寒やこの俺がこの俺が癌
癌告知されしその日の短さよ
毛布に鼻うづめ「癌め」とののしる夜

これらの告知直後の句とともに、余命を知らされた人間にとっては、限りない実感、万感の思いがこもった句として、胸を打たれるのであった。

その書の帯の瀬戸内寂聴の一文も、一見明るくあっさりと書かれた文だが、生きるということの本質を穿《うが》った文として、ジワリと胸に染み入るのだった。


江國さんは電話で私にそれを知らせてきた。「医者が何と言ったと思います……、高見順ですねって」

がん告知されたのが自分でなく第三者のような話し方だった。

私は、胸が痛くなった。

「でも、これで俳句の大傑作が生まれるでしょう。それをやらなきゃ」と言った。その言葉をまっていたように、一呼吸も入れない速さで、「そう、そうですよ。もう作りはじめていますよ」

「命をかけたものは傑作に決まっていますよ」

「そうか、命をかけているのか」

江國さんはそう言って、急に沈黙した。

この克明な闘病日記が書きはじめられて十一日目、一九九七年二月十五日のことだった。

人生を謳歌し、人間とその生をひたと見据えた瀬戸内寂聴ならではの一文である。

ちなみに、文中の高見順は、がんを宣告されたなか、執筆活動と近代文学館開設のために奔走しつつ、病床にあって死と向き合い、克明かつ壮絶な闘病日記を残した。その一年一一か月の記録は、最後の文士といわれた高見の文学と思索の総決算として、『高見順 闘病日記』(上・下、岩波書店・同時代ライブラリー、一九九〇年)が残されている。

江國の前述の『俳句とあそぶ法』の一文に、「もっけの病気――病中吟」がある。「子規を見よ、三鬼を見よ、波郷を見よ。すぐれた俳人のすぐれた俳句はみんな病床からうまれているではないか」「もっけの幸いという言葉があるが、もっけの病気、と言う風に考えることにしたら、それこそ好機逸すべからず」とあり、こんど病気になったら「病める自分をひたと見つめて、三句でも五句でも、どうだ、と人さまにいばれるような病中吟を詠んでみよう……」と書いている(「俳人・滋酔郎のこと」解説・鷹羽狩行)。

まさに江國はそのことを実践したのである。半年で五〇〇句を残したという。

同じがんでも江國のがんは、高見順同様、がんのなかでも極めつきの難病といわれている食道がんであった。私の罹患した前立腺がんとその深刻度に違いがあるかも知れない。また、せいぜい購読紙の朝日俳壇の投稿俳句を楽しむ程度の俳句には門外漢の私である。

しかし物書きの末端に位置する人間と心密かに自負する私にとって、江國の最後の生のあり方と、ものを書く人間としての執念、というより業《ごう》、そんな病に立ち向かう姿に奮い立たされるのである。

そして、この一文の最後に触れておきたいのが、江國の「子規を見よ」の正岡子規のことである。『人間臨終図鑑』の「三十五歳で死んだ人々」に山田風太郎は書く。

明治二十一年、二十一歳にして最初の喀血をした子規は、三十歳にして、根岸の子規庵でほとんど病床をはなれ得ない人となっていた。明治三十四年、『墨汁一滴』『仰臥漫録』を書くいっぽう、彼はロンドンの漱石に「僕ハ、モウダメニナッテシマッタ。毎日訳モナク号泣シテ居ルヨウナ次第ダ」という手紙を書いた。

三十五年五月五日から『病牀六尺』を書きはじめたが、十三日には麻酔剤が効かなくなり、子規は阿鼻叫喚《あびきょうかん》ともいうべき苦患《くげん》の中にのたうちまわった。

『病牀六尺』の中で彼は書いた。

「誰かこの苦を助けて呉れるものはあるまいか。誰かこの苦を助けて呉れるものはあるまいか」

その後すこし回復したが、もう自分で筆をとることができず、口述筆記が多くなった。激痛のため身体を動かすこともできず、全身は脊椎《せきつい》カリエスの膿《うみ》と、おむつの便でひどい臭気を発していた。

最後には、むくみが来て、痩せ細っていた足は、水死人のごとくふくれあがった。

九月十八日、彼は板に貼りついた紙に、仰向けのまま、

糸瓜《へちま》咲《さい》て痰のつまりし仏かな
痰一斗糸瓜《とへちま》の水も間に合はず

と書き、翌十九日未明、高浜虚子と妹律《りつ》、母八重子が見守る中、死す。子規の腰から背にかけて蛆《うじ》がはいまわっていた。

鬼気迫るその描写とそのあり方に、物書きの業を見るのであった。

畑仕舞い、書斎仕舞い

ここ一〇年ばかりの間に、自宅の庭の手入れは妻が、菜園の管理は私が、といったふうに住み分けるようになった。性格の違いもあるが、町内育《まちうち》ちと田舎育ちの違いからくる思考の違いからの、喧嘩を避けるための知恵でもあった。以前は庭木の剪定や寒肥の施しは私の仕事で、玄関までの両側の花壇の世話や、庭の草引きなどが妻の仕事だった。そのうち年一回の木々の剪定などが、加齢や小さな病気とともに苦痛になって来、いつの間にかシルバー人材センターに依頼するようになった。

そして、家事の合間に庭の草引きなどに勤《いそ》しんでいた五歳下の妻だったが、この夏急に、「草引きもしんどくなった。庭仕舞いをしようと思っているんだけれども、いいでしょ」と言いだした。

生まれてこの方、庭木のあるなかで暮らしてきただけに、私はあっさり同意できなかったが、「予算はこれくらいで。いつも世話になっているリフォーム会社のMさんに見積もりをしてもらおうと思ってる」と、手回しのいい答えが妻から返ってきた。

言いだしたら引かない、かつ潔い妻の性分を弁《わきま》えている私は、「好きにすれば」と言うしかなかった。

そんなふうにして、庭仕舞いの話を進めることになった。

それでも妻は、秋の終わりに、門から玄関までの両側の手作りの花壇に、冬の花のパンジーを植え付けた。そして私は、最後の収穫となった次郎柿とキウイを、妻の助けを借りながら収穫した。パンジーの横に植わった山茶花の蜜を吸いにヒヨドリが、赤く熟した檀《まゆみ》の実を求めてジョウビタキが、今年も姿を現した。冷たくなった北風のなか、部屋の窓越しに眺めながら、こんな風景も見納めかと、思い切り悪く思うのであった。

やや朝晩に冷気を感じるようになった夏の終わりに、菜園で秋、冬野菜の播種をし、仮植えの冬取りキャベツとポットで育てた白菜の定植を行った。そしてコロナで三回目の休止となった秋祭りの前の枝豆用の黒豆の収穫が菜園作業の最後だった。タマネギの植え付け畝の準備をすることなく、鍬を使うことも、昨秋修理再生したばかりのミニ耕運機も使えなくなったのである。当初は違和感を感じながら、騙しだましの作業だったが、農作業に欠かせない腰に力が入らなくなり、ついには痛みへと悪化してきたのだった。

それとともに、毎朝日課だった里山への散歩もできなくなり、箪笥の奥に仕舞っていたコルセットを常用しての生活になった。畑地や隣接した空地の除草作業の方法を妻に伝授したのもその頃だった。希釈した除草剤の入った五リットル入りのタンクでの噴霧作業は、それなりの体力を要するものと実感したのだろう。また加齢のせいもあって昨年から栽培畝を狭めた頃から妻が言いだしていた「二人で食べる分だけ作ればいい」という発言から、今度は「菜園仕舞い」へと思いは傾いていったのだ。

そしてM病院での「前立腺がん・ステージ4、全身の骨への転移」の宣告がなされたのであった。

住まいの隣にあった自家菜園で土と遊ぶ二〇余年の退職を挟んでの晴耕雨読の日々のあり方は捨てがたいものだったし、四季折々の日常生活になくてはならないものとなっていた。そんなことを思うと、感慨深いものがあった。決断を先延ばしで様子見を決め込んでいた私も、鍬が持てなくなったことで、同意するしかなかった。

決断した妻の行動は早かった。

物置に収納していた、少なくない代金で修理再生し二、三度ばかり使用しただけのミニ耕運機や何袋も残っていた堆肥なども、惜しげもなく隣家へ譲り、支柱用のビニールで覆った鉄柱やネットなど農作業の必需品は、粗大ごみで廃棄。雑然と詰まっていた物置はきれいさっぱりと片付け、冬のストーブ用の灯油ポリタンクが並ぶだけになった。

さらに、妻は同時進行で、タウンページを繰ってあれこれと不動産業者を捜し、すぐにA地所に電話を入れた。やってきたのは入社四年目の二〇代半ばのH氏。姫路ではいくらか名の知られたA建設の系列会社の土地売買専門会社の社員。素人の素朴な質問にも丁寧に対応し、横で座っているだけだった私も好感を持った由を伝えると、「A地所に任せようと思う」と妻が言う。否応もなく、私は「好きにすれば」と言うばかり。

畑仕舞いに対する一種の悲哀はすでに心から去っていたし、親から引き継いだ遺産を処理するという負い目に似た感慨はまったくないし、外で家庭を持った二人の息子たちも相続で気を悩ます懸念もない。仲介のH氏の言う、二戸ばかりの宅地として売りに出されるでしょうという言葉に納得し、「今が畑仕舞いの潮時か」とあっけらかんと呟くのであった。

結婚以来、金銭の管理は妻に一任してきただけに、また「田舎のぼんぼん」といつも妻に揶揄《やゆ》されてそれに甘んじてきただけに、金銭に対する執着はほとんどない。ありていに言えば、月々の生活費がいくらかかっているか、どれほどの蓄えがあるか知らないし、興味もない。そんな能天気な生活力のない人間だけに、ここでも「好きにすれば」と言うばかりであった。

また骨への転移ということから、骨折などで二階の書斎へ上がれなくなる場合に備えて、パソコンの引き込みケーブルの階下への移動もスムーズに進んだ。

備え付けの本棚のある日当たりのいい八畳間が、この家を建てた時からの私の書斎であった。そして二人の子どもが小学生の頃に子ども部屋として二階を増築し、出窓のあるその一室を私の書斎に変えた。それからほぼ三〇年、壁の周りをいくつかの書棚で囲んだ部屋が、一番心の休まる、私の城となったのである。

そして階下の元書斎だった部屋は妻の部屋となった。

さらに、がん告知のあったこの秋、妻が「書斎仕舞い」を言いだしたのだった。二階の書斎は手を付けないが階下のそれは処分すると。

正直、階下の元書斎のスチールや木製の本棚に詰まった本たちを、私はほとんど開くことはなかった。だが埃を被ったそれらは、すべて私の青春の思い出が詰まった本たちである。そんな私の愛着からの逡巡を見透かした妻の決め言葉が、「二度と読まない本ばかりでしょ。重たいゴミでしかないのだから」であった。

ある日、本棚から抜き出した何百冊の新書や文学全集ともども、いくつかの空の本棚は、粗大ごみとして運び出された。

初冬の陽の差し込むがらーんと広くなった部屋で、来し方のあれこれを振り返りつつ、病と闘う残された時間を思うのであった。

ウノミの友情

前立腺がんの告知を受けたことは、精巣摘出手術時の保証人を依頼する時、近くに住む二つ上の兄には知らせていた。

次に知らせたのは、三〇歳前後から付き合いのある友人の諸留《もろどめ》幸弘君だった。七〇歳を越えて新たな仕事に就いた彼が、顔見がてらたまたま我が家に寄った時だった。彼を含め小坂学、岩田健三郎両君とは、結婚前からの付き合いで、やや疎遠になった今でも、夏と冬に、互いの連れ合いを交え盃を交わしながら旧交を温めるのが習わしだった。ただコロナ禍で最近は途切れたりしていて、この年末はどうしようかと、その様子見もあっての彼の訪問だった。

彼が我が家に寄った時にコルセットをしていたこともあって、がんに罹患したことを話すと、心優しい人物だけに、ひどく驚いて心配してくれた。そして一週間後の一〇月末に、彼の声かけで彼らが打ち揃って見舞いにやってきたのだった。それぞれの名字の頭文字をとって「ウノミの会」と名付けたその友人たちとは、指を折れば、四〇年来の長きにわたる交友だった。

日頃疎遠でも、元気でそれぞれの日常を大過なく過ごしていると思えば、今さら顔を見るほどもないと思うが、命にかかわる病気と聞けば、取るものも取らずに駆けつける気持ちになるのだろう。外では何度も顔を合わせていても、彼たちが揃って我が家へ訪れるのは、ほぼ四〇年前、長男が二度目の正月を迎えたとき以来だったろうか。

以前にも触れたかと思うが、彼らとのつながりの大本《おおもと》は当時この地方の文化・社会運動での中心的人物、内海繁の存在だった。私同様彼らも我が師として内海繁を仰いでいたのだ。親子以上の年の差にかかわらず、若い青年の心を鷲づかみにしていた人物が内海繁だった。今振り返ると、師弟という言葉が違和感なく存在した昭和のよき時代でも、とりわけ私たちは数少ない幸せな出会いを持てたという他ないであろう。私にとって実の親とはまた違った意味で、青春時代にさまざまな指針を与えてくれた、まさに慈父という言葉の相応《ふさわ》しい人物でもあった。

そして実行委員会方式で互いの結婚の披露の場を盛り上げたり、その後の人生を積み上げるなか、内海繁の突然の死以降も固い結びつきが壊れることもなく、時には太く時には細く続いてきた。そんな間柄でもあった。

わが家を増築してから三〇年になるが、初めて踏み入れる居間に「あれっ」と、古い記憶との違いを彼たちが口にするのも自然なこと。

問われるままに、罹患のいきさつから順を追って話すと、版画家を生業《なりわい》とする岩田健三郎君も近年、前立腺肥大でM病院に入院し、同じN医師の執刀で手術を受けたという。そのN医師の居住は岩田君と同じ地区で、父親が泌尿器科医で居住地に開業し、その二代目だと教えてくれる。そんな思わぬ話で盛り上がったりもした。

小坂学君はほぼ二〇年前、腎臓がんで腎臓の一つをH医療センター病院で切除した前歴持ち。そのあと、坂東大蔵氏より引き継いだ姫路文連の会長を懈怠《けたい》なく務めている。そして草創期から市民劇場の事務局長を担っていた病気知らずの諸留幸弘君は、天下り先への勤務ののちも新たに勤めを持っている。

そんな各人各様のありようだが、夏、冬のささやかな集いでは、三〇歳前後の出会った頃と変わらない、遠慮のないやり取りのままで盃を交わすのが楽しみでもあったのだ。

さすがに今回の訪問では酒は遠慮しての訪《おと》ないで、コーヒーだけの歓談がやや寂しかったが、こもごもの見舞いの言葉は、四〇年間の重みを持って、私の胸にありがたく響くのであった。傲慢な言い方をすれば、長くない余命を知らされた人間の優位感のような感情。みなから気の毒に思われているなあといった、得難い立場にあることの喜びのような感情であったろうか。

新たながん告知を受けて、私がまず思ったのが、惨めな病状を晒したくないなあということであった。私の若い頃にある女性詩人ががんに罹患した。彼女が病床に臥せった時、「見舞い無用」と強く主張して、見舞いを固辞したことがあった。病にやつれた顔を見せたくないといった女性ならではの思いからだろうが、少々片意地なこだわりだと思った。その後、何人もの先人の病床を見舞うなかで、居たたまれない想いに駆られた経験を重ねてきた。ことに親しい人物であればあるほど、その元気だった頃の姿との落差が激しく、見るに耐えない思いに駆られたものである。

そんな思いもあって、本心を言えば、（誰にも知られずにおさらばしたい）というのが理想でもあり、少々生意気な美意識でもあった。

今回、医師からがん告知を受けた時、そんな思いが頭にちらついて、罹患の事実を秘匿しようとの思いはあった。

が、諸留君の訪問から、うっかり外部に漏れてしまったのであった。いったん漏れると、（まあいいか。隠すこともないか）と大して葛藤することなく、思いが変わったのであった。

そして、公的な責任から、総会の場で「姫文」仲間へ最初に知らせたのは、自然なことであった。

いっぽう兄には、その後の経過も知らせていたし、相談がてら庭や畑仕舞いのことを話した時に、「将来のことを含めて、子どもたちにはちゃんと伝えておくべき」と、強く言われてもいた。それは、相続といった面倒な話だけでなく、葬式のあり方とか、墓の問題なども含めての話になった。が、年末には次男の結婚式というめでたいことが控えていたし、長男はアメリカ駐在で身軽に帰郷できないだろうし、そのうちに知らせればと先延ばしにしていた。

一二月が始まって早々、畑仕舞いに向けてのA地所とのやり取りで、ほぼ売買契約の目途がついた。そしておおよその売却金額も判明した。もちろん税金などの諸経費の概算は顔なじみになったA地所のH氏から提示されていた。さらに妻が何か所かの役所へ問い合わせてみると、一年だけだが、一時所得のせいで思わぬ金額が差し引かれることが判明したのである。例えば、税金や保険以外にもがん治療の薬代や入院費などに反映されるとのこと。土地売却で得た所得のうちいくばくかは、新居を購入した次男に贈与をと考えていた妻にすれば、それが不可能になったことが小さくないショックだったようだ。

その心づもりが霧消したことで、申し訳が必要と思ったのか、息子たちに私の病気のことを知らせると言いだした。土地売買のことなども一切妻に任せっきりだっただけに、私は息子たちへの告知も妻の思うようにすればいいとの考えだった。

一七時間の時差を見計らって、アメリカ駐在の長男にはその日の午前に、京都の次男には仕事から帰宅した夜に、妻はそれぞれ告げたのだった。そして、二人からの返事は、「そんな大事なことをなぜ知らせなかったのだ」と、泣くように怒ったとのことだった。

寒中見舞いと遺言書

そう言えば、十数年前、二度目の胃がん手術の前に、一〇巻にわたる曲亭馬琴作の『南総里見八犬伝』を読み、その大叙事詩の世界にいたく惹かれて、物語の舞台となった房総の地を訪ねたことがあった。その時、海外派遣前で成田空港内の職場勤務で、船橋市在住だった長男に車の運転を頼んだ。

旅の一夕、私が胃がんの手術を控えており、場合によっては胃の全摘になるかも知れないと話した途端、長男の顔色が変わったことを覚えている。アルコールが入っていたこともあって、ことさら心配させないように気軽に話したその反応が、思った以上の深刻なダメージを与えたようで、意外な思いがした。それまで気づかなかったやや神経質なと思える、長男の性分の一面だった。

そして今回、私が前立腺がんのステージ4だと、妻から聞かされた長男の反応は素早かった。年が開けての四月にはビザ更新で帰国の予定があるのにかかわらず、年末休暇のカナダ観光予定を急遽変更して、年末始に帰国することにしたと告げてきた。また次男ともやり取りしたのだろう。子どもが生まれて間もない次男も、年末の結婚式で幼子の顔を見せられるのにかかわらず、子連れで正月の帰郷を決めた。父の病気を気にかけての息子ふたりの即断だった。

腰痛こそ服薬で緩和したとはいえ、病状の見通しが定かでない時だっただけに、息子夫婦の思いやりが素直に嬉しかった。そのことを言うと、「病気のお陰だね」と妻は笑顔で言った。

「半年か一年のスパンで考えたほうがいい」と言う主治医の言葉を、半年か一年の余命と確固たる根拠もなく認識し、それなりの人生の残務整理を決断し実行に移していた時期だっただけに、子や孫に囲まれて正月が迎えられることが、差し当たっての嬉しい目標となった。そんなささやかな喜びがありがたく思える心根でもあった。

そして、年賀状を書く季節を迎えた。例年新しく迎える干支《えと》に因んだ詩らしき賀状を作成していた私は、今回も卯年に向けての賀状を作成した。が、いつもと違って、新しい年を寿ぐということが切実なだけに、今回は病がテーマとなった。書き上げると例年どおり妻に見せた。妻は微笑みながら、「いい詩だけど、賀状には相応《ふさわ》しくないね」と言った。書き直す気になれなかった私は、妻の意見も入れて、寒中見舞いとして出すことに決めた。次に記す。

卯年に

寅年秋半ば、三度目のがん告知を受けた
前二回の胃がんとちがって
前立腺がん・ステージ４、全身の骨への転移だった
さっそく、精巣切除手術を受けた
つまり生まれてこの方過ごしてきた男を捨てた
術後、しばらく経って
優しい眼の息子ほど若い主治医が、
「がんに打ち勝つ（完治）ことはできません。がんをどこまで押しとどめられるか。とりあえずホルモン療法で。半年、一年のスパンで考えましょう」
「余命は？」
「なんとも言えませんが、気力も大事です」
と厳然と言った
ある詩人の励ましの言葉は、「精神力は大きい。医薬は人任せでも、気力は自分のもの。たたかいぬいてください」だった
長年培ってきた物事をありのままに見つめる眼と、
世話焼き女房に支えられて
残された長くない時間を有意義に生き抜きたい

新しい年卯年を寿ぎつつ

二〇二三年　寒中

中野信吉

一二月二三日、次男夫婦の子連れでの結婚式を迎えた。私たち夫婦は前日から新幹線で先乗りし、せっかくだからと清水寺散策を加えた。湯葉料理の昼食を摂り、修学旅行生などで込み合う三年坂を、冷たい横殴りの時雨のなか歩いた。懸念していた腰痛に悩むこともなく、大きくせり出した舞台や音羽の滝などのコースを巡った。

そして当日、ごくささやかな家族だけの結婚式に臨んだ。控室からは何頭かの丈高いキリンの姿が見える市立動物園の園舎が見下ろせ、式場からは平安神宮の赤い大鳥居が間近に望めた。

七か月を迎えたばかりの幼子の知広は大してむずかることもなく、披露の宴の間も、誰彼に抱かれて、笑顔を振りまいていた。全身の骨への転移もあって、重い物は禁物だったが、そろりと抱くと、じいじの実感がじわりと身に沁みた。

（ああ、こうやって命が引き継がれていくのだな）と、ワインの酔いも手伝ってしみじみと思うのであった。華やかさはなかったが実《じつ》のこもった式だった。次男夫婦にとってもいい区切りになったであろう。

京都での結婚式から帰宅して二日後に、定例のM病院での検査、診察に出かけた。PSA数値は、一月前の3・17から1・62へとまずは順調に下がっていた。主治医のN医師は、変わらぬ穏やかな声で、「まずは順調ですね。このまま続けばいいですが。体調はどうですか」と問い、私は、体調の小康状態を告げた。病状の共有の思いから、京都での結婚式に出席したことと、ふたりの息子家族が正月に帰郷することも知らせた。
そしてその夜、私は遺言書を認めたのであった。

遺言書

1、葬式はごく身内で、無宗教で執り行うべし。
2、それ以外は、墓も仏壇も経もいらぬ。
ただ奇特な友人、知人があれば、顔写真を肴に盃を酌み交わしてくれれば、それでいい。
3、写真の選択は妻康子さんに任す。
4、もし遺産というものがあれば、その管理と処分は妻康子さんに一任する。
5、雑誌「文芸日女道」連載中の「路地のなかの青春」（六五七号で六二回連載）と、五一一号（二〇一〇年一二月）以降に掲載した随筆を取捨選択して、一冊にまとめて遺稿集として出版、配布願いたい。

二〇二二年一二月二六日　　中野信吉（藤尾雅行）

そして、いくぶん高揚した気持ちのまま、私は寝についた。

「仕上がった本が見たいでしょ」

新たながん告知のあったことは、「姫文」総会での報告だけでなく、「文芸日女道」六五六号（二〇二三年一月）のコラム「菜園暦一〇二」でも触れていた。おかげで少なくない人々から、見舞いや励ましのはがきやメールが届いた。ありがいことであった。

がんなんか負けるものかと意地を張ってみても、所詮人間なんて弱いものだ。ともすれば挫けようとする気持ちを奮い立たせてくれるのも、友人、知人たちからの便りであった。

そして気力を与えてくれるもう一つは、孫の笑顔かも知れない。

私も妻もアナログ人間で携帯も車も持っていない。理由は、恰好よく言えば、便利さばかりを追求する世情に対するささやかな反抗。本音を言えば、必要性を感じなかったから。そんなあり方で、長年過ごしてきた。いつの頃からかワープロを始めたのも、一冊の本を上梓する必要性からであった。また二回目のがん手術を終えて、パソコンを始めたのも、作品を書くだけではなく編集作業には欠かせない優れものだ、と強く勧められたからだ。

何年か前、長男のアメリカ駐在が決まって、海外とのやり取りに便利だと息子たちが買ってくれたのが、パソコンをキーにしてのタブレット。高い通話料を支払っての国際電話と違って、料金は無料。さらに動画でのやり取りもできるし、パソコンでのスカイプよりも手軽な優れものだ。必要がないからとパソコン操作を忌避していた妻だったが、孫の誕生を機に、家族の絆を深める優れものとしてタブレットを重宝するようになった。そして今では、妻の日常生活に欠かせない情報源になっている。

ことに、次男夫婦からは、育児日記として誕生する前から知広の成長の姿が送られてくる。また、二年ぶりの顔合わせだった三歳になった長男の息子の航太だったが、タブレット越しに見慣れていたせいか、今回の帰郷では、「ヘイッ航太」「ハローじいじ」の一言で、顔見知りすることもなく、顔を合わせた途端に旧知の間柄に。

そんな日々のなかでの、長男家族の年末から正月にかけての何日間の帰省だった。そして幼い孫たちの笑顔は、病を得た私に確かな元気を与えてくれたのだった。

思い返せば、私の父の最晩年、夕食を済ませた父が毎晩のごと、みそ汁の冷めない距離の新宅家の我が家を訪れ、一番幼かった孫の次男をあやしながら、勧めた晩酌を含み、「今が一番しあわせや」と口にしていた姿が焼き付いている。残り少なくなった人生を前にささやかな喜びを口にしていた父の思いが、今になって何となく解かるような気がするのである。そして、(ああ、俺もそんな体たらくになったか)と嘆きつつ、(それはそれでいいか)と、自分を納得させもするのであった。

穏やかで暖かな天気同様、新しい年卯年をまえに、我が家の年末から正月の風景は、ささやかながら喜びに溢れていた。

常と違って増えた人数の食事作りの大変さを見越して妻は、結婚以来四二年間欠かさず自分の手でこしらえていたおせち料理をやめ、市販のそれで間に合わせることにした。何年か前、自家製以外に買い求めたお節が案外旨かったことがそうさせたようだ。

明けて正月に一泊だけで帰郷の次男家族を迎え、新たにお神酒をいただき、恒例の鎮守の森にひっそりとある氏神さんへお参り。その帰り道に、兄夫婦と母の暮らす母屋へ寄る。今年は兄の孫たちも帰郷はしていないようで、ひっそりとしたなか、春分には一〇二歳を迎える母が車椅子にちょこなんと座って、わが家族を迎えてくれた。ほぼ一〇〇歳違いの曾孫との遭遇。邪気のない知広はともかく、三歳の航太は何となく腰が引けて照れ気味で。孫たちがこもごも家族を紹介するのを、笑顔で頷く母は、歳相応に老いはしていても、今でも週五回のデイサービスに通っている。日々の世話を兄夫婦に任せっきりな、薄情な息子のせめての親孝行かと、その場を眺めたひとときであった。

嫁さんともども甲斐甲斐しく幼い子どもたちの世話を焼く息子たちを眺めては、(ああ時代は変わったなあ)と思いはするが、自身もわずかな酒で孫たちをあやしもするのであった。

ここでも私は、彼たちから労《いたわ》られているなあと、つくづく思うのだった。労われることは決して嬉しくないことはないが、どこか悲哀を感じもするのである。

そしてその夜、息子ふたりに先日認めた遺言書を披露した。自分のことは自分で決めたらいいと言って育ててきただけに、また、彼らなりに堅実な人生設計を歩みつつあるだけに、ふたりに異存はあろうはずはなかった。やや深刻な雰囲気になりかかった話の終わりに、「せいぜい康子さんを大事にしてやって」と、私は精一杯の明るさで、妻のことを言ってその場を締めくくった。

遺言書に関しては、ぜひ書き留めておきたいことがある。病のことを公表してから見舞いや励ましの便りが届いたと書いたが、なかでも森本穫《おさむ》さんからのメールは、心の琴線に触れる内容であり、その偶然に驚いたのである。つまり私が密かに遺言書を認めた翌日に森本さんから、遺言の勧めといった内容のメールが届いたのだ。まさにその時間的偶然の一致とその内容に、何とも言えない深い想いに囚われたのだった。

森本さんとは出会って三〇年余、文学上の師と仰ぎ敬愛する人物である。森本さん自身も病を抱えつつ、集大成ともいえるある作家の評伝を書き継がれていた。そんな森本さんからのメールである。要約して記すと、

葬式はしない。葬儀社での火葬ののち市営のN霊苑に納骨するだけ。葬式の知らせは誰にも知らせない。事後、余裕があれば、ほんの少数の方にハガキを出す……。妻も承知のそんなマニュアルを箇条書きにして書類の入ったリュックサックに収めている。

と、私が息子たちに披露した遺言書の内容と、ほぼ同じ内容なのであった。

そして、森本さん自身最後の著書となるであろう、作家宇野浩二の評伝（連載分の合本）出版の手続きをほぼ終えたと認められ、私の「文芸日女道」連載中の「路地のなかの青春」を遺稿集としてぜひ出版すべきだと強く勧め、具体的な編集に関する注意点や出版社、作品選びを依頼すべき人物名まで記してあるのだった。さらには、その寄贈先リストの作成の必要性に触れ、最後に肝心な出版費用の確保だけは欠かさぬようにと、書かれていた。

森本さんからの思いやりを込めた一字一字が私の心に深く沁みた。

私は森本さんからのメールを印字して、妻に見せた。幸い妻は、賛同して、「いいよ。多くは出せないけど。それに他人任せでなく自分で編集もしたら。仕上がった本が見たいでしょ」と言った。

泰然と病と向き合う

卯年の冬から春にかけて、庭仕舞い畑仕舞いの工事が進んだ。植木を撤去した庭には、コンクリート敷き詰めを希望していたが、時節柄高騰しているコンクリートに変え、防草シートの上にバラスを敷き詰めることに。改装した玄関の引き戸の網戸越しに、見晴らしのよすぎるほどの田園の風景が、稲田の上を渡ってくる風のなかに見通せるようになった。庭が野放図な解放感を持つ小さい広場に変わったのだ。

屋敷と隣接の畑地も六〇坪余の二区画が、境界をブロックで仕切った更地となった。業者が分譲中を告げる幟旗を立てていたが、売却済みになったのか、二か月ほどすると早々と幟も撤去された。

いっぽう療養での自覚症状は、痛み止め服用もあってか腰痛も影を潜め、食欲の減退も見られず、毎朝一時間前後の散歩も欠かすことなく続く日々でもあったし、二の足を踏んでいた外出もこなせてもいた。いわば告げられた余命に、いくらかの猶予が与えられた日々が続いたのであった。

がんとの闘いは、気力も大事だが体力も大きく左右するとの主治医の言葉を忠実に守ろうとする、世話焼きな連れ合いの工夫調理してくれる、三度の食事メニューはありがたかった。元来が胃弱でどちらかと言えば食の細い質《たち》であったし、十数年前に患ったがんで胃を全摘した体だったが、時には食欲も湧いてきて一時減退していた体重も増えたりもした。時たま洗面台のミラーに映る我が顔だったが、注視すると落ち窪んでいた頬がいくらかふっくらと変化しつつあった。

そんな小康状態の続くなか、遺稿集となるべく「姫文」に連載中の「路地のなかの青春」の続きを書き足し、仕上げへと集中した。そして掲載予定稿の一〇回分ほどを新たに書き上げた。お城本町の路地が消え、姫路駅南の北条北住宅に二代目の「天邪鬼」を開設してからの二〇余年の出会い、出来事などに触れた物語ができ上がったのだ。

この一年ばかりは病を告知され短い余命の宣告を受けて、ややもすると深刻な心情のもとに、肩に力の入った生々しい筆運びで「余滴」として書き刻んでいただけに、新たに書き下ろした物語は、緊張感の薄いやや自己抑制の効いた筆運びになった。それはそれで致し方ないことだとひとり自分を納得させもしたのだった。一方で、二か月あまりで集中して書き上げた物語は、自身の青春を鳥瞰してのその成長記の最後の仕上げの、いわば終章となる部分であった。

半世紀にわたる歩みを一つひとつ積み上げていくなかで描き出された一人の不器用な人間のひたむきな像だったが、ごくありふれたささやかな半生に過ぎないのかも知れなかった。だが、それを書き果たせたことで、自身の半生を客観的に振り返ることができ、ささやかながら書き留めるに値する人生だったという思いを強く持ち、どこか自分を褒めてやりたいとしみじみ思うのでもあった。こんな充実した精神で過ごせたのは、がん告知いらい初めての体験だった。そんなことから、原稿を書き上げたあとひと月ばかりは、高揚した精神の充実が体全身に満ちていることを実感しつつ、日々を過ごすことを得たのであった。

もっけの幸いで手に入れた長くない余命を前にしての小康状態のひとときだったが、そんな二か月ばかりの集中した時間を持てたことはありがたいことであった。

そんな思いとともに、病に対する心根も、正面から向き合って対峙するといった張り詰めたものでなく、どこかゆとりある心のゆったりさといったあり方で対処できているように思いもするのであった。大げさに言えば、泰然と病と向き合う、そんな表現がふさわしい心境だったのかも知れない。

振り返れば、この春、余命の長くないことを自覚した時に遺言書を認め、そのなかで連載中の「路地のなかの青春」を遺稿集として出版してほしいとの思いを記した時、「他人任せでなく自分で編集もしたら。仕上がった本が見たいでしょ」と言い、療養の日々の糧にと背中を押してくれた連れ合いのありがたさが、じんわりと心に沁みるのであった。

そんな充実した心の日々の、例年になく早い梅雨入りの最中、病状に変化が出てきた。定期的な血液検査で注視観察していたPSA数値が上昇を始めたのであった。並行して受検したCTスキャンの画面からも、転移した骨のがん細胞が悪さをしだしたことが判明、新たな種類のホルモン錠剤の投与に切り替えることになった。その時に「この薬剤で効果が出なければ、次は抗がん剤の投与の段階に移ります」とN医師は言った。

そして六月二〇日、PSA数値8、721（前回五月より2・8上昇）が示された。その血液検査の結果を受けて、「予定どおり次の段階の抗がん剤投与（ドセタキセル療法）への切り替え」を、主治医のN医師が告げた。

未体験の治療でもあったし、「抗がん剤」というやや得体の知れない言葉の持つ印象から、小さくない不安感を覚えもしたが、N医師の答えは明瞭だった。

「がんに克つではなく、がんに抗《あらが》う薬ですか。がんには勝てないの?」

「そうです。制がん剤ともいいますが、一般的には制がん物質のうち、副作用が少なく、人体に使用可能で、ある程度臨床的に効果があると判断されている薬剤をそう呼ぶのです。だからがんに打ち勝つのではなく、攻めてくるがんをどう防ぐか、どう押し戻せるかということになります。まさにがんに抗う……」

「では、抗がん剤が効かなくなったら?」

「はっきり言うとお手上げです。逆を言うと、薬効がなくなるまで抗がん剤の投与は必要ということです。もっとも個体によって、それこそ千差万別なので一概には言えませんが、薬効の長短はこの目でいろいろ見てきました。つまり、Fさん、あなたも気力体力を確かに持ってがんに向き合い抗ってください。それしかないし、それが肝心なことなのですよ」

素人の初歩的な質問にも、誠実に順々と答え、時には笑顔さえ見せるN医師の澄んだ目に医師としての使命感だけでなく、彼個人の情を備えた人間性といったものを、感じもするのであった。また相手をひたと見据えるその目の奥には医師としての矜持がうかがえ、確かな意志力で相手の心に少なくない安心感を与えもするのであった。

三週間を一クールとした抗がん剤の投与(通院による三時間余の点滴)が、記録的な猛暑となった夏から始まった。予見されていたヘモグロビンなど血液製造の阻害に対しては、造血剤投与で対処を得た。また、懸念していた副作用も、吐き気、食欲減退などは見られなかったし、脱毛や下肢の浮腫《むく》み程度の軽症で済んだ。

母の死、いのちの循環

「路地のなかの青春」といった一つの青春譚を書こうと思ったのは、人並みに古希を迎える歳になって、半世紀も前の我が青春譚が、妙に懐かしく思え、思わず筆を執ったというのが、その始まりだった。個人的な一つの青春譚だったが、書きだすとあの人のこともこの人のこともという思いが募って、つい長々と書き続けることになったのである。その結果、長年関わってきた文学のひろばである「姫文」の歴史の端々《はしばし》を照射することになっているのかも知れない。が、あくまでもその原点は、自身との関わりを重視しての譚《はなし》である。

そして、ほぼ七年、よくこれだけのネタがあったなあ、いやまだまだ隅を突けば隠れた譚があるかも知れないなあと思い出した頃に、長くない余命を医師から告げられたのであった。古希を三つ越せば、お祖父《じい》さん、父親《おやじ》の没した七三歳に届く年齢であった。そろそろ退《ひ》け時かと思ったりする頃の余命の告知であった。

いっぽう古希を迎えてから、長男と次男のふたりの息子夫婦に子どもが授かった。三つ違いの航太と知広である。長男はアメリカ駐在、次男は京都住まい。実家への距離もあって帰郷の機会は限られているが、優れもののタブレットを介して、ふたりの日々の成長を目の当たりにしてもいる。ことに病を得てからは、幼い孫たちの笑顔の一つひとつが言いようのない愛しさをもって迫ってくるようになった。そんななかで想うのは、航太と知広に何が残せるかといった簡単なようで雲をつかむような命題であった。そんな手に余る宿題を前に、おろおろとまわりを見回して見つけたのが、じいじの人生でただひとつの胸を張れること。長年にわたってのものを書くなかで、一つの収穫となった遺稿集を残すことだったのである。

果たして、じいじの人生の詰まった作品集を読んで、ふたりの孫はどう思ってくれるだろうか。一つの時代の語り部として見てくれるだろうか。密かに誇りに思ってくれるだろうか。心許ない望みながら、時を越えて孫との緊密な時間をつないでくれることを、この一冊に密かに託そうと思うのであった。

ものぐさで怠け者の私は、つい宿題を先延ばしにする人間であったが、今回は違った。先送りすることなく、人生仕舞いに備えて欠かせないあれこれに取り組むことを決意した。いわゆる終活である。もとより生活人としては半人前と言って憚《はばか》らぬ呑気な性分。そんな人間を数十年余にわたって支えてくれた、優秀な秘書ともいえるわが連れ合いの手綱さばきと鞭打ちに押されて、仕舞いに向けてひとつずつの仕事をこなしていったのである。

例えば、遺言書であるが、その一項に、「過去の雑誌に発表したエッセーを遺稿集として出版したい」と書いた。それを読んだ連れ合いは、「他人任せの遺稿集でなく、自分で編集をしたら。仕上がった本が見たいでしょ」と、さり気なく言った。連れ合いのその一言は、私の胸を妙に打った。埋火《うずみび》を掻き立てられたといった思いだった。

長いまわり道の後にようやく行き着いた私なりの文学的な地点だったし、ものを書くという行為の意味をいくらかは解りかけた頃の作品群だった。その時に書き溜めたエッセーは捨てがたい作品群だったし、そののち「路地のなかの青春」のシリーズで始めた青春譚ともども、確固とした自己主張を備えた個性的な作品になったと密かに思いもしていたのだ。それらを遺稿集として出版することを強く勧めてくれたのは三〇年来文学の師として接してきた森本穫さんだったし、その意見に共感してくれた連れ合いでもあったのだ。

その夏は早い梅雨入りとともに、記録的な猛暑が続いた夏だった。

近所で暮らす兄が顔を見せ、「今回はだめかも知れんな」と言った。春の彼岸に一〇二歳を迎えた母のことだった。「なかなかお爺さんが迎えにこない」と零《こぼ》していた母だったが、年齢相応の老いは感じても、元気にデイサービスにも出かけていたし、食もあった。また健康の波があっても、その都度打ち勝ってきてもいた。今回もその類《たぐい》かと思いはしたが、長年世話をしてきた兄の表情には、一種の覚悟のような色が見えた。それまでは少量でも固形物を口にしていたが、栄養飲料を飲むだけになったというのだった。

そして、食を絶ったと聞いてから一〇日余りのち、盆を過ぎた地域の天神祭の夏祭りの日に、母はその死を迎えたのだった。

夕食後の八時頃に、水分を口に含ませベッドを離れ、その二時間後に覗いてみると、すでに息はなかったという。

私が駆けつけたのは、死後の一通りの処置が終わった翌日の未明だった。座敷の仏壇の前には、顔を白布で覆われた母の遺体が北向きに置かれ、枕元には山盛りの飯茶碗に箸が立てられていた。白布を取ると、もはや静謐な死の世界の穏やかな顔があるだけだった。それに引き換え、布団の下の母の姿の嵩の低さに、私は死の非情さを強く思った。その枕元には母自身で揃えていた死に装束から御朱印帳や戒名を記した紙と遺影などが、畳んで置かれてあった。それらの佇まいは、死に向かう母親の毅然とした覚悟のようなものを感じさせた。

最後まで出来の悪い息子への教えを示しているようで、ただただ頭がさがるのであった。母の遺体のある景色を眺めながら、この正月に帰郷していた我が家の家族に囲まれてのひと時が浮かんできた。曾孫の笑顔に笑顔を返した母。ああ、母とのいい別れが持てたなと思い、さらに、いのちの循環といったことを強く意識するのでもあった。さらに、逆縁にならなくてよかった。そのことぐらいが、不甲斐ない息子のささやかな親孝行かも知れないなあと一人呟くのであった。

作家・中野信吉自身への旅

千田草介

中野信吉さんの著作『作家・松岡譲への旅』（林道舎、二〇〇四年）になぞらえて、この解題を、敬意とともに右のとおりに銘打つ。見出しにとどまらず、本書全体のサブ・タイトル的意味をこめて。〈作家〉と呼ばれることに中野さん本人は、面映ゆく思うかもしれない。小説を書く想像力が自分には足りない、という嘆きを、この文中で洩らしている人である。たしかに小説はとてもむずかしい。しかしエッセイもれっきとした文学のジャンルであり、それを書くことは創作とよぶに値する。

本書『路地のなかの青春』におさめられた連作エッセイは、〈文芸日女道〉五八八号（二〇一七年五月）から連載がはじまった。現時点（二〇二三年一〇月）で七〇回に達し、なお継続するが、未発表の部分も前倒しで本書に繰り入れられてある。この一連の文業は、二〇一五年一一月に他界した市川宏三さんが〈文芸日女道〉に長きにわたって連載された「戦後半世紀の城下町で」のあとを継ぐ性格を帯びている。編集発行人のバトンを市川さんから受け継いだ中野さんは、そのことを意識してであろう、市川さんのことから稿をおこした。そして〈姫路文学人会議〉略称〈姫文＝ヒメブン〉に入会した一九六八年、二〇歳前の「文学青年」が現在にいたるまで、おもにヒメブンで出会った多くの顔ぶれを回顧していく。本書は、市川さんとは色合いの異なった、中野さんの視点からのヒメブン史であるとともに、自身の文学遍歴や、プライベートもつつみかくさずふりかえる自伝的な側面もふくまれている。中野さんの人生行路に五〇年以上にわたって存在したヒメブンは、彼のいわば脊梁山脈といえよう。その峰々と、いくすじも流れる清流が、中野文学の豊かな景色を、かたちづくっているのである。

そしてなにより、この山脈の起点となった人、内海繁。その存在の大きさ、中野さんにとっての比重の大きさを、その文章をとおして、あらためて思うことである。生前の内海繁さんを知らない私からすれば、生涯の師とよべる人の薫陶をうけることができた中野さんは、うらやましいかぎりである。内海繁は、父の内海信之とともに戦前戦後の激動期を生きた文人であり。内海父子の存在が播磨の文化芸術にとってひとつの鞏固《きょうこ》な岩盤になっていたことがわかる。その内海繁文学碑建立。いつだったか「君に見せてやろう」と中野さんにひっぱられて龍野公園の碑を参見した。

中野さんの筆はさらに安藤礼二郎、姜万寿《カンマンス》、ひらいかなぞう、佐藤光代、須藤リツ子、志方進、石田龍雄ら諸氏との交友にふれる。私とは接点のなかった先輩たちである。中野さんは彼らの代表的な作品〈詩〉をとりあげる。貴重な顕彰である。彼らのなかでただひとり志方進さんだけは、誌面をとおしてその最晩年をリアルタイムに存じ上げていた。

ここから私事にそれるが、私がヒメブンに入会したのは、三七九号（一九九九年一二月）で、家が近所の内田季廣さんの誘いによる。だが二〇〇一年一〇月の四〇一号で小説書きの〈千田草介〉として見参するまで、何も書かないでただ講読だけしていた。ここは自分のような嘘八百系の書き手が書けるところではないなと感じていたからである。講読期間に志方進さんの作品や消息をたどりつつ、ふと目にふれた、志方さんと中野さんの〈握り〉のことが強く印象にのこった。小説については私にも自分なりに思うところがあるので、私とは対極的な文学観をもっているであろう志方さんと会ってみたいなと思ったのだが、それはかなわないまま志方さんは他界された。私の作がヒメブン誌面にお目見えするのはその直後である。

中野さんは、私〈千田草介〉についても大きく紙幅をとってくれているので、余談めいた差し出口をゆるしていただきたい。「千田君と初めて言葉を交わしたのはいつだったか、定かではない」とあるが、私の方はおぼえている。二〇〇一年三月二五日の合評会で、私ははじめてリアルに顔出しした。作品は何ひとつ発表していないが、当時かかわっていたジャズ・コンサートの宣伝が目的であった。このとき中野さんと初顔合わせだったはずだが、言葉はかわしていない。次いで九月二九日、岡山・吉備路への一泊総会旅行。市川宏三さんが四〇二号の消息欄に書く。「さみしいな、志方さんがおらんからは中野さん。代わりに千田草介さん」。まさしく志方さんと入れ替わりに私が現れたかたちになり、それからの二十余年におよぶ浅からぬ交友の、これがスタートとなったのである。

二〇〇四年六月『作家・松岡譲への旅』出版記念パーティーにおいて、車の免許のない中野さんが職場の同僚である金治正治さんにたのんで取材行の足になってもらったエピソードが、その金治さんの絶妙の話術で披露され満座の大笑いをさそうのを聞きながら、ああこれから私がそんなアッシーの役目をひきうけることになるかもなあ、という予感がし、そのとおりになっていくのである。本書については、中野さんが書いているとおり、私はずいぶんと生意気な感想を口にしている。すっかり忘れていたが、思い出した。たしかにそんなことを言った気がする。

さて、そんな二〇〇五年三月の雪降る日のこと。但馬の関宮町《せきのみや》（養父市《やぶ》）に、関川夏央と森まゆみの両氏が講演に来るというので、私は聞きに出かけた。中野さんが関川・森両氏のファンであることは彼の文章を読んで先刻承知のことであったから、ふと中野さんのことが頭をよぎったが、講演の主題は、あの山田風太郎。天馬空を行く規格外の想像力の使い手である。おそらく中野さんの視界の外にある作家にちがいない。そう思ってそのとき声はかけなかった。後日、その講演会のことを告げた。「山田風太郎には興味ないでしょ」と、意地の悪い言い方をして、ニンジンをぶら下げたのである。すると、中野さんの顔色が変わった。なぜ誘ってくれなかったかと、口ではいわないが顔は言っていた。それからの中野さんの、火がついたような風太郎へののめりこみに私も付き添うことになった。ただ中野さんの関心は、風太郎の作品世界もさることながら、風太郎こと山田誠也のバイオグラフィーによりつよく関心がむいていた。松岡譲へのアプローチでみせた姿勢がそっくりシフトしたようであった。風太郎ゆかりの地をいっしょにあちこち経《へ》めぐった。豊岡市内の映画館跡の探索。真っ昼間からヒグラシの鳴く浜坂の観音山登り。県下第一の落差をほこる天滝への谷道。中野さんにひっぱられなければ行ってなかっただろうところへ行った。いやもう、中野さんは私が考えもしていないところまで、どんどん行こうとするのである。東京や信州飯田にいたってはもう私でもついていけないところであった。

『柳生十兵衛死す』の舞台、木津川の大河原や柳生の里、そして世阿弥ゆかりの地もたずねたときは、名張市の、風太郎にとっての師である江戸川乱歩の生誕地へも案内した。伊賀上野、西盛寺の住職であった先代・千田草介こと蕨観恕《わらびかんじょ》の墓参りにもつきあってもらった。さらには私自身がかねて宿題としていた後南朝の地、奥吉野へ、谷崎潤一郎の『吉野葛』なども手引きとして分け入ったことも、書かれてあるとおり。畿内・大和盆地周辺から紀伊半島奥地にいたる一帯は人呼んで〈マジカル・ミステリー・ゾーン〉といい、私にとっては播磨とともに想像上《イメージ》のホーム・グラウンドであって、ここにアクセスすれば想像、創造のネタは無尽蔵に得られる宝庫である。無意識的に中野さんに私の想像の手の内をみせようという気があったのかもしれない。大峯修験の拠点・洞川から山脈を越え、入之波《しおのは》温泉〈山鳩湯〉に一泊して翌日は大台ヶ原にいたる旅は、新緑の季節もあいまって極楽を行くかのように気持ちよく、宿で中野さんと飲んだビール・酒は旨かった。

あくる年の、非業の死をとげた南朝後胤《こういん》・自天王の武具を拝する〈朝拝式〉参列も、中野さんの誘いがなければかなわなかっただろう。

こうして中野さんを山田風太郎の世界にいざなった私であったが、倍返しをもらうこととなる。それが坂東大蔵さんであった。坂東さんと中野さんは、姫路地方文化団体連合協議会（姫路文連）で会長・事務局長のコンビを長年つとめ気心が知れた仲。それに中野さんは播磨の文人たちへの聞き書きをずっと積み重ねてきてスキルがあるが、私には坂東さんとの接点もないし、聞き書きは経験がない。それで中野さんに聞き手になってもらい私は記述に集中することにした（ただ、ノートに書きとるのではなくノート・パソコンへの直打ち）。したがって『坂東大蔵 花暦』という本は、中野さんの聞く力がなければ書けなかった。この出版のもたらしてくれた恩恵はそれだけにとどまらず、坂東さんを介して桂米朝師匠にお会いでき、それまで馴染みのなかった日本舞踊など伝統芸能や、ほかならぬ上方落語への関心をふかめるきっかけともなった。またこれを契機に、九〇歳になられた伊藤義郎さん宅へ坂東さん、中野さんとともに何度となく〈清談〉をしに訪ね、戦前にさかのぼる古いお話をうかがえたのも、じつに幸運なことであった。

伊藤さんについての言及で、中野さんは大きく紙幅を割いて、橘香邨《たちばなこうそん》という画家について記す。「香邨さんの話をしましょうか」という伊藤さんの声を私ははっきりおぼえているし、お三方の酒の燗をしながら話をきき録音もしたのだが、そのままにしていた。それを中野さんは克明に書き起こして埋もれさせなかった。脱帽である。

ともあれ、こうして大きく視野をひろげる機縁をあたえてくれた中野さんに、ここで感謝の意をあらわしておきたい。とともに、私事にかかわる記述は、これまでとする。

第一部は、中野さんと他者との関わりが中心、主脈である。出会った人から受ける〈影響力〉に言及することが、ともすると眼目となる。

そういう意味では、第二部におさめられたエッセイこそが、義務的に書くことから解き放たれた、純然たる中野信吉個人の作品世界とよべるのではないか。家の付近へやってくるさまざまな鳥たちへのまなざし。祭の風景。昔の回想。家族のこと。庭の木や、畑にできる作物のこと。あっさりと淡彩に描かれた、そうした日常的事物へのさりげない言及に、えもいわれぬ静謐感があり、読んでいて、ほっと心が落ちつく。

さて、ちぐはぐな解題になってしまったが、最後にこの作品集の総タイトル『路地のなかの青春』にことよせて、ほんとうに、うらやましいほどいい「青春」ですね、よき師、よき先輩、よき友、そして家族にめぐまれて、と中野さんには申しあげたい。

（「文芸日女道」編集スタッフ）

遥かなるじいじからの伝言

あとがきにかえて

高齢化時代の現在、旧来の年齢の区切りなどは、時代に合わなくなっているのかも知れない。それでも古希という節目は、人生の残りの時間を考えるいい潮時のように思いもする。

本書にまとめた「路地のなかの青春」は、古希を前に、ふと遠いその青春を振り返った時、言いようのない懐かしみを覚え、一つの衝動に駆られて思いのままに綴った一文である。いわば我が愛《いと》しの青春譚ともいえる。

世界を巻き込んだ前の戦争が終わった後、戦地から帰還してきた男たちが新しく築いた家庭の団欒《だんらん》。そんな親たちの生活のなかから誕生した子どもたちだったが、のちに団塊の世代と呼ばれた。

戦争の惨禍から復興し、新たに始まった隣の国の戦争を弾みに、経済の高度成長の時代へと進み、いっぽうでは経済成長の歪《ひずみ》が全国にあらわれた時代。集団就職の名のもと、学業を終えた若者たちは十把《じっぱ》一絡《ひとから》げの労働力として田舎から都会へ駆り立てられた。そんな時代に育った、彼たち、彼女たちの一つの青春譚である。

いつの時代でも、人という生きものは生きたその時代の制約のなかで、それを突き破ろうともがき反発し、その制約内でそれでも精一杯生きようとしてきた。経済の高度成長のお零《こぼ》れに与《あずか》りながらも、人生とは何ぞや、生きるとは何ぞやとおのれに問わずにいられないのも、若さの故だろう。大なり小なり、誰もが辿った青春の道といえる所以《ゆえん》でもある。

古希を迎え孫を授かって、輝かしき光のもと健やかに成長していく姿を目の当たりにした時、残り少ない余命にさっと光を受け、少なくないエネルギーが体に満ちてくるのを覚える。

そして、その陰りのない瞳に見据えられたとき、ふっと彼たちがその青春を迎えた時、「じいじたちはこんな青春を過ごしたよ」と一言書き記しておきたい衝動に駆られて、問わず語ろうとしたのが、この譚《はなし》なのだ。

少し異色なのは、じいじは当時の多くの若者が目指した、時代の流れに乗っての上昇志向の持ち主ではなかったことだ。いわば欲を持たない人間。悪く言えば、優柔不断で時流に流されやすい怠け者人間だったかも知れない。

ただ、持《じ》して離さない唯一《ただひとつ》のものを終生持ち続けるという、虚仮《こけ》の一心のごとき頑固《がんこ》もんであったようだ。いわば、生きることに不器用な人間が、文学という一つの魔物に取り憑《つ》かれ、片田舎の播磨のこの地の文学のひろばで遊び惚《ほう》けた。そんな一人の淋しい若者の姿が、孫たちの目に垣間見えるかも知れない。

けんかし笑い合い、時には涙を見た仲間たちとの触れ合い。先輩たちに見守られながら、そんな群像たちのなかで歯を食いしばり切磋琢磨し、おのれを磨いた。そして不器用ながら一つの道を貫いて、飽くことなく一つの足跡を刻んできた。そんなひとりの青年の姿が見えてきはしないか。

そんなことどもを思いつくままに書き継いだ数年後、前立腺がんステージ4と診断された。諸検査を経て今後の治療方法が示され、主治医から余命の宣告を受けた。余命がそう長くないと聞かされた時、不思議と私は狼狽《うろた》えることはなかった。余命を短くしようとする病《やまい》に、一喜一憂することなく沈着冷静に対峙しようと思った。長年ものを書くことでリアルに対象物を捉える、そんな習性が身についていることが、大いに役立っているなと思い知らされもした。

その余命の宣告をもっけの幸いとして、人生の仕舞の準備を思い立った。いわゆる、命の終わりに向けての心の準備を。そのひとつの遺言書の最後のくだりに、友人や連れ合いの勧めもあって、書き継いできたそれらの作品を遺稿集として出版する願望を認《したた》めた。

余命宣告から半年後の夏、余命の猶予をしばしもらったと思える日々のなかで、書き足りなかった原稿を書き上げた。

そして、ホルモン療法から治療方法が一歩進んで、第一回の抗がん剤投与治療を受けた翌日に、遺稿集出版の相談の手紙を、旧知の風来舎を営む伊原秀夫氏に認め投函した。

毎月連載の拙作に興味を覚えつつ目を通していることが綴られた、氏からの返事の最後に、「遺稿集ではなく、作品集の出版なら協力を惜しみません。ぜひ作品集として出されんことを希望します」と書かれていた。私はさり気なく書かれた遠慮がちな叱咤激励の言葉に、強く心を撃たれた。そこには読み過ごすことなく、私の連載する療養の記を通して、筆者の心情を斟酌《しんしゃく》する心の豊かさと伊原氏の確固とした人間性のようなものを感じた。その一文を読んで、私は作品集の出版を伊原氏に委ねようと即断したのだった。

遺稿集の出版を勧めてくれた三〇年来の文学の師と仰ぐ森本穫さんと、森本さんの勧めを知った時に、「他人任せではなく、自分の手で編集したら。仕上がった本をこの目で見たいでしょ」と焚きつけてくれた連れ合い。その二人に加えて、伊原氏の力強くもあり思いのこもった言葉に背中を押されて、この作品集が日の目を見たのである。改めてありがたい出会いに感謝する次第である。

私の二〇代のときに、「人間誰だって、一生に一冊の本が書ける」と言ったのは、当地にあってプロ作家を貫いた船地慧である。その人生において、誰だって書き残すに値するような人生体験をするといった意味であろうか。不思議と忘れられずにいた一言であった。

漱石の娘の筆子と結婚した作家、松岡譲へのハートフルジャーニーを綴った『作家・松岡譲への旅』が、私の一冊目の出版であった。ほぼ二〇年前、私の五〇代半ばの遅いデビューである。多くの人との出会いのなかで生まれた一冊でもあった。二冊目の出版まで思っていなかったが、温かい勧めとともに力強い後押しがあって、思いがけなく二冊目が実現したのであった。

なお、多忙な日々のなか、この作品集の解題の労を心よく引き受けてくれた千田草介氏をはじめ、作品掲載時に温かい感想批評を寄せてくれた「姫文」の仲間たちに、感謝の言葉を記しておきたい。

最後に、ふたりの息子とその家族、とりわけ孫の航太《こうた》と知広《ちひろ》へ。

とどけ届け
航太と知広のこころへ
遥かな時代を越えた
じいじからの伝言。

二〇二三年一〇月

中野信吉

中野信吉（なかの しんきち）
一九四九年、兵庫県姫路市生まれ。本名藤尾雅行。一九歳で「姫路文学人会議」（「姫文」、のち「文芸日女道《ひめじ》」）に入会。長年、編集に携わり、事務局長として会の運営に中心的な役割を果たす。いっぽう、地域の文化団体連合体の姫路地方文化団体連合協議会（姫路文連）事務局長を一六年間務める。二〇一三年秋の奈良千光寺での第四六回「姫文」総会で前任の市川宏三氏に代わって「文芸日女道」五五〇号から編集人に就く。総合文芸雑誌「文芸日女道」は、一九六七年七月創刊いらい、まる五六年、この地域の文学のひろばとして、月刊六六六号を重ねている。
二〇〇四年、姫路文連黒川録朗賞受賞。著作に、『作家・松岡譲への旅』（林道舎、二〇〇四年）がある。
現住所　姫路市香寺町岩部四三三　〒六七九―二一四一

＊

路地のなかの青春

二〇二四年一月二五日　初版第一刷発行

著者――中野信吉
発行者――風来舎
尼崎市西大物町一二―一　〒六六〇―〇八二七　電話・ファクス〇六―六四八八―二一四二　振替〇一一〇〇―六―一三二一五
印刷・製本所――株式会社ＮＰＣコーポレーション
ISBN978-4-89301-943-1 C0095 NDC914 467P 21cm